Stille Wasser sind ohne Kohlensäure

Benjamin Poliak

Erste Auflage 2023

Alle Rechte vorbehalten
Copyright 2023 by

Lektora GmbH
Schildern 17–19
33098 Paderborn
Tel.: 05251 6886809
Fax: 05251 6886815
www.lektora.de

Druck: MCP, Marki
Covermotiv: Angela Hamm, @blattart
Covermontage: Lektora GmbH, Denise Bretz
Foto Autor: 2C photography
Lektorat & Layout Inhalt: Lektora GmbH, Denise Bretz
Printed in Poland

ISBN: 978-3-95461-246-8

Inhalt

Hi!

Wenn du das hier gerade liest, dann bist du entweder meine Mutter, ein*e Bekannte*r meiner Mutter, Friseur*in meiner Mutter, Hundefriseur*in meiner Mutter – also ihres Hundes – oder du hast mich vielleicht bei einem Poetry Slam gesehen und fandest mich ganz nett. Na ja. Bevor du dich nun durch diese Textsammlung lesen kannst, stelle ich mich einfach mal kurz vor. Kann ja auch sein, dass du doch nicht zum eben genannten Personenkreis gehörst, sondern dieses Buch geschenkt bekommen hast (etwa von meiner Mutter) und dich jetzt gerade in diesem Moment sowieso fragst, was das Ganze hier eigentlich soll. Komischer Titel, komischer Typ und dann spricht dich das Buch auch noch direkt an. Weird.

Mein Name ist Benjamin Poliak. Rückwärts heiß ich Kaiop Nimajneb. Ich hatte mal einen zweiten Vornamen, den habe ich aber abgelegt. Ich hieß Evgen'evič und ich sage es mal so: Tassen auf dem Weihnachtsmarkt mit der Prägung *Evgen'evič* waren rar. Sollte ich einmal Kinder haben, achte ich darauf, dass deren Namen unkompliziert und leicht zu buchstabieren sind. Ganz liebe Grüße an Elon Musk an der Stelle. Kein Apostroph, kein Eszett, kein Accent aigu. Nimm das, René! Was bitte denken sich Menschen, die ihren Kindern gängige Namen mit ungewöhnlicher Schreibweise geben? Was war da los, liebe Eltern von Yann Sommer? Und der Name Leena mit zwei Es sollte verboten werden. Wahrscheinlich hat Stephen King auch genau das gemeint. Oder Annna mit drei Ns. Von hinten wie von vorne A-N-N-N-A. Oder Tomas ohne H. Wir haben uns doch mittlerweile auf ein zivilisatorisches Mindestmaß gesellschaftlichen Zusammenlebens geeinigt: Dieser Name wird mit H geschrieben – Homas.

Die meisten, insbesondere meine besten Freund*innen, nennen mich Benni. Meine Mutter – sie scheint bereits jetzt eine prägende Rolle für diese Textsammlung zu spielen – nennt mich Benja (höchstwahrscheinlich anders ausgesprochen als gerade von dir gelesen), manchmal aber auch Зайчик (»Sajchik«); das ist Russisch und heißt »Häschen«. Aber ich möchte von meiner Mutter nicht als Häschen bezeichnet werden, schließlich bin ich 23 Jahre alt. Mit 23 ist man kein Häschen mehr. Ich bin ein Hase. Einige wenige nennen mich Ben. Zuletzt wurde ich so von einer Person genannt, die ich gedatet habe, doch unsere gemeinsame Zeit endete unrühmlich – um es in einem Wort zusammenzufassen: Paul. Paul spielt Schlagzeug und da muss ich dann doch ganz selbstkritisch sagen – so cool bin ich nicht. Ich finde, das ließe sich ganz generell festhalten: Fremdgehen ist okay, wenn die entsprechende Person Schlagzeug spielen kann. Aber keine Sorge, ich hege keinen Groll auf Paul. Das wäre ja völliger Quatsch. Es ist purer Hass.

Meinen eigenen Namen mag ich eigentlich ganz gerne, zumindest mittlerweile, obwohl ihn ebenso gut ein Hund tragen könnte. Einst wurde mir sogar gesagt, Benjamin klinge wie der Name eines Huhns! Ich kenne nur die wenigsten beim Namen (höchstens sieben), aber okay, vielleicht ist Benjamin auch sehr huhntypisch. Dass mein Name wie der eines Huhns klingt, ist irgendwie eine zu spezifische Aussage. Ich persönlich kenne ja auch nur wenige Adressen von Giraffen oder Telefonnummern von Kraken.

Ich bin offiziell *Foodie*, denn ich komme aus Essen. Aber was ist Essen eigentlich für ein komischer Name für eine Stadt? Wieso nehmen wir das einfach alle so hin? Essen? Was kommt als Nächstes? Eine Stadt, die ein Adverb mit einem Körperteil verbindet? Daohren, Hiernase, Dortmund? Absurd.

Ich wurde von ein paar Jugendlichen in Bezug auf mein Alter mal unironisch auf 15 geschätzt. What the fuck?! Ich mein, als das passierte, war ich 15, aber was fällt denen eigentlich ein? Die Jugend von heute ... Als ich zwölf war, habe ich noch im Dreck gespielt, Leute beklaut und selten geduscht! Und was machen Zwölfjährige heute? Gehen auf Demos für Klimaschutz, engagieren sich sozial und können Videos besser schneiden als ich Geschenkpapier. Peinlich!

Ich war ein komisches Kind. Mit zwölf waren meine Hobbys Flaggen und Hauptstädte (Lieblingshauptstadt: Antananarivo). Mein bester Freund war Finnland. Trotzdem war die Stimmung zwischen uns oft kalt. In der Schule fand ich nicht immer schnell Anschluss. Und gelernt habe ich dort natürlich auch nichts. Also eine Steuererklärung in fünf Sprachen kann ich, klar, aber ein Gedicht haben wir nie analysiert. Typisch Deutsche Bahn. CDU – oder?! Ich bin nicht enttäuscht, ich bin wütend.

Ich habe Angst vor Feuer, Quallen, Feuerquallen und zu vielen Salzkörnern auf Brezeln. Früher auch vor Puppen. Das war eine ganz ernsthafte Angst. Puppen für Kinder sind oft auch einfach absolut unangebracht: »Hier, mein Kind, ein kleines Abbild eines Menschen mit immer offenen Augen, dessen Gliedmaßen sich etwas mechanisch bewegen. Wusstest du, dass Puppen oft die Reinkarnation toter Menschen sind? Gute Nacht!«

Reh in Car-Nation: Also quasi Bambi in Deutschland. Lasst die Mistgabeln bitte stecken. Ich weiß, dass Bambi kein Reh war, sondern ein Weißwedelhirsch.

Meine größte Jugendsünde: ein einmonatiges Praktikum bei der BILD. Aber wer frei von Sünde ist, werfe die erste Presserüge. Einer meiner Artikel schaffte es sogar in die Zeitung. Es ging um ein indisches Restaurant, bei dem man einen Rabatt auf sein Essen bekam, wenn man an einem Klavier im Laden ein bisschen Musik machte. Auf meinen Pulitzer-Preis warte ich heute noch.

Ich setze bei der abgekürzten Wortkombination »zum Beispiel« zwischen dem Z mit dem Punkt und dem B mit dem Punkt immer ein Leerzeichen und hasse es, wenn das nicht geschieht, z.B. jetzt. Es macht mir Spaß, zu sagen: »Z mit dem Punkt und dem B mit dem Punkt. Z mit dem Punkt und dem B mit dem Punkt.« Ich glaube, so ist auch Beatboxing entstanden.

Ich esse jeden Tag eine oder zwölf Dose/n Kidneybohnen oder weiße Riesenbohnen und auch ansonsten bin ich komisch. Mir fällt zu jedem Vornamen dieser Welt ein Witz ein. Zu jedem. Wenn sich mir jemand vorstellt, ich einen Namen höre oder irgendwie sonst auf ein Wort gestoßen werde, formt mein Kopf sofort irgendwelche Konstruktionen, Wortspiele und Witze. Wenn ich zum Beispiel das Wort »Komfort« höre, denke ich sofort an Harrison Ford, an Ford, das Auto, an einen Fjord. Wenn jemand zu mir kommt und sagt: »Hi, ich bin Tanja«, kann meine Antwort nur sein: »Hi, Tanja, wie heißt nochmal diese Nummer fürs Onlinebanking? Tan, ja?« Ich kann das wirklich mit jedem Namen, egal, wie kompliziert, egal, wo er herkommt – alles gar kein Problem. Mir fällt zu jedem Namen ein Witz ein. Zu jedem. Außer zu Axel, da weiß ich nie, was ich sagen kann. Enes finde ich auch hart. Aber schreibt mir gern mal eine E-Mail oder Nachricht auf Instagram und ich schenke euch einen personifizierten Namenswitz – mit Witz-zurück-Garantie, falls ihr den Gag schon einmal gehört habt. Die Witz-zurück-Garantie ist wie die Geld-zurück-Garantie, nur anders. Und ohne Geld.

Ich kann keinen Purzelbaum und ich kann keine Tabletten schlucken. Ich hatte immer Angst, mir mein Genick zu brechen. Warum ich keinen Purzelbaum kann, weiß ich nicht. Mir wurde mal eine Sonde durch meine Nase gesteckt, um mich beim Schlucken filmen zu können und zu schauen, was da nicht so ganz funktioniert. Habe dann einen Purzelbaum gemacht und konnte wieder sehen. Ich habe fast -10 Dioptrien und Angst, mal in eine Prügelei verwickelt zu werden. Wenn mir jemand freundlich die Brille von der Nase wegschlägt, bin ich kampfunfähig. Ich sehe so schlecht, ich könnte einen Toaster von einem Sandwichmaker nicht unterscheiden, selbst wenn beide 17 Kilometer entfernt von mir lägen. Ich kann im Bett, wenn ich etwas auf dem Laptop schaue, nicht auf der Seite liegen, weil sonst die Bügel brechen würden.

Auf den Bügel brechen kenn ich sonst nur von Achterbahnen. Ich gehe gern zu meiner Zahnärztin, aber ich habe Angst vor Augenärzt*innen. Ich habe ein Muttermal im Auge. Das klingt jetzt vielleicht komisch, aber irgendwann bin ich aufgewacht und dann war es da und dann war ich bei meinem Arzt und er sagte mir: »Sie haben ein Muttermal im Auge.« Das ist jetzt nicht unbedingt so der Satz, den man gerne hören würde, wenn man beim Arzt ist. Hätte er gesagt: »Sie haben kein Muttermal im Auge«, wäre das für mich völlig okay gewesen. Oder: »Es gibt Menschen, die haben Muttermale im Auge.« Alles fein, aber nein – ich habe ein Muttermal im Auge. Es bedarf nicht viel Pflege. Haare wachsen schon raus, klar, aber ansonsten ... Nee, ist einfach ein roter Fleck. Weird. Keine drei Pferde kriegen mich noch einmal in eine Praxis für Augenheilkunde. Bei vier Pferden überlege ich es mir.

Ich fühle mich an fremden Orten oft unwohl. Ein Raum braucht Zeit. Das wusste Albert Einstein schon. Ich brauche Zeit. Ich kann die Relativitätstheorie auswendig: E = M Z mit dem Punkt und dem B mit dem Punkt.[2]

Ich bin handwerklich so unbegabt, ich habe keine zwei linken Hände, ich habe keine Hände. Wenn man mich mit einem Werkzeugkasten, ein paar Platten und Metall alleine lässt, hat man nach drei Tagen Stuttgart. Sorry an alle Stuttgarter*innen, ist nichts Persönliches. Aber wenn man in Stuttgart ist, gibt es eigentlich nur eine Sache, die man gesehen haben muss: Ludwigsburg.

Ich habe Jura studiert und promoviere zur Kunstfreiheit des Grundgesetzes. Während ich gerade diesen Satz für diese Textsammlung schreibe, mache ich genau in diesem Moment Gebrauch von der Kunstfreiheit des Grundgesetzes. Das ist quasi eine Kunstfreiheit-des-Grundgesetzes-Ception. Dass ich promoviere, sage ich übrigens nicht, um anzugeben oder so. Das wäre ja total arrogant und wie ein startendes Flugzeug – abgehoben. Würde ich angeben wollen, dann würde ich natürlich hervorhebend erwähnen, dass ich erst 23 bin und schon mit 22 mit der Dissertation angefangen habe, aber das mache ich ja nicht.

Nun bin ich jedenfalls schon fertig mit dem Studium, war in all der Zeit aber quasi nie auf einer Studierendenparty. Ich habe Angst, Dinge zu verpassen, aber ich will oft auch einfach nur schlafen. Ich bin eitel und frage mich immer, ob ich stinke. Ich trage langweiliges Parfüm: öde Toilette.

Ich kann das Alphabet rückwärts aufsagen. Wenn ich von hinten beginne.

Und ich könnte einen Marathon laufen. Also nur zwei Minuten, aber Dabeisein ist alles. »Dabeisein ist alles« sagen quasi nur Leute, die verlieren. Wenn Leute, die gewinnen, sagen »Dabeisein ist alles«, dann wirkt das arrogant und hochnäsig. Ich will dabei sein und ich will gewinnen. Aber wenn nicht, ist das auch nicht schlimm. Aber zurück zum Marathon: Ich könnte auch gar nicht wirklich mehr laufen, denn ich bin mit Klumpfüßen geboren. Allein das Wort klingt eklig: Klumpfüße. Für die, die es nicht kennen: Meine Füße haben heute leider kein Foto für dich. Bei meiner Geburt waren meine Füße nach innen geneigt, als ob jeder Fuß einen Purzelbaum machte oder sich ein bisschen zu sehr verbeugte. Das Erste, was der Arzt bei meiner Geburt zu meiner Mutter sagte (und das ist kein Scherz): »Fußballspieler wird er nicht.« Und was soll ich sagen?

Er hatte recht. Ich hatte nicht nur Klumpfüße, ich war auch extrem dick: Wenn meine Freunde früher auf dem Bolzplatz Fußball spielten, durfte ich nicht einmal ins Tor. Nee, ich war der Vierte Offizielle. Habe die Auswechslungen angesagt. Es gab keine Auswechslungen. Und ich war trotzdem außer Atem. Beim Sportunterricht wurde ich nicht als letzte Person gewählt, sondern vom Sportlehrer verprügelt. »Fußballspieler wird er nicht« ist nun wirklich nicht die allerempathischste Aussage. Nicht erst mal: »Ja, scheint sonst gesund zu sein.« Nee, war wohl weniger wichtig. Das ist so, als ob eine Notärztin an eine Unfallstelle kommt, jemand eingeklemmt im Auto liegt und sie dann sagt: »Ich glaube, ich esse heute Burger.« Guten Appetit und vergiss nicht, dass Pommes als Beilage selbstverständlich besser als Wedges sind, aber ich glaube, es gibt gerade dann doch Wichtigeres!?

Hi! Mein Name ist Kailop Nimajneb. Rückwärts heiße ich Benjamin Poliak. Ich kann schon das kleine Einmaleins, das große A-B-C, ich kenne alle 14 Länder der Erde und auch das chemische Element von Wasserstoff: Volvic. Mein Lieblingswochentag ist Samstag, denn man kann ausschlafen *und* lange wach bleiben – absoluter *USP* des Samstags. Meine Lieblingsjahreszeit ist Frühling, denn im Herbst ist es kalt, im Winter ist es kalt und glatt und im Sommer hat man immer irgendwelche Tiere an seinem Essen. Man schaut nur ganz kurz nicht hin und plötzlich kreist da eine Kuh um deinen Obstsalat. Mein aktuelles Lieblingslied (Stand Oktober 2022) ist *Bodys* von Car Seat

Headrest. Ich bin 23 Jahre alt und aktuell so glücklich wie nie zuvor. Ich habe eine Arbeit, die mir Spaß macht, ich habe Freund*innen, die mir Freude und Liebe schenken, ich verdiene genug Geld, um mir veganen Feta leisten zu können – das ist zugegebenermaßen sehr wichtig –, ich bin recht glücklich mit meinem Körper und mir selbst, wobei: Meine Haare hätte ich heute schon noch besser hinkriegen können. Hm. Sieht man jetzt zum Glück ja nicht. Aber ich weiß um meine Privilegien. Es läuft nicht alles perfekt, ich habe Ängste, ich habe Wünsche, ich weine und lache gerne, oft und viel. Ich bin froh, auf Bühnen stehen zu dürfen. Das bin ich wirklich. Ich liebe Poetry Slams. Dieses Format, diese Kunst, menschlichen Austausch. Das Reisen und das Erkunden neuer Städte.

Und oft gibt es Bier umsonst. Oder die Apfel-Kirsch-Holunder-Limo von fritz. Ein ganz wesentlicher Vorteil.

Ich liebe die Sprache. Schon immer wollte ich mich artikuliert ausdrücken können. Dahingehend wurde mir stets geraten, auch gehobenere und intellektuell anmutende Worte zu benutzen – etwa das Wort »profund«. Und das beherzige ich mittlerweile: »Wie viel ist der Euro wert – pro Pfund? Wie viel verdienen Piraten – pro Fund?«

Meinen allerersten Auftritt hatte ich am 12. Dezember 2015 bei der *Weststadtstory* in der Essener Weststadthalle. Zwei Freundinnen erzählten mir von diesem coolen, hippen, neuen Literaturformat mit dem schönen Namen Poetry Slam, bei dem irgendwelche Leute selbstgeschriebene Texte auf Bühnen vortragen und dann am Ende vom Publikum bewertet werden. Ich hatte damals noch nicht von dieser Kunstform gehört, habe aber – obwohl nur ein Zuschauen geplant war – sofort Lust bekommen, selber auch einen Text zu schreiben. Als zu diesem Zeitpunkt frisch gebackener Veganer entschied ich mich dazu, einen Text zum Thema Veganismus zu schreiben: Es entstand mein allererster Poetry-Slam-Text. Ich war in hoffnungsvoller Erwartung, dass womöglich eine Person ausfällt, die eigentlich für einen Auftritt eingeplant war, und ich für sie einspringen kann – in einer Location mit wohlgemerkt mehreren hundert Personen. Das war schon irgendwie arrogant. Angekommen in der Weststadthalle kam es dann tatsächlich zu der Situation, dass die Moderation mitteilte, ein*e Poet*in sei ausgefallen und Ersatz werde benötigt. Ich meldete mich (viel zu überschwänglich) und durfte tatsächlich meinen Text vortragen. Ein komplett unwirkliches Gefühl. Die Auftrittszeit von circa fünf Minuten überschritt ich um circa fünf Minuten. Dass ich trotz meines circa zehnminütigen Textes nicht unterbrochen wurde, weiß ich sehr zu schätzen. Aber da ich ohnehin nur einen einzigen Text dabeihatte, also nichts in einer möglichen Finalrunde vortragen konnte, trat ich außerhalb der Wertung an – was mir erst hinterher bewusst wurde. Das Feedback war jedoch unglaublich positiv und die Freude, auf der Bühne stehen zu dürfen und Leute zum Lachen und womöglich auch zum Nachdenken bringen zu können, die war für mich unbeschreiblich. An diesem Tag begann meine Leidenschaft für den Poetry Slam, die Bühnenkunst, das gesprochene Wort. Seitdem stand ich weit über 250 Mal in fünf Ländern des deutschsprachigen Raumes auf Bühnen jedweder Art. Eine Pause legte ich lediglich von 2019–2021 ein, da ich mich in dieser Zeit nahezu ausschließlich auf mein Studium konzentriert habe.

Poetry Slam hat mich während meiner Zeit des Aufwachsens, der Spätpubertät, des Erwachsenwerdens begleitet. Daher ist dieses Buch aufgeteilt nach den Lebensjahren, in denen ich Texte geschrieben habe. In manchen Jahren waren es mehr, in manchen weniger. Vielleicht lässt sich ja sogar eine Entwicklung aufzeigen. Ich habe den Menschen, die mich auf Bühnen eingeladen, mich gefördert und an mich geglaubt haben, unendlich viel zu verdanken. Denn das Auftreten, das Schreiben, das Reisen, das In-Kontakt-Treten mit so vielen anderen Menschen haben mich und meine Persönlichkeit maßgeblich geprägt. Ich bin offener geworden, selbstbewusster, zugewandter, kreativer und insgesamt einfach fröhlicher. Ich habe daran nie so wirklich geglaubt, aber die Taube kann eben Berge versetzen. Ich bin ein positiver und optimistischer Mensch. Ich glaube an das Gute in Menschen, was nicht immer zum Vorteil gereicht. Und der bloße Glaube reicht natürlich nicht aus, um – insbesondere strukturelle – Probleme verändern zu können (Globuli). Aber: Wer nicht wagt, der*die nicht gewinnt. Das hat schon Aristoteles getwittert.

Es ist für mich nach wie vor irgendwie unwirklich, dass ich dieses Glück habe, in prachtvollen Theaterhäusern, aber auch in versifften Kellerclubs meine Gedanken und Witze teilen zu dürfen und jetzt in diesem Moment sogar gelesen werde. Von dir. Ja, ganz genau, von dir! Genau in diesem Augenblick! Ich stehe irgendwo vor einem Mikrofon und erzähle Dinge über mein Leben und Menschen hören mir zu. Mittlerweile sollte ich nach einigen Auftritten sogar schon Autogramme geben und Fotos machen. Ich?! Was habe ich denn schon geleistet? Das ist absurd. Es ist für mich wirklich absurd. Aber auch großartig. Das ist ein Privileg, das ich unendlich zu schätzen weiß. Es gibt für mich nichts Schöneres, als nach einem Auftritt angesprochen oder angeschrieben zu werden: »Das war schön!« Oder: »Ich musste lachen!« Ganz ehrlich und von ganzem Herzen: Danke, dass mir zugehört wird. Das klingt jetzt vielleicht pathetisch, aber: Ich kann wirklich keinen Purzelbaum. Und es bedeutet mir die Welt. Erst auf der Bühne habe ich gelernt, wer ich wirklich bin. Uff, ich sollte besser aufhören, bevor es wirklich zu viel Pathos wird. Danke an alle Menschen, die mich auf diesem Weg begleitet und unterstützt oder *einfach nur* bei irgendeinem Auftritt mit ihrem Applaus dafür gesorgt haben, dass es mir besser geht. Das Brot der Künstler*innen ist doch der Applaus – aber bitte mit Dinkel und Sonnenblumenkernen. Applaus und Geld.

Als ich mit dem Schreiben und Auftreten angefangen habe, machte das in meiner damaligen Schule durchaus die Runde. In einer Biologiestunde in der 12. Klasse, während wir wahrscheinlich irgendetwas mit Mitose, Meiose oder Mayonnaise besprachen, schrieb mir mein Sitznachbar einen (hoffentlich nicht zu 100 Prozent ernst gemeinten) kleinen Text und schob ihn mir rüber. Ich fand ihn in der Vorbereitung zu dieser Textsammlung nach vielen Jahren wieder und möchte ihn gerne zitieren, denn die nun circa sieben Jahre alte Analyse hat durchaus etwas für sich:

»Poetry Slam. Ein pseudointellektueller Teil der Gesellschaft, dem eine Bühne geboten wird, um ihren geistigen Dünnschiss loszulassen. Texte über vermeintlich wichtige Themen der Gesellschaft und was bleibt übrig: nur leere Worte wie die der Politik, die sie vorher kritisierten. Und beim Publikum bleibt weniger haften als bei altem Patafix. Allerhöchstens amüsiert man sich später noch über ein schlechtes Wortspiel. Poetry Slam machen Leute, die zu unlustig sind, um Stand-up-Comedy zu machen, zu unfähig sind, um Bücher zu schreiben, und zu wenig Ehrgeiz haben, um in die Politik zu gehen. Guten Abend!«

In diesem Sinne: Viel Spaß mit dem restlichen Buch und bis hoffentlich bald auf einer Live-Veranstaltung! Folge mir sehr gerne auf Instagram, TikTok und natürlich der wichtigsten Plattform für junge Leute: Google+. Aber bitte nicht auf dem Nachhauseweg. Ciao mit Ypsilon!

16

Am 13.09.2015 bin ich 16 Jahre alt geworden. In diesem Lebensjahr konnte ich mein Abitur abschließen. Mit 16 Jahren habe ich meinen letzten komplett freien und unbeschwerten Sommer erlebt, bevor das Studium begann. Das Gefühl von Aufbruch und Freiheit, der Geruch von Pistazieneis und nassem Asphalt im Morgengrauen. Ich habe mich für das Studium der Rechtswissenschaft in Bochum eingeschrieben und war anfangs noch sehr unsicher, ob ich hier wirklich persönliche Freude und Erfüllung finden würde. Ich blieb zuhause in Essen wohnen. Ich war das erste Mal im Leben so richtig unglücklich verliebt. Hach ja, einmal wieder 16 würde ich eigentlich nicht gern sein wollen. Denn mit 16 Jahren war ich noch ein Kind.

Die längste Zeit meines Daseins als 16-Jähriger war 2016. Das ist gefühlt schon Ewigkeiten her. Gab es da überhaupt schon das Internet? 2016 haben Bastian Schweinsteiger und Lukas Podolski ihren Rücktritt aus der Nationalmannschaft erklärt. Die Texte, die ich in diesem Jahr geschrieben habe, sind auf dem geistigen Niveau eines pubertierenden jungen Menschen auf dem (langsamen) Weg zum Erwachsensein.

Bis auf minimalste Änderungen und Ergänzungen, die meist sprachlicher Natur begründet sind, entsprechen alle folgenden Texte genau der Version, die ich entweder damals auf dem alten Laptop meiner Mutter oder später auf meinem eigenen Laptop in das Wordprogramm eingetippt habe. Lediglich Einleitungen wie diese, Fußnoten und Vorbemerkungen sind im gesamten Buch aus aktueller Sicht geschrieben.

Ich geh nicht nach Nicaragua

Den folgenden Text habe ich unmittelbar nach meinem Abitur geschrieben. Ein Text über Zukunftsängste, Kontrollverlust und Leute, die die Welt retten wollen. Hiermit konnte ich mich 2016 im Halbfinale der deutschsprachigen U20-Poetry-Slam-Meister*innenschaft in Magdeburg/Halle für das Finale qualifizieren.

»Du lebst nur einmal!«, sagt mir Rashnavar, als wir so über unsere Zukunftsvorstellungen sprechen. Irgendwie gefällt mir dieser Satz nicht. Ich lebe nur einmal, ja. Aber soll ich deshalb jetzt eine Bank ausrauben gehen? »Hey sorry, liebe Polizei, aber ich leb halt nur einmal!« Oder soll ich etwas wirklich Weltbewegendes tun und anfangen, Schmetterlinge zu züchten? Tut mir leid, aber ich werde mir meine kostbare Zeit doch nicht einfach so raupen lassen! Denn auch wenn ich 68 Mal Leben würde, hätte das doch nichts daran geändert, dass ich nach der Schule erst einmal nichts machen will. Welch Schande! Hat jemand vielleicht mal Feuer für mich? Und einen wütenden Mob? Ich würde mich gerne auf dem Scheiterhaufen verbrennen lassen.

Es ist nicht schlimm, seinen eigenen Weg zu gehen. Es ist auch nicht schlimm, seinen eigenen Weg zu sprinten, wenn das einigen Menschen lieber ist. Es ist aber durchaus fahrlässig, seinen eigenen Weg durch einen düsteren

Wald abkürzen zu wollen. Da lauern Gefahren auf dich. Und Zombies. Und Wildschweine. Jeder Mensch hat doch seinen ganz persönlichen Weg, um letztlich das gleiche Ziel zu erreichen: innere Zufriedenheit. Und einmal im Leben Pommes mit Nutella zu essen.

Dabei sind es nicht die kleinen Dinge im Leben, die es so *herrlich individuell* machen. Das war früher beim Umziehen für den Schulschwimmunterricht nicht so und das ist auch jetzt nicht so. Doch warum sofort groß denken? Warum muss man immer direkt alles wissen, richtig handeln, etwas tun? Es geht nicht um die Größe der Entscheidung, wenn man mit ihr gut umgehen kann. Ich kann auch zwischen Option A und Option B Option C wählen. Wenn Option C mit Käse überbacken wird. Oder mit Hefeschmelz und Wilmersburger. Es muss nicht alles einen großen, prunkvollen Rahmen haben, denn das bisherige Bild meines Lebens ist hässlich. Ein hässliches, weißes Gewand wird auch nicht dadurch schöner, dass Gal Gadot es trägt. Oder Jesus Christus. Aber das ist okay. Mir reicht das alles so. Mehr will ich erst einmal nicht. Hab ja ohnehin genug Überfluss.

Aber möchte ich wirklich nicht raus aus meiner Heimatstadt? Denn diese »Du gehst nicht wegen dem genialen Soundtrack ins Kino, sondern wegen *des* genialen Soundtracks«-Menschen bleiben alle mit mir hier. Oh, entschuldige bitte vielfach, geliebter Herr Deutsch-Lehramtsstudent. Ja, ich habe mich vertan. Stimmt. Tut mir leid. Du bist perfekt. Das war jetzt aber mein einziger Fehler. Na, bluten dir die Ohren? Arschloch. Und diese »Du kennst die Hauptstadt von Fidschi nicht?«-Menschen bleiben leider auch hier bei mir. Ich muss nicht wissen, dass die verdammte Hauptstadt von Fidschi Suva ist, aber ich kann – wenn es mich interessiert. Wenn genau das meine sich entwickelnde Persönlichkeit ausmacht und ich Geologe werden möchte. Oder später nach Fidschi gehen will.

Wenn es bis dahin nicht zu Atlantis geworden ist. Oder nach Nicaragua. Um die Welt zu retten! Den Menschen dort geht es allen so dermaßen schlecht. Und ich bin so unfassbar egoistisch und leb hier mein gemütliches Kinderzimmerleben auf mit Straßen bedrucktem Teppich. Im völligen Luxus. Wo alle Menschen morgens Trüffel auf ihr Brötchen schmieren, sich mittags einen Kaviar-Smoothie einverleiben und abends ein Kilo Wagyū-Beef kredenzt bekommen. Im Plattenbau. Und im Obdachlosenheim. Und natürlich in der Geflüchtetenunterkunft. Ich will es für mich selbst entscheiden dürfen, wem ich hinterhertrauere und wie ich mir mein Leben baue. Das ist nicht die Sache von gescheiterten Philosophie-Studierenden. Oder selbstständigen Startup-gründenden Träume-Erfüller*innen. Alle müssen ja ein Start-up gründen. Einmal *Die Höhle der Löwen* geschaut und sich dann denken: »Ja, das kann ich auch. Ich bringe ein bioveganes Produkt auf den Markt!« Welch neuartig-innovative Idee. Und dann auch noch glutenfrei, zuckerfrei, palmölfrei und sojafrei. Siehe da: Eisbergsalat.

Die Gesellschaft legt mir einen Zwang auf, in jedem Moment etwas tun zu müssen. Etwas fühlen zu müssen. Nichts aufschieben zu dürfen. Alles selber vorzukauen und erst dann zu essen. »Mach was aus deinem Leben! Geh arbeiten! Mach eine Ausbildung. Spiel wenigstens im Lotto mit. Wenn es gar nicht anders geht, dann studiere eben Maschinenbau! Da hast du dann zwar Samenstau, aber du machst was aus deinem Leben!« Ja, und dann brichst du nach zwei Semestern ab und schaust zurück auf das, was du geschafft hast: eine maschinelle Hand, die Flaschen reichen kann. Wow! Dabei kann dir doch eigentlich niemand das Wasser reichen? Aber ist doch schön: Dann musst du deine Hand demnächst nicht mehr bewegen, um Flaschen zu holen, sondern kannst dir mit beiden Händen einen runterholen, während du genüsslich ein Glas Bio-Bananensaft aus Nicaragua trinkst. Mmmmh.

Denn all meine Freund*innen waren nach der Schule gleich:

»Ich geh nach Chile, weil es mir hier zu westlich geworden ist.«

»Und ich geh nach Australien, Abenteuer erleben!«

»Und ich geh nach Namibia. Endlich mal Löwen nicht nur in Gelsenkirchen sehen.«

»Ich geh nach Nordkorea, Pjöngjang unsicher machen!«

»Und ich geh nach Nicaragua [ausgesprochen selbstverständlich: ›Nicharachua‹]. Die Welt zu einem besseren Ort machen. Um das Leben in seiner Wirklichkeit zu erfahren.«

Und ich denke mir so: Toll! Finde ich wirklich toll, dass ihr so etwas macht! So mutig und hilfsbereit und hach, da fällt einem nichts mehr zu ein. Einfach wunderbar! Geht doch eure Kokosnüsse schlürfen und rettet Mango essend die Welt, ich versuche hier, zu überleben! Nachts in Herne-Mitte oder Essen-Bergeborbeck. Da erfahr ich auch das echte Leben! *Goodbye Deutschland!* am Arsch. Ich brauche keine Palmen und keinen Strand, wenn ich Tannen hab. Und die Ruhr. Zypressen können mich mal! Und Ruhr habt ihr wahrscheinlich auch noch bald. Drücke euch in Bezug auf die medizinische Versorgung auf jeden Fall alle Daumen (zwei). Würde ich die beschissene Welt retten wollen, hätte ich mir irgendein Kostüm genäht, würde mich von irgendwelchen Tieren stechen lassen und, weil ich dann natürlich fliegen könnte, vom höchsten Gebäude der Stadt springen. Problem gelöst. Aber ich will die Welt nicht retten. Ich kann nicht nähen. Und ich will es auch nicht können. Und selbst wenn ich ein Superheld wäre, dann nicht so etwas Langweiliges wie Spider-Man oder Batman, nein, ich würde auf eine Weide gehen und mich von einer Ziege beißen lassen. Dann wäre ich halb

Mensch, halb Ziege: Määääääääääääääää.[1] Doch nicht vergessen werden darf, dass nicht alle Held*innen dieser Welt Umhänge tragen. Manche auch Ganzkörperanzüge.

Warum immer dieses melancholische Fernweh, wenn wir zuhause sind, und warum immer dieses emotionale Heimweh, wenn wir von Zuhause weg sind. Das ist doch kein Schmerz. Wenn man eine Staffel vor dem Ende gesagt bekommt, wie Ted die Mutter kennengelernt hat: Das ist Schmerz. Heimweh, Fernweh, Reiseweh, denn in der Mitte zwischen Fern und Heim ist es ja auch doof, weil man dann mitten im Meer landen würde. Weh, weh, weh: Sind wir hier im Internet? Gebt mir einen Fluss und einen Snapchat-Filter, ich möchte melancholisch sein! Und einen lustigen Cowboyhut und einen Snapchat-Filter, ich möchte verrückt sein. So richtig crazy. Ich kann mir hier auch neue Freund*innen suchen! Und wenn ich keine finde, habe ich immer noch meine Wellensittiche. Und wenn sie mir irgendwann mal davonfliegen sollten, habe ich immer noch meine Oreokekse! Für mich immer noch das größte Wunder, als ich erfuhr, dass in der als Milchcreme firmierenden Creme kein Tropfen Milch drin ist.

Es ist ein riesiger Druck, der auf einem jungen Menschen lastet, wenn er vielleicht noch nicht ganz so genau weiß, was er mit seinem Leben anfangen möchte. Das ist ein langwieriger Prozess. Lasst mich tagelang zocken, bevor ich was aus meinem Leben mach. Ich will nicht über die Zukunft nachdenken, wenn ich meine Zeit noch viel sinnloser nutzen kann.

Menschsein bedeutet, irrational zu sein und irrational sein zu dürfen. Menschsein bedeutet, frei zu sein und selbst entscheiden zu können, ob man in Nicaragua die Welt retten will oder auf einer Kirmes in Essen sein Geld

....

[1]   Das ist wahrscheinlich der beste Witz, den ich mir jemals ausgedacht habe. Bislang fand ihn jedenfalls noch niemand blök.

verprasst, aber nach drei Stunden aus einem der Greifautomaten dann doch noch einen Teddy rausbekommt. Und ich? Ich mag es, »Nicharachua« zu sagen, aber ich geh da nicht hin. Vielleicht flieg ich mal hin – in 30 Jahren, falls ich bis dahin reich bin. Und vielleicht mach ich irgendwann nach ein paar Jahren Arbeit auch das, was man sagen würde, wenn mich jemand dabei sieht, wie ich im Schlaf Speichel entlasse: (Der) sabbert ja! Und vielleicht seh ich dann die Welt. Aber noch schmeiß ich viel lieber Dosen um, lass mich dabei von meinen dagebliebenen besten Freund*innen filmen und studier dann irgendwann bald Philosophie oder Geologie oder Maschinenbau, zieh um nach Großbritannien oder nach Chile oder nach Bochum, trag Zeitungen aus, um meine selbst gebauten Maschinen und den Bio-Bananensaft, den du persönlich in Nicaragua für mich gepresst hast, finanzieren zu können, und leb mein Leben nach meinen Vorstellungen.

Was ist Ironie?

Der folgende Text ist der erste richtige Poetry-Slam-Text, den ich bewusst als solchen für einen geplanten Auftritt geschrieben habe. Es ist mir fast etwas unangenehm, diesen Text hier zu zeigen, da er eigentlich eine bloße Aneinanderreihung von Wortspielen und popkulturellen Referenzen ist – und dann auch noch aus 2016. Textlich wirklich ein einziges nicht-aktuelles Armutszeugnis, aber retrospektiv vielleicht auch ganz nett, um ein wenig über sich selbst schmunzeln zu können. Ich hatte damals eine Einleitung formuliert, mit der ich vor jedem Auftritt, bei dem ich diesen Text vortrug, begann. Und ich denke, dass diese Einleitung eine ganz gute Einstimmung darauf ist, was danach folgt: »Ich war letztens bei meinem Friseur und der fragte mich, ob ich mir mal einen Irokesen-Haarschnitt machen lassen will. Und ich sagte: ›Was, ich? Iro? Nie!‹ – daher habe ich nun einen Text über Ironie geschrieben.« Ironie: Das klingt doch nach einem spannenden Thema. Viel »Spaß«!

Ironie ist, wenn der Dalai Lama dir ins Gesicht spuckt. Ironie ist, wenn man zwei verliebte Schiffe shippt. Ironie ist, wenn passende Organspender*innen auf Herz und Nieren geprüft werden. Ironie ist, wenn amerikanische Polizist*innen einen Witz zum Schießen finden. Ironie ist, wenn sich Deutschland, Deutschland über alles, über alles in der Welt beschwert. Ironie ist, wenn Gesetze mit »Auf Wiedersehen!« verabschiedet werden. Ironie ist, wenn Krieg mit Waffen bekämpft wird. Ironie ist, wenn Witze über die katholische Kirche ausgelutscht sind, irgendwie unorthodox und nicht so ganz koscher erscheinen. Ironie ist, wenn sich Jesus Christus nicht auf seine Meinung hat festnageln lassen. Ironie ist, wenn man Sexismus und Alice Schwarzer ablehnen kann. Ironie ist, wenn der menschengemachte Klimawandel für einen Wandel im menschlichen Klima sorgt. Ironie ist, wenn ich mit dieser Anapher aufhöre. Ironie ist, wenn ich es doch nicht tue. Es ist ironisch, wenn ich es dann doch tue. Es ist Ironie, wenn Horst Seehofer auf dem Oktoberfest nach dutzenden Maß Bier gegen eine Legalisierung von Cannabis wettert oder atheistische Menschen in Bayern »Grüß Gott!« sagen. Ironie ist, wenn Kathrin Oertel[2] auf Facebook einen Boykottaufruf gegen amerikanische Produkte startet. Über ihr iPhone. Ironie ist, wenn Bernd Lucke die AfD zu rechts wird und er sich eine Alternative sucht. Ironie ist, dass allein die Tatsache, dass Beatrix vom Storch gebracht wurde, ein Schuss in den Ofen war. Ironie ist, wenn Xavier Naidoo für die BRD-GmbH[3] singen würde. Ironie ist, wenn Wladimir Putin nach seinem Tod in einem Krimatorium eingeäschert und sein Kind LGBTIQ*-Aktivist*in wird. Ironie ist, wenn Recep Tayyip Erdoğan eine Tochter kriegt, die lachend Twitter benutzen will, und er beim Geografie-Scrabble mit den Buchstaben K, U, R, D, I, S, T, A und N einfach kein Wort findet. Ironie ist, wenn Benjamin Netanjahus Sohn für eine Zwei-Staaten-Lösung ist. Ironie ist, wenn immer die USA an allem Schuld sind und die Rothschilds die ganze Welt beherrschen. Ironie ist, dass Bushido einen Bambi gewinnt. Im Grabe umdrehen würde sich Walt Disney, denn

....

2   Wer?

3   Insbesondere in der rechtsextremen Reichsbürger*innenszene glaubt man daran, dass Deutschland kein souveräner Staat, sondern eine GmbH sei.

da kommt nichts, bis auf einen Diss, ey.[4] Ironie ist, wenn Pinocchio nie gelogen hat, sondern nur schrittweise zum Judentum konvertiert ist.[5] Ironie ist, wenn das Konvertieren gar nicht geht. Ironie ist, wenn man denkt, dass das Konvertieren gar nicht geht, es aber eigentlich doch geht. So, jetzt ist aber auch mal jud. Ironie ist, wenn man als Toyota-Fahrer*in an seine Grenzen stößt und Ritter Sport schlecht findet. Und unpraktisch. Und trotzdem rundum gelungen. Wenn REWE jeden Tag ein bisschen schlechter wird, EDEKA Lebensmittel eigentlich hasst und LIDL sich nicht lohnt. Ironie ist, wenn man in seinem amerikanischen Automobil Ford fährt. Ironie ist, dass VW Deutschland wieder einmal durch Gas in ein schlechtes Licht hat stellen müssen. Ironie ist, wenn Polizist*innen, Feuerwehrleute und Notärzt*innen bei einem gemeinsamen Essen als Vorspeise alle das Tatü-Tatar auswählen. Ironie ist, wenn man im Restaurant schöne Grüße bestellt und der Gruß aus der Küche ein »Hallo!« ist. Ironie ist, wenn man Kellner*innen statt Trinkgeld eine Flasche Wasser anbietet. Ironie ist, wenn Apotheker*innen im Restaurant nach einem Rezept fragen. Ironie ist, wenn Köch*innen in der Apotheke nach einem Rezept fragen. Ironie ist, wenn ein Rezept nach (vor Wut) kochenden Apotheker*innen fragt. Ironie ist, wenn der eigene Humor-Horizont beschränkt und eigentlich nur auf Penis-Witze versteift ist. Ironie ist, wenn in Katar in riesigen, durchklimatisierten High-Class-Luxus-Arenen Fußball gespielt wird, obwohl direkt nebenan Menschen das Geld, Hilfe und unsere Aufmerksamkeit sehr viel besser gebrauchen könnten. Ironie ist, dass für eine WM Menschen beim Erbauen der riesigen Geldverschwendungen sterben müssen und dass eine Veranstal-

. . . .

4   Das tut mir beim Schreiben weh.
5   Ich bin jüdisch. Das ist vielleicht an dieser Stelle ein nicht ganz unwichtiger Hinweis.

tung, die für internationale Völkerverständigung stehen möchte, das Abbild der Welt ist. Die Reichen nutzen die Armen aus, damit sich die Bourgeoisie ihrer glutenfreien Brot und Spiele ergötzen können. Damit der Nationalismus auf Deutschlands Straßen wieder aufersteht und neu entbrannt wird. Wortwörtlich. Ich will wahrlich kein Spielverderber sein, aber »So gehen die Deutschen, die Deutschen, die gehen so« hätte ich gern mal 1945 gehört. Ironie ist, wenn Nazis eine Stiftung gründen und sie *Brand-Stiftung* nennen. Ironie ist, wenn Julian Brandt eine Stiftung gründet und sie *Julian-Brandt-Stiftung* nennt. Ironie ist, dass das Logo der Band Kiss an die Waffen-SS erinnert. Ironie ist, dass Rechte keineswegs recht, eher zwei linke Hände haben und mit recht linken Methoden versuchen, Menschen zum Hassen zu bewegen. Ironie ist, wenn sich Nazis in Trier über sich selbst lustig machen: »Buntes Trier, nicht mit mir!« Und sie aber eigentlich nur Angst haben: »Fear, Fear, Fear!« Ironie ist, dass man auch als normaler Fußballfan einen allgemeinen religiösen Fanatismus scheiße finden kann. Aber *NoFuGeReFa* klingt halt einfach nicht so catchy wie *HoGeSa*. Ironie ist, wenn man Anglizismen cool findet. Ironie ist, wenn der *HoGeSa*-Kreisverband südwestlich von Rheinland-Pfalz *HoGeSaar* heißen würde. Ironie ist, wenn Pierre einen Vogel hat und mit seinen Glaubensbrüdern und der *LIES!*-Kampagne eigentlich nur auf Analphabetismus aufmerksam machen will. Ironie ist, wenn IS-Selbstmordattentätern im Himmel 72 männliche Jungfrauen begegnen. Ironie ist, wenn Terrorist*innen immer am Anschlag sind. Ironie ist, wenn sich – vielleicht zu selten besorgte – Bürger*innen über Halal-Schlachtungen und Schächtungen aufregen, aber Massentierhaltung vergessen und obendrein unbemerkt genüsslich in ihren Döner beißen. Ironie ist, wenn sich Nazis plötzlich um Tiere und um Obdachlose kümmern und sie für ihre perfiden Zwecke instrumentalisieren. Traurig ist, dass man heutzutage kein*e Musiker*in mehr sein muss, um mit Musik erfolgreich zu werden und dass im Osten scheinbar keine reinen Hauptsätze existieren können, aber ... Ironie ist, wenn Donald auf den Gefühlen von Milliarden muslimischen Menschen herumtrumpelt. Ironie ist, wenn einer die Absicht hat, einen Grenzzaun zu errichten. Erschreckend, wenn es sogar mehr als einer wird. Ironie ist, wenn man sich die ganze Zeit seine eigene Meinung mit der *Welt* über Süddeutschland bildet, statt mit der *Süddeutschen* über die Welt. Ironie ist, wenn jede deutsche »Lügenpresse« trotzdem noch um Welten oder Süddeutschen besser ist als *Russia Today* oder *KenFM* – und der Fokus eben nicht auf Bildern liegt, sondern auf Geschichten, die sich womöglich lediglich in Bildern widerspiegeln. Ironie ist, wenn die UNO die Karten auf den Tisch legt, Worten aber keine Taten folgen lässt. Reverse-Card! Ironie ist, wenn dieser Satzanfang anfängt, zu nerven wie Massenhypes auf Facebook. Traurig, dass man sein Profilbild verändert, aber trotzdem nicht versucht, etwas am eigenen Leben zu verändern. Ironie ist, wenn sich in Frankreich ein Charlie im Vorstellungsgespräch bei einem Comic-Verlag mit »Je suis Charlie« vorstellt. Vorgestellt, Länder könnten sprechen: »Je swiss neutral.« Ironie ist, wenn Biene Maja im Staffelfinale endlich mal zusticht. Ironie ist, wenn man auf einer Beerdigung einen Witz nicht sargen kann, obwohl er zum Totlachen ist. Ironie ist, dass ich meinen roten Faden langsam verliere, mir aus verschiedenen Fäden aber ein ganzes Spinnennetz spinne, um euch Spinner*innen einzufädeln. Ironie ist, wenn man sich selbst nicht immer zu ernst nimmt und wenn man als rachsüchtige Person seinem Hund ins Körbchen kackt. Ironie ist, wenn man nicht mehr glücklich sein darf in dieser kaputten Welt. Hach, die Ironie ... Ironie ist, wenn Leute mit pseudophilosophischen Texten einfach nur nerven. Du willst herumphilosophieren? Dann triff dich mit Captain

Morgan. Ironie ist, wenn ich mir nicht sicher bin, ob ich einen Text über Unsicherheiten schreiben könnte. Ironie ist, wenn ich einen Text über Understatement damit einleiten würde, dass ich denke, dass der Text eigentlich nicht so gut sei. Ironie ist, wenn der Text dann »Der beste Text aller Zeiten« hieße. Ironie ist, wenn es jetzt in diesem Text hier noch weitergehen würde. Ironie ist, wenn Tage kommen, an denen du nicht ironisch sein darfst: Das Portemonnaie ist verloren, die Prüfung verhauen, der Stuhl grün. Ironie ist, wenn du dich trotzdem draufsetzt und nicht von einem Möbelstück sprichst. Ironie endet nie. Das merkst du dann, wenn du – nachdem du so durch dein tristes Leben durchgestolpert bist – in deinem Sarg ganz tief unten in der Erde aufwachst und genau diese Situation zu Lebzeiten schon immer dein größter Albtraum gewesen ist. Aber immerhin hättest du dann deinen Traum erfüllt. Ironische Selbstverwirklichung. Jeder Mensch ist des eigenen Peches Schmied*in. Ironie ist, wenn du deinem Schicksal ein Beinchen stellst, aber vom Leben trotzdem nicht disqualifiziert wirst. Also: Was isst nun Ironie? Nichts. Ironie ist schon satt.

Socken

14 Tage und weiße Söckchen. 4 000 Gramm und braune Löckchen. Prosa, Steuererklärung und lückenhaftes Deutsch. Straßenmusik, Häuser und krampfhafter Stolz. Zweitgeborenes und Everybody's Darling. Zeit gestohlenes und abbezahltes Darlehen. Sinnbefreit und Krabbelgruppe. Große Clowns und Krabappel-Puppe. Tische, Stühle und rosarotes Töpfchen. Sonne, Schein und boshaftes Tröpfchen. Voller Regen und breit die Wolken. Stunden wartend und Zeit gemolken. Länger wartend, sitzend, allein zuhaus. Probleme belastend, sitzend gelassen, gestellt auf die Beine, zuhauf. Kindergarten und Brote wie geschmiert. Marienkäfer in Glasgefäßen, Freund*innen in Wörtern und Zeilen selbst kreiert. Marmelade und Milch, Honig und bitterer Geschmack. Das ist falsch und hier, Mama, hol mich und bitte ab. Alltag und Dreck und Zeitschrift versteckt. Umzug, Kartons und neues Leben entdeckt. Älter werden, Eltern werden. Überschätzt und unterschätzt. Oma bleibt. Nicht ewig. Wartend auf. Mama. Essen. Mach doch selber. Verantwortung und Selbstständigkeit. Einschulung und Beständigkeit.

Fünf Jahre und weiße Socken. Zu viel Gramm, zu viele Locken. Prosa, Steuererklärung und noch immer lückenhaftes Deutsch. Musik, Häuser und nicht weniger krampfhafter Stolz. Zweitgeborenes und Everybody's Darling.

Zeit gestohlen, Geschichte darlegen. Fuß-OP und Mousse au. Irgendwas Französisches. Irgendwas Elliptisches. Inversion und Invasion. Alle Kinder lernen Lesen. Mein Körper, der gehört mir allein – und jede Zelle meines Körpers ist glücklich. Stricken und Phantasiereise. Ersticken und Anarchie-Waise. Selbst schätzend glücklich, Sechs, setzen, muss nicht. Dinge vorgenommen, Berufswunsch: Opa. In die Knie gezwungen, Verrufsgrund, oder? Noten auf Papier, Violinschlüssel. Muskeln ins Gehirn, Kreatinschüssel. Gymnasium in Aussicht, Eltern stolz. Bruder schon längst, im LK Deutsch. Generation wandeln, Sprache erlernen und Integration. Kartoffeln, Arschloch und Multiplikation. Multivitaminsaft und ultimativ Kraft. Saftige Strafen vom Leben eingehandelt, versucht, zu laufen, Füße behandelt. Kunst entdeckt und Bücher gelesen. Musik gehört und mühsam am Verwesen. Angst vor Einsamkeit, Szenarien gebildet. Ausgemalt den Tod in Schwarz und Mandalas und dennoch gebildet. Sinn gesucht und Sinnlosigkeit gefunden worden. Liebe gesucht, gefunden und nicht gefunden worden. In Worten stets dennoch geborgen. Gemeinsam alleine sein. Silvester vor der neuen großen Schule. Schutzweste vor den Gräueln loser Kugeln. Aus der Pistole geschossen von jedem Menschen, der mich sieht. Und aufgewacht, schweißgebadet, in gelbem Anthrazit. Gegensatz und Widerspruch. Einsicht und Kieferbruch. Raketen und Leute. Pakete und Freude.

Neun Jahre und weiße Socken. Viel zu viel Gramm, viel zu viele Locken. Prosa, Steuererklärung und zumindest ein besseres Deutsch. Musik, Häuser und verloren geglaubter Stolz. Zweitgeborenes und Everybody's Darling. Gewesen. Jedes Wesen. Abstoßend wie die Hand einer Kugelstoßerin. Kalt wie die Leiche eines Zugefrorenen. Vergleichend wie Eltern andere mit dem eigenen Kind. Aussehend wie ein extrem fettes Rind. Zwischen Mobbing, Mathe und Mädchen gefangen. Keine Schleuse zum Fliehen, nicht zu drehen an Rädchen bislang. Also weiter lernen und in den Kopf kriegen. Also heiter werden, über Kinder Doppel- und Dreifachkopf siegen. Sich widersetzen und wieder setzen. Die Schwimmweste anziehen, dem Strom entgegen ankämpfen und Niederlagen einsehen, ertrinken und wiederbeleben. Zuhause weiter wartend, Bruder auf Partys, Eltern auf Arbeit, und ich verseuchend. Gift und Ekel, Stift und mäkeln. Unzufrieden und zufrieden. Friedensbemüht und diplomatisch. Weiter essen, Duplo mag ich. Geburtstag und Burger King. 7:45 Uhr und Augenringe. Nacht, Taschenlampe, Decke, warmes Buch. Tee, Rollladen, Stunden rund, sanfter Ruf. Bilder da, Inhalt nicht. Schnelles Jahr, Zeit und Licht. Zeugnis bis auf Sport makellos. Leben bis auf alles rigoros. Streng mit sich selbst und trotzdem nichts ändernd. Selbstzweifel, innere Unzufriedenheit und motzend sich pfändend. Nutzlosigkeit erkannt und verloren den Verstand. Trotzdem durchgekommen und Oberstufe erreicht. Freund*innen dazugeronnen und Eigenrufe bereist. Im Gepäck mein Selbstverständnis und Beereneis. Erlauben nun drin, weil Kilos fliehen. Selbstbewusstsein beamen. Und realer als gedacht, Locken ab, neuer Mensch, alte Seele. Liebe bestimmt auch. Irgendwann. Alte Rede.

16 Jahre und weiße Socken. Scheiß aufs Gramm und schicke Locken. Prosa, Steuererklärung und hervorragend-exquisites Deutsch. Musik, Häuser und – vielleicht – neugewonnener Stolz. Zweitgeborenes und wieder Everybody's Darling. Zeit gestohlen, Darwin. Bio. Mathe. Deutsch. Fächer lernend und Kälte gebend. Mottowoche und Bälle regnend. Konfetti, Ballons und Kostümierung. Traurigkeit und Kompostierung. V+-Energy-Jugenderfahrungen. Baut und liefert nur Tugenderwartungen. Recycling und Umweltschutz. Erdbewahrung und Tierschutz. Fehler und Probleme. Bis auf die Mundhygiene. Dreimal pro Tag mit Zahnbürste. Sport in der Farnwüste. Ruhr und Ruhe.

Stress und Siegeswunsch. Abitur und Ernst des Lebens. Laptopwurm und echtes Lesen. Schnitt der Haare und der Noten, bleibt Misserfolg weiter verboten. Innerer Druck und immer mehr Hass. Immer mehr Druck und immenser Hass. Auf dem Beat übertönt der Bass. Melodie, Rhythmus und ergreifender Text. Poesie, Jambus (oder so) und begreifend verhext. Worte, die bleiben. Erinnerungen verreiben. Scheinende Sonne und erloschene Regentropfen. Weinende Wange und besondere Wege locken. Aus der Bequemlichkeit, hinein in die Geborgenheit. Laufen immer weiter und in die Nacht. Sie schimmert seichter. Banal, genial, normal. Nachts sind alle Katzen grau. Und irgendwann nicht nur laufen, sondern auch laufen lassen. Aber nicht warten lassen. Da sein und nichts schulden. Gedichte, Steuerbord und Raumfahrt. Berichte, Feuerort und Traumrat. Schlagen nur Räder und Zweifel. Und glücklich sein und reifen. Zwölf Burger am Familientisch, alle essen, nur nicht ich. Zum Geburtstag weiße Socken schenken und auf die leisen Brocken lenken. Auf einer Ebene sein, nicht überschreiten. Schlittschuh laufen, Schlitten fahren und bloß keine Ponys reiten. Zweisprachig und ins Leben integrieren, Herausforderungen meistern und daneben inkludieren. Lieder singen, Baumhaus bauen, Limo bringen und traumhaft staunen. Alle lieben, allen zeigen. Zu Stolz lass ich mich kaum erweichen.

90 Jahre. Graue Locken. Wenig Gramm. Und rote Socken. Ich laufe nicht dem Ende entgegen, sondern entgegen dem Tod. Mit allen beisammen und zufrieden von dannen. Besuchen, besucht werden und oben warten. Zeit abbezahlen in Raten. Und hoffen. Ein Leben dauert länger, als wir es erhoffen, das Schicksal im Trinken und voll besoffen.

Wie viele Jahre? Was für Socken? Wie viel Gramm? Und was für Locken? Jeder Mensch ist Figur seiner eigenen Geschichte. Jedes Leben ist es wert, darüber zu berichten. Wie alt man auch sein mag. Menschen, die man liebt, übergehen bis ins Mark. Knochen brechen, Erinnerungen im Kopf verschwinden, doch gehen nie als Vermisste verloren, denn dies bleibt gleich: Es werden stets neue alte Geschichten geboren.

Treffen sich zwei Jäger*innen

Ich bin großer Witze-Fan. Kaum zu glauben, ich weiß. Doch oft sind Witze gleich. Klar sind bestimmte Strukturen von Witzen naturgegeben häufig sehr ähnlich. Aber manchmal sind es einfach viel zu alte Kamellen, repetitive Verhaltensweisen und das Ergebnis schlicht langweilig. Sei daher anders! In jeder Lebenslage. Kiff vor dem Matheunterricht, damit du die Lösungen high raten kannst![6] Boykottiere das Heiraten, bis alle Menschen heiraten dürfen.[7] Adoptiert als heterosexuelles Paar ein Kind. Bekommt als homosexuelles Paar biologisch ein Kind. Aus Protest! Und nennt euer Kind dann »Anders«. Also nicht anders als andere, sondern einfach Anders. Lasst es nicht zum Massenmörder werden, sondern zum süßesten Rabauken der ganzen Schule, der nie Ärger bekommen kann, weil das schuldige Kind ohnehin immer jemand anderes war. Sei anders! Besuch den Abiball deines Kindes in einem überdimensionierten aufblasbaren Fußball. Erzähl Witze, aber nicht die, die jeder Mensch schon kennt. Treffen sich zwei

....

6   Leider hat Nico Semsrott genau diesen Witz in einem seiner Bühnenprogramme auch erzählt. Aber erst nach mir, daher lass ich den Witz einfach mal so stehen.

7   Zum Glück ist der Text nicht mehr aktuell – auch wenn es leider noch immer viel zu viele Staaten gibt, in denen die Eheschließung nicht allen Menschen ermöglicht wird.

Jäger*innen: beide tot. Ja, haha, mega funny. Dieser Witz ist altbacken wie ein Senior*innenbesuch im Kamps-Werk. Lustige Homonymie des Wortes »treffen«. Und so originell.

Sei lustiger: Treffen sich zwei Farben: beide rot. Treffen sich zwei Schiffe: beide Boot. Treffen sich zwei Fürze: beide Kot. Setz der Welt deinen Stempel auf, markiere dein Revier und pinkle das Haus deiner Freund*innen an! Denn ja, du bist angekommen. Fahr Einrad mit zwei Rädern, fahr Fahrrad mit drei Rädern und fahr Dreirad, denn kein Mensch in deinem Alter fährt Dreirad. Sei gesund! Aber nicht wie die anderen. Mix dir keinen Smoothie aus Grünkohl, Zitronengras und Dinkelflakes, sondern aus Mett, Knochen und Blut. Mmmmh. Also Reiswaffelmett, Seitanknochen und Rote-Bete-Kunstblut versteht sich. Triff dich mit einem Dutzend sich Paleo ernährenden Menschen zum Kochen und schmeiß mit Nudeln um dich. Schmeiß mit Liebe um dich, wenn du hasserfüllt bist und spuck den Leuten, die du hasst, ins Gesicht, denn eigentlich warst du schon immer ein Lama. Geh mit deiner Familie in keinen Freizeitpark, sondern bau dir deine eigene Achterbahn in den Garten. In Form einer Sieben. Du hast keinen Garten? Leg einen an. In Form einer englischen Zehn. Versieb deine Chancen nicht und nehm dich in Acht. Werd unsichtbar. Hör keine Musik, mach eigene Musik. Guck keine Filme, dreh eigene Filme. Les keine Bücher, sondern lies sie! Sei klug, mach keine Fehler. Lies dir auf Wikipedia das Ende vom Film durch und spoiler das ganze Kino. Renn so schnell du kannst. Sei anders! Sei extrem. Geh zu irgendeinem weiblichen Säugetier, töte dessen Kind und saug an den Nippeln. Oder sei noch extremer und trink stattdessen Hafermilch. Ach nee, »Hafermilch« darf man ja nicht sagen, sondern nur »Haferdrink« – das wäre sonst eine Täuschung für die Verbrauchenden. Wo kämen die denn hin, wenn sie Scheuermilch trinkend plötz-

lich Haferwasser in ihre Cornflakes-Schale gäben? Hafermilch. Hafermilch. Hafermilch. Geh als Clown verkleidet
auf eine Beerdigung und geh als Beerdigung verkleidet auf
einen Clown. Geh in den Zirkus und befrei alle Tiere aus
ihren Käfigen und sperr die gesamte Zirkusdirektion ein.
Sei kein Fußballfan, das ist die Sache der anderen Leute. Werd Ultra deines örtlichen Schachvereins. Kauf dir
dein Auto dann auch nicht im Metallic-Look, sondern in
Matt. Schachmatt. Geh in einen Park, töte Enten und fütt-
re mit ihnen den Teich. Hol dir einen Organspendeaus-
weis nur, um auszufüllen, dass du keine Organe spenden
willst. Damit wärst du echt besonders. Scheiß die Wand
an. Einfach so. Weil du es kannst. Und film die Reaktion
deiner Familie. Nimm einen Job in einer Brauerei an und
arbeite so lange, bis du befördert wirst und alleine in der
Fabrik arbeiten kannst. Warte dann auf den Tag, an dem
du abends alleine Überstunden machst. Sag am nächsten
Tag, nachdem du alle Zutaten versteckt hast, zu deinen
Vorgesetzten, dass Hopfen und Malz verloren seien. Erzähl sehr lange Witze mit sehr schlechten Pointen. Aber
alles immer noch besser, als sich die zwei Jagenden poin-
tiert treffen zu lassen. Nimm einen Job in einer Süßwa-
renfabrik an und arbeite so lange, bis du befördert wirst
und alleine in der Fabrik arbeiten kannst. Warte dann auf
den Tag, an dem du abends alleine Überstunden machst.
Sag am nächsten Tag, nachdem du alle Süßigkeiten aufge-
gessen hast, dass der Drops gelutscht sei. Ich finde das
Wort »Drops« so komisch. Wieso nicht »Drop«? Na ja,
egal. Erzähl immer mehr, immer schlechtere lange Witze mit immer schlechteren Pointen. Nimm einen Job bei
der Deutschen Bahn an, einfach weil du Lust darauf hast.
Lass dir deine Nase operieren und wieder zurückkoperie-
ren, nur um das Bruttoinlandsprodukt deines Landes zu
erhöhen. Spende den Kindern in Krisenregionen überall
auf der Welt riesige Mengen an Trost. Lass das Geld bei

dir. Sei anders und schwimm nicht mit dem Strom – außer dein*e Schwimmlehrer*in hat dir das explizit so befohlen. Lass über dich keine Befehle ergehen, sei Monarch*in deiner eigenen vier Wände und setz dir die Krone auf. Bei Burger King. Kauf dir vier Wände ohne Dach und wohn da. Kauf dir eine Insel und gründe deinen eigenen Staat, aber benutze ihn nur, um dort Regenwald roden zu lassen. Es gibt dort noch keinen Regenwald? Pflanze einen! Und dann rode ihn wieder weg! Das ist dein außergewöhnliches Hobby und wenn jemand was dagegen sagt, ist diese Person nur ein neidischer Kohlrabi. Werde legoländische*r Staatsbürger*in und ignorier alle Stimmen und Geräusche, die dir sagen wollen, dass du jetzt gerade fehl am Platz bist. Außer das Geräusch eines Zuges. Lass dir von anderen nichts vorschreiben – außer du wirst Lehrer*in. Dann lass dir alles vorschreiben! Ein Rechtschreibfehler in der 30-seitigen Arbeit von Jessy? 1 000 Liegestütze! Nimm das Heft in die Hand. Sammle Schockbilder auf Zigarettenverpackungen wie Briefmarken. Schreib keine E-Mails, schick Brieftauben. Werde älter als alle anderen. Und fühl dich jünger, als alle anderen sind. Zieh dich trotzdem immer und überall warm und beige an. Oder veränder den Trend und etablier Neonpink als neue Altenfarbe. Such dir keine Vorbilder, sondern sei dir selbst dein eigenes Vorbild. Lass Chuck Norris Witze über dich erzählen. Schreib einen Poetry-Slam-Text und werde immer ruhiger, um zum Ende zu kommen. Und ende, wie es in jedem zweiten Text der Fall ist, mit einer Moral. Oder sei cooler und mach es mit einem Witz: Treffen sich zwei Jäger*innen – und verbringen einen mega schönen Tag miteinander. Und werden eines Tages heiraten und ein Kind adoptieren. Sie werden es aber nicht Anders nennen, weil ihnen Andreas einfach besser gefällt. Sei anders, indem du du selbst bist. Sei anders und akzeptier das Andere, aber lass dir das Anders-Sein nicht von anderen aufzwingen. Sei nicht anders, nur um anders zu sein. Sei anders, wenn du eben anders sein willst, wenn du anders sein musst, wenn du schlicht anders bist als die Mehrheitsgesellschaft. Du selbst bist immer anders als alle anderen Menschen. Egal, was du tust. Das ist schlicht unbestreitbare Konsequenz menschlicher Individualität. Der krampfhafte Wunsch, anders sein zu müssen – der mich leider viel zu oft umgibt – ist häufig eigentlich nichts anderes als das bloße Eingestehen, man selbst sein zu wollen. Ach man, da war jetzt dann ja doch eine Moral.

Suppe

Ich packe meinen Koffer und nehme mit: einen Teller Erbsensuppe, deine Krücken, meine weißen Socken, das alte Fotoalbum, einen Teller Linsensuppe, den CD-Player. Und …

Der Besuch bei dir war immer mehr als nur ein Teller Suppe. Es waren zwei Teller, drei Teller, manchmal auch vier. Voll mit Liebe, jeglichen Hülsenfrüchten und Kartoffeln. Nicht zu wässrig, nicht zu breiig. Jeder Löffel war ein Kuss auf meinen Gaumen. Du schienst förmlich davon leben zu können, mich zu verwöhnen. Bei dir zu übernachten, war besser als die Möglichkeit auf jedes Fünf-Sterne-Hotel. Gegenüber der Kneipe mit offenem Fenster schlafen, Stimmen hören und unter Menschen sein. Während ich über Menschen und vor schlechten Musikshows aus dem russischen Fernsehen einschlafen konnte, um am nächsten Tag fit fürs Stadion zu sein. Ein »Nein« zum Frühstück bei dir war wie ein »Ja« der katholischen Kirche für die Ehe für alle. Also war die Devise stetig: Haferbrei essen und für die nächsten drei Wochen gesättigt weiterfahren. Es gibt einige Sprichwörter, die wie Floskeln klingen, aber doch stimmen. Man lernt etwas tatsächlich erst dann so richtig zu schätzen, wenn es nicht mehr da ist. Und so waren Anrufe deinerseits für mich häufig ein wenig nervig, wo es doch eigentlich nur ein paar Minuten waren. Aber als 13-Jähriger will man eben lieber FIFA spielen, als mit der Oma zu telefonieren. Du sangst für mich und dein Leben gern. Immer und überall. Ich wunderte mich immer, wie du so viele Dinge gleichzeitig perfekt beherrschen konntest: meinen Rücken massieren und kochen – auf deine ganz spezielle Art und Weise. Niemals etwas wegschmeißen, wenn es noch genießbar ist. Du pflegtest, zu containern, da gab es das Wort noch gar nicht. Du liebtest die Natur, den Rhein, den Park in der Stadt. Hauptsache draußen, Hauptsache Tiere. Du warst einfach durchweg ein guter Mensch. Lebtest dein beschauliches Leben in deinem kleinen feinen Zuhause. Stets lief der Fernseher, weil du sonst so alleine gewesen wärst. Nur wenn wir zu dir kamen, konnte er ausgeschaltet werden. Als Kinderärztin hattest du immer ein geschultes Auge auf mein Übergewicht. Nächstes Mal, wenn du mich siehst, werde ich abgenommen haben. Versprochen. Nicht weil dir das besser gefällt oder du das erwartest, sondern weil es einfach gesünder für mich ist. Das weiß ich doch. Jetzt ist es dafür schon zu spät. Aber ich bin gesund. Du brachtest uns immer alle Prospekte, Zeitschriften und Bücher mit, die du so über die Zeit fandest, und manchmal, auch wenn es nicht der Fall war, tat ich so, als würden sie mich interessieren. Dein größtes Geburtstagsgeschenk war es, anderen Menschen Geschenke machen zu dürfen. Geburtstage waren dir wichtig. Auch wenn keine Antwort kam, auch wenn man im Streit war. Menschen, die einem nah sind, denen sollte man gratulieren. Stolz zeigtest du uns deine Gemeinde, drücktest immer wieder aus, wie wichtig dir Frieden ist. Obwohl ich nicht mehr wirklich gläubig bin – die alten Geschichten habe ich früher trotzdem immer gerne gehört. Genauso wie dein Bemühen, gut Deutsch zu sprechen. Das wichtigste Wort konntest du immer fehlerfrei aussprechen: »Dankeschön!« Natürlich ist es ein Dankeschön, das du aufsagen kannst. Natürlich. Du sprachst gut genug, um auf dem Wochenmarkt oder von den Möwen verstanden zu werden. Aber Russisch tat es sonst auch. Sollte ich ja ebenfalls lernen. Mein Akzent ist schon noch da. Ausbaufähig. Wird aber besser. Versprochen. Und irgendwann fuhren wir zurück nach Hause und du bliebst wieder nur für dich und saßt vor dem Fernseher. Dann warst du wieder die Einzige, die die Stimmen von der Kneipe gegenüber zum Einschlafen hören musste. Und ich war zuhause und dachte an andere Dinge und andere Menschen. Irgendwann wurde mir erzählt, dass es dir schlecht gehe. Ich hörte Papa am Telefon den gleichen Satz immer und immer und immer wieder lauter werdend wiederholen. Du wurdest langsam anders, verändertest dich. Nicht mehr so lebensbejahend, nicht mehr so aktiv, ruhiger, schwächer. Was das bedeutete, war mir nicht klar, bis ich dich wiedertraf. Wir fuhren durch mehrere Kleinstädte, wurden ständig irgendwo anders hingeschickt und irgendwann fanden wir dich schließlich. Kein Altenheim, sondern eine Art Krankenhaus. Ich habe mir vorgestellt, dass du anders sein wirst. Aber nicht so. Du saßt wie in einem schlechten Hollywood-Film in deinem Schaukelstuhl, als würdest du über dein Leben nachdenken, all die Jahre und Jahrzehnte Revue passieren lassen. Mit dem Rücken zur Tür aus dem Fenster schauend. Mit Wasserflecken auf deiner Jacke, weil das Trinken dir jetzt schwerfiel. Du konntest mich nicht wirklich erkennen – du warst physisch anwesend, aber mental nicht da. Konntest mich nicht verstehen, höchstens wahrnehmen, aber nicht reagieren. Immerhin konntest du so nicht mitbekommen, wie ich in Tränen ausbrach, weil ich das alles einfach nicht begreifen konnte. Wie Vergessen funktioniert. Wie Veränderung funktioniert. Ich war jetzt dünner. Anders. Ich saß vor dir. Mit Noten in der Schule, die ich dir vor ein paar Jahren noch hätte vorlügen müssen. Als wir gingen, fiel es dir wohl nicht auf. In deinem starren Blick eine Mischung aus Leere und Zerrissenheit, aber das Lächeln hast du nicht verlernt. Du kennst mich nicht mehr, aber ich liebe dich.

Unsere Erinnerungen. Die packe ich auch noch ein. In meinen Koffer. Damit ich sie immer wieder auspacken kann. Egal, wo ich bin. Du kennst mich nicht mehr? Das vergisst du mal lieber schnell. Mir wurde immer gesagt, dass alles, was auf der Welt, in all unseren Leben passiert, so passieren soll. Das ist natürlich oft eine sehr leichte Ausrede für eigenes Fehlverhalten und für strukturelle Probleme. Aber irgendwie glaube ich daran. Warum, weiß ich auch nicht. Aber dieser Gedanke gibt mir in schwierigen Situationen oft Halt. Dein Zuhause findest du allein zwar nicht mehr, aber das echte Zuhause wird dich finden. Und du wirst glücklich sein und dich wieder erinnern und mich beobachten. Wie ich Suppe in mich reinlöffele. Mit jeglichen Hülsenfrüchten, Kartoffeln und ganz viel Liebe. Altes Familienrezept eben.

Alte Menschen müssen besucht werden. Denn es sind nicht bloß sie, die mit der Zeit vergessen, vielmehr werden sie selbst häufig von ihren eigentlich Liebsten schlichtweg vergessen.

Stumpfe Scheren

Wenn die letzte asyndetisch-anaphorisch-euphemistische Alliteration verstummt, das letzte Xylophon aus der hintersten Ecke des Musikzimmers verstimmt und der Saft aus dem ja!-Orangensaft-Tetra-Pak und die Hochspannbatterie im verrauchten Physikkeller endgültig leer sind, wenn mit niemandem mehr gut Kirschen essen, aber verdammt gut Sekt trinken ist, wenn ätzende Flüssigkeiten auslaufen und für ein lachendes und ein weinendes Auge sorgen und die Tore zur Halbzeit auf ewig verschlossen bleiben; wenn Lehrende zu Lernenden werden, zu selten erfreut an den schönen Dingen des Schulalltags; wenn ein riesiger Strich gezogen wird, der weder vom Radiergummi noch durch einen Tintenkiller ermordet werden kann; ein Strich, freizügiger als die Reeperbahn und voller als die Menschen auf der Reeperbahn; wenn am Schluss die dreifache Kopie ein paar weniger Blätter für die Ausrichtung unserer Zukunft sorgt. Wenn das aus Sechstklässler*innen bestehende Orchester endlich den letzten Ton des Coldplay-Medleys erklingen lassen hat. Wenn man sich im schicken Anzug, bordeauxroten Hemd und mit einer Rose in der Hand vor der liebsten aller Hülsenfrüchte, der Linse, sieht und selbst zu einer kleinen Kichererbse wird, während man so dasteht und auf die Masse der Alten und Jungen blickt. Wenn das alles passiert, dann fragt man sich: »Was mache ich nur jetzt mit meiner Zeit?!« Also nach dem Buffet, versteht sich. Das hat erstmal oberste Priorität. Doch danach blickt man zurück – wehleidig und melancholisch.

Viele Leute zweifeln den Wert einer Schule an und sagen etwas wie: »Was haben die Schule und ein Wollknäuel gemeinsam? Beides für die Katz.« Da man nicht für die Schule, sondern für das Leben lernen sollte. Sehr richtig. Oder, um einen Aphorismus Newtons zu zitieren: »Was wir wissen, ist ein Tropfen, was wir nicht wissen, ein Ozean.«[8] Aber diesem Ozean gilt es, sich dann irgendwann Schritt für Schritt, Tauchgang für Tauchgang anzunähern. Erst die Füße reinzuhalten, rauszurennen, weil das Wasser viel zu kalt ist, und dann trotzdem irgendwann langsam loszuschwimmen. Es bedarf eines anfänglichen Schubs, sonst sitzt man den ganzen Tag, nachdem man um 14:00 Uhr aufgestanden ist, mit T-Shirt und Boxershorts, Tiefkühlpizza essend vor dem Fernseher und schaut sich Tag für Tag *Die Küchenschlacht* an. True Story. Denn die Schule sorgt vielleicht nicht für alles, aber ganz so doof, wie man früher womöglich gedacht hat, ist sie vielleicht doch nicht gewesen. Henry Ford sagte einst, dass die Wettbewerbsfähigkeit eines Landes im Klassenzimmer beginnt. Wenn ich so an meine Stufe denke, sehe ich den gesellschaftlichen Wandel von »Haha, schmeiß mal den Ball aus dem Klassenraum!« zu Leere-Pizzakartons-in-der-Wohnung-Sammeln schon kommen.

Die damals kindlich-naiven Vorstellungen einer Schule unterschieden sich von der bitterbösen Realität. Aber das ist wie eine Tür: Da musste man durch. Und so galt es, irgendwie die Zeit zwischen den Pausen zu füllen. Damals waren wir, die 5E, die meistgehasste Klasse. Der Albtraum einer jeden Lehrkraft. Der feuchte Traum des Teu-

....

8   Der 16-jährige Benni muss natürlich einen Aphorismus Newtons zitieren, klar.

fels. Würden Alexander Gauland und Beatrix von Storch ein Kind kriegen, so wäre das nicht nur sehr verstörend, nein, so käme da die 5E raus! Nur waren wir nicht rechts. Recht hatten wir aber auch nicht. Wir waren eine schlechte Klasse. Das Proletariat gegenüber der bilingualen Bourgeoisie. Wow, ihr sprecht Englisch. Toll! Dann lassen wir im Gegenzug aber vielleicht mal unsere Fäuste sprechen. Trotz meines Pazifismus gab es wilde Zehnjährigen-Schlägereien und mit Waffengeschossen vollgepackte Delfin-Scout-Taschen, die mit offenen Wunden, Blutlachen und herausstehenden Knochen endeten. Meine ich mich zumindest, zu erinnern. Aber unsere Scheren waren trotzdem stumpf. Wir waren ein müdes Hellorange und die anderen ein strahlendes Gelb. Ich sag's, wie es ist: Wir waren der Montag unter den Klassen. Wir waren die falsche Entscheidung, die man trifft, wenn man sich noch einen vierten Teller Kartoffelsalat am Buffet holt – oder einen vierzehnten –, und die anderen waren die Weisheit, dass drei Teller reichen. Zum Glück stritt man sich dann nicht mehr, als neue Feindbilder gefunden wurden: Lehrer. Wir waren so gemein, wir genderten nicht einmal.

Irgendwann kam nach Englisch schon die nächste Fremdsprache auf den Stundenplan: Mathe. Nach einer gewissen Zeit hatte man hier jedoch den Dreh raus und verstand, dass diversen Leuten einfach nur Obst weggenommen wird. Mir ist egal, wie viele Äpfel Markus jetzt hat, wenn ihm die anderen weggenommen wurden. Die Äpfel waren zwar immer gleich, doch die Aufgaben waren stets verschieden.

5. Klasse: Ein Obsthändler verkauft 20 Äpfel und 40 Orangen. Unterstreiche das Wort »Äpfel«.

7. Klasse: Ein Obsthändler verkauft 20 Äpfel und 40 Orangen. Male einen Obsthändler.

9. Klasse: Ein Obsthändler verkauft 20 Äpfel und 40 Orangen. Was hat Kapitalismus damit zu tun?

12. Klasse: Ein Obsthändler verkauft 20 Äpfel und 40 Orangen. Berechnen Sie den Umfang der Erde.

Ab der 7. Klasse musste eine weitere Fremdsprache gewählt werden: Latein oder Französisch. Die Wahl zwischen Pest und Cholera. Rote-Bete-Dinkel-Shake oder Ingwer-Rosenkohl-Smoothie. Silbermond oder Rosenstolz. TSG 1899 Hoffenheim oder RB Leipzig. Ich entschied mich für das geringere Übel und nachdem ich zwischenzeitlich echt mit dem Latein am Ende war, war ich am Ende echt mit dem Latein am Ende.

Jede Klasse schrieb ihre eigenen Geschichten: Ob es ein von uns als »Risiko« getauftes Spiel mit dem Ziel war, einen Ball, den man in Richtung des offenen Fensters wirft, nicht aus dem offenen Fenster hinausfallen zu lassen (#inzehnjahrenunsereelite), oder anderer hirnloser Klamauk: Es gibt Dinge, an die man gerne zurückdenkt. Zurückdenken würde ich auch gerne, um ein originelleres Abiturmotto zu finden: »Abi Vegas – zwölf Jahre lang Glück gehabt.« Uff. Doch das Thema Glücksspiel als Motto war leider nicht mehr zu ändern – die Würfel waren gefallen, die Karten auf dem Tisch, ein besseres Los war nicht mehr zu ziehen.

Es kam zu Klassenfahrten, die vielleicht nicht immer ganz so klasse waren, und es kam zu Kursfahrten, die genauso kurs waren, wie der Name es verheißt. Und zu Bergen an Klassenarbeiten und Klausuren, an die wir uns ohne Sauerstoffmasken und indigene Begleiter*innen heranwagen mussten. Doch schnell ging es dann um, das Schulleben, und der Tag der ersten Abiturprüfung stand an. So schnell, wie alles begann, war alles auch schon wieder um und wir tranken auf das bestandene Abitur natürlich nur ein paar Flaschen Robby-Bubble-Kindersekt. Und literweise Vodka. Aber nur den günstigen: Kaliskaya. Mit dem günstigsten Orangensaft von der Aldi-Eigenmarke. Das ist der Geschmack von Freiheit. Und Kotze.

Wir dürfen gespannt bleiben, wann wir in unserem späteren Berufsleben noch mit der e-Funktion, dem Erlkönig oder Geräte-Brennball konfrontiert werden. Und so bleibt am Schluss nur Eines zu sagen: Die Lehrer*innen beenden die Stunde. Doch die Schüler*innen beenden die Schule.

Ich bau mir eine Mauer

Dem folgenden Text sei fehlende Differenzierung in manchen Teilen verziehen. Ich war – wie gesagt – erst 16. Der Text fungiert aber gleichzeitig auch als Ratespiel, denn in ihm verstecken sich (mal mehr, mal weniger offensichtlich) verschiedene Spiele jedweder Art. Während meiner Oberstufenzeit gab es ein Projekt an unserer Schule, in dessen Rahmen Oberstufenschüler*innen Seiteneinsteiger*innen der deutschen Sprache eben diese näherbringen konnten. Ich beteiligte mich an diesem Projekt. Wesentliches Element zur Erlernung und auch Festigung der deutschen Sprache war das gemeinsame Spielen. Es heißt nicht umsonst, spielerisch eine Sprache erlernen zu können. Jedes Kind spielt gerne. Jedes Kind möchte spielen. Und jedes Kind sollte spielen können.

Ich bau mir eine Mauer und grenze aus: hasserfüllte Menschen. Egal, in welcher Hinsicht: pöbelnd vor unschuldigen Kinderaugen, tötend, legitimiert von oben, grölend im Winter vor wehenden Fahnen und beleidigend stolz, Deutsche*r zu bin.

Komm, wir blenden aus und werden unbeschwert, spielen Stadt, Land, Fluss. Stadt, Land, Schluss mit dem Länder-Scheiß. Schluss mit dem Steine-Schmeiß, Linksextremismus so schlimm wie Rechtsextremismus. Brennende Autos so schlimm wie brennende Geflüchtetenheime. Ich weiß ja nicht. Raus so schlimm wie rein. Denn nur das

Reine ist das Wahre, das Rare ist das Gute. Doch ich hasse was, was du nicht hasst, und das bist du. Und deinen Nationalismus und Chauvinismus. Und ganz ehrlich: Ich ärger mich. Ich weiß, ich soll mich als Mensch nicht ärgern lassen, aber ich lasse mich ärgern von diesem Rotz und das Spielchen, das du spielst, regt mich auf. Die Figürchen bewegen sich und schmeißen raus. Raus aus meinem Spielbrett. Wir gehen raus und springen nicht übers Seilchen, das da hinten liegt. Das ist ein Drahtseilakt, wir balancieren, springen über Kästchen in den Himmel, lass dich in die Hölle gehen. Das Spiel des Lebens – die einen hier, die anderen dort hinten. Ich werfe einen Bumerang und nehme dort hinten was mit. Für mich und für uns. Die Zwickmühle in meinem Leben ist ganz einfach erklärt: Selbstjustiz ist nie das Richtige, aber verstaubte Stammtische, befreite Käfige und verbrannte Naziquartiere sind bloß von mir leider zwanghaft verwendete Euphemismen.

Ich bau mir eine Mauer und grenze aus: hasserfüllte Menschen. Egal, in welcher Hinsicht: pöbelnd vor unschuldigen Kinderaugen, tötend, legitimiert von oben, grölend im Winter vor wehenden Fahnen und beleidigend stolz, Deutsche*r zu bin.

Komm, wir blenden aus und werden unbeschwert und puzzeln. Puzzeln uns unsere Gesellschaft zusammen. Und auch bei 500 Teilchen stets eines, das fehlt, und zu 99 Prozent vollständig ist doch noch schlimmer, als man meinen mag. Und das eine Prozent, das borg ich mir von dir. Und integriere dich in meine Vorstellungen. Gänseblümchen strahlend, ich gehe das Risiko ein, ich gehe es nicht ein, ich gehe es ein, ich gehe es nicht ein, ich gehe es ein, ich gehe es nicht ein, ich gehe es ein. Schnick, Schnack, Schnuck. Schere, Stein, Papier – aber ohne Brunnen, okay? Auf dem Papier geteilt und getrennt. Und ich hier. Du dort. Und dazwischen ein hoher Zaun. Ich kann es nicht mehr hören: Sie sind hier, sie sind da, wir spielen Tabu. Errätst du es?

Oder fliehst du vor dem Spiel? Oder erliegst du dem Matt, inneres Patt, ach, vergiss es. Komm, wir spielen Dame. Und Herre. Und alles dazwischen und darüber hinaus. Hier ist eine Botschaft. Wie in fast jedem Staat. Die Sonnenstrahlen dringen durch die Wolken und entblößen unsere Schatten und wir nehmen uns die Kreide, die da liegt, und malen Herzen und ein Lachen in die Welt. Anatomisch nicht ganz korrekt, doch <3 und :) sind unsere neuen Tic-Tac-Toe-Elemente. Vier gewinnt nur einer, verflixxt und zugenäht, warum nicht alle, warum nicht gemeinsam spielen? Wahrheit oder Pflicht? Sag mir: Warum bist du so? Und sag mir: Wer bin ich? Der, der dich trotzdem noch respektiert, oder der, der tut, was er denkt? Denk. Organ. Spende. Lauf. Weg. Straße. Weg. Renn. Flüchte. Meines kann man spielen und gleichzeitig daraus Tee vergießen. Dreimal darfst du raten. Ich warte auf der Bank, schaue auf die Skyline und auf das Monopol der Gewalt und werde mir bewusst, dass Demokratie keine Selbstverständlichkeit ist. Wenn du es hast, gehen wir weiter. Doch passt auf, was ihr sagt, sonst verschwindet ihr auch schnell wieder aus meiner Umlaufbahn. Weil ich mir eine Mauer baue und ausgrenze. Ach Mensch, lass uns doch lieber mal weiterspielen! Reise nach Jerusalem, die Siedler von – ja, wovon eigentlich? Die Reise nach – ja, wohin eigentlich? Ich antworte dir Fragen quizshowgleich und du stellst mir Antworten. Du stellst mir Antworten in den Weg, die ich nicht ernst nehmen kann. Ich sehe das Leid, die Tränen und die Hoffnung und du siehst Köln an Silvester. Und ich sehe Familien, Kinder und Hoffnung und du siehst bewaffnete Männer in Paris. Und ich sehe Ausbeutung, Qualen und Hoffnung und du siehst Cordon bleu. Ich bleib bei Schnitzeljagd und der heißen Kartoffel und wir lassen unsere Probleme rumreichen. Vom Land zum Wasser, Schiffe versenken, aus dem Wasser aufs Land und dann irgendwann aus dem Feuer zurück aufs Land, kurz Luft holen, um gescheitert zu leben oder tot zu sein. Das bloße Sein ist schon Störung genug, des Spielens nicht befugt – lassen wir die Dominosteine umkippen, so lassen wir die Menschen fallen und führen sie durch das verrückte Labyrinth. Aber nicht bis zum Ende, sondern bloß bis ans Ende ihrer Kräfte. Wir toben weiter durch das schöne Grün und schauen Natur beim Schönsein zu. Wir trinken 'ne Limo und spielen Versteck-Fangen. Am nächsten Morgen zerren sie uns raus. Und wir verstecken uns hinter dem Haus und verlernen das einfach-komplizierte Reimen und blenden nicht mehr aus. Und sind nicht mehr unbeschwert, sondern stolz, Deutsche*r zu sein. Die Reinheit zu bewahren und das Rare zu achten. Spielen wir Lego, sind wir wieder kreativ und erschaffen uns neue Utopien, die mehr Kraft haben als unsere Orte. Eine Welt voller Menschen und ohne Duplo und voller Nationenunabhängigkeit. Die Augen stets verbunden. Verallgemeinern sollte ich nicht, denn ich bin nicht rechts wie der gesamte Osten, doch wenn ich du wär, wär ich scheiße. Das machst du schon ganz gut. Komm, wir lassen ein allerletztes Mal einen Drachen steigen – wehend im Winde – und rennen los, doch wehe, der Wind spielt nicht mit. Dabei geben wir alles. Und unser Fluchtpunkt ist dieser Stern. Den sehe ich von hier. Und den sehe ich auch von dort. Wer hat Angst vorm Fremden? Man! Rennen aneinander vorbei und weichen aus. Und das Zerren geht weiter und das Spielen hört auf.

Ich bau mir eine Mauer und grenze aus: hasserfüllte Menschen. Egal, in welcher Hinsicht: pöbelnd vor unschuldigen Kinderaugen, tötend, legitimiert von oben, grölend im Winter vor wehenden Fahnen und beleidigend stolz, Deutsche*r zu bin.

Wer ist hasserfüllt, wer ist es nicht? Baut die Mauer wieder auf und zieht die Grenze. Aber trennt nicht Westen und Osten, nicht das eine Land vom anderen, sondern das Gute vom Bösen. Aber was heißt das überhaupt? Also ich mag dich, ich mag dich nicht, ich mag dich. Nicht? Weißt du was? Ich habe was, was du nicht hast. Weißt du was: Ich lasse dich rein. Erwachsene, so teuer ihre Smartphones, so groß ihre Wut, so klein ihr Horizont auch reichen sollte, und Kinder; kein Mensch sollte das Spielen je vergessen. Das Eintauchen in Unbeschwertheit und nicht ins Wasser. Das Fliehen vor Alltag und nicht vor Armut und Krieg. Den Spaß am Lebendigsein und nicht die Angst vorm Sterben. Du hast deine Mauer im Kopf schon lange gebaut. Ich ziehe meine nur nach. Damit ich und wir hier weiterspielen können. Und du und ihr dort weiter hassen könnt. Du wirst irgendwann rüberkommen wollen, ich weiß das. Und wenn du deine Mauer im Kopf mal einbrechen wirst, dann lasse ich dich auch wieder rein. Und dann können wir vielleicht sogar irgendwann gemeinsam spielen.

Unfassbar krass normal

Mein Lebensjahr abschließen würde ich gerne mit einer Ode an mein (damaliges) Leben. Diese war auch mein Finaltext bei der deutschsprachigen U20-Meister*innenschaft 2016 und konnte mir zum Titel verhelfen. Auch bei den regulären Poetry-Slam-Meister*innenschaften in Stuttgart 2016 kam ich mit diesem Text bis ins Halbfinale. Er ist zwar mittlerweile über sieben Jahre alt, aber eigentlich in großen Teilen noch sehr aktuell. Abgesehen von der ganzen Sache mit den Hosen und Hipstern – das mutet mittlerweile schon sehr veraltet an.

Warum muss jeder Mensch irgendwie zwanghaft anders und einzigartig sein? Ich kann nicht einfach Jeans anziehen und Sweatshirt tragen. Ist wohl besser, einfach gar keine Hosen mehr anzuziehen. Engen ja eh nur ein. Überhaupt: Das ist eine politische Botschaft. Heutzutage muss ja alles eine Message haben. Eine einzige Riesen-Metapher, keine Hosen mehr zu tragen. Wir ergeben uns hier nicht und lösen uns von den Fesseln der Hosenindustrie, denn wir behalten die Hosen an! Alles ist ein Statement. Wofür oder wogegen auch immer. Warum muss Humor immer Satire sein? Lasst mir meine Penis-Witze. Ich steh dazu. Warum dürfen wir uns nicht einfach mal hängen lassen? Keine dicke Hose haben? Und müssen hinterher immer schlauer sein. Etwas erst dann zu schätzen wissen, wenn es nicht

59

mehr da ist: »Oh, Fußpilz, mein Fußpilz, warum bist du nicht mehr da?«

Es ist nicht einmal so, dass du jede Sekunde deines Lebens glücklich sein musst. Nein, du musst einfach starke Emotionen fühlen: Der beste Sommer deines Lebens, wird akzeptiert – glücklich. Dein Hund stirbt, wird akzeptiert – traurig. Aber wenn die große Frage meines Lebens sich um den Belag einer Pizza dreht, wird das nicht akzeptiert. Dabei ist doch die einzig wahre Pizza die Krosse-Krabbe-Pizza, die Krosse-Krabbe-Pizza für dich und mich. Das Aufregendste in meinem bisherigen Leben war es, ein Knoppers schon um halb neun zu essen.

Und auch die Musik, die ich höre, ist scheiße. Alles Radio-Pop. Alles, was nicht klassisch, nicht von einem venezianischen Mönchchor aufgenommen oder sonst irgendwie besonders ist, ist Radio-Pop. »Aber du bist ja noch jung, dein Musikgeschmack verändert sich noch.«

Oh, sorry, dass ich Coldplay und Linkin Park höre, aber auch Pop und House und Independent-Rock. Halt den schönen 120-bpm-Müll. Ist dir aber alles nicht indie genug, mh? Darf ja nichts von großen Labels kommen. Alles muss indie sein. Dein Musikgeschmack wird schon zum Subkontinent. Weißt du, was ich gerne mal machen würde? Dir indie Fresse schlagwortartig sagen, dass ich deine Überheblichkeit nicht so gut finde. Am besten höre ich jetzt nur noch christlichen Rock. Lieder mit Moral. Dieser Justin Bibel soll echt gut sein. In seinem einzigen Song *Baby* spricht er sich für heterosexuelle Beziehungen und gegen Abtreibungen aus: großartig! Und tut mir leid, dass ich keine Vinylplatten kaufe, sondern Spotify-Premium-Gold und den Kapitalismus weiter nähre, wenn ich mir nachts bei Mecces eine Apfeltasche kaufe. Da hat halt kein Bio-Supermarkt mehr auf. Du bist wahrscheinlich auch einer von den Menschen, die »McDoof« sagen. Ich kann mir wenig Schlimmeres vorstellen.

Wenn ich meine freie Zeit mit Feiern oder anderen Unternehmungen verbringen will, ist das falsch. Dann mache ich schließlich nichts Produktives. Und wenn ich zuhause mal nichts tue, sondern einfach nur chillen will, dann solle ich doch lieber mal was unternehmen. Die Welt entdecken! Das Leben erfahren! »Geh doch mal nach Nicaragua und finde dich selbst!« Ich kann dich beruhigen, denn ich habe mich bereits gefunden: auf otto.de. Und kleiner Reminder für Leute, die sich selbst noch nicht gefunden haben: Spiegel.

»Also einen Fernseher habe ich schon lange nicht mehr. Läuft ja sowieso nur Müll die ganze Zeit. Ich schaue mir alles in der Arte-Mediathek an.«

Und ich denk mir so »Halt die Fresse!«, du scheiß Rollkragenpulli tragender Philosophiestudent. Geh lieber weiter keine Freund*innen haben. Ich finde es für mich okay, auch mal *Auf Streife* zu gucken, wenn mir langweilig ist. Oder *Shopping Queen*. Oder *Mein Lokal, Dein Lokal*. Aber ich kann trotzdem bei ZDFinfo und Arte reinschalten, wenn es um Themen geht, die mich selbst wirklich interessieren. Nicht die Scheiße im TV ist fake – ihr seid fake. Weil ihr nicht Arte guckt, um etwas über Löwenzahn oder wilde Bergziegen in den Steppen Kameruns zu erfahren. Pusteblume. Ihr guckt Arte, damit ihr sagen könnt: »Hach … Hach, dieser Kunstfilm gestern über eine Liebesgeschichte zweier 50-jähriger Frauen aus unterschiedlichen Pariser Banlieues, der war … Der war … Der war dramatisch, authentisch, ein cineastisches Meisterwerk – und natürlich auf Französisch. Wer schaut Filme heute denn noch auf Deutsch synchronisiert?«

ICH! Pardon, aber ich spreche kein Französisch. Und ich will oft kein Englisch. Und es ist doch meine Sache, in welcher scheiß Sprache ich SpongeBob Schwammkopf schaue! Kleiner Tipp: Swahili ist es nicht.

Und ob ich mir für 15 € einen Fairtrade-Americano-Kaffee in einer Bücherei-Lounge mit frei umherlaufenden gehbehinderten Waisen-Straßenkatzen und ein Stück köstlichen Meerrettich-Kuchen hole oder ob ich mir für 15 € einen Starbucks-Karamell-Kaffee mit extra viel Sahne und einen überzuckerten Brownie kaufe: Am Ende kommt doch die gleiche Pisse und die gleiche Scheiße bei uns allen raus. Also warum das hohe Ross? Warum die Luftschlösser? Warum die Erwartungshaltung, keine Pausen mehr machen zu dürfen?

Und wenn doch, dann trotzdem produktiv sein. In der Mittagspause fix noch ein paar Aktien kaufen, bevor die Zeit zu schnell vergeht und man sich plötzlich hätte entspannen müssen. »Oh man, die Germanwings-Aktie ist total abgestürzt.«

Warum muss alles klar definiert und für uns entweder komplett geil oder komplett scheiße sein, damit wir eine Berechtigung haben, etwas bewerten zu dürfen? Warum nur ganz oder gar nicht?

»Krass, du gehst bei McDonald's essen und dir ist egal, was die anderen dazu sagen. Du bist ja so ehrlich zu dir selbst!«

Wow, welch Held unserer Generation! Ich erwarte ein Bundesverdienstkreuz für diesen Menschen. Aber dann kommt auch so etwas wie: »Also ich fasse noch einmal zusammen: Du lebst vegan und kaufst trotzdem weiter bei H&M ein? Wie kannst du das bitte mit deinem Gewissen vereinbaren?«

Ich leb nicht vegan, um die ganze Welt zu retten. Ich steh nicht vor dir, wenn du in eine Schweinewurst beißt, und schrei, während ich mit Kunstblut um mich werfe: »DIE EMISSIONEN, DIE EMISSIONEN UND DER REGENWALD, DER REGENWALD, DAS OZONLOCH, DAS OZONLOCH. AKNE, AKNE, AKNE!!!«

Nein, ich bin ehrlich. Das ist mir recht egal. Mir tun nur die Tiere leid. Spar dir dein Urteil, bis du dein von deinen Eltern finanziertes Jurastudium beendet hast und lass die Menschen einfach leben. Ich will die Welt nicht retten. Ihr seid doch die größten Heuchler*innen, ihr Bio-Gurken-in-Plastikverpackungen-Käufer*innen. Ihr, die Luftschlösserbauenden, verschmutzt mit euren Luftschlössern doch am meisten die Luft. Das kann auch keine fritz-kola mehr ausgleichen. Und Stevia schmeckt scheiße, gebt mir mehr Aspartam! Schrumpelige Haut sieht sowieso immer scheiße aus, gebt mir mehr Tattoos! Bald sind diejenigen die neuen Hipster, die keinen Bart haben, sich die Hose nicht hochkrempeln und Coca-Cola trinken. Enge Hosen sind zu Mainstream. Wie gesagt, wer braucht eigentlich noch Hosen?

Und ich soll mal Haltung zeigen und die Fassung stetig bewahren. Nicht aus mir herauskommen dürfen, sondern immer nach vorne schauen und gewissenhaft handeln? Ich brauche keine politische Diskussion, um bei einer Nazi-Demonstration beide Mittelfinger auszustrecken. Ich werde im Stadion die gegnerischen Fans nicht anfeuern, meine beiden Daumen hochhalten und »Respekt, Respekt, Respekt!« rufen, sondern auch mal »Fickt euch!«. Aber lasst mir meine Persönlichkeit und echte Individualität, die ich mir nicht mit coolen Lifestyle-Produkten erkaufen will. Ich will meine Emotionen selber steuern und nicht auf Knopfdruck glücklich oder traurig oder anders sein müssen. Hört auf, aus jeder Mücke einen BMW X6 zu machen.

Ich lebe ein unfassbar krass normales Leben. Und wenn ich es spannender machen will, dann ruf ich nachts entweder ganz laut »Feuer!« oder ich entscheide für mich, einen neuen Schritt in meinem Leben zu wagen. Denn auf Dauer kosten so Feuerwehreinsätze echt verdammt viel Geld.

17

17. Juhu. Ein komisches Alter. Fast erwachsen, aber irgendwie auch nicht. Mit 17 Jahren habe ich mein Jurastudium begonnen und gemerkt, wie toll ich es finde! Womöglich wird sich das in einigen Texten auch noch zeigen. Ich hatte meine Praktikums-Jugendsünde, meine erste feste Beziehung[9], viele Poetry-Slam-Auftritte und einfach eine meist sehr gute Zeit – von den typischen Problemen eines 17-jährigen Menschen mal abgesehen.

Um diese Zeitspanne meines Lebens einmal etwas einzuordnen: Als ich 17 war, wurde Martin Schulz ohne Gegenstimmen zum Bundesvorsitzenden und Kanzlerkandidaten der SPD für die Bundestagswahl 2017 gewählt. Ruft doch mal »Martin!«.

....
9   Können Flüssigkeiten auch eine feste Beziehung führen?

Wer hat recht?

Es gibt drei große Fragen dieser Welt, die sich unserem Fassungsvermögen vollends entziehen: Was geschieht nach dem Tod? Was ist der Sinn des Lebens? Und kann man als Fußgänger*in genau auf Grün loslaufen? Doch daneben gibt auch andere hochphilosophisch-ethisch-irdische Fragen voller Uneindeutigkeit. Zum Beispiel die Frage nach Recht und Unrecht – angefangen damit, dass ich nie so genau weiß, wann »Recht« groß- und wann »recht« kleingeschrieben werden muss. Es mag mir verziehen werden. Insbesondere werden all diese Diskussionen von Recht und Unrecht dann virulent, wenn es um die Frage angemessenen Strafens geht.

Wir haben das Glück, in einer Zeit und an einem Ort zu leben, bei dem uns nicht die Hand abgeschnitten wird, wenn wir an der Kasse mal ein Kaugummi mitgehen lassen, und nicht geviertelt werden bei einer Majestätsbeleidigung. Danke, Merkel! Und danke, Artikel 5 Absatz 1 Satz 1 Alternative 1 des Grundgesetzes, für das Grundrecht auf freie Meinungsäußerung. Staaten, in denen auch heute noch Strafe ihrem präventiven Charakter hinausgeht und den Rachegelüsten des Volkes erliegt, kann man nicht nur an einer Hand abzählen. Auch wenn man nur noch diese eine hat. Unser Rechtssystem ist fortschrittlich, progressiv und im Vergleich zu anderen Staaten humanistisch und fair. Wenn manche strammen Deutschen nach Todesstrafe und Lynchjustiz rufen, dann können sie noch so stramm deutsch sein, wie sie wollen; da frage ich mich, ob sie mit dem strammen deutschen Grundgesetz vertraut sind. Die Würde des Menschen ist unantastbar. Da gibt es keine Ausnahmeregelungen für die *Ronnys* und *Kinderficker*innen* dieser Welt. Statt sich etwa darüber zu freuen, dass Deutschland mit an erster Stelle steht, wenn es darum geht, pädophil veranlagte Menschen nicht als Monster zu dämonisieren, sondern sie mit Hilfsprojekten zu unterstützen, gehören Pädophilen ja die Eier abgeschnitten. Ausrufezeichen. Ausrufezeichen. Ausrufezeichen. Ganz gleich, ob der Straftäter denn überhaupt pädophil war, und ganz gleich, dass der größte Teil der Pädophilen einem Leben voller Ächtung und Selbstunterdrückung entgegensteht und eben nicht straffällig wird. Pädophilie und (sexualisierte) Gewalt zulasten von Kindern müssen auseinandergehalten werden. Und natürlich möchte ich auch nicht zu Mitleid für Leute aufrufen, die Kinder missbrauchen oder umbringen, aber zu Rationalität. Denn egal, was eine Person geplant oder getan hat: Jeder Mensch hat das Recht auf einen fairen Prozess und eine angemessene Strafe, deren Bemessung glücklicherweise in den Händen von Fachleuten mit Erfahrung liegt. Und nicht bei *Ronny*. Und so verständlich die Lähmung und Wut Angehöriger von Opfern schwerer Straftaten sind, darf weder in Lübeck noch anderswo ein*e Angeklagte*r im Gerichtssaal in einem Akt der Selbstjustiz hingerichtet werden.[10]

Aber wer hat nun recht, wenn es um faire Bestrafung als einen wesentlichen Teil angemessener Regelungenkodifikation von Funktionsabläufen in einem Staat geht? Eine

....

10   Ich empfehle für diejenigen, die nicht wissen, wovon ich rede, Marianne Bachmeier zu googeln – ein strafrechtlich wie auch gesellschaftspolitisch höchstspannender Fall.

freie Demokratie muss das Spektrum aus antifaschistischen Fuck-the-System-Anarchist*innen und faschistischen Fuck-the-System-Neonazis aushalten können – ohne beide Extreme auf eine Stufe setzen zu wollen. Doch es ist eben niemals allen Menschen recht zu machen; es lässt sich jedoch sehr wohl allen Menschen Recht zusprechen. Wo man die Grenze zieht, ist letztlich eine Glaubensfrage: Ist die Verschmelzung aus Sperma und Eizelle schon ein vom (Straf-)Recht zu schützender Mensch? Welche Rechte hat man, wenn man tot ist? Hat man mehr Rechte, nur weil man am lautesten ruft und die meisten Satzzeichen verwendet? Wie schön, dass diese Fragen nicht in Folge einer Internet-Diskussion gelöst wurden, sondern wir dafür konsensual entwickelte Gesetzestexte haben. Und ob man es will oder nicht: Man hat sich an dieses Recht zu halten. Die Kraft des Rechts ist es, die eine Gesellschaft zusammenhalten kann. Dafür kann man den Staat schließlich auch für sich beanspruchen, eigene Rechte durchsetzen zu lassen und gleichzeitig Institutionen zu schaffen, die uns bei unserem täglichen Leben helfen sollen – oder kurz: Bürokratie. Aber genau das ist doch genial. Der Rahmen unseres Lebens ist strikt durchgeregelt und wir haben trotzdem die Möglichkeit, uns frei zu entfalten. Wir können Röcke tragen, wenn wir wollen, jeden Menschen überall küssen, wenn beide es wollen, zur Schule gehen, etwas lernen, in die Moschee, die Synagoge, wir können saufen, kiffen, wir können David Guetta hören. Wenn das manche wollen. Wir können online eine *Keinohrhasen*-DVD kaufen und dann merken: »Das ist eine *Keinohrhasen*-DVD.« Und wir haben das Recht, sie zurückzugeben und unser Geld wiederzukriegen. Wir müssen keine Angst haben, gefoltert zu werden, weil wir ohne Fahrschein Bahn gefahren sind. Wir kriegen nicht die Todesstrafe, wenn wir nachts über Rot laufen. Unsere Prinzipien sind verhältnismäßig. Wir sind verfassungsrechtlich geschützt gegen die Willkür des Staates. Wir haben fundamentale und durchsetzungsstarke Grundrechte. Ein faires und auf Resozialisierung ausgerichtetes Strafrecht. Kein System, das vom Menschen geschaffen wurde, ist perfekt.

Klar, du kannst schon sagen, dass alle Geflüchteten kriminell sind, ohne dass du dein Leben lang hinter Gittern verbringen musst. Aber vielleicht könntest du ja auch einmal kurz nachdenken: 2015 kamen eine Million neue Menschen nach Deutschland, sodass die absolute Zahl an Straftaten denklogisch steigen muss. Natürlich. Weil es in jeder Gesellschaftsgruppe Straftäter*innen gibt und nun einfach faktisch mehr Menschen da sind, die Straftaten begehen können. Schwarze Schafe gibt es immer. Außer bei rassistischen Hirt*innen. Dass Menschen straffällig werden, ist nicht von der Abstammung abhängig. Aber das wären ja kriminologische Fakten. Man könnte also auch einfach etwas in Brand setzen. Aber dann steigt ja womöglich schon wieder in Folge der Geflüchteten die Zahl der Straftaten an. Statistiken sind aber auch gemein ... Man darf keine falschen Kausalitäten anstellen. Ja: Viele Geflüchtete sind junge, arme, in Großstädten lebende Männer. Und junge, arme, in Großstädten lebende Männer sind eben für Kriminalität anfälliger als Bingo spielende Seniorinnen auf dem Land. Aber das hat nichts mit der Herkunft zu tun. Eine gute Sozialpolitik kann die beste Kriminalprävention sein.

Ich finde es bezeichnend, wie die Diskussionen, insbesondere auf Social Media, divergieren, wenn einerseits ein 20-jähriger Asylbewerber ein Brötchen klaut und andererseits eine 96-jährige Deutsche angeklagt wird, zwanzigfache Beihilfe zum Mord an 11 000 Menschen begangen zu haben. Im letztgenannten Fall solle lieber mal Gnade vor Recht ergehen. Die arme, alte Frau. Doch jetzt klauen uns die Fremden schon unsere Brötchen? LEBENSLANG WEG-SPERREN!!!!!111 Gerade die Prozesse um Beteiligte der nationalsozialistischen Gräueltaten erschrecken mich immer wieder: Es brächte doch gar nichts mehr, eine solch alte und gebrechliche Person anzuklagen? Früher konnte man doch nicht anders, als mitzulaufen? Ich kann es mit Worten gar nicht angemessen genug ausdrücken, wie wichtig und unabdingbar ich es finde, jede einzelne Person, die nachweislich am millionenfachen Massenmord beteiligt war, anzuklagen und nach einem fairen Prozess gegebenenfalls auch zu verurteilen. Es geht um Aufklärung, um Rehabilitation, um Prävention. Es geht um Verantwortung.

Wir müssen es ertragen können, dass der Verkauf von Vodka und *Keinohrhasen*-DVDs legal ist und der von Gras nicht[11], dass manche Leute Gewalt in Videospielen verbieten wollen, dass manche Urteile für uns schier unverständlich scheinen. Doch jeder Mensch kann Veränderungen bewirken. Du willst einen Systemwandel? Dann geh wählen, engagier dich bei einer Partei oder gesellschaftlichen Vereinigung, sammle Unterschriften, starte eine Petition, lies ein Buch. Oder beiß in dein Wurstbrot und echauffiere dich darüber, dass der Tierschutz in Deutschland ja überhaupt nicht ausgeprägt genug sei. Andere Meinungen dürfen wir scheiße finden, aber dennoch müssen sie toleriert werden. Im Gegensatz zu (volks-)verhetzenden und beleidigenden Aussagen, die nicht ohne Konsequenzen bleiben. Nur muss es die klare Trennung von irrationalen Emotionen und rationalem Recht geben. Wir sollten politische Gegner*innen nicht mit Torten bewerfen, sondern mit Fakten. Und vielleicht danach mit Torten.

Menschen sind von Natur aus dazu geneigt, eher mit dem Herzen entscheiden zu wollen als mit dem Kopf. Und es ist beispielsweise absolut verständlich, sich zu denken,

....

11   Wobei zum gegenwärtigen Zeitpunkt (November 2022) die Hoffnung bestehen bleibt, dass sich die Gesetzeslage – den Ankündigungen der Ampel-Koalition entsprechend – ändert.

dass diejenige Person, die an ihrem Handy herumgespielt hat und deshalb dafür sorgte, dass zwei Züge kollidierten und andere Menschen dabei ums Leben kamen, die allerhärteste Strafe dieser Welt verdient. Aber am Ende bleibt es eine fahrlässige Tötung in dutzenden Fällen, die gemäß § 222 des Strafgesetzbuches eine Freiheitsstrafe von maximal fünf Jahren erlaubt. Das sieht das Recht so vor. Kann man schlecht finden, kann man gut finden. Demokratie lebt von Diskussionen. Selbst wenn es Facebook-Diskussionen sind. Und selbst wenn sie mehr Satzzeichen beinhalten als Buchstaben. Die Frage nach Schuld ist eine höchstkomplexe und individuelle, die man als außenstehende Person oft nicht begreifen kann. Man kann entweder zynisch von falscher Reue und schwieriger Kindheit sprechen und es dabei belassen. Oder man kann von echter Reue und einer tatsächlich schwierigen Kindheit sprechen und versuchen, zu verstehen, warum jetzt vielleicht doch die Bewährungsstrafe oder die Sozialstunden verhängt und eben nicht die Fingerkuppen abgesägt wurden. Strafe soll im deutschen Rechtsstaat immer nur das letzte Mittel sein und erst dann zur Anwendung kommen, wenn gar keine andere Möglichkeit weiterhelfen kann, Verletzungen von Rechtsgütern zu verhindern. Wir strafen nicht, um zu rächen, sondern um was zu bewirken: in der Gesellschaft und maßgeblich auch bei den Täter*innen. Statistisch gesehen führen höhere Strafen nicht zwingend zu weniger Kriminalität, echte Aufklärung und Präventivarbeit hingegen schon.

Welche Straftat ist wie schlimm? Mörder*innen haben mitunter die geringste Rückfallquote. Wer vermag, sich das Recht zu nehmen, einem anderen Menschen eine zweite Chance zu verwehren? Wer, über das restliche Leben eines Menschen zu entscheiden? Das sind alles keine Fragen, die mit Wut im Bauch entschieden werden können. Es gibt eine sehr interessante Norm im Strafgesetzbuch: § 60, die Möglichkeit des Absehens von Strafe, wenn die Folgen der Tat für den*die Täter*in so schwer wiegen, dass die Verhängung einer Strafe offensichtlich verfehlt wäre (natürlich nur bis zu einer bestimmten Grenze von Straftaten). Man stelle sich vor, dass jemand eine nahestehende Person fahrlässig schwer verletzt – dann ist die soziale, die moralische, die persönliche Strafe höchstwahrscheinlich eine sehr viel schwerere Bürde als die Verhängung von zehn Monaten auf Bewährung. Wieso sollte der Staat dann noch strafen?

Ein Rechtssystem wächst mit der Zeit: § 175 des Strafgesetzbuches ist abgeschafft, homosexuelle Handlungen zwischen Männern nicht mehr verboten. Menschen dürfen abtreiben.[12] Es ließen sich unendlich weitere Meilensteine aufzählen, doch natürlich kam alles viel zu spät. Aber mit jedem Jahr, jeder Wahl, jeder politischen Reform kann sich eine Gesellschaft weiterentwickeln. Nicht jedes Gesetz erscheint sinnvoll. EU-Richtlinien bezüglich der Krümmung von Salatgurken muss man nicht verstehen. Aber Selbstjustiz, David Guetta, Todesstrafe: Das kann gerne für manche Menschen ihr Ausdruck eines wahrhaftigen Rechts sein – gar keine Frage. Aber mir persönlich gefällt das 21. Jahrhundert mit all der Modernität und dem Fortschritt besser als das Mittelalter. Ausrufezeichen.

....

12   Eine weitere Anmerkung aus aktueller Perspektive: Die von uns erkämpften Rechte sind nicht in Stein gemeißelt, wie die besorgniserregenden Entwicklungen des einst liberalen Abtreibungsrechts in den USA zeigen.

Wenn Züge Menschen wären

Ich bin großer Wortspiel-Fan. Gewissermaßen ein wesentlicher Charakterzug meinerseits. Wie viele Andeutungen in Bezug auf Züge verstecken sich wohl im folgenden Text? Wer die richtige Antwort errät, kann mir gerne auf Instagram schreiben! Tipp: Vieles ist noch versteckter, als es vielleicht auf dem ersten Blick anzunehmen ist. Wer Wortspiele nicht mag, wird mich gleich wahrscheinlich hassen. Aber damit komme ich klar. Niveau und textliche Qualität bleiben jedenfalls auf der Strecke.

Am Bahnsteig stehend, mein Eis – oder wie Menschen im englischsprachigen Ausland sagen würden – Ice essend, auf meinen Zug wartend und mich 20 Minuten völliger Langeweile konfrontiert sehend, erblicke ich am Gleis 9 ¾ diesen einen Zug, der vorne irgendwie – warum auch immer – durch die Anordnung und Architektur der Spitze aussieht wie ein menschlicher Kopf. Ja, was wäre eigentlich, wenn Züge Menschen wären? Das frage ich mich und melancholiere ein wenig herum. Ich denke an Thomas, die kleine Lokomotive, meine kindliche Unbeschwertheit und Naivität, Zügen wirklich eine Weltherrschaft zuschreiben zu können, und daran, wie einfach die Welt doch wäre, so ganz ohne Menschen. Es heißt ja nicht umsonst: Züge sind die besseren Menschen. Meine Gedanken triefen vor Tiefsinn und mitten in meinem kleinen Gedankenexperiment verspüre ich einen kleinen Luftzug, denn der Zug nähert sich meinem Gleis. Doch mein Zug ist wohl auf die schiefe Bahn geraten und fährt heute woanders ab. Was gibt es Schöneres als die Kombination eines schlechten eigenen Zeitmanagements, eines nicht enden wollenden Gedankenflusses und der Deutschen Bahn? Einiges. Zum Beispiel Pizza mit Broccoli, Champignons, Mais und Paprika. Nun gut, ich war leider zu langsam. Der Zug ist abgefahren. Aber selbst wenn ein Zug abgefahren ist, so ist der nächste gewiss nicht weit. Außer er verspätet sich. So zügig, wie ich die Treppen hinuntergerannt bin, das Links-Rechts-Ausweich-Spiel gegen eine Taube verloren habe, die Treppen zum Gleis nebenan hinaufgerannt und die letzte Treppenstufe hochgestolpert bin (es gibt wenig, was erniedrigender ist), war ich davon überzeugt, nicht ein weiteres Mal 20 Minuten warten zu müssen.

Abgefahren. Dachte ich mir nicht nur, weil mein Zug wieder weg war, sondern auch weil »abgefahren« als Adjektiv des Staunens durch »krass« ersetzt wurde. Na ja, man muss einfach zugeben, dass das der Wandel der Zeit ist. Das Aufgeben von Tradiertem und alten Rollenbildern. Wie das wohl bei Zügen aussähe? Ob es da auch Rassismus und Sexismus gäbe? Züge würden wahrscheinlich alle Gegner*innen überrollen. Mit wem Züge so verkehren? Bestimmt nur mit dem eigenen Typen. Karl Marx sagte den Klassenkampf schon voraus: 1. Klasse gegen 2. Klasse. Und wie Züge sich wohl fortpflanzen? Durch Fremdkörper, die sich an die Züge haften und dann für Güter- und Personenverkehr sorgen? Immerhin kommt dank der Deutschen Bahn auch ganz sicher nie jemand zu früh. Für das kleine Waggonbaby ist es schlimm, wenn Papa-Zug mal wieder entgleist und seinen Frust an ihm rauslässt, denn sein Leben drehe sich im Kreis. Irgendwann wird unser kleiner Waggon, Gesichtszüge wie der Vater, aber älter und heftet sich an weitere Waggons und findet so neue Freund*innen. Jedoch sind sie mit ihren Drogen ein wahrlich schlechter Einfluss auf ihn, auch wenn es nur dieser eine verdammte Zug am Joint war. Da wäre sie wieder: die schiefe Bahn.

Wenn Züge Menschen wären, so müssten sie sich ja auch irgendwie durch die Städte fortbewegen können. Ein öffentlicher Zügenahverkehr wäre da die logische Konsequenz. Vielleicht brauchen Züge aber auch gar keinen Zügenahverkehr, sondern fahren einfach selbst. Doch diese Gedanken schienen selbst mir zu bahnbrechend zu sein. Andere Fortbewegungsmittel könnten schließlich weiterexistieren mit Zügen als Pilot*innen und Taxifahrer*innen. Ich sollte vielleicht meine Gedanken ein wenig zügeln. Zornige Züge fangen dann irgendwann auch mit stumpfem Hass an und wettern gegen andere Züge, die über die Grenzen hergefahren kommen. »Gegen den Zuzug von außen! ICE statt Interrail! Die Züge nehmen uns die Gleise weg!« Aber auch solche Züge würden in ihre Schranken verwiesen werden. Zum Beispiel von der Antifahr. Gewalt ist nie gut, selbst wenn der Hass lokomotief sitzt.

Plötzlich wache ich auf. Ich bin am Bahnsteig eingeschlafen und auf die Gleise gefallen. Ich habe Angst. Denn Gefahr ist in Verzug. Plötzlich wache ich auf. Ich bin auf dem Bahnhofsklo eingeschlafen und habe geträumt, am Bahnsteig eingeschlafen zu sein. Ich stelle es mir sehr kompliziert vor, wenn es öffentliche Toiletten für Züge gäbe. Aber was essen Züge überhaupt? Nur von Menschen wird man sicherlich nicht satt. Plötzlich wache ich schweißgebadet in meinem Schlafanzug auf. Das war alles nur ein Traum. Ich muss den Zug ja erst am nächsten Tag nehmen, um zum Poetry Slam nach Zug in die Schweiz zu kommen. Und nach Gütersloh muss ich auch erst nächste Woche. Ich glaube, ich bin in letzter Zeit zu oft in Zügen unterwegs. Denke ich mir so, während ich am nächsten Tag in den Zug steige. Aber ich mag Züge.

Züge sind cool, denn man sieht und trifft häufig außergewöhnliche Menschen, auch wenn ich Junggesell*innenabschiede wirklich nicht mehr ertragen kann. Aber man kann von A nach B über Ü und Y fahren, sieht die Welt wie ein kleines Kind aus dem Fenster und fühlt sich frei. Plötzlich wache ich auf. Ich habe geträumt, geträumt zu haben und aufgewacht zu sein. Statt mir einen Abend vor dem Slam *Inception* anzugucken, sollte ich lieber lesen. Am besten meinen Lieblingsautor Marc Train. Das Reisen und das Slammen, das in letzter Zeit zu einem wesentlichen Ankerpunkt meiner Freizeitbeschäftigung geworden ist, sorgen wahrlich dafür, dass ich mein Leben in vollen Zügen genießen kann. Auch wenn mir leere Züge häufig lieber sind. Es ist sehr deutlich: Dieser Text weist eindeutig autobiografische Busse auf. Vielleicht könnte man ja aus dieser ganzen Idee auch mal ein Musical machen. Wahrscheinlich aber zu abgefahren.

Ich steige am nächsten Tag nun wirklich in den Zug und komme auch am Ziel an. Draußen schaue ich auf den Wald vor meiner Nase, atme tief durch, gerade noch völlig aus der Bahn geworfen, und denke mir: Was wäre eigentlich ... Ja, was wäre eigentlich, wenn Bäume Menschen wären?

Natur

Eigentlich bin ich ein absoluter Prosaschreiber. Doch hin und wieder überkommt es mich und auch ich bekomme Lust auf Lyrik. Manchmal fühle ich mich fast schon schlecht, wenn ich irgendwelche Wortspiele mache und die Bühne dabei mit beeindruckenden Lyrikperformances teile. Ich habe jedenfalls höchsten Respekt vor Menschen, die großartige Gedichte erschaffen können. Aber na ja, jede*r hat eben einen eigenen Stil. Der folgende Text ist aus 2017, lediglich eine kleine Stelle habe ich noch ergänzt. Personen, die sich ein wenig mit Zeitgeschehen auskennen, werden sicherlich bemerken, um welche es sich handelt.

Die Sonne geht hinter den Bergen auf, der knisternde
    Sandstrand ist leer,
Bäume erwachen und atmen auch, Tiere wandern umher.
Von eisgekühlten Bergspitzen über Meere, Flüsse, Bäche
bis hin zu dichtgrünfeuchten Wäldern und vertrockneten
    Steppen.

Auf Weiden blöken Schafe, gebürstet auf Krawall,
mit määäßigem Erfolg von Hirt*innen eingefangen.
Hier sprießen Felder voll mit Blumen in den
    allerschönsten Farben,
ein Eichhörnchen schleicht rum, um Eicheln zu
    vergraben.

In der Hitze der Savannen kämpfen Hyänen,
an der Themse kreisen Möwen bei plätscherndem Regen.
Giraffen, die wütend sind, haben so einen Hals,
Löwen, die hungrig sind, die pure Gewalt.

Eiskristalle knistern krächzend im Winter-Wonderland,
im Schlachthof bildet sich eine Rinder-Boyband.
Zwischen Zwetschgenfeldern zwitschernde Zaunkönige,
warten auf die Beute und tuen nur das Nötigste.

Vulkane sind die Stuntmen der Natur, Lava ist badass:
This is the Etna, welcome to Jackass!
Ein Hund springt ins Wasser und hechelt lächelnd los.
Glücklich blickt er drein und kackt auf dem
    Nachhauseweg mitten auf den Gehweg, sodass man
    mit der Hand in die Plastiktüte greifen muss, um
    den Kot zu packen und in der Tüte verschwinden zu
    lassen. Und dann entledigt er sich noch einmal, aber
    die Tüte hat man ja schon benutzt und man dreht sich
    kurz nach links und rechts und hofft, dass niemand
    einen selbst gesehen hat, und dann läuft man schnell
    davon.

Babykängurus liegen leise in Kängurubäuchen,
müde Koalas hängen an Eukalyptussträuchen.
Auch Insekten haben Stolz, Dreck ist nicht zu dulden.
Peter Zwegat hilft: Raus aus den Mulden!

Freiheit ist bloße Erfindung des Menschen, manchmal
mögliche Leier,
aber auch bei 100 Bordellbesuchen: Fliegende Vögel sind
freier.
Ein hungriger Frosch streckt seine Zunge aus, ein Leben
geht vorbei,
doch schon *Der König der Löwen* lehrte: This is the Circle
of Life.

Jeder Handstand am Sandstrand, jeder Purzelbaum im
Morgengrauen,
jeder aufsteigende Drache in des Windes riesigem
Rachen.
Jeder Schrei auf Norderney
ist sehr laut, denn da ist ja sonst kein Mensch.

Die Sonne ist ein Brandstifter, das Meer stemmt sich
dagegen,
Baumkronen beschützen Böden, gewartet wird auf
Regen.
Ja, gewartet wird auf Regen, gewartet wird auf Regen,
gewartet wird auf Regen, ja, gewartet wird auf Regen –
Tagesschau-Brennpunkt: »Regenmassen überfluten
Deutschland!«
Woran hat et jelegen?

Wenn kindliche Augen voller Erwartung das erste Mal
erwachen,
sehen sie freudig die Wunder der Welt: Lass das mal die
Erde machen ...
»Schau, die Heizung ist an.« – »Nein, das ist die Sonne.«
»Schau, da fallen Murmeln vom Himmel.« – »Nein, das
ist nur Hagel.«
»Schau, da ist das Nichts.« – »Nein, das ist nur Nebel.
Oder Hagen.«

»Schau, der Himmel weint, ist das ... Regen?« – »Nein,
das ist nur ein Mann auf einem Baum, der gerade auf
deinen Kopf spuckt.«

Neben Käfer kauenden, sitzenden Nahrungskettenchefs
smarte Start-up-Ideen habende ahnungslose Keks.
Und im Schlamm wälzt sich geschützt vor Mord niedlich
auf dem Bauch ein Schwein,
endlich Ernte im
Kleinstadtvorortsiedlungsgartenbauverein.

Brote werden mit Boybands belegt:
Hey, ich bin cool und scheiß auf die Umwelt.
Hauptsache die Kurse stimmen, die Preise steigen.
Mir ist egal, wie viel du umsetzt.

Kartoffeln und Raps,
Äpfel und Schnaps: Zum Leben braucht es nicht viel.
Neben Palmölplantagen
Dieselwagen-Garagen, aber den wird man ja wohl noch
fahren dürfen! Wo kämen wir denn sonst hin!

Über Kaminen und Echtfellteppichen ruhen Jagdtrophäen
und die DFB-Elf fungiert als Nutella-Koryphäe.
Zwei mal drei macht vier und Orang-Utans aus dem Sinn,
ich mach mir die Welt, widdewidde wie... Oh,
Himmelsraketen, toll! Die steigen so schön in die
Lüfte.

Blühenden Blumen wird's noch an den Kragen gehen,
Flüsse vertrocknen, es bleiben bloß noch karge Seen.
Man tut, was man kann, den Planeten so gut, wie es nur
geht, zu gefährden,
aber weirden Milliardär*innen wird schon was einfallen.

Vielleicht mal kein Auto, sondern einfach einen
 riesengroßen Reisebus ins All schießen. Wäre das
 nicht was?

Pinguine treiben bis nach Madagaskar einsam auf
 Eiskappen weg,
aber sie lächeln und winken, lächeln und winken, lächeln
 und winken ganz nett.
Wenn Gletscher dahinschmelzen, ohne dass ein Film mit
 Ryan Gosling läuft.
Wenn Regenwald gerodet wird, obwohl man schon nur
 Krombacher säuft.

Wenn die Temperatur auf der Erde immer weiter
 zunimmt – und nein, das ist nicht gut, auch wenn
 heiße Sommer uns vielleicht oft fehlen.
Dann muss doch irgendwann der Punkt kommen, an dem
 man sagt:
Nee. Also ich fahr schon noch gern mal nach Namibia
 oder Neuseeland oder Nicaragua – ein bisschen die
 Natur einverleiben. Aber dann auch nur einmal im
 Monat. Und den CO_2-Ausstoß kompensiere ich. Mit
 Nutella.

Zwischen Stalagmiten und Stalaktiten, kristallklarem
 Wasser,
Steinkohlmienen in großen Tiefen, Atomkraft ist klasse.
Zwischen Häuserzeilen, Automeilen, gigantischen
 Konzerten,
stehen Mäusefallen, Hundeleinen, vernebelte Berge.
 Denn sie sind high.

Wenn all das Leben auf der Welt Lebenswert erhält.
Wenn jeder Regenwurm und jeder Tannenzapfen, jeder
 Blauwal und jeder Blaubeerkrapfen geschätzt wird.

Nicht als selbstverständlich geächtet. Wenn jedes
　　Summen einer Biene Freudenstrahlen erzeugt,
denn diese Biene, die ich meine, die heißt Chuck fucking
　　Norris und rettet uns den Arsch.

Ja, was der Mensch in der Natur geschaffen hat, ist
　　schon echt krass so,
aber er bleibt ewig beliebige*r Kunststudent*in, die
　　Natur Picasso.
Denn was ist wesentlich, worauf lässt sich letztlich alles
　　verbuchen?
Luft, Erde, Feuer, Wasser. Und lecker Kuchen. Schön mit
　　Streuseln. Mmmmh.

Wir sind ohne unsere Umwelt nichts.
Auf uns gibt die Erde eher so 'nen Fick.
Der Mensch spielt sich auf und baut und fährt und macht
　　und will.
Aber am Ende bleibt die Erde diejenige, die macht, was
　　sie will.

Zwischen smogverseuchten Straßenschluchten
und grell leuchtenden Häuserbuchten
bleibt die Schönheit dessen, was uns umgibt,
　　unveränderlich unendlich,
die menschliche Existenz hingegen zugleich herrlich wie
　　auch endlich.

Ich bin Jude

Ich habe einen Text über meine Herkunft geschrieben, möchte aber noch nicht zu viel verraten. Im Titel gab es schon einen kleinen Hinweis, worum es geht. Mit einer stark verkürzten Version dieses Textes – ich habe die Ur-Version aus 2017 immer wieder aktualisiert, sodass der Text mittlerweile eigentlich eher ein neuerer ist – habe ich die deutschsprachige U20-Poetry-Slam-Meister*innenschaft 2017 in Heidelberg/Mannheim gewinnen können. Ferner bin ich mit diesem Text ins Halbfinale der regulären deutschsprachigen Poetry-Slam-Meister*innenschaften 2017 in Hannover eingezogen. Aber eigentlich ist es auch logisch, dass ich mit diesem Text sehr oft gewinnen konnte, denn würde jemand gegen mich stimmen, wäre diese Person natürlich lupenreine*r Antisemit*in gewesen.

Ich bin Jude. Das habe ich als Kind und Jugendlicher immer gerne gesagt. Ohne groß darüber nachzudenken, was das eigentlich bedeutet. Ein für mich unverfänglicher Satz. Zwar bin ich väterlicherseits jüdisch und fühle mich dem Judentum verbunden, ohne dabei besonders religiös zu sein, doch ist nach überwiegender Ansicht die Abstammung mütterlicherseits oder eine echte Konversion maßgebend. Dies festzuhalten, ist wichtig. Denn ich kann mir nicht anmaßen, zu beurteilen, wie es insbesondere auch praktizierenden jüdischen Menschen in Deutschland ergeht, sondern nur meine Kindheit, mein Aufwachsen, mein Leben darstellen. Ich bin damit quasi nur Halbjude, auch wenn diese Bezeichnung irgendwie unpassend ist: Der hälftige Teil meint nicht das Gleiche wie etwa in der griechischen Mythologie bei den Zentauren. Ich kann keinen Galopp.

Jüdischsein bedeutete für mich nie eine nach strengen Regeln gelebte, ausschließlich der Religion gewidmete asketische Lebensführung, sondern das Verinnerlichen bestimmter Werte: Respekt vor allen Geschöpfen, die das Leben auf der Welt teilen, Nächstenliebe und eine friedfertige Lebensführung. Mit Herzen – so groß wie unsere Nasen. All das ist für mich untrennbar mit jüdischem Leben verbunden. Daher war es für mich als großer Fußballfan sehr prägend, als ich das erste Mal von der jüdischen, aber rassistischen rechtsextremen Fangruppierung La Familia vom israelischen Fußballclub Beitar Jerusalem hörte. Eine unglaubliche Desillusionierung. Es war für mich grotesk und doch wichtig, etwas so Triviales zu verstehen: Natürlich kann die Eigenschaft als jüdischer Mensch nicht von persönlicher Verantwortung befreien. Auch zur Amtszeit Donald Trumps registrierte ich, wie beliebt dieser doch bei vielen, oft älteren jüdischen Mitmenschen war. Das ist natürlich in freiheitlichen Demokratien, die Meinungsvielfalt zulassen und fördern, nicht verwerflich und aufgrund seiner sehr pro-israelischen Haltung auch erklärbar; dennoch für mich unverständlich. Rechtsextrem und jüdisch: Wäre es nicht so traurig, könnte man fast schon drüber lachen. Gleiches gilt für die Gruppe der »Juden in der AfD«. Das passt einfach nicht zusammen, das ist alles so widersprüchlich. Als würde man in der Antarktis ein Eiscafé eröffnen. Als gäbe es in einem Bed and Breakfast kein Frühstück. Oder als würden Nazis andere als *Schmocks* bezeichnen. Meine Bezüge zum Judentum waren häufig sehr trivial. Wurde bei *Galileo* auf ProSieben mal der Alltag einer jüdischen Familie aufgezeigt, habe ich mich gefreut. Erblickte ich im Stadion des FC Ingolstadt eine israelische Flagge, habe ich mich gefreut. Sah ich in irgendeiner Stadt, die ich mal besucht habe, eine Synagoge, habe ich mich gefreut. In Bochum etwa steht die städtische Synagoge neben dem Planetarium. Man kann sich also Sterne anschauen und danach noch ins Planetarium gehen.

Ich ging immer gerne zur Schule – besonders gefiel mir der Philosophieunterricht. Hier versammelte sich die Crème de la Crème der Heid*innen. Wir hatten muslimischen, jüdischen, buddhistischen, hinduistischen oder atheistischen Hintergrund. Das Gute an Kindern ist ihre unverfälschte Sicht von Menschen. Sie können zwar durchaus gemein sein, doch in deren Weltbild passen nicht verschiedene Ethnien, sondern nur »mag ich« und »mag ich nicht«. Der Geschichtsunterricht in der Schule war immer eine ganz sensible Angelegenheit. Während ich etliche Dokumentationen als alte Familienvideos ansehen konnte, waren die anderen natürlich emotional höchst aufgewühlt. Bis auf Klaus, ein Klassenkamerad von mir, der einmal ebenfalls seinen Opa wiederentdeckt hat. Als SS-Offizier. Einer meiner liebsten Witze in diesem Kontext (obgleich äußerst makaber): »Mein Opa ist in Auschwitz gestorben. Er ist vom Wachturm gefallen, als er auf Fliehende schoss.« Humor ist immer auch eine Art von Traumabewältigung. Was ich jedoch in der 11. Klasse in einem Schulbuch gesehen habe, hat mich ganz ernsthaft schockiert: Vor (hoffentlich) sehr langer Zeit dachten Menschen, dass jüdische Familien zuhause Brot aus christlichen Kindern backen würden. Eine der absurdesten Verschwörungstheorien, die ich jemals im Kontext des Judentums miterlebt habe – und das muss schon was heißen. Ich kann jede Person beruhigen, denn ich habe meine Kindheit und Jugend noch einmal Revue passieren lassen:

Meine Familie hat aus christlichen Kindern kein Brot gebacken. Bei uns gab es Brötchen. Manchmal auch die süße
Variante: Christstollen. Es gibt so Leute, die sagen: »Ich
stelle ja nur Fragen!« Nee, Bro, du behauptest irgendeine
Scheiße. Nur weil du ein Fragezeichen dransetzt, wird »Juden essen Kinder« nicht zu einer ernsthaften Beteiligung
am Diskurs.

In meiner Schulzeit sah ich mich nie mit einem Hass gegenüber jüdischen Menschen konfrontiert. Doch Hass gehen oft andere Dinge voraus. »Du Jude« hielt selbst in vermeintlich gesitteteren Kreisen den Rang einer abfälligen
Bemerkung. Den letzten Schluck in einer Flasche bezeich-
neten viele Mitschüler*innen als »Judenschluck«. War ich
anwesend, wurde der »Judenschluck« aber auch schnell
mal zum »Pennerschluck«. Wow. Trauriges Highlight war
für mich, dass ein Junge in entsprechender Montur ernsthaft einmal Adolf Hitler nachspielte, im wohlwollendsten
Fall parodierte. Es gab Zeiten, da war die Diskreditierung
des Begriffs »Jude« sehr präsent in meinem Leben. Irgendwann – und das hat sich wirklich so zugetragen – wurde mir mal auf YouTube ein Video angezeigt mit dem Titel: »Baby singt *Hey Jude*«. Ich klickte damals wütend und
verzweifelt drauf, nur um dann zu merken, dass ein kleines Kind mit einer Gitarre *Hey Jude* von den Beatles singt.
Zurück zu unserem Hitler-Imitator: Ich glaube nicht, dass
alle Menschen, die sich solcher Aussagen bedienen oder
solche Dinge machen oder lustig finden, Antisemit*innen
sind oder antisemitisch denken. Insbesondere wenn es
um Witze geht – so zumindest meine persönliche Erfahrung –, war es geradezu en vogue, immer extremer, immer noch ein bisschen makabrer als andere zu sein, zu
schocken, nur um des Schockens Willen – und zwar unabhängig von der Person oder Gruppe, die Gegenstand des
Witzes ist. Auch ich habe als Jugendlicher mit Sicherheit
Witze oder Aussagen als *schwarzen Humor* tituliert, um ei-

nen *The Purge*-ähnlichen Freifahrtschein haben zu dürfen, alles unter dem Deckmantel des Witzes – oder hochtrabender: der Satire – sagen zu können. *Schwarzer Humor*, der Persilschein des kleinen Mannes. Die letzten Jahre haben jedoch viele Menschen sensibilisiert; nur weil fast alles gesagt werden darf, heißt das nicht, dass alles gesagt werden muss. Oder dass alles unkommentiert stehen gelassen werden kann. Dennoch finde ich, dass man die Verbreitung von Witzen und Bildern vor allem durch noch nicht vollständig gereifte Personen, so abstoßend jene auch sein mögen, unterscheiden muss von Ausdrücken und Mechanismen, die sich in insbesondere kindlichen Köpfen als Gedanken verfestigen. Genauso wenig wie die Wörter »schwul« oder »behindert« negativer Konnotation auszusetzen sind, darf es mit dem Begriff »Jude« sein. Auf der anderen Seite muss es selbstverständlich auch das Judentum aushalten, Gegenstand von Witzen zu sein. Humor hat keine Grenzen – Grenzen hat die Anwendung. Dabei geht es hier nicht um einen tucholskyschen Satiredarf-alles-Aphorismus. Satire darf nicht alles. Und wahrscheinlich können die wenigsten *Trochowski* überhaupt buchstabieren. Aber Witze sind kontextabhängig – Situation, Person, Ton – und abzugrenzen von Hass, Ausgrenzung und fehlendem Fingerspitzengefühl. Wenn man einen Witz über das Judentum macht, bleibt das ein Witz, der zu gewissen Teilen bereits dadurch legitimiert wird, dass dieses nicht von Witzeschaffenden ausgeschlossen wird. Nutzt man hingegen »Jude« im allgemeinen Sprachgebrauch synonym für etwas Schlechtes, hat es die Sphäre des Witzes längst verlassen. Aber fehlende Akzeptanz ist immer wie eine Person auf Inlineskates: geht gar nicht.

Der jüdische Witz spielte in meinem Leben eine große Rolle. Jüdischen Menschen wird schließlich häufiger attestiert, besonders witzig zu sein. Wenn ich aber so an meine Familie denke, kann ich sagen: Ausnahmen bestätigen die Regel. Bekannt ist das Phänomen der Dad-Jokes. Auf die Höhe treibt es aber der Jewish-Dad-Joke (wenn man Dad-Jokes auf Je-Wish bestellt). Beispiel: »Wie nennt man jüdischen Kohlrabi? Kohlrabbi.« Weiterer Klassiker meines Vaters: »Welches Sprichwort beschreibt die Situation, dass ohne Geld nicht viel möglich ist? Ohne Moos-es nichts los-es.« Er schaut dann immer ein wenig wie ein Labradorwelpe, dessen Besitzer*in nach drei Monaten wieder nach Hause gekommen ist. »Versteht ihr? Wegen Moses! Wie Moos. Los. Los-es. Mos-es.« Ach, wegen Moses, alles klar, ich hatte gerade irgendwie nur an witzige Partyhüte gedacht und den Witz gar nicht verstanden. Und der einzige Klopf-Klopf-Witz, den ich kenne, handelt von Anne Frank. Ich habe meinem Vater ungeschickterweise vor einigen Jahren mal ein jüdisches Witzebuch zum Geburtstag geschenkt – keine clevere Entscheidung. Das ist ungefähr so, als würde man einer laktoseintoleranten Person zum Geburtstag einen Gutschein für ein Käse-Tasting schenken. Oder Käse. Oder einer pyromanisch veranlagten Person Uran. Beim Auspacken der Geschenke hätte man zwar ein wirklich authentisches Strahlen, aber in der Gesamtschau würde ich sagen, dass die Risiken überwiegen.

Jüdische Personen werden oft für sehr reich gehalten. Ich persönlich bekam aber schon früh vermittelt: Geld ist nicht alles. Geld ist wahrlich nicht alles. Immobilien sind auch sehr wichtig. Als reich würde ich mich nicht bezeichnen, aber während andere Kinder *Der Boden ist Lava* gespielt haben, haben mein Bruder und ich immer *Der Boden ist Laminat* gespielt und sind von einer Schlangenledercouch zur anderen gesprungen. Schlangenledercouch: 5 000 €. Kaviar-Brunnen: 50 000 €. Die Rechnung, die eine jüdische Person stellt: unbezahlbar. Und ja, vielleicht waren meine Serienhelden auch Dagobert Duck und Mr. Burns. Und vielleicht war mein erstes Wort auch nicht »Mama« oder »Papa«, sondern »Steuerfreibetrag«.

Aber natürlich haben jüdische Menschen Humor, sonst würden wir ja nicht so aussehen. Lange Schläfenlocken, komische Hüte und dann noch unsere Namen: Goldberg, Rosental, Mandelbaum – bei jüdischen Feiern kommt man sich vor wie auf einer Gartenschau. Ich kenne Leute, die heißen Efraim und Schmul. Schmul. Noch einfacher kann man es Kindern nicht machen, Leute aufgrund ihres Namens zu mobben. Und das zu Recht. Schmul! Jetzt mal ehrlich. Da hätte ich auch zugeschlagen. Bei der Serie *South Park* war mein Held der kleine jüdische Junge Kyle Broflovski. Der Name spricht für sich. Broflovski. Das klingt ein bisschen so, als würde man kauen. Oder bellen. Broflovski. Ein Wort, das eigentlich nur aus dem Mund eines Kois kommen könnte.

Beruflich gesehen habe ich natürlich Fußstapfen, in die ich treten muss. Als Buchhalter reicht mein Bizeps leider nicht aus, doch als Juwelier, Anwalt oder Schönheitschirurg mit besonderer Spezialisierung auf Nasen sehe ich mich durchaus. Dann hätte meine Familie auch etwas davon. Und sie könnte vom Freund*innen- und Familienrabatt profitieren. Drei Prozent. Auf die zweite Operation. Vielleicht versuche ich es auch als Magier. Mein einziger Trick wäre es dann, Münzen hinter den Ohren irgendwelcher Leute hervorzubringen und dann ganz schnell wegzurennen.

Dass jüdische Menschen oft nicht den allerbesten Ruf haben, kann ich hinsichtlich der Repräsentant*innen gut verstehen. Unser höchstes essenstechnisches Kulturgut hat jemand erschaffen, der ein Brötchen mit einem Loch gebacken hat und es »Bagel« nannte. Quasi die jüdische Version von *American Pie*. Dann gäbe es noch Marcel Reif und Jesus Christus. Der eine tat so, als sei er der Sohn Gottes und erzählte den Menschen irgendeinen Nonsens.

Und der andere, Jesus, ein historischer Jude, schlank, gut-aussehend, immer mit einer Horde Männer, die ihm hin-terlief, ist heute für *Bibel TV* verantwortlich.

Aber mir ist es wichtig, hervorzuheben, dass sich die Lebensrealitäten jüdischer Menschen in weiten Teilen überhaupt nicht von denen nicht-jüdischer Menschen un-terscheiden. Meine Hobbys waren nicht besonders spek-takulär: Freund*innen treffen, Bücher lesen, Brunnen vergiften. Kleiner Spaß – ich habe nicht gelesen. Bis auf Märchen. Auch sie entsprechen den klassischen Geschich-ten, die fast jedes Kind in Deutschland ebenfalls kennt. Mein Favorit war immer Rotkäppchen – nur eben in der leicht abgewandelten jüdischen Version:

»Oma, warum hast du denn so große Ohren?«

»Damit ich dich besser hören kann.«

»Und Oma, warum hast du denn so große Augen?«

»Damit ich dich besser sehen kann.«

»Oma, aber warum hast du denn so eine große Nase?«

»Bin Jüdin.«

Auch jüdische Feiern und Geburtstage laufen ab wie überall sonst auch. Wir sind zwar nicht unbedingt als Par-tyvolk bekannt, doch auch wir können mal so richtig Gas geben und die Sau rauslassen. Essen sie ja eh nicht. Die Einladung zu so einer Feier kann dann wie folgt aussehen:

»Shalom, geliebte Person. Hiermit lade ich dich herzlich zu meinem 163. Geburtstag ein. Am kommenden Samstag, 19:00 Uhr, im Gasthaus Zum Deutschen Löwen. Wenn du nicht weißt, was du mir schenken willst, tut es auch eine kleine Geldspende. Wenn du weißt, was du mir schenken willst, tut es auch eine kleine Geldspende. Gott segne dich.«

Es werden Spiele gespielt, zum Beispiel *Reise nach Jerusa-lem*, *Die Siedler von Catan* oder natürlich *Monopoly*. Es läuft Musik, etwa *Money* von Pink Floyd, *Money, Money, Money* von ABBA oder – ein absoluter Klassiker, der natürlich nie fehlen darf – DJ Ötzis *Ein Stern, der deinen Namen trägt*. Gesprochen wird über Gott und die Welt. Gegessen werden frisch gebackene Brötchen mit Hummus, gerne auch Eis von Langnase. Und trinken tut man in irgendeiner Bar Mitzwa.

Die Ernährung ist aber schon eine knifflige Angelegenheit. Als ich klein war, war ich Rebell und konnte mit einem Käse-Schinken-Toast gegen zwei Speisegesetze gleichzeitig verstoßen, ohne mich schlecht fühlen zu müssen. Mittlerweile lebe ich schon lange vegan und dachte eigentlich, damit auf der sicheren Seite zu stehen. Doch jüdische Speisevorschriften sind wirklich eine Wissenschaft für sich. Man unterscheidet nach Art des Lebensmittels, nach Herkunft des Lebensmittels, nach Art der Zubereitung, nach zubereitender Person, nach Zeitraum, zu welchem die Speise verzehrt wird. Auf der sicheren Seite ist man, wenn man gar nichts isst. Aber das ist natürlich auch nicht ganz koscher. Ich habe das Kochen und die jüdische Küche dennoch wirklich sehr für mich entdeckt – ich liebe einfach all die frischen Zutaten wie Kichererbsen, Tahin, Petersilie, Minze, Kreuzkümmel und christliche Kinder.

Hass auf das jüdische Volk eint alle Extreme. Denn anders als Hotels haben wir oft keine Lobby. Jüdische Mitbürger*innen, Israel, Amerika, BRD-GmbH, Echsenmenschen[13] – Antisemitismus und Verschwörungserzählungen gehen gerne Hand in Hand. Viel zu oft habe ich im Internet Beiträge dazu gesehen, dass am 11. September 2001 4 000 jüdische Menschen nicht zur Arbeit erschienen sind, was als vermeintlicher Beleg dafür gewertet wird, dass die Drahtziehenden hinter den Anschlägen auf das World Trade Center *die Juden* waren. Aber ganz ehrlich:

....

13 Das ist kein Scherz: Dass wir von Echsenmenschen regiert werden, glauben manche Menschen ganz ernsthaft.

Ich bin mir sehr sicher, dass am 11. September 2001 auch in Berlin 4 000 Menschen nicht zur Arbeit erschienen sind. It was an Inside Job! Verharmlosungen, Relativierungen. Bei der Querdenken-Bewegung mit angehefteten David-sternen und Vergleichen mit Sophie Scholl; extreme Tier-rechtsaktivist*innen, die das Schicksal von Tieren in Mas-sentierhaltung als »Holocaust« bezeichnen; Angehörige anderer Konfliktparteien, die ihren Zustand mit dem von jüdischen Menschen in der Zeit des Nationalsozialismus vergleichen. Die Liste ließe sich noch lange weiterführen. Jeder Missstand muss angesprochen werden dürfen, aber der ständige Vergleich mit dem systematischen Versuch, eine ganze Gruppe von Menschen auszulöschen, ist im-mer geschichtsrevisionistisch, abstoßend und höchstge-fährlich. Oder zeugt – im besten Fall – schlicht von mas-siven geschichtlichen Verständnislücken. Geschichte hat uns etwas gelehrt. Wir wissen alle, was passiert, wenn eine Person mit Macht und Ideologie Millionen von (meist jungen) Menschen manipuliert. Ja, ich rede natürlich von *Bibis Beauty Palace.*

Ich bin in Bezug auf den Nahostkonflikt sehr stark emo-tionalisiert und sensibilisiert. Ganz besonders krass war es auf deutschen Straßen 2014 und 2021. Jetzt könnte man natürlich sagen, Jüdischsein und Israel seien zwei unter-schiedliche Dinge, was grundsätzlich zutrifft. Dennoch ist mein persönliches Verständnis vom Judentum eng mit dem Existenzrecht Israels verbunden. Es ist kein Wider-spruch, ein solches aus voller Überzeugung anzunehmen und gleichzeitig die israelische Regierung auch deutlich kritisieren zu können. Dass die Hamas gezielt jüdische und sonstige israelische Zivilist*innen töten will, ist un-bestritten. Vermeintliche *Israel-Kritik* geht indes viel zu häufig, etwa durch bestimmte Chiffren und Symbole, mit Antisemitismus einher. Bereits der Begriff »Israel-Kritik« suggeriert eine Dispositionsbefugnis bezüglich des Staates Israel, die massiv zu verwehren ist. Kritisiert werden sollten stets Menschen, die für negatives Handeln verantwortlich sind – nicht ein ganzes Land, das zumindest für die allermeisten jüdischen Menschen als sichere Heimat fungiert. Als geschützter Sehnsuchts- und Rückzugsort. *Philippinen-Kritik*, *Iran-Kritik*, *Brasilien-Kritik* sind, berechtigterweise, nicht so geflügelte Begriffe. Denn wie anmaßend ist es, ein bestimmtes Land als Ganzes zu kritisieren? Das ist ungefähr so undifferenziert wie »Rap ist schlecht für unsere Kinder«. Auffallend sind also insbesondere die Delegitimierung Israels, die angesetzten Doppelstandards und die nicht zuletzt insbesondere durch den Ausdruck *Kindermörder Israel* auf antisemitischen Vorurteilen beruhende Dämonisierung.[14] Konstruktive Kritik ist dagegen natürlich immer richtig und wichtig und kann Fortschritt bringen. Die Auseinandersetzungen im Nahen Osten und die damit einhergehende perpetuierende Spaltung und Polarisierung der Gesellschaft schmerzen mich sehr. Ich kann nur hoffen, dass es irgendwann zu echtem Frieden kommt und eine reale Perspektive für alle Menschen besteht, ohne Hass aufwachsen und leben zu können.

Dass die Aufarbeitung mit dem NS-Unrecht noch immer weitergeführt werden muss und längst nicht alles ideal läuft, möchte ich zuletzt anhand eines kleinen Beispiels aus meinem juristischen Studienalltag darstellen. Von großer Relevanz ist hier eine Kommentierung zum Bürgerlichen Gesetzbuch, also eine detaillierte Erklärung und Aufbereitung jedes Paragraphen in diesem Gesetz: der sogenannte »Palandt«. Dieses Werk, nur exemplarisch für viele weitere Gesetzes- und Literaturmaterialien, das für jede*n Jurist*in essentiell ist, trägt den Namen einer Per-

. . . .

14   Diese *3-D-Formel* (Delegitimierung, Doppelstandards, Dämonisierung) zur Bestimmung von israelbezogenem Antisemitismus geht auf Natan Scharanski zurück, ist im wissenschaftlichen Kontext aber unter anderem ob ihrer Unterkomplexität nicht unumstritten.

son, nach der junge Jurist*innen lernen mussten, *Volksschädlinge zu bekämpfen.*[15] So schlimm es alleine schon ist, insbesondere im Referendariat nicht darum herumzukommen, mit solchen Werken arbeiten zu müssen, stockte die innerjuristische Diskussion um eine Umbenennung sehr viele Jahre. Die – mindestens gefühlte – Mehrzahl der Jurist*innen sah keinen Bedarf an einer Umbenennung.[16] Nach dieser Logik könnte man auch eine Heinrich-Himmler-Allee mit einem kleinen Hinweisschild einfach mal so stehen lassen, vielleicht noch eine Joseph-Goebbels-Schule, aber dann natürlich nur als *Schule ohne Rassismus, Schule mit Courage.*

Es ist nicht entscheidend, ob Religionen *richtig* sind oder nicht. Allein durch den Glauben an etwas Göttliches wird eben genau das wahrhaftig für die einzelne gläubige Person. Das ist doch schön. Kein Mensch muss religiös werden oder die dahinterstehenden Institutionen befürworten. Aber wenn Menschen damit ihren Frieden finden, ist das doch großartig. Religion ist nun einmal eine wichtige Kraft schöpfende Instanz im Leben vieler Menschen. Zuweilen kommt mir Religionskritik aus vermeintlich progressiven Kreisen etwas plump und undifferenziert daher. Was Menschen aus Religion gemacht haben – Kreuzzüge, Terrorismus, Queerfeindlichkeit, gruselige, Eier versteckende Hasen – kann durchaus menschenverachtend und gefährlich sein. Aber das ist keine Legitimation dafür, Religionen an sich zu verunglimpfen oder explizite Religionen anzugreifen.

So sehr ich mich jüdischer Kultur verbunden sehe, so froh bin ich doch auch um kritischen Diskurs, um Reform-

....

15   Otto Palandt, Der Werdegang des jungen Juristen im nationalsozialistischen Staat, Deutsche Justiz 1935, S. 588.

16   Mittlerweile (November 2022) wurden die meisten Werke namentlich angepasst – eine lange bestehende Überfälligkeit, für die viele Menschen sehr lange und hart haben kämpfen müssen.

bewegungen, um neue, liberale, gesellschaftlichen Veränderungen angepasste Lesarten. Daher sehe ich etwa Beschneidungen junger männlicher Juden aufgrund des irreversiblen Eingriffs in die körperliche Unversehrtheit kritisch. Es sollte nicht in Widersprüchen gedacht werden: Jeder jüdische und natürlich auch jeder andere Mensch sollte sich seine eigene identitätsstiftende Heimat suchen dürfen, ohne in tradierten Riten festgehalten zu werden.

Ich bin ein bisschen Jude. Aber vor allem bin ich auch (an dieser Stelle bitte Taschentücher rausholen, denn es wird pathetisch) Mensch. Und als solcher bin ich sehr dafür, nicht zu hassen. Einer meiner besten Freunde ist gläubiger Muslim, sein Name ist Semih. Auch wir streiten manchmal, dennoch werde ich dadurch kein Antisemiht. Daher gilt für mich: Menschen kann man nur an ihrem Verhalten messen. Von Religion kannst du dir auch nichts kaufen. Na ja, außer als Jude. In diesem Sinne: Peace!

Freund*innenschaft

Es gibt Dinge im Leben eines jeden Menschen, die nur schwer oder gar nicht käuflich sind: Liebe, gute Oliven, Gesundheit, keinen großen Menschen im Kino vor dir, echte Freund*innen. Der Begriff *Freund*in* wird in meinen Augen fast schon inflationär verwendet. Eigentlich genauso wie der Begriff *inflationär*. Wenn man als Kind mit dem Ball die Katze des Nachbarn totgeschossen hat und er mit einem wütenden »Mein lieber Freund!« und zwei Mistgabeln auf dich zugerannt kam, war das wahrscheinlich kein Ausdruck seiner Freundschaft. Und auch Einladungen auf eine Farm zeugen eher von der Kombination aus zu viel Freizeit und Facebookzugang.[17]

Wer sind die Leute, die du anrufen würdest, wenn du eine großartige Nachricht bekämst? Wer, wenn die Nachricht schrecklich wäre? Wenn ich diese Fragen gestellt bekomme, würde ich immer am liebsten sagen, dass ich niemanden anrufen würde – ich telefoniere nicht gern. Jeder Mensch hat einen anderen Anspruch und ein anderes Bild von Freund*innen. Für manche sind es diejenigen, die dir Blumen und Schokolade ans Bett bringen, wenn du mit einer Blinddarmentzündung im Krankenhaus liegst. Für

....

17 Wow, damals war Facebook wirklich noch ganz unironisch ein Ding.

die anderen sind Freund*innen diejenigen, die dir nachts, nachdem ihr euch schon verabschiedet habt und in verschiedene Richtungen nach Hause lauft, einen riesigen Mehlsack über den Kopf stülpen, dich fesseln, in einen engen Kofferraum stecken und dann wegfahren, wohlwissentlich, dass du eine Glutenunverträglichkeit hast. »Ha, reingefallen! War nur ein Prank!«[18]

Bei mir liegt die Wahrheit wohl irgendwo dazwischen. Aber warum müssen Freund*innen immer mit etwas so Tollem und Zauberhaftem und Funkelndem verbunden werden? Meine Freund*innen sind oft scheiße. Also ehrlich, so richtig scheiße. Das muss so ähnlich abgelaufen sein wie bei Adam und Eva. Nur dass sie nicht aus einer Rippe, sondern aus irgendeinem Arschloch geformt wurden. Ich hasse meine Freund*innen. Ich brauch sie alle nicht! Ich such mir jetzt lieber Feind*innen: Hey Vatikan, ich werde eine öffentliche Abtreibung auf dem Petersplatz durchführen. Los, hasst mich! Hey Russland, ich tanze den Regentanz. Im Sommer. Damit ein riesiger Rebenbogen entsteht. Los, hasst mich! Hey Saudi-Arabien: Ich gehe in eine Bar und habe Spaß. Los, hasst mich! Ich brauch Feind*innen und keine Freund*innen! Ich hasse euch alle!

Rufe ich so alles, nachdem ich bei Monopoly als erste Person rausgeflogen bin. Es war ein Komplott. Die Würfel waren manipuliert. Die Ereigniskarten lagen auf dem Feld für die Gemeinschaftskarten und die Gemeinschaftskarten auf dem Feld für die Ereigniskarten. Da ging gar nichts mit rechten Dingen zu.

Gruppen von Freund*innen, in hipper Jugendsprache auch *Squads* genannt,[19] zeichnen sich durch verschiedene Charaktere aus. Autobiografisch gehe ich im Folgen-

....

18   Was habe ich da bloß geschrieben?

19   Wirklich kein Mensch auf der Welt würde heute immer noch von *Squads* sprechen, uff. Na ja, außer beim Sport.

den zunächst von meinem Freundeskreis aus, der jedenfalls in seinem Kernbestand nur aus männlichen Personen besteht. Zunächst gibt es diese eine Person mit vermeintlich sehr großer Expertise. Eine, die immer alles zu wissen scheint. Was normale Menschen Umgangssprache nennen, ist dem Experten sein grammatischer Sprachverfall. Ich wüsste nicht, was er zu meinen vermag. Nennen wir diese Person, natürlich ein Mann, einfach mal Ludwig-Maria. Neben dem Experten gibt es den selbstüberschätzenden, arroganten, sexistischen Wichser, dessen überhebliche Fassade nur von seiner inneren Gebrechlichkeit abzulenken versucht. Eigentlich schlummert in ihm aber echt ein guter Kerl. Nennen wir unseren Player[20] einfach mal Atze. Es gibt so einige Momente, in denen man Atze ein T-Shirt mit sexistischem Motiv überziehen und ihn in einen Käfig mit Alice Schwarzer stecken möchte, um dann »KÄMPFT!« zu rufen.[21] Dann gibt es den Social-Media-Menschen, der zwar immer für Fotos und Videos sorgt, oft aber nicht so wirklich den Moment genießen kann. Ihn taufen wir einfach mal Jason. Der letzte Part der Gruppe ist eher so der einfache Typ Mensch. Derjenige, der etwas eindimensionaler in seiner Persönlichkeit zu sein scheint. Eine Mischung aus Maggie Simpson und Butters aus *South Park*. Er spricht nicht viel. Er weiß nicht viel. Aber er bringt einen immer nach Hause, weil er nicht trinkt. Das macht ihn echt wertvoll. Wer er wirklich ist, weiß man nicht, am Schluss ist er trotzdem irgendwie immer dabei. Nennen wir ihn mal – um keine Namen zu diskreditieren – Freund 4. Manchmal glaubt man, Freund 4 wurde von

....

20   Was sind das nur für peinliche Worte, die ich in diesem Text benutze? Ich komme mir vor, wie ein 47-jähriger Vater, der mit dem besten Freund seines 14-jährigen Sohnes ein Gespräch beginnen möchte, weil sie zufällig gerade zu zweit in der Küche stehen.
21   Aber vielleicht ist das nicht die beste Idee, denn Transfeindlichkeit sollte lieber keine Bühne geboten werden.

Außerirdischen programmiert und von einem anderen Planeten auf die Erde geschickt, um unsere Zivilisation auszuspionieren und die Menschheit langfristig auszulöschen. Diese These wird auch dadurch gestützt, dass ich nachts häufig wach werde und Freund 4 mit weit aufgerissenen, roten Augen metallisch klimpernd in meinem Zimmer steht, sich ein riesiges Portal öffnet, in das er verschwindet, und dabei sagt, dass er die gesamte Menschheit ausrotten wird. Ich bin mir aber nicht so ganz sicher. Könnte auch die Katze gewesen sein. Oder Gras. Man selbst ist in der Gruppe übrigens immer – egal, aus welcher Sicht man es betrachtet – makellos und vorbildlich. Und – ohne falsche Bescheidenheit vorzugaukeln – perfekt.

Heiß geführte und inhaltlich höchst fundierte politische Diskussionen über das gegenwärtige Weltgeschehen gehören zum Repertoire unserer gemeinsamen Gespräche genauso dazu wie das Eruieren weniger belangvoller Themen wie Eichhörnchen, Vanilleeis oder Vanilleeis essende Eichhörnchen. Wenn wir mal gemeinsam essen gehen, zeigt jeder sein wahres Gesicht. Ludwig-Maria diskutierte beim letzten Mal etwa mit dem Kellner, warum es denn keine Dinkel-Spaghetti gebe. Atze bestellte sich »irgendwas mit Fleisch«, weil von Salat der Bizeps schrumpfe. Ludwig-Maria einigte sich währenddessen mit dem Kellner, Vollkorn-Spaghetti zu bestellen. Und mit der Chefin zu sprechen. Jason bestellte sich Chicken Wings. Ich – übrigens auch der lustig-kecke Spaßvogel der Gruppe – entgegnete ganz frech: »Die Hühnchen konntest du aber echt in die Hölle chicken, was?« Niemand lachte. Freund 4 ließ es ausnahmsweise mal etwas ruhiger angehen und bestellte sich: nichts. Die Chefin entschuldigte sich bei Ludwig-Maria für die Unannehmlichkeiten und gewährte ihm ein Freigetränk. Ludwig-Maria bestellte sich ein Gurkenwasser. Es gab kein Gurkenwasser. Wir gingen. Typischer Samstagabend.

Wir passen eigentlich alle gar nicht zusammen. Einzeln sind wir komplett verschieden. Aber zusammen ergeben wir das Supermotiv: Freundschaft. Aaaw! Oder Hass. Je nach Situation. Das größte Konfliktpotenzial ergibt sich wahrscheinlich dann, wenn einer aus der Gruppe eine Freundin findet. Ich kenn meine Freunde und mich zwar, mache mir da also in nächster Zeit erst einmal keine Sorgen[22], aber ich habe schon oft gesehen, wie so etwas endet. Das bislang einzige Mal, das ich mit einem Mädchen auf der *dritten Base* war: als wir Baseball gespielt haben. Was bringt schon eine Beziehung? Verlust von Zeit für eigene Freund*innen, höhere Geldausgaben und wenn man ganz viel Pech hat: Achtlinge.

Wenn man erwachsen ist, die Schule verlassen, vielleicht auch schon eine Ausbildung, ein Studium oder was auch immer abgeschlossen hat, dann ist es unglaublich schwierig, neue Freund*innen zu finden. Es fühlt sich womöglich so an, als hätte jeder Mensch schon die für ihn ideal passenden anderen Menschen gefunden. Aber so ist es nicht: Freund*innenschaften können auch mit 99 noch geschlossen werden. Draußen Leute ansprechen, es mit Apps versuchen, aktive Unternehmungen starten, sich in Vereinen anmelden – es ist möglich, neue Menschen kennenzulernen, wenn man sich einsam und verloren fühlt. Und andersherum ist es auch genauso möglich, sich voneinander zu lösen, wenn sich alle Beteiligten nicht guttun. Mit manchen Menschen verhält es sich wie mit Tee: Ziehen lassen ist wichtig.

Ich bin mit dem Kreis mich regelmäßig umgebender Personen, mit meinen Freund*innen der – wie jede*r andere auch von sich behaupten würde – glücklichste Mensch der Welt. Und wenn ich mal traurig bin, was natürlich häufig genug vorkommt, gibt es zwei Dinge, die mich immer

....
22 Im Nachhinein: *Sorgen* wären durchaus berechtigt gewesen.

wieder aufbauen können: Entweder gehe ich den Garten und mähe den Rasen (ich mähe gerne, wenn ich traurig bin, denn dann fühle ich mich mächtig) oder ich verbringe Zeit mit meinen besten Freund*innen. Sie sind nicht nur toll und zauberhaft und funkelnd, sondern sie formen auch meine eigene Entwicklung und Persönlichkeit. Und sie färben ab. Metaphorisch – meistens (die Bräunungscreme von Atze war keine gute Idee).

Irgendwie sind wir doch alle manchmal ein bisschen Ludwig-Maria, Atze, Jason und Freund 4. Den Sexismus kriegen wir noch heraus, Atze! Im Guten wie im Schlechten. Das zeichnet Freund*innen schließlich aus – nicht nur Blumen und Schokolade, sondern auch mal die Prüfung, die verhauen wird, die geliebte Person, die stirbt. Jede*r Freund*in hat die ganz eigenen Vorzüge, ist in sich unersetzbar und kennt die individuelle Bedienungsanleitung, um einen selbst wieder aufzubauen. Und dann kann man zusammen etwas unternehmen, sich ablenken und diesmal vielleicht sogar selbst den Mehlsack überstülpen! Oder einfach nur etwas essen gehen, zum Beispiel Oliven, und sich danach im Kino (nicht) vor die allerkleinsten Kinder setzen.

Jura

»Du studierst Jura? Verpiss dich, du …!«

Diesen literarischen Offenbarungseid haben wir der intellektuellsten aller geistigen Musikgrößen der heutigen Zeit zu verdanken: Kay One. Wieso er noch kein Mitglied des Deutschen Ethikrates ist, weiß wohl niemand so genau. »Jura.« Das war meine Antwort, als ich 2016 kurz nach meinem Abitur gefragt wurde, welches Studienfach ich am alleruninteressantesten fände. Aber mein Fachwissen war damals noch sehr rar, um nicht zu sagen: jurar. Und so trat ich in die Fußstapfen meiner jüdischen Vorfahren und versuchte mich mit dem Anwalts- oder Richter- oder Exmatrikulationskram – was auch immer es dann noch so werden sollte mit diesem Studium.[23] Doch Jura war für mich aufgrund meines Elternhauses fast schon eine vorgegebene Entscheidung, denn meine Mutter ist Musikerin und mein Vater Musiker: Als Jugendlicher in einem Künstler*innenhaushalt zu rebellieren, geht ja quasi nur, indem ich androhe, später mal für das Grundbuchamt der Stadt Recklinghausen zu arbeiten.

Wenn ich früher in Freund*innenbücher meinen Wunschberuf eintragen sollte, dann war das nicht »Polizist« oder »Feuerwehrmann«, sondern gar nichts, denn

....
23   Mittlerweile erfolgreich abgeschlossen, juhu.

ich wurde nie gefragt. Doch wäre ich gefragt worden, hätte ich eine eindeutige Antwort gehabt: Als ich klein war, wollte ich schon immer Pirat werden. Und auch das kann ich mit meinem Jurastudium noch verbinden: Ich werde einfach Notarrrrr. Als sehr naturverbundener Mensch hatte ich auch mal überlegt, Forstwissenschaften zu studieren, und selbst das ist mit der Rechtswissenschaft kompatibel: Ich werde einfach Anwald. Meine Einträge in Freund*innenbüchern wären bestimmt heute noch wirklich aufschlussreich. Unter *Lieblingsgericht* könnte ich dann *Lasagne* eintragen oder *Bundesverfassungsgericht*. Bei *Lieblingsartikel* schwanke ich noch zwischen *Der*, *Die*, *Das* und *Artikel 1 des Grundgesetzes*.

Meine Mutter sagte trotz fehlender persönlicher Verbindung zur Juristerei schon immer: »Benja, du wirst mal Anwalt. Glaub mir. Und dann hilfst du uns, wenn wieder irgendwelche Leute versuchen, uns zu verarschen, und dann baust du uns ein Haus. Mit deinem Anwaltsgehalt. Und lässt uns durch die Welt reisen.«

Und ich sagte dann oft: »Mama, ich bin acht.«

Aber einen ausgeprägten Sinn für Gerechtigkeit hatte ich wahrlich schon immer. Ich konnte es nicht ertragen, wenn Eva aus der Pinguinklasse ihre Argumente gegen Frau Schönebergers (vermeintlich) ungerechtfertigten Klassenbucheintrag nicht vorbringen durfte oder wenn Ömer in der Schulcafeteria kein Salatblatt auf seinem Käsebrötchen hatte – obwohl auf der Abbildung des Käsebrötchens ein Salatblatt zu sehen war. »Das ist ein Sachmangel und ich fordere für Ömer Schadensersatz! In Form eines Salatblattes.« Und überhaupt haben meine Kindheit zwei ganz besondere Menschen maßgeblich geprägt: Richter Alexander Hold und Richterin Barbara Salesch. Wobei es auch sehr viele andere berühmte Persönlichkeiten, geistige Größen und illustre Denker*innen verschiedener Jahrhunderte gab und gibt, die Jura studiert haben:

Alexander Bommes, Heinrich Heine oder – womöglich irgendwann unser zukünftiger Bundespräsident – Kollegah.

Jura. Oder wie Wissenschaftler*innen sagen würden: Rechtswissenschaft. Oder wie Petra Hinz sagen würde: Freistunde.[24] Eben nichts für Hinz und Kunz. Nach meiner anfänglichen Verwunderung, dass man Rechtswissenschaft nicht nur in Sachsen studieren kann, war ich sehr froh, im Oktober 2016 in Bochum angenommen worden zu sein. Wir Studierenden waren sehr gut vernetzt und hatten von Anfang an eine gemeinsame WhatsApp-Gruppe – auch wenn dort zumeist belanglose Themen diskutiert wurden. Aber wer weiß, vielleicht würde das FitX in der Innenstadt und die soziokulturelle Zusammensetzung der Sporttreibenden irgendwann genauso klausurrelevant werden wie unsere Snapchat-Namen.

Vor dem ersten Kennenlernabend war ich sehr gespannt, ob es thematisch passende Spiele geben würde. Als großer Fan von Gesellschaftsspielen konnte ich die Tage vor dem Semesterbeginn gebührend nutzen, mir entsprechende Spiele auszudenken. Zum Beispiel *Ich packe meinen Aktenkoffer, Finde Sachverwalter!* oder *Stadt, Land, berühmte Strafverteidiger*innen US-amerikanischer Serienmörder*innen des 20. Jahrhunderts*. Auf ein Spiel war ich besonders stolz, es trägt den Titel: *Ich zeig dich an*. Man sucht sich eine Person aus und zeigt mit dem Finger auf sie. Diese Person hat dann verloren. Man selbst hat gewonnen. Patent beantragt (bevor Mark Zuckerberg sich noch die Rechte sichert). Aber jetzt mal Spaß bei Seite, schließlich geht es um Jura. Irgendwann ging das Studium also los und ich wurde mit neuen Menschen, einem neuen Tagesrhythmus und vor dem Essen mit traditionellen Tischgesetzen konfrontiert. Ja, vor dem Essen zitieren Jurist*innen immer ein gemeinsames Tischgesetz. Damit der

....

24   Lass dir von Google gern den Witz erklären.

Jurist*innengott Juranus alle Bestechungsversuche erhört. Urlaub darf man ab dem Beginn des Studiums auch nur noch auf Fuerteventjura verbringen.

Manche Leute glauben ja an das Klischee, dass Jurastudierende abgehobene, arrogante und reiche Kinder aus Akademiker*innen-Haushalten seien. Doch ich muss diesem Eindruck kategorisch entgegentreten: Es ist noch viel schlimmer. Sie sind abgehobene, arrogante und sehr reiche Kinder aus Akademiker*innen-Haushalten. Rein inhaltlich macht es mir aber wirklich sehr viel Spaß, mich mit all den vielfältigen Fragen menschlichen Zusammenlebens und verschiedenartigen Konflikten zu beschäftigen. Ich hoffe, meinen Nachfahren irgendwann das Interesse am Recht mit in die Wiege zu legen, weil ich dann die schönsten Geschichten erzählen könnte: Von *Paragraph Dracula*, von *Aschenputtel und der ordnungswidrigen Schwarzarbeit* oder von *Rumpelstilzchen*. Ach wie gut, dass niemand weiß – bis auf das Bürgeramt –, dass ich Rumpelstilzchen heiß. Oder einfach vom versuchten kannibalistischen Kinderdoppelmord, besser bekannt als *Hänsel und Gretel*. Dass nicht jede*r etwas mit diesem Fach anzufangen weiß, kann ich gut nachvollziehen. Ich verstehe manche Vorlieben ja oft auch nicht. Wie man zum Beispiel Informatik oder Judo interessant finden kann. Aber hey, jeder Mensch soll das tun, was er tun will, solange niemand anfängt, mit mir im Binärcode zu sprechen (das wäre für mich 0 echt 1 großes Problem), oder mir meine Augenlider festklebt und mich zwingt, einen 24-stündigen Judo-Livestream verfolgen zu müssen. Im Gegenzug sollte ich vielleicht nicht direkt mein Gesetzbuch zücken, wenn ich mit meinen Freund*innen pokere: »Ahhhh, was sehe ich denn da? Illegales Glücksspiel! Und eine Straße. Her mit den Chips!«

Als Student*in gibt es eigentlich nur zwei Zeitabschnitte im Leben: die Prüfungszeit und die »Ach, ich hab bestimmt später noch genug Zeit, mich für die ganzen Prüfungen vorzubereiten, also chill ich jetzt – fuck, die Prüfung kommt immer näher und ich hab doch gar keine Zeit mehr!«-Zeit. Der Übergang ist fließend. Aber auch drastisch. Ein Kommilitone verbrachte teilweise mehr Zeit damit, zu überlegen, wie man während einer laufenden Klausur selbige zum Abbruch bringen könnte, als damit, für die Klausur zu lernen. Wenn ich daran denke, wer so alles in einigen Jahren Richter*in werden oder bei der Staats- oder Rechtsanwaltschaft landen könnte (mich eingeschlossen), frage ich mich, wie lange der Rechtsstaat noch überleben kann. Denn was machen wir eigentlich die ganze Zeit? Einige Kommiliton*innen[25] von mir haben sich etwa auf Instagram-Bildern markiert, auf denen steht:

»Ich könnte jetzt einfach lernen, mich auf die Klausur vorbereiten und alles wird gut – oder doch lieber netflixen ...«

»Hahaha, Charlotte, das sind sooo wir!!!«

Und am Ende heulen sie dann und sagen, wie unfair die Klausur doch gestellt wurde. Oder:

»Ich habe gehört, in Portugal werden Testseriengucker gesucht. Malte, wann schicken wir unsere Bewerbung ab?«

Ja, Malte, bitte schickt eure Bewerbungen gerne mal ab, seid hinterher aber nicht sauer, wenn ihr durchgefallen seid, weil die Professorin vorher nicht verraten hat, was in der Klausur drankommt. Das ist auch so eine Sache, die ich nie verstehen konnte: Dass immer erwartet wurde, Dozent*innen erzählen vor einer Klausur, was drankommen wird. Ziel universitärer Ausbildung ist es doch, etwas zu lernen. Wieso sollte dann vorher alles verraten werden? Das ist doch auch unfair für diejenigen, die sich für die Vorbereitung einer Klausur wirklich viel Mühe gegeben haben. Okay, während ich das alles so schreibe,

....
25   Kann ein Wort schwieriger sein?

komme ich mir schon sehr juristisch und unsympathisch vor. Upsi. Aber häufig ärgern mich bestimmte Aussagen einfach enorm. Ich bin mir beispielsweise absolut im Klaren darüber, dass sehr viele Studierende finanziell große Probleme haben, sich ihr Studium und das Leben in einer womöglich von der eigentlichen Heimat weit entfernten Stadt finanzieren zu können. Minijobs annehmen, daneben lernen müssen, vielleicht auch weitere private, zeitintensive Tätigkeiten haben – das steht alles außer Frage. Aber wenn mir jemand mit einer Club-Mate in der Hand erzählt, wie arm er sei, weil es in der von den Eltern bezahlten Wohnung am Ende des Monats nur noch für sechs Avocados die Woche reicht, kann ich diese Person nur noch schwer ernst nehmen. Ohne hier zu negieren, dass die Startchancen nicht bei allen Menschen gleich sind und strukturelle Hindernisse die eigenen Möglichkeiten vielfach limitieren: Man kann nicht sein Leben lang alles in den Arsch geschoben kriegen. Nicht in jeder Branche. Natürlich hat jeder Mensch die Freiheit über das eigene Leben. Aber manchmal, das habe ich mittlerweile oft lernen müssen, muss ich auch mal raus aus meiner Komfortzone, an mir arbeiten, Faulheit überwinden, Motivation sammeln. Manchmal muss ich über meinen Schatten springen. Den schwierigeren Weg gehen. Das soll jetzt nicht klingen wie eine unangenehme Motivations-Alpha-Seite auf Social Media. Aber in all der Unterkomplexität steckt auch ein wahrer Kern: Von nichts kommt nichts. Wenn du ein abgepacktes Stück Schwarzwälder Kirschtorte mit zwei Litern Oettinger runterspülst, kannst du nicht erwarten, dass es auf dem Klo hinterher nach Mon Chéri riechen wird.

Doch zurück zum Studium: Jurist*innen sind sehr perfektionistisch. Es gibt viele Horrorvorstellungen und Gruselgeschichten in Bezug auf die Solidarität und gegenseitige Unterstützung im Jurastudium. Und ich glaube, ich müsste jetzt wirklich mal aufräumen. Also mein Zimmer, aber auch mit solchen Stereotypen. Behauptet wird, dass sich gegenseitig falsche Dinge vorgesagt, in Hausarbeitsphasen Bücher aus der Bibliothek versteckt und Seiten herausgerissen werden. Als mittlerweile erfahrener Student kann ich euch verraten: Ja, stimmt. Alles wahr. Es gibt aber ebenso sehr viele korrekt handelnde Menschen, die nicht mit einem vollends egozentrischen Weltbild durch das Studium ziehen, sondern hilfsbereit und teamfähig sind. Aber die versuche ich, so gut es geht, zu meiden.

Das eigentlich viel größere Problem, das sich mir persönlich lange in den Weg gestellt hat, war das korrekte Skizzieren des Paragraphenzeichens: §. Gar nicht mal so einfach.

Probier es doch auch einmal aus: _____.

Der Violinschlüssel ist nichts dagegen. In Jura muss alles klar und stringent sein – alles on point. Selbst das kleinste Haar-Gel in der Suppe wird gefunden! Wir Jurist*innen müssen auch immer passend gekleidet sein. Im Winter Polohemd, braune Cordhose, Burberry-Schal und Ray-Ban-Sonnenbrille. Und im Sommer dann Polohemd, braune Cordhose und Ray-Ban-Sonnenbrille. Und was darf im Sommer auf keinen Fall fehlen? Genau: der Burberry-Schal.

Aber man muss nicht alles von außen übernehmen. Nicht jeder Mensch muss überall hineinpassen. Was übrigens auch mein Motto war, um nicht wieder Sport zu machen. Bis auf Segeln und Polo versteht sich. Aber aus der Reihe zu tanzen, ist wirklich okay. Außer bei einer Tanzchoreographie. Selbst wenn Cappy und Löcher in der Hose nicht unbedingt zum klassischen Juristen passen: Ich fühle mich so wohl.[26] Und ich habe ja auch genug Freund*innen gefunden, die ungefähr so denken wie ich und mit denen ich auch außerhalb der Bibliothek gerne Zeit verbringe. Wenn wir uns treffen, ist »Wir sehen

....

26   Du super edgy Typ, Benni.

uns vor Gericht!« nicht so negativ gemeint, wie es vielleicht klingt. Und wenn wir nachts durch die Straßen ziehen, wollen wir die Stadt nicht unsicher machen, sondern sicher. Oder nach Falschparkenden suchen und sie dem Ordnungsamt melden. Den Ausdruck, eine Stadt unsicher zu machen, empfand ich schon immer als irgendwie unpassend – ich meine, wie funktioniert das? Stellt man Fallen auf? Spannt man Seile? Legt man Furzkissen aus?

Früher dachte ich, Jura wäre die Notlösung. Ich wollte nämlich eigentlich – und das ist jetzt mal ausnahmsweise kein Gag – Journalismus studieren. Mir hat schlicht ein Praktikum gefehlt, das Voraussetzung dafür war, das Studium beginnen zu können. Gleichzeitig haben aber fast alle Praktikumsplätze vorausgesetzt, bereits Journalismus zu studieren. Finde den Fehler. Doch wenn mich heute eine Person fragt, ob ich mich für das, womit ich mich Tag für Tag beschäftige, auch wirklich interessiere, kann ich nur sagen: schuldig im Sinne der Anklage. Darauf ein dreifaches: Hipp, hipp, Jura! Hipp, hipp, Jura! Hipp, hipp, Jura!

Das Studieren bringt mich persönlich weiter und hat mein Leben schon nach kurzer Zeit in vielerlei Hinsicht enorm bereichert: Ich lernte meine erste Freundin kennen[27], ich beschäftigte mich mit komplexen Sachverhalten, schulte meine kognitiven Fähigkeiten und konnte seitdem das Weltgeschehen auf ganz andere Art und Weise aufnehmen. Doch das Allerwichtigste: Ich konnte endlich auf die Frage, wie es mir geht, antworten: Kann nicht klagen.[28]

....

27 Und im selben Moment auch meine erste Ex-Freundin. Was für ein Move.

28 Ja, der Witz ist schon alt, aber man darf ihn doch trotzdem erzählen. Er ist gut. Du gehst auch nicht zu deiner Oma und sagst: »Hey Oma, du bist zwar echt cool, aber auch verdammt alt.«

Und dann, lieber Kay One, soll ich mich verpissen?
Ich studier Jura und du hast Style und das Geld?
Ich hab Roben – all das, was den Richter*innen so gefällt.
Während du damit prahlst, so reich zu sein,
bin ich stolz auf diesen tighten[29] Reim.
Ich steh am Mic und bin so much deeper,
wär ich eine Bank, dann die ING-DiBa.
DiBa-DiBa-Du.[30] Ich bin besser als du. Eine Kuh macht Muh.
Wenn ich dich je auf einem Konzert höre, dann rufe ich:
Buh!

....

29   Ja, das alles ist gerade durchaus cringe (aber vielleicht ist in einigen Jahren ja auch »cringe« als Wort schon cringe).
30   Liebe Grüße an Dirk Nowitzki!

Freiheit

Ich mag an Poetry-Slam-Veranstaltungen häufig nicht, dass sich viele Texte um solch große und wichtige Themen des Lebens wie Tod, Schmerz, Liebe oder Sehnsucht drehen. Wie soll man mit einem fünf- bis sechsminütigen Text fundiert über diese hochkomplexen Themen sprechen können? Ich persönlich finde das häufig ein wenig zu hochgegriffen. Deshalb habe ich einen Text über Freiheit geschrieben.

Wir leben im 21. Jahrhundert. Mit all der Modernität und dem Fortschritt. Aber ein Ziel ist nie erreicht. Es gibt kein Ende unseres Freiheitskampfes. Seit meiner Geburt erfuhr ich keinen Krieg. Mein Leben lang hatte ich und habe ich das Privileg, in Frieden zu leben. In Frieden und Freiheit. Vielleicht habe ich das mit der Freiheit im Alter von 12 Jahren missverstanden, aber Aufforderungen meiner Eltern, bis 20:00 Uhr heimzukommen, stellten wohl leider gerechtfertigte Eingriffe in meine Fortbewegungsfreiheit dar. Sei's drum.

Was ist das nur für ein Glück, aus purem Zufall an einem Ort geboren zu sein, an dem man sich selbst verwirklichen kann? Diejenigen, die hier nicht nur aus Zufall leben, sondern ihre eigentliche Heimat verlassen mussten, wissen ihr Glück wohl am meisten zu schätzen. Ein Ort, der regierungskritische Meinungen nicht bloß zulässt, sondern fördert. Ein Ort, der einzigartig auf der Welt ist. Ich weiß nicht im Ansatz, wie Krieg sich anfühlt. Das ist nicht selbstverständlich. Krieg ist nicht nur allgegenwärtig, Krieg wird als weltweites Faktum hingenommen. Aber Krieg ist von uns so weit weg. Bewaffnete Konflikte finden fast ausschließlich in Afrika und Asien statt. Selbst die aktuellen Entwicklungen in der Ostukraine[31] können uns leider nicht stetig vergegenwärtigen, was Frieden vor allem ausmacht: Unbeschwertheit. Angstfreies Handeln. Die Möglichkeit, zu wachsen.

Deutschland oder zumindest die Verfassungsgeber*innen haben aus der Geschichte gelernt. **Das Grundgesetz** als Meisterleistung von Menschen, die einfach keinen Krieg mehr ertragen wollten und konnten, ist die Grundlage unseres Zusammenlebens. Verantwortlich dafür, Soldat*innen als Mörder*innen bezeichnen zu können und im Walde reiten zu dürfen. Ein Dokument, das selbst Uli Hoeneß dazu bringt, an die Menschenwürde zu erinnern. Frieden ist kein naturgegebener Zustand, sondern kann durchaus deliberativ zu Stande kommen. Vielleicht bin ich naiv, wenn ich denke, dass diese Ideen und Werte unserer Verfassung auch den Weg in eine Zukunft ebnen können, die einer Dystopie aus G20-Gipfeln in Hamburg und Nazi-Aufmärschen in Chemnitz entgegentreten. Dass unsere Verfassung belastbar ist und anpassungsfähig bleibt – hinsichtlich aller neuen Probleme und Herausforderungen dieser Welt. Und ich gebe es zu: Ich habe nicht jeden einzelnen Satz des Finanzverfassungsrechts wirklich verstanden (oder verstehen wollen) – doch die Essenz unseres Grundgesetzes, die wird schnell offenbar.

Insbesondere die Völkerrechtsfreundlichkeit unserer Verfassung ist ein immens wichtiges Gut. Das breite institutionelle Geflecht an Menschenrechten, denen sich

....

31   Ich möchte es noch einmal klarstellen: Dieser Text ist aus 2017.

Deutschland auch international verpflichtet hat, unterstreicht die Tragweite völkerrechtlichen Agierens. Die Möglichkeit, sich frei durch die Grenzen des Schengenraumes zu bewegen, der Anspruch, einem Zusammenschluss nahezu aller Staaten der Welt beizuwohnen, und auch die allgemeinen Regeln des Völkerrechts unmittelbar durch Artikel 25 des Grundgesetzes in der nationalen Rechtsordnung zur Geltung zu bringen, beweisen, dass die Weltoffenheit Deutschlands nicht nur ein plakatives Statement, sondern fundiert und konstitutionell verankert ist. Und das ist gut so. Auch wenn gewisse politische Parteien vielleicht in einer alternativen Verfassung anderes herauslesen können. Globale Probleme können nur global gelöst werden. Bei all der Kritik, bei all der Verdrossenheit: Die Europäische Union ist mehr als das Verbot von Bezeichnungen wie »Veggie-Fleisch«, die Vereinten Nationen sind mehr als ein blockierter Sicherheitsrat, Deutschland ist mehr als ein Ort zum Leben. Staatsangehöriger Deutschlands zu sein, heißt für mich, Verantwortung zu tragen. Deutsch zu sein, ist nichts, worauf ich stolz bin. Aber etwas, über das ich unendlich glücklich und wofür ich dankbar bin. Ich möchte die Chancen und die Möglichkeiten, die dieser Staat mir gibt, auch nutzen. Ich möchte nicht, dass Menschenleben mit Füßen getreten werden. Es gibt so viel, was fundamental falsch läuft: Das Ertrinkenlassen Flüchtender im Mittelmeer, bestimmte Waffenlieferungen in Krisenregionen, der Umgang mit dem Klimawandel, das Kükenschreddern oder auch der Umgang transnationaler Unternehmen mit Steuerpflichten. Die Probleme sind so umfassend wie vielfältig. Aber gerade dafür ist eine Demokratie ja auch da. Kräfte schaffen, Stimmen repräsentieren, die gegen den politischen Konsens ankämpfen und letztlich Kompromisse erzwingen.

Freiheit ist abstrakt. Sie mit Leben zu füllen, kann nicht entpolitisiert werden. Und natürlich sind wir auch schon sehr weit: Schwarze Menschen können sich im Bus neben jeden anderen Menschen setzen. Sie können sich einfach zwischen Alexander Gauland und Jens Maier entscheiden. Nicht-deutsch-sozialisierte Kinder dürfen wie alle anderen am Sportunterricht teilnehmen. Auch sie haben freie Auswahl bei den Disziplinen: *500 Meter Hetzjagd*[32] oder *100 Kilometer Freiwasserschwimmen*. Frauen dürfen wählen – super! – zwischen: »Sollen wir jetzt auch Salzstreuer*in sagen???« und: »Hey Puppe, krieg ich deine Nummer?« Natürlich sind wir weiter als früher und erzielen Tag für Tag Erfolge. Aber Rückwärtsgewandtheit ist für ein fortschrittliches Land immer der falsche Anspruch. Es gibt kein Ende unseres Freiheitskampfes. Und das sage ich aus einer *weißen* und cis-männlichen, also vielfach privilegierten Perspektive.

Die Welt zeigt bei gleichem Handeln oft Unterschiede in der Bedeutung. In Deutschland können wir unseren Fußballverein im Stadion nach vorne peitschen. In Saudi-Arabien sieht ein Nach-vorne-Peitschen etwas anders aus. Hier sind wir wegen einer Auslandsreportage über Oppositionelle in Russland gefesselt, in Russland wegen deines Status als Oppositionelle*r. In Köln kannst du als Schwuler in einer Bar abhängen. In Tschetschenien wirst du als Schwuler gehängt. Schwule werden in Deutschland nicht mehr verhaftet – na ja, außer sie begehen eine Straftat. Wäre sonst irgendwie komisch:

»Ich spreche Sie des Mordes in 14 Fällen schuldig.«

»Aber, Frau Richterin, ich bin schwul.«

»Sagen Sie das doch gleich. Lasst den Mann gehen! Und bringt ihm ein Eis!«

Die Vernunft ist es, die einer erstrebenswerten Freiheit Grenzen setzt. Der Mensch mag zwar ein vernunftbegabtes Tier sein, doch ehrlicherweise mag doch jeder

....

32 »Aber Hase, du bleibst hier!«

stets für sich selbst die wahrhaftigste und vernünftigste aller Lösungen zu beanspruchen. Freiheit führt immer wieder zu einem Diskurs, zu einem Interessenausgleich. Freiheit kann nicht ohne Gerechtigkeit gedacht werden. Das Grundgesetz umschreibt die Pole, zwischen denen sich die Stumpfheit menschlichen Denkens bewegen kann. Es ist vielleicht das einzige Schriftstück, auf das sich Rechte und Linke berufen mögen. Es setzt Grenzen. Aber es bricht Grenzen auch auf. Es schafft ein allumfassendes Wechselspiel. Grundsätzlich sollen wir gemäß Artikel 2 Absatz 1 des Grundgesetzes alles dürfen können. Wirklich alles. Sowohl ein Unternehmen gründen als auch sieben Reifen zerstechen. Helene-Fischer-Konzerte besuchen und Essays schreiben. Und eine Wertigkeit zu begründen, vermag man sich nicht anzumaßen. Aber denken dürfen wir. Können wir. Sollen wir. Und dennoch nimmt uns dankenderweise das Grundgesetz das Denken manchmal auch einfach ab. Denn auch wenn wir alles dürfen, heißt es nicht wirklich, dass wir alles dürfen. Gäbe es die olympische Disziplin des Widersprüchlich-und-dennoch-logisch-Seins: Jurist*innen würden wohl immer gewinnen. Denn so widersprüchlich es klingen mag: Alles zu dürfen, heißt nicht, *alles* zu dürfen. Wie heißt es so schön? Frag zwei Jurist*innen und du kriegst drei Antworten. Und vier Kostenbescheide. Konfligiert unsere grundsätzliche Freiheit mit anderen Rechtsgütern, dann müssen verhältnismäßige Abwägungsentscheidungen getroffen werden.

»Die Freiheit des Menschen liegt nicht darin, dass er tun kann, was er will, sondern dass er nicht tun muss, was er nicht will.« Wäre Jean-Jacques Rousseau auf Poetry Slams aufgetreten, wäre das ein hervorragend-pathetischer Abschlusssatz. Dem ist jedoch nur teilweise zuzustimmen. Dass insbesondere auch positive Freiheitsversprechen höchstsensibel aufstoßen können, zeigen etwa die Diskussionen um ein Tempolimit auf Autobahnen oder die

Einführung eines fleischfreien Wochentages in Kantinen – der Untergang für jeden echten, deutschen Mann! Doch mit 180 km/h auf der Autobahn fahren zu dürfen, ist genauso wenig unabänderliches Fundament unseres Freiheitverständnisses wie andere, heute eventuell selbstverständliche Gewährleistungen. Unser Grundgesetz ist als lebendige Verfassung zu verstehen. Wir diskutieren immer wieder über den schmalen Grat von Sicherheit und Freiheit. Der Schutzanspruch des Staates und das Freiheitsbedürfnis des Individuums. Wollen wir mehr Videoüberwachung und dafür weniger Terroranschläge? Wollen wir mehr Terroranschläge und dafür weniger Videoüberwachung? Wollen wir glauben, dass mehr Videoüberwachung mehr Terroranschläge verhindert? Oder wollen wir Maoam? Wollen wir religiösen Metzger*innen das Schächten verbieten oder dem Tierschutz Vorrang einräumen? Alle Menschen automatisch zu Organspender*innen machen oder nicht? Die aktive Sterbehilfe legalisieren? Freiheit kann nicht nur nicht entpolitisiert werden – sie ist auch immer Ausdruck eines gegenwärtigen gesellschaftlichen Moralverständnisses. Und ein solches kann sich zwar durchaus wandeln, aber dass zumindest fundamentalste Kernbereiche unserer verfassungsmäßigen Ordnung unabänderlich sind, beweist Artikel 79 Absatz 3 des Grundgesetzes: Der grundsätzliche Aufbau unseres Staates sowie die Menschenwürde sind indisponibel. Diese Grundsätze sind schlicht unabänderlich.

Ein möglicher Grund dafür, dass das Grundgesetz in der öffentlichen Wahrnehmung und vor allem bei jungen Menschen an Bedeutung verliert, ist die eintretende Selbstverständlichkeit unseres Lebens. Die Selbstverständlichkeit, auf dem Weg zur Schule nicht erschossen zu werden. Die Selbstverständlichkeit, im Sommer – unabhängig vom Geschlecht – eine kurze Hose anziehen zu können, ohne öffentlich ausgepeitscht zu werden. Die Selbstverständlichkeit, unterstützt zu werden, wenn man Hilfe braucht. Unser Staat ist für uns eine Selbstverständlichkeit. Unser System wird oft und viel gescholten. Und das zu Recht. Doch was Politiker*innen machen, steht außerhalb der Sphäre dessen, was vor 70 Jahren bedacht werden konnte. Das ist nicht die Schuld unserer Verfassung. Nein, sie ist gerade darauf ausgelegt, sich auch neuen Wertvorstellungen anpassen zu können, ohne die Grundpfeiler zu verlieren, auf denen sie fußt. Eine mittelbare, repräsentative Demokratie ist in meinen Augen alternativlos, denn Menschen wollen meist kurzfristig das Beste für sich. Wer mag es ihnen auch verdenken? Das Eigene und nicht das Fremde rückt in den Vordergrund; nicht die Zukunft, die Gegenwart zählt. Daher ist es wichtig, die Entscheidungen delegierten Vertreter*innen des Volkes zu übertragen. Diese dürfen unseren Vertrauensvorschuss nicht missbrauchen.

Wir haben die Freiheit, uns unsere Freiheiten aussuchen zu dürfen. Konsens zu finden, ist nicht immer leicht, aber es gibt Punkte, die auch in unserer Verfassung verankert sind, die sind für so ziemlich alle Menschen klar. Staatlich veranlasstes Töten? Nicht okay.[33] Menschen grundlos in Gefängnisse stecken? Nicht okay. Rosenkohl? Nicht okay. Aber wie wir Freiheit konkret ausleben können, wollen und dürfen – das entscheiden letztlich wir als Bevölkerung. Ich weiß um das Glück meines in weiten Teilen privilegierten Lebens. Aber ich möchte es nicht leben, ohne anderen Menschen oder Tieren irgendwie irgendwann helfen zu können, nicht ohne den Versuch, irgendeinen Beitrag zu leisten. Noch immer kann sich längst
....

[33] Bis auf sehr wenige Ausnahmen, wenn von einer Person eine unmittelbare Gefahr für die körperliche Unversehrtheit oder das Leben anderer Personen ausgeht und die gezielte Tötung die einzige Möglichkeit darstellt, diese Gefahr zu unterbinden. Das müssen dann aber wahrlich absolute Extremfälle sein.

nicht jede Person frei und unbeschwert bewegen; noch immer werden Menschen in Deutschland aufgrund ihrer Herkunft oder sonstigen persönlichen Merkmalen diskriminiert. Freiheit heißt nicht nur, auf den höchsten Bergen der Erde die Sonne untergehen zu sehen, sondern ist in ihrer Unscheinbarkeit, in ihrer Allgegenwärtigkeit, in ihrer Unbeschwertheit das Gefühl, zu wissen, dass man – in der Theorie – darf, wenn man will. Doch ein Rechtsruck und festgefahrener Konservatismus müssen uns immer wieder mit Nachdruck daran erinnern, zu kämpfen.

Seit meiner Geburt erfuhr ich keinen Krieg. Und ich fühle mich schuldig dafür, dass das nur die wenigsten Menschen auf der Welt von sich behaupten können. Der Mensch wird seine Interessen immer gewaltsam durchsetzen wollen. Das entspricht seiner Natur und wird sich auch nicht ändern. Aber sich zu bemühen, eine gute Zukunft für diesen Planeten und jedes Lebewesen auf dieser Welt zu erreichen: Damit kann jede Person anfangen. Und ob das bedeutet, freitags für das Klima auf die Straße zu gehen, nur noch fair produzierte Kleidung zu tragen oder vegan zu leben – das ist dann doch erst einmal völlig egal. Wer als erwachsener Mensch junge Menschen, die naiv sein können und das auch dürfen, dafür kritisiert, dass sie die Welt zu einem besseren Ort machen wollen (wie können sie es nur wagen?!), hat die zeitlosen Ideen von Freiheit und damit korrespondierender nachhaltiger, menschlicher Verantwortung nie verstanden.

Wer regiert die Welt?

Hey, darf ich euch mal was erzählen?
Die da oben! Die wollen uns alle langsam zähmen.
Auf der Chefetage sitzend
mit den Puppen in der Hand,
wir sind alle ihre Sklav*innen.
Ein Vernichtungszaubertrank.

Erhebt man sich gegen dieses Unding,
weil niemand was sagt,
sind das »Verschwörungstheorien«,
gebrandmarkt im Sarg.

Schaut euch diese Welt doch
mal mit offenen Augen an,
kein Zufall, kein Schicksal,
es ist alles durchgeplant.

Schaut, wie schön doch
unsere Erde ist,
mit ihrem flachen Angesicht.
Und ein Mensch war auf dem Mond?
Dass ich nicht lache.
Das ist alles nur Teil ihrer Propagandamasche.

Außerirdische haben uns schon längst besucht,
dass wir davon nichts wissen, grenzt an Betrug.
Erhebt euch aus eurem medienverblendeten Kokon!
Hinterfragt doch mal den in Serie verwendeten Jargon:

»Verschwörung, Verschwörung« –
habt ihr schon was gewittert?
Glaubt ihr echt, dass es hier mal regnet
und dort mal gewittert?
Glaubt ihr echt, dass die Wolken
und der Regen natürlich entstehen?
Chemtrails ist das Zauberwort.
Oder glaubt ihr auch an Elfen und Feen?

Die BRD-GmbH:
Eine Farce mit ihrem angestellten Personal,
jeder Blick aufs Ausweispapier
ist die personifizierte Qual.

Welch Hohn und Spott für unser deutsches Volk,
dass die USA uns besetzen mit großem Erfolg.
9/11: Der brutalste Beschiss der Menschheitsgeschichte,
da nutzen den Medien auch keine unabhängigen Berichte.

Die Hintermänner kriegt man nicht
und ich sei verrückt?
Weil alle unter eine Decke stecken
wie im Swinger-Club!
Krebs und jede Krankheit könnte man
längst schon komplett heilen,
würden Pharmaunternehmen
die Medikamente mit anderen teilen.

Im Auftrag der Regierung: Alles schweigt und alles ruht.
Ja, wo bleibt denn der Menschen unermüdlicher Mut?
Wie damals die Hexen gehört jeder vernichtet,
der Schaden und Leid in der Welt errichtet.

Wenn die Menschheit euch auch weiter stumpf folgt,
habt ihr mit euren perfiden Plänen tatsächlich Erfolg.
Leute, lasst euch nicht verstrahlen
und bloß nicht verblenden,
sonst kriegen wir all die Qualen hier nie mehr beendet!

Ihr glaubt mir nicht; ihr wollt Beweise?
Scheiße.

Kritik an Politik ist natürlich immer legitim,
aber Respekt am Wort muss man sich erst verdienen.
Wer hetzt oder auf Teufel komm raus
mit falschen Beweisen argumentiert,
braucht sich nicht zu wundern,
    wenn für ihn am Ende eben genau dieser jüdisch-ame-
rikanische, halbreptiloide, mit den Area-51-Außerirdischen
verwandte, AIDS entwickelnde, Klima versuchende, Ken-
nedy ermordet habende, Deutschland hassende Typ die
ganze flache Welt regiert.

Ich hoffe wirklich, dass alle Verschwörungstheoretiker*innen falsch liegen. Denn sollte sich irgendwann herausstel-
len, dass sie recht haben und Merkel ist tatsächlich eine
Echse – das wäre wirklich super unangenehm.

Ich bin Russe

Ich habe einen weiteren Text über meine Herkunft geschrieben. Als ich ihn 2017 verfasst habe, war die Aggression Russlands gegenüber der Ukraine auf der Halbinsel Krim bereits gestartet. Angesichts des zur Zeit des Lektorats (Oktober 2022) seit über einem halben Jahr stattfindenden Angriffskrieges Russlands gegen die Ukraine könnten einige Stellen dieses Textes unpassend oder makaber wirken. Meine künstlerische Freiheit möchte ich insofern aber nicht einschränken. Die geografischen Wurzeln meiner Verwandtschaft reichen – auch wenn ich als Kind vor allem über die russische Kultur sozialisiert wurde und der Großteil meiner Verwandten noch dort lebt – über Kirgistan (das in der deutschen Schreibweise auch Kirgisien und Kirgisistan genannt werden kann, was mich immer schon etwas irritiert hat) bis zur Ukraine. Die Solidarität ihr gegenüber ist grenzenlos. Als ich ungefähr 18 Jahre alt war, wurde mir eröffnet, dass ich qua Geburt russischer Staatsangehöriger war und erst mit zwei Jahren in Deutschland eingebürgert wurde. Mittlerweile konnte ich glücklicherweise meine russische Staatsangehörigkeit ablegen. Bei jedem Besuch im russischen Konsulat in Bonn hatte ich eine unermessliche Angst, nicht rausgelassen, festgehalten, gar ins russische Militär überführt zu werden. Die Ängste waren letztlich alle unbegründet – die Mitarbeitenden waren eigentlich stets freundlich. Doch ich bin wirklich froh, dass ich nun nur noch Deutscher bin. Nicht weil in Deutschland alles perfekt läuft oder

richtig ist. Aber ich fühle mich hier sicher. Und eher heimisch als
irgendwo anders. Dennoch kann ich meine russische Herkunft
nicht negieren. Warum auch?

Es ist Sommer 2017. Meine Verwandten aus Russland kommen uns wieder besuchen. Wie jeden August. Nachdem
sie elf Monate lang kleine Matroschkas aus größeren Matroschkas gesteckt hatten und diesen Vorgang jeden Tag
wiederholten – was man in Russland halt so macht, wenn
es kein Internet (also: kein freies Internet) gibt –, ist der
August gekommen.

Russland. Der perfekte Beweis, dass es eben nicht nur
auf die Größe ankommt. Der Komplexe habende SUV-Fah-
rer unter den Ländern. Ich habe das große Glück, dass
ich damals aus meiner Mutter geboren wurde, die nach
Deutschland gekommen war. Und nicht aus ihrem Bruder,
der in Russland geblieben ist. Wäre auch kompliziert geworden. Wenn ich mir vorstelle, meinem heutigen Leben
in Russland nachzugehen, ist das eine eisige Vorstellung.
Russland besteht ja nur aus sehr viel kalter und, wechselt
man in die Politik, aus sehr viel heißer Luft. Vieles läuft
dort anders, etwa auch beim Thema Fußball: Eine Stadt
dort hat mehr Erstligafußballvereine als die gesamte deutsche Bundesliga. ZSKA Moskau. Spartak Moskau. Dynamo
Moskau. Lokomotive Moskau. Torpedo Moskau. Früher
noch FK Moskau. Moskau, Moskau – Russland ist ein schönes Land. Ja, das mag ja stimmen. Aber man stelle sich das
in Deutschland vor. Borussia Dortmund. 1. FSV Dortmund
05. RasenBallsport Dortmund. Spielvereinigung Greuther
Dortmund. FC Dortmund 04. Schrecklich. Westliche, moderne Lebensweisen sind in Russland auch nicht möglich,
wenn ich zum Beispiel an den Veganismus denke. Dort
zählt nicht Fleiß. Dort zählt Fleisch. Es gibt nur Fleisch:
Hauptgang, Beilage, Dessert und hach, so ein Glas Rinder-
blut zum Abspülen. Toll. Das einzige Gemüse, das die ken-

nen, bin ich Lauch, wenn ich mal wieder da bin. Und Kohl. Weißkohl. Rotkohl. Helmut Kohl. Das tut sich da nichts.

Ich habe meine Verwandten noch gar nicht richtig vorgestellt. Sie bestehen im Wesentlichen aus Wasser. Sind ja auch nur Menschen. Haha, kleiner Spaß. Russische Menschen bestehen zu 85 Prozent aus Vodka und zu 15 Prozent aus grimmigen Gesichtszügen. Besucht haben uns mein Onkel, seine Frau und deren drei Kinder. Einer ist zwei Jahre alt, einer ist zehn Jahre alt und einer ist scheiße. Er ist sechs Jahre alt. Oder um ihm eher gerecht zu werden: 666. Der kleinste heißt Wowa, der kleine Teufel heißt Dima und der älteste ist mir egal – er ist zu alt, um süß zu sein. Bitte nicht falsch verstehen! Die zwei niedlichen Kleinkindernamen, Wowa und Dima, stehen aber in Wirklichkeit für Wladimir und Dimitri. Wladimir und Dimitri. Das kann man nicht sagen, ohne wütend zu gucken. Ich kann ein süßes, zweijähriges Baby, das die ganze Zeit *Kakaschka* (freie Übersetzung: Kackwürstchen) sagt, nicht ernst nehmen, wenn es einen solch erwachsenen Namen trägt. Wladimir. Wenn wir spielen, habe ich auch immer Angst, dass er plötzlich abhaut und einen anderen Spielplatz annektiert. Wladimir. So heißt doch kein Kleinkind. Man spricht ein deutsches Baby ja auch nicht mit Joachim an: »Oh mein kleiner, süßer Joachim!« Selbst wenn es Joachim heißt. Nein! Babys haben Mia zu heißen. Oder Maxi. Aber nicht Joachim. Wenn das Baby mal älter und Versicherungsvertreter wird, im Sommer kurzärmlige Hawaiihemden trägt und seine eigenen Kinder mit »Hey, ihr coolen Kids!« anspricht – dann kann man, ja, dann muss man sogar »Joachim« sagen. Das ist kein Maxi mehr. Und keine Mia.

Was mir immer wieder aufs Neue klar wird: Russischer Alltag ist wirklich verdammt anders. Auf dem Nintendo DS zum Beispiel spielen sie ganz andere Spiele. Es gibt kein *Nintendogs*, sondern nur *Orthodogs*. Man steuert einen mittelalten weißen Hund, der jeden Tag in die Kirche geht und gegen Gleichberechtigung ist. Es gibt keine großen Fernseher, nichts wird ausgestrahlt. Gut, es gab Tschernobyl. Ach nee, Ukraine. Wobei, wer weiß, wie lange noch?[34] Wir kennen Biene Maja, sie kennen nur Kalinka, Kalinka, Kalinka maja. Wir lassen die Kirche im Dorf, sie die Kirche im Staat. Vaginale Krawalle gibt es hier bei Gynäkolog*innen – in Russland gibt es Pussy Riot im Arbeitslager. Dort haben selbst die Tierschutzaktivist*innen von PETA Pelzmäntel an. Das Sprichwort »Es gibt kein schlechtes Wetter, nur falsche Kleidung« lautet in Russland anders: »Es gibt kein schlechtes Wetter, nur amerikanische Geheimdienste, die das Wetter manipulieren.« Und das Krasseste: Es gibt kein russisches Familienfoto, auf dem auch nur eine Person steht. Alle hocken. Immer und überall. Bei einer Erektion hat man dort auch keinen *stehen*, sondern einen *hocken*.

Wenn Russ*innen in den Urlaub fahren, gibt es immer drei wesentliche Fragen, die geklärt werden müssen: Wer passt auf die Oma auf? Wer steckt kleine Matroschkas aus größeren Matroschkas? Und – klar – wer kümmert sich um den Hausbären? Jede russische Person hat einen eigenen Hausbären. Großer Unterschied zu uns: Deren Bär wird mit allem fertig, Deutschland wird mit dem *BER* niemals fertig.[35] Kleiner Kabarettwitz. Kommt nicht mehr vor, versprochen. In Russland steppt der Bär, in Deutschland steppt nur Maximilian in einem Stepptanzkurs. Stepptanz ist übrigens sehr schwer, zu erlernen. Das geht nur Stepp by Stepp. Wenn russische Kinder nicht zum Ballett ge-

....

34 Dieser Gag ist – ich muss es noch einmal betonen – aus 2017. Es ist absurd und schrecklich, dass er sich fünf Jahre später in Gestalt eines imperialistischen und zweifellos völkerrechtswidrigen Angriffskrieges tatsächlich in gewisser Weise realisiert hat.

35 Die Realität hat den Text leider eingeholt. Hätte ich mal besser e nen Stuttgart-21-Witz gemacht.

schickt werden, müssen sie häufig die klassische Musik-ausbildung durchlaufen: Mit drei Jahren beginnt man mit dem Geigenspiel, mit sieben Jahren kommt noch das Klavier hinzu und mit neun Jahren hat man dann den ersten Burnout. Doch eigentlich muss ich konstatieren, dass die meisten Klischees über Russland und russische Menschen nicht haltbar sind. Und stereotype Vorurteile sind ohnehin immer unangebracht.

Ich freute mich daher sehr, dass meine Verwandten uns im Sommer wieder besuchen kamen. Mein Cousin war auch sehr froh, mich zu sehen. Bei uns angekommen war er aber auch sehr durstig. »Ich habe den gesamten Flug nichts getrunken«, sagte er und trank dabei wohlverdient aus seiner mitgebrachten Flasche Vodka. Wie gesagt: Er ist sechs. War aber Vodka-O. Also kein Grund zur Sorge. Wobei Vodka-O in Russland eine andere Bedeutung hat. Das steht nicht für »Vodka mit Orangensaft«, sondern für »Vodka o-hne alles«. Pur. Hätte er eine Mische getrunken, wäre das nach russischem Strafrechtsverständnis schlimmer als Völkermord. Aber natürlich immer noch weit weniger schlimm als die Verbreitung homoerotischer Propaganda. Wie zum Beispiel die Abbildung eines halbnackten Mannes auf einem Pferd. Aber so? Pur? Nah. Ist ja letztlich nur ein Gemüsetrank. Eine Art Kartoffel-Smoothie. Nur mit viel weniger Kalorien. Kartoffeln sind generell sehr beliebt, vor allem als Pommes mit Soße. Nennt sich dann *Wladimir Poutine*. Russland – ein pragmatisches Volk. Dort werden die Menschen nicht älter, sondern immer nur kälter.

Ich habe den Eindruck, dass Russ*innen prinzipiell als eher hinterwäldlerisch angesehen werden. Als mein Onkel bei uns war, bewies er mir aber das genaue Gegenteil leider nicht. Er ist das personifizierte »Hrrrrrr«. Aber er wusste mit seinen Kindern umzugehen. Als sich meine Cousins etwa ständig gestritten haben, hatte ich das

Glück, dass auf der Stirn von Wowa eine Dashcam installiert war. Alle Kinder in Russland haben Dashcams auf der Stirn. Man muss sein Hab und Gut ja beschützen. Autos, Kinder, Dashcams. Ja, selbst die Dashcams haben Dashcams, um zu beweisen, wenn jemand die eigene Dashcam zerstört hatte. Das nennt man Fortschritt. Russland ist fortschrittlicher, als man denkt. Auch in anderen Bereichen. Im Gegensatz zu Deutschland gibt es dort beispielsweise auch schon die legale Sterbehilfe. Für Oppositionelle. Und Schwule oder andere Mitglieder der LGBTIQ*-Community.

Man muss nicht gutheißen, was in Russland alles passiert. Ganz im Gegenteil. Aber man kann ausatmen und die Luft gefriert sofort. Immer und überall. Das macht alles wieder wett. Wie cool ist das, bitte?! Russland besteht nicht nur aus Moskau, St. Petersburg und Sibirien. Sondern auch aus Antiamerikanismus. Ich kann nichts dafür, wo meine Eltern herkommen. Ich würde niemals ein Gefühl von Stolz oder Ähnlichem empfinden, wenn ich an Russland denke. Aber die Vielfalt ist es, die für mich ebenfalls einen wesentlichen Teil meines identitätsstiftenden Prozesses ausmacht. Hier in Deutschland ist alles in Butter, dort in Russland ist alles in Gänseschmalz. Bei uns rollt der Rubel, bei denen der Euro. Oder so. Wir kannten das Krümelmonster, sie das Kremlmonster. Doch letztlich ist es ganz egal, ob Deutschland oder Russland. In jeder Gesellschaft gibt es schlechte Menschen und gefährliche Entwicklungen. Da braucht sich Deutschland nicht zu verstecken.[36] In Russland wird zwar auf der Autobahn gerne mal von rechts überholt, aber politisch sind wir mit dem Überholen von rechts in einigen Gebieten häufig nicht mehr so weit entfernt. Von anderen europäischen

....

36 Einen Angriffskrieg würde ich Deutschland dann aber nicht (mehr) zutrauen.

Staaten, insbesondere im Osten des Kontinents, ganz zu schweigen. Das Russischsein gehört zu mir. Und ich liebe Rote-Bete-Suppe. In der deutschen Schreibweise so kompliziert wie nur irgend möglich: Borschtsch. Gesundheit! Aber Hass, ganz egal, woher er kommt oder an wen er sich richtet, ist wie das Arbeitsmaterial von Klempner*innen: scheiße. Und wie eine Luftdruckeinheit bei extremen Wirbelstürmen: überwindbar.

Es gibt schlechtes Wetter

Das Reisen! Ja, das gute alte Reisen. Wer liebt es nicht? Ich mache es leider viel zu selten. Mit Beginn meines Studiums habe ich mich zu sehr darauf fokussiert, ein guter Jurist zu werden, und so die freie Zeit eher in Praktika oder Hausarbeiten gesteckt. Und auch danach hat es sich irgendwie nicht mehr so richtig häufig ergeben wollen. Die Tätigkeit als Poetry Slammer ist für mich aber eine ideale Möglichkeit, zumindest ein wenig rauszukommen und durch Deutschland, Österreich, die Schweiz, Luxemburg und Belgien zu reisen – und dies sogar mit Auftritten verbinden zu können. Den letzten richtigen Urlaub habe ich im Sommer 2022 in Kopenhagen verbracht. Eine wirklich tolle Stadt. Wir sind so viele Schritte gelaufen, dass ich irgendwann wirklich k.o.penhagen war. Mir ist aber – als ich dann wieder zuhause war – auch aufgefallen, wie anders doch die Menschen dort waren. Ein ganz wesentlicher Unterschied, den ich habe ausmachen können und der mir in Deutschland ganz deutlich bewusst geworden ist: In Kopenhagen sprechen alle Menschen Dänisch. Und eine kleine Anekdote erlaube ich mir noch, bevor es mit dem nächsten Text weitergeht: In Kopenhagen waren wir an einem Abend in einer Kneipe, in der am folgenden Tag ein Stand-up-Comedy-Open-Mic stattfinden sollte. Ich fragte, ob ich mitmachen könne, und der Mann an der Bar bejahte dies. Ich habe daher am nächsten Tag mehrere Stunden (eigentlich den ganzen Tag) an einem englischsprachigen Set von circa sechs Minuten gesessen. Und mein Eng-

lisch ist so, wie man sich das Englisch eines deutschen mittelalten Mannes vorstellt. Obwohl ich nicht einmal mittelalt bin. Es ist wirklich peinlich. Um nicht zu sagen: ämperessink. War sogar mein schlechtestes Schulfach. Ich war unter anderem auch deshalb super aufgeregt. Am nächsten Abend kam ich mit meinen Freunden in die Bar und es war am Ende dann doch alles super entspannt und überhaupt nicht schlimm – denn das Open-Mic fand gar nicht statt. Stattdessen wurde ein Fußballspiel übertragen. Ich habe jetzt Stand-up-Material auf Englisch mit Witzen, die sich ausschließlich auf Kopenhagen oder Dänemark beziehen. Damit es nicht ganz umsonst war, hier ein kleiner Ausschnitt (aber direkt mal übersetzt):

»Ich freue mich sehr, heute hier zu sein. Das ist das erste Mal, dass ich in Dänemark bin, und ich bin wirklich begeistert. Tolle Städte! Wirklich tolle Städte: Oslo, Stockholm, Helsinki. Alles wahnsinnig schön.«[37] Oder: »Ihr habt ja innerhalb von Kopenhagen dieses autonome Gebiet *Christiania*. Ein Ort, an dem es eine ausgeprägte Kunstszene gibt, alternative Wohnmodelle und an dem sehr viel Gras verkauft wird. In Deutschland nennen wir so einen Ort *Berlin*.«

Ich denke, der Punkt ist klar geworden. Wobei ich gestehen muss, dass ich im Dezember 2022 das erste Mal so richtig in Berlin sein werde.[38] Insgesamt habe ich dennoch bereits einige Erfahrungen mit dem Reisen – aber vor allem auch mit Reisenden und Reise-

....

37   Ganz ehrlich: Ich finde, das ist ein absolut solider Witz. Man muss sich ja auch mal selbst loben können.

38   Update vom 11.12.2022: Ich sitze genau in diesem Moment in einem Kreuzberger Café, nachdem ich gerade fantastisch sudanesisch essen war, und trinke hier jetzt einen Hafer-Cappuccino und esse einen Orangen-Möhren-Kuchen, während ich diese Textsammlung noch einmal überarbeite. Ich bin das personifizierte Berlin-Touri-Klischee (aber ich lieb's).

rückkehrer*innen – gemacht, die ich im folgenden Text illustriere. Dies war einer der beiden Texte, mit denen ich (in damals noch leicht abgewandelter Form [etwas pathetischer mit Liebe und so]) 2017 deutschsprachiger U20-Poetry-Slam-Meister in Heidelberg/Mannheim wurde.

Wir alle haben was, das uns antreibt. Fußballfans haben den Fußball. Musikliebhabende haben Musik. Musikhassende haben Popmusik. Literaturliebhabende haben Literatur. Literaturhassende haben Poetry-Slam-Textsammlungen. Und melancholische Menschen mit Fernweh haben das Reisen. Oder Tumblr. Ich zum Beispiel war Teil einer sehr musikalischen Familie: Wären wir eine Fernsehserie gewesen, hieße sie wahrscheinlich *Family Guyge*. Ich in der Hauptrolle als unbeliebte, Fast Food liebende Big Meg. Früher gehörten Freund*innen und Hobbys nicht wirklich zu meinen liebsten Interessen. Es gibt so viele interessante Sportarten, in denen man seine Teamfähigkeit und seine körperlichen Eigenschaften verbessern kann, und dann gibt es Leute wie mich, die mal im Schachverein waren. »Ha, schaut mal, wie mein Bauer sein Pferd da vernichtet«, stellte sich rückblickend als ein nicht ganz so guter Anmachspruch heraus wie: »Na, willst du mal meine Waden anfassen?« Alle anderen hatten was von ihrem Sport: Die Fußballer*innen bekamen hervorragende Fitness (und eben echt gute Waden), die Kampfsportler*innen konnten sich fortan selbst verteidigen und Leute, die Judo gemacht haben, können heute in Softpornos mitspielen. Und ich? Na ja, ich kann jetzt die Sizilianische Verteidigung.

Ich wollte nie verreisen, denn mit den Eltern ist es doof und mit den – ja, hm. Mit den Eltern ist es halt doof. Das Schlimmste am Reisegeschehen ist es, sich hinterher all die Erinnerungen der anderen anschauen zu müssen. Ja, ihr wart in Australien, Nicaragua und Indien und ich habe zuhause nur *Der Bachelor* geguckt. Streut mir ruhig Salz in die Wunde. Und Kurkuma und Kreuzkümmel und was ihr noch so alles Großartiges mitgebracht habt! Vor allem kann ich es nicht ertragen, wenn übermotivierte Supereltern ihre ganze Familie herschleppen und ihr neues Fotobuch präsentieren. Wow, ein Fotobuch! Mit Glitzer und Aufklebern und alles genau nummeriert. Hier ist Thomas beim Quadfahren. Da ist Thomas im Pool. Da wurde Thomas vom Hai gebissen. Thomas auf dem Klo. Thomas mit mir im Bett. Thomas mit einer anderen im Bett. Halt alle Etappen eines klassischen Familienausflugs! Ich stelle mir gerne vor, wie diese Fotos entstanden sind. »Oh, wir sind hier beim Schiefen Turm von Pisa. Weißt du, was voll innovativ wäre? So ein total lustiges Fotomotiv? Womit wir dann Thorsten und Manuela so richtig schön neidisch machen können, wenn wir gemeinsam die Fotos durchgehen? Halt dich fest! Zieh dich warm an! Nicht zu warm, wir sind schließlich in Italien. Wir tun so, als ob du den Turm mit deinen Armen abstützt!« Nein, das ist ja unfassbar!

Toll sind auch diejenigen, die einem die eigenen Urlaubziele immer schlechtreden müssen, weil ja nur noch Myanmar und Französisch-Polynesien das echte Reiseflair böten: »Lass mal das Land so richtig kennenlernen. Nicht bloß die Sehenswürdigkeiten, die kommerzialisierten Tourist*innenmagneten. Nee. Wir wollen die Kultur verstehen. Mit den Menschen reden.« Tut mir leid, aber ich will mit den Menschen nicht reden, ich will in den Pool. Und wenn ich in Paris bin, will ich zum verfickten Eiffelturm, 100 € für zwei hässliche Souvenirs ausgeben und mit Micky Maus im Disneyland eine Instagram-Story reinstellen – #lebeninmausundbraus #werbrauchtminnieichbinsmart. Und ja, die verwinkelten Gassen, das eine Café mit dem *echten* französischen Charme sind bestimmt der Hammer. Aber es ist, als würde ich nicht von Mücken gestochen werden: Es juckt mich nicht. Klar kann so ein Urlaub abseits der Touri-Spots aufregender oder authentischer sein. Das weiß ich selbst. Vielleicht möchte ich ja trotzdem zu den Tourist*innenmagneten und mir von diebischen Kinderclans das Geld aus der Tasche ziehen lassen. Wirf doch einfach mal deine Überheblichkeit über Bord! Wer braucht schon Kreuzfahrten, wo es doch Kanus gibt? Da erlebt man das Wasser gleich viel intensiver. Es gibt nämlich auch die Art von Menschen, die nur Abenteuerurlaub machen. Denen ist alles zu langweilig: »Ach, ihr hattet eine Safari in Afrika? Und ihr habt Löwen gesehen? Wow! Wir waren in Papua-Neuguinea mit den alten Kannibal*innen-Völkern zusammen Mittagessen. Menschenfleisch. In einem Heißluftballon. Und haben dabei eine portugiesische Oper geschaut. Mit arabischen Untertiteln. Zweimal!«

Doch all das ist immer noch weit weniger schlimm als die Art Mensch, die sagt: »Es gibt kein schlechtes Wetter, nur falsche Kleidung.« Wie ich diesen Satz hasse! Ja, und es gibt kein Verlieren. Nur schlechtes Gewinnen. Es gibt gar kein Sterben, nur falsches Leben. Doch. Es gibt schlechtes Wetter. Zum Beispiel Regen. Regen, während es kalt ist. Und windig. Da hilft auch keine passende Kleidung. Dann ist es nämlich wieder zu warm. Und man schwitzt und stinkt. Das merk ich auch gerne an meiner Freundin. Wenn sie sich im Winter beschwert, dass ihr ja so kalt sei, aber ihre Jacke dabei offen ist. Kleiner, nett gemeinter Tipp: Mach doch die Jacke einfach zu, vielleicht ist dir dann ja nicht mehr so kalt. Du siehst nicht besser oder schlechter aus, wenn deine beschissene Jacke zu ist. »Nö, die bleibt offen. Hihihi.« Wir laufen weiter und weiter und ich höre wieder ein: »Mir ist so kaaalt ...« Und ich wiederhole: »Dann mach doch deine Jacke einfach zu. Und nächstes Mal knöchelfrei vielleicht doch noch überdenken, ne, Schatz?« Aber sie macht die Jacke nicht zu und dann bleibt es kalt und dann laufen wir weiter und weiter und weiter und dann wache ich auf und merke, dass ich eigentlich gar keine Freundin hab.

Aber zurück zum Reisen: Erinnerungen sind mehr als erzwungene Eindrücke fremder Welten. Fotos sind mehr als auf die Sekunde getimte austauschbare Lügen. Es geht nicht darum, auf Kamelen zu reiten oder auf der Freiheitsstatue sitzend nachts ins Lichtermeer zu blicken. Nein, vielmehr geht es einfach darum, die Zeit, die man hat, für sich sinnvoll zu nutzen. Und wenn das dann superlustige Fotos vorm Schiefen Turm von Pisa sind. Oder mit einem Hammer am Brandenburger Tor, um als Fotobeschreibung dann »Brandenburger Thor« nehmen zu können. Oder ein Schwarz-Weiß-Foto von einem Kaugummi auf einer Straße in den Slums von Bogota – #traveler #real #people #woistmeinpulitzerpreis. Dann ist das doch alles okay so. Und es muss nicht immer die Zugstrecke durch die Niagarafälle oder der Helikopterrundflug über Hollywood sein. Wir können auch mal mit dem FlixBus fahren. Serienliebhaber*innen gern auch mit dem Net-FlixBus. 17 Stunden. Yay. Nur Zügen steh ich historisch betrachtet etwas kritisch gegenüber. Aber ich brauch keine Reise nach Dubai, wenn ich *Reise nach Jerusalem* haben kann. Wichtig ist nur, für sich alle Wege ausprobiert zu haben. Um hinterher nicht zu bereuen, immer nur eingleisig gefahren zu sein. Statt auch mal zu fliegen. Und wenn es auf die Fresse ist. Am Schluss bleibt es Schicksal, ob wir das antreffen, was wir anzutreffen erhofft haben – oder etwas völlig anderes. Wäre ich nicht hin und wieder einen anderen Weg gegangen, hätte ich so viele unglaubliche Menschen nie getroffen. Der Weg ist nicht immer das Ziel. Und nicht alle Wege führen nach Pisa. Aber trau dich, auch mal vom Weg abzukommen. Vieles bleibt sonst verborgen.

Ich liebe Musik noch immer. Ich möchte alle Street-Pianos dieser Welt entdecken und mehr erklingen lassen als nur *River Flows In You*. Zum Beispiel *Wonderwall*. Nur vielleicht nicht an der mexikanisch-amerikanischen Grenze. Ich will die Welt sehen und spüren, was ich verpasst habe. New York, Tokio, Sydney! Oder einfach mal im Bett weiter *How To Get Away With Murder* gucken. Bungeespringen gehen, Gleitschirmfliegen, in einem Heißluftballon über Südostasien fliegen! Oder mit guten Freund*innen ein paar Walnüsse, Weintrauben und Weißwein einpacken und nach Bottrop fahren, zum Tetraeder, meinem absoluten Lieblingsort im Ruhrgebiet. Und da schauen wir dann zusammen in die Sterne. Ich will nicht die ganze Welt entdecken. Zumindest noch nicht. Ich will einfach nur mit meinen liebsten Menschen Momente teilen und genießen. Ich will mich mit ihnen ohne Jacke in den Regen stellen und vielleicht auch irgendwann mit Blick auf den Eiffelturm in diesem kleinen *echten* Pariser Café sitzen.

18

18. Endlich erwachsen. Wobei: endlich? Zwar wohnte ich noch immer zuhause, doch das Studium nahm immer mehr Zeit ein – selbst im extrem langen und heißen Dürresommer 2018. Irgendwie wurde ich im Oktober 2017 wieder deutschsprachiger U20-Meister im Poetry Slam in Heidelberg/Mannheim. Im finalen Stechen hatten Tabea Farnbacher und ich (auch unter Berücksichtigung der Streichwertung) die gleiche Punktzahl – die siebenköpfige Jury musste sich daher zwischen ihr und mir entscheiden. Ich gewann mit vier zu drei Stimmen. Das war einer dieser Momente, in denen mir einmal mehr vor Augen geführt wurde, wie zufällig dieser Wettbewerb ist und wie wenig Aussagekraft eigentlich in ihm steckt: Statt einer 9,2 eine 9,3 für eine*n von uns und sie oder ich hätten eindeutig gewonnen. Diese Nuancen sind aber kaum ernsthaft zu ziehen, wenn es darum geht, die »Qualität« eines Textes, einer Performance, eines Gesamtkunstwerks zu bewerten. Ich hatte schlicht Glück – es hätte genauso gut zu ihren Gunsten ausgehen können. Überglücklich war ich natürlich trotzdem. Zum Schreiben und Auftreten kam ich in der Folge kaum noch. Das Studium bereitete mir zwar sehr viel Freude, war aber äußerst zeitintensiv. Worüber ich mich als 18-Jähriger (wie fast jeder Mensch mit 18 Jahren) am meisten gefreut habe: Endlich konnte ich mir im Kino die Sneak Previews anschauen.

110 Meter Lebenslauf — mit Hürden

Den folgenden Text habe ich circa anderthalb Jahre nach Beginn meines Jurastudiums geschrieben. Mit voranschreitender Zeit fiel mir immer mehr ein gewisser Schlag von Personen auf, die sich über eigene Leistungen, über Erfolge, ja, letztlich sogar schlicht über ihren Lebenslauf definierten. Ich hoffe, dass ich nie so war wie sie (kann es, ehrlich gesagt, aber auch nicht ganz ausschließen). Über diese Art von Menschen und das Problem, das mit solch einem Denken immer einhergeht, handelt der nachfolgende Text, mit dem ich das Halbfinale der Poetry-Slam-Meister*innen-schaften 2018 in Zürich erreichen konnte.

Ich habe ein neues Wort gelernt, das die Gefühle *hungrig*, also *hungry*, und *wütend*, also *angry*, kombiniert: Das Wort ist *Busfahrer*in*. Aber hey, ich kann das verstehen. Wenn ich mir vorkäme wie ein unterbezahlter Chauffeur für betrunkene Menschen, die nachts in *Hänsel und Gretel*-Manier ihre Sonnenblumenkern-Schalen im Bus hinterlassen, würde ich auch nicht direkt jede*n Mitfahrer*in einzeln umarmen. Und Bussis verteilen.

Einige Menschen aus meinem Umfeld halten sich für etwas Besseres. Weil sie studieren. Und nicht zum Beispiel

Busse fahren. Das alleine ist ein Witz. Und ein falscher, sozialdarwinistischer Trugschluss. Solche Menschen sagen dann: »Ach, die Erstis, süß. Hat eure Mama euch ein Butterbrot geschmiert?« – und kommen dabei selbst erst ins zweite Semester. Oder: »Hallo Herr Bäcker, einmal zehn Brötchen bitte, aber bitte achten Sie in Ihrer Werbung darauf, dass man Zahlen bis zwölf noch ausschreibt.« Alter! Bäcker*innen stehen zu einer Zeit auf, zu der ihr auf der Clubtoilette noch am Kotzen seid. Und tun was für die Gesellschaft – sogar mit Sonnenblumenkernen –, während ihr einfach nur zum Kotzen seid. Sich als Studierender für etwas Besseres zu halten, ist ungefähr so, als würde man sagen: »Hey, ich mach Musik!« Und wenn man gefragt wird, was für Musik man mache, würde man sagen: »Ich bin DJ.« Ein DJ weiß bestimmt nicht einmal, was eine Tonleiter ist. Oder ein *A* oder ein *Dis*. Selbst Rapper*innen wissen das. Zu studieren, heißt doch wirklich erst einmal nichts, denn es ist doch keine Leistung, dreimal die Woche um 12:00 Uhr aufzustehen und die anderen Tage auszuschlafen. Was Leistung wirklich heißt, weiß ich aber mittlerweile: P = W durch t. Glaube ich. Habe ich gegoogelt. Könnte auch absolut falsch sein. War nie so der naturwissenschaftlich interessierte Schüler. Ich musste 999 Mal scheitern, um beim 24. Mal zu merken: Mathe ist nichts für mich.

Menschen wollen immer das Beste aus sich herausholen. Dieses stetige Bessersein-Wollen, Erfolgreichsein-Wollen. Ich finde diese Ambitionen, diesen Habitus, diese Dekadenz nur noch anstrengend. Wenn du das Beste aus dir herausholen willst, geh masturbieren. Menschen wollen sich perfektionieren, selbstoptimieren. Die wollen die Kirsche auf der Sahne, aber vielleicht mag ich keine Kirschen. Oder keine Sahne. Okay, vielleicht mag ich keine Kirschen. Und vielleicht ist mit mir auch nicht immer gut Kirschen essen. Manche brauchen Lebensläufe. Ich verrate dir aber mal was: Niemand will wissen, dass du in der Grundschule erfolgreich deinen Fahrradführerschein gemacht hast, es interessiert keine*n, dass du in der 6. Klasse am Wolfang-Amadeus-Mozart-Privatgymnasium für höherwertige Menschen den schulinternen Lesewettbewerb gewonnen oder im Orchester Solo-Triangel gespielt hast, und alle wissen, dass du lügst, wenn du sagst, deine negativste Eigenschaft sei das *zu viele Arbeiten*. Bist du nicht vielleicht auch einfach zu schön für diese Welt? Das Problem ist ja nicht, dass du schlecht Fahrrad fährst oder nicht gut lesen kannst – das Problem ist, sich über solche Eigenschaften zu definieren. Bist du der Glöckner von Notre-Dame oder warum hängst du alles an die große Glocke?! Es muss nicht immer aus allem eine Riesengeburt gemacht werden. Wenn du eine Packung kinder Riegel kaufst, schreist du auch nicht: »ES IST EIN JUNGE!« Oh, wow, du warst ein Jahr in Suriname und hast Schildkröten operiert. Ich war dafür in Essen und hab ... Ich war mal bowlen! Und zwar ohne diese Wände außen an der Bahn. Keinen Pin getroffen. Nimm das!

Man darf stolz auf etwas sein, das man geleistet hat – sollte man sogar. Aber man sollte nichts leisten, nur um darauf stolz zu sein, eine weitere tolle Eigenschaft zu erfüllen. Wenn du nur deshalb ehrenamtlich arbeitest, um dein soziales Engagement hervorzuheben, dann arbeitest du nicht ehrenamtlich, sondern bist scheiße. Wenn solche Leute dann anfangen, ihre Großherzigkeit zu betonen, ist das einfach nur peinlich: »Ich bin ja so ein guter Mensch. Ich habe heute wieder alten Menschen etwas vorgelesen. Todesanzeigen aus der Zeitung.« Und dann auch dieses ewige Rumgeschleime. In meinem Studium wurde so viel in Ärsche gekrochen: Ich dachte irgendwann, ich studiere in Köln. Ich fände es trauriger, wenn man keine Lücke im Lebenslauf hat, weil man sie sich rauskonstruiert hat. Statt einfach einzusehen: »Ganz ehrlich, ich hatte halt Ferien. Und war zwei Monate Urlaub machen. Tut mir leid, dass ich am Strand nicht Handballweltmeister*in wurde oder den Nahostkonflikt löste, sondern Ananas aß.« Man darf Menschen keinen Lebensplan aufzwingen. Warum heißt es immer, dass nur irgendwelche 19-jährigen blonden Lisas oder Lukas nach der Schule nach Australien fahren, um sich selbst zu finden? Warum nur die und nicht ausnahmsweise mal ein 42-jähriger LKW-Fahrer aus Delmenhorst mit Namen Jörg? Dann könnte er endlich seinem Traum nachgehen: in Australien Jörg and Traveln.

Man darf sich nicht geil fühlen, nur weil man studiert. Und auch nicht, wenn man vermeintlich etwas Wichtigeres oder Besseres als andere studiert. Es gibt diesen häufig rezitierten Witz, dass Philosophie- oder sonstige Gesellschaftswissenschaftsstudierende irgendwann mal Taxifahrer*innen werden. Dieser Gag ist nicht klasse, der ist klassistisch. Und ganz ehrlich: Der einzige Unterschied zwischen Realschulabschluss und Politikwissenschaftsstudium ist doch der Name. Ich hasse exkludierende Akademiker*innenschwanzvergleichsorgien. Du hast vielleicht Pi Semester Mathe studiert, aber bleibst trotzdem 'ne Null. Eine Buchstabensuppe ist keine Formelsammlung. Was bringt die die Eulersche Zahl, wenn dir eine Eule auf den Kopf scheißt? Klar: Einen sicheren Lebensweg einschlagen zu wollen, ist besser, als Menschen einschlagen zu wollen. Dinge vorzeigen, die vorzeigbar sind. Aber alles in Maßen. Und ohne sich im Spiegel anzuschauen und auf sein Abschlusszeugnis einen runterzuholen. Du musst mit 25 noch keine Autobiografie schreiben. Das sind Leute, die laden dich zum Geburtstag ein und es gibt einen strengen Dresscode. Menschen, die sich *success* auf die Brust tätowieren. Manche Menschen sind so perfekt. Sie *sind* nicht, sie *sind gewesen*. Und leiten ihren eigenen Wert davon ab, andere schlechtzumachen. Auch Witze über Namen kann ich überhaupt nicht verstehen. Menschen, die sich immer noch über Leute, die Kevin heißen, lustig machen: richtige Ottos. Und ganze Berufsgruppen diffamieren: machen doch auch nur Bauern.

Ein Lebenslauf sagt vielleicht, dass du dort und dort und dort warst. Dass du das und das und das kannst. Dass du mehr Weißweinschorlen trinkst als Wasser. Öfter auf Vernissagen warst als zu Hause. Und vielleicht wirst du bei Arbeitgeber*innen auch wirklich besser abschneiden. Aber sei doch mal wie Hannibal Lecter, dann kannst du dir auch von anderen Menschen mal eine Scheibe abschneiden. Von einer anderen Art von Menschen. Denn dein Lebenslauf sagt nicht, dass du dein Leben lang versuchst, dir ein erfolgreiches langes Leben zu konstruieren, und es immer weiter ausschmückst und dabei völlig vergisst, einfach auch mal das zu tun, worauf du Lust hast. Oder einfach mal gar nichts zu tun. Oder einfach mal gar nichts zu tun, weil du gerade darauf Lust hast. Es ist das Ziel eines jeden Menschen, irgendwann mal eine Familie zu gründen, ein Haus zu bauen und einen Baum zu pflanzen? Dann hol dir *Die Sims* und du hast das Leben durchgespielt! Aber du, du lebst nur für Statistiken, für Auszeichnungen, für dein scheiß LinkedIn- oder Xing-Profil. Dein Lebenslauf ist vielleicht fantastisch formatiert, aber dafür nicht authentisch. Und Spaß ist für dich ein Fremdwort wie Charisma für Olaf Scholz.

Erfolg wird nicht in gelesenen Seiten gemessen. Intelligenz ist nicht vom Abschluss abhängig. Zukunft will jeder Mensch anders mit Leben füllen. Wir dürfen keine gesellschaftliche Ausgrenzung zulassen. Wir brauchen Solidarität und Wertschätzung. Arbeit schafft für jeden Menschen Teilhabe und Relevanz. Jede Arbeit hat ihre Berechtigung und jede ihre Schönheit. Und auch nicht zu arbeiten, heißt nicht, dass man ein schlechter Mensch ist. Verallgemeinern ist nie gut und alle über einen Kamm scheren: Das machen nicht mal Friseur*innen. Der einzige Unterschied zwischen dir und mir ist doch der Name.

Gebrochene Kratzeislöffel

Ich bin 18. Laut Ausweis erwachsen. Aber ich will nicht erwachsen sein. Ich habe Angst davor. Ich möchte meine Eltern nicht älter werden sehen. Meine größte Angst soll sein, dass mich Monster unter mein Bett zerren, wenn meine Beine aus der Decke hinausragen – warum hingegen der herausragende Kopf für die Monster immer egal ist, weiß wohl niemand –, und nicht, dass ich noch Rechnungen schreiben muss. Oder Post. Sowohl das Losschicken als auch das Bekommen. Post ist mir nie gut bekommen. Briefe von Versicherungen oder irgendwelchen Ämtern. Auf Papier, das schon danach schreit, schlechte Nachrichten zu übermitteln.

»Hey, nehmen wir festes, weißes Papier?«

»Nee, lass uns doch lieber dünnes, zerbrechliches, gelbschimmerndes nehmen!«

»Alles klar, perfekt.«

Ich will IKEA-Geburtstags-Grußkarten bekommen. Und endlich einen Brief vom Nordpol – beim Weihnachtsmann wartet man länger auf eine Antwort als auf Selbstreflexion bei Faisal Kawusi. Ich will weinen, weil es kein Zitroneneis mehr gibt, sondern nur noch Schokolade. Und dann auch noch mit Nussstückchen. Oder weil mein Kratzeislöffel gebrochen ist und ich jetzt versuchen muss, wie ein Eichhörnchen das Waldmeister-Kratzeis mit meinen Zähnen abzuschaben. Stattdessen weine ich, weil ich mich für meine Fehler verantworten muss. Denn ich trage mittlerweile Verantwortung und meine Fehler haben tatsächlich Einfluss. Fehler einzugestehen, ist wie zwei Schulfächer: nicht einfach. Ich will nicht vor siebenstündigen Klausuren, die meine berufliche Zukunft entscheiden, Angst haben, sondern vor Sandy in dieser einen Folge, wo sie von SpongeBob und Patrick aus dem Winterschlaf geweckt wird. Und vor roten Augen und bösen Puppen bei *X-Faktor – Das Unfassbare*. Ja, ganz sicher hat sich das nach Überlieferungen des Nachbarn einer Arbeitskollegin vom Neffen dritten Grades des Blindenhundes der Großcousine 1984 in einer Kleinstadt in Kalifornien ganz genau so zugetragen. Ich will unglücklich sein, weil mir für mein Panini-Album für die WM 2006 noch ein Viertel des Mannschaftsfotos der saudi-arabischen Fußballnationalmannschaft der Herren fehlt, und nicht, weil mein Papa häufiger Dinge vergisst. Ich will mich nicht alle zwei Tage im Gesicht rasieren (müssen), um den vorpubertär-anmutenden Oberlippenbart zu verhindern. Ich will gesund leben, aber Essen schmeckt so gut. Ich will Mayonnaise. Im Salat. Und mit Salat meine ich Pommes. Und mit Mayonnaise meine ich Mayonnaise.

Ich will Kaugummizigaretten rauchend Rutschen hochklettern, mich in Baumhausenklaven im Dunkeln verstecken – statt im Wartezimmer meines Urologen zu sitzen. Wieso steht dort im Raum ein kleiner Helikopter zum Reinsetzen? »Ja, wo fliegt der kleine Paul denn hin? Ja, wo fliegt er hin? Oh, du bist so hoch, ich krieg dich ja gar nicht. Ja, wer fliegt einen Helikopter? Ja, sag mir, wer? Und zack, deine Vorhaut ist ab!«

Zeit vergeht zu schnell. Wir arbeiten und leben dafür, uns etwas leisten zu können und eine Auszeit zu nehmen. Aber wir können uns nichts leisten und keine Auszeit nehmen, ohne vorher was geschafft zu haben. »Schlafen kannst du, wenn du tot bist.« Wer sagt das? Vielleicht läuft man nach dem Tod ja nur noch einen Marathon nach dem nächsten. Doch das ist die größte Herausforderung im Leben: Es so zu führen, dass man genug Zeit hat, um das zu tun, worauf man wirklich Lust hat, dafür aber auch gleichzeitig genug Mittel zur Verfügung stehen. Leute sagen: »Mach deine Berufung zum Beruf!« Ja, mega gerne! Doch würde ich das machen, wäre ich arm. Ich mein, klar: Wenn mich jemand dafür bezahlt, Stunden auf meiner Bettkante zu sitzen und mir Memes anzuschauen, okay! Aber das macht ja niemand. Ich habe Angst vor dem Älterwerden. Aber ich glaube, ich kann das hinauszögern. Ich habe mir nämlich sagen lassen, dass man erst dann wirklich ein Jahr älter wird, wenn man Luftballons besitzt, auf denen die Zahlen des neuen Lebensalters draufstehen, man diese hochhält, posiert und ein süßes Foto für Instagram macht. Ich hole mir einfach keine Luftballons. Das Raum-Zeit-Kontinuum kann mir gar nichts!

Rückblick: Als Baby war ich hässlich. Meine Mutter schrie bei meiner Geburt nicht wegen der Schmerzen, sondern nur weil ich so hässlich war. Bis zu meinem 3. Geburtstag wollte der Arzt mich noch abtreiben. Viele denken, alle Babys seien schön und jedes ein Geschenk Gottes. Doch wenn ich ein schönes Baby war, dann so eins, das man der verhassten Arbeitskollegin zur Einweihungsparty des Gäste-Klos schenkt. Als Kleinkind wurde es aber besser. Ich hatte süße Löckchen, ein schönes Gesicht. Ich war hübsch und zum Anbeißen. Deshalb bin ich im Nachhinein wirklich froh darüber, nicht katholisch zu sein.[39] Leider nahm ich dann aber schnell wieder zu und sah aus wie ein trächtiges Flusspferd. Als ich mal im Zoo war, wollte eine Pflegerin mich einfangen und zurück ins Becken

....
39   Was wäre eine zeitgenössische Poetry-Slam-Textsammlung ohne auch nur einen Witz über die katholische Kirche?

werfen. Und zu allem Überfluss hieß ich dann auch noch wie ein creepy Elefant: Ich war Benjamin Blümchen. Jackpot. Zum Glück sind Kinder jedoch reflektiert genug, sich nicht über die Namen ihrer Mitschüler*innen lustig zu machen ... Oh, sind sie ja gar nicht. Zum Glück war ich aber stark genug, um damit klarzukommen ... Oh, war ich ja gar nicht. Ich musste die Kontrolle über die Situation an mich reißen, antwortete auf ständige Hänseleien also höchstens sowas wie: »Töröööö in eure Fressen, ihr Wichser! Fragt mal eure Mütter nach meinem langen Rüssel!« Ja, es war eine schwierige Kindheit. Meine einzige Freundin arbeitete bei der Zeitung. Sie hieß Karla. Eigentlich waren meine besten Freund*innen sogar meine Eltern. Und selbst denen war ich zu uncool. Ich war lange Zeit schlicht der unbeliebte *Weirdo*. In der Grundschule habe ich eine 18-seitige Abhandlung über Teppiche mit Straßenmotiv verfasst. Auf Latein. Als 13-Jähriger ging es immer weiter bergab. Ich spielte zwar im Schulorchester, das ich *Die 23 Musiktiere* getauft habe, die erste Geige und hatte gute Noten in allen Fächern (außer in denen, die Spaß machen) und Dreiviertelhosen in allen Farben, aber glücklich war ich trotzdem nicht. Ich war einsam und hatte Angst vor der Zukunft. Mitschüler*innen sagten: »Deine Mutter ist so fett, sie hat ihre eigene Postleitzahl.«

Hahahahaha. Kinder können grausam sein, Schuld daran ist immer die Pubertät. Generell stetig eine gute Ausrede. »Pornos? Ach, der Junge wird erwachsen. Zigaretten? Ach, der Junge muss sich ausprobieren. Amoklauf an deiner Schule? Das müssen diese Gewaltspiele sein!« Doch die Zeit wurde irgendwann endlich schön. Ich war frei. Mit Freund*innen zocken, grillen, Fußball spielen. Heute gehen alle Freund*innen in die Uni und sind fleißig. Ich auch, also ich versuche, ein guter Student zu sein. Vielleicht nicht immer fleißig, dafür immer fly und sick. Aber als Erwachsener ist alles anders: Selbstständigkeit, Verantwortungsbewusstsein, Spieleabende mit Rotwein. Dabei bin ich so verantwortungslos, ich könnte nicht einmal auf ein Brötchen aufpassen. Selbst das kriege ich nicht gebacken.

Ich will kindisch sein und ich will, dass meine Mama mir um 2:00 Uhr nachts schreibt und mich fragt, wo ich bleibe. Ich will, dass sich irgendjemand um mich Sorgen macht. Dass ich irgendjemandem was bedeute. Ich will das Auslandsjournal sehen, aber auch SpongeBob. Ich will (immer noch) über *Ständer* und *Scheiden* lachen (dürfen), aber auch Sex (haben). Ich will Reismilchreis mit Liebe und (keine Vollkorn-)Nudeln mit Ketchup. Ich will Bananenkokosmilch trinken und aufstehen und Kraft haben. Ich will die Menschen, die mich lieben, glücklich machen. Deshalb kann ich mich auch nicht einfach so glücklich machen. Ich weiß nicht, wie weit ich gehen darf (außer an Gleisen, da weiß ich es), und vor allem, wieso ich weit gehen soll. Alles ist so kompliziert. Ich versteh oft nur Bahnhof (außer an Gleisen, denn da ist es ja zu laut). Mit Rückschlägen muss ich umgehen. Vor allem beim Tennis. Ich will so weit weg sein wie nur möglich, aber auch so nah, wie es nur geht. Damit ich nicht irgendwann sagen muss: »Meine Mutter ist so weit weg, sie hat ihre eigene Postleitzahl. Die ich nicht mehr kenn.« Ich kann Cartoons mit 18 und 48 noch gucken und ich darf fühlen, dass es mir in meinem objektiv so unbeschwerten, leichten, wohlhabenden Leben auch scheiße geht. Und dass ich aufstehen muss. Außer ich will lieber im Bett liegen und nichts tun. Das ist okay. Immer und überall. Hauptsache, ich bin frei. Freiheit ist Macht. Und Angst habe ich sowieso nicht vor den großen, weitreichenden Problemen menschlicher Existenz – nein, es sind so oft die kleinen Dinge, die am schwierigsten und frustrierendsten sind. Zum Beispiel die Hand zum High-Five ausstrecken, aber dabei übersehen werden: Das ist echter Schmerz. Dann die Hand langsam und unauffällig verschwinden lassen, um sich am Nacken zu kratzen: erbärmlich. Oder mit Leuten reden, denen ein Popel aus der Nase hängt. Macht man die Person darauf aufmerksam, ignoriert man es? Wartet man, bis jemand anderes was sagt? Wie läuft so ein Gespräch ab? »Ah, Vorsorgeuntersuchung, hm, ja okay, spannend ... Und dir hängt da ein Popel aus der Nase.« Oder: »Wow, Balsamicoessig, also ich steh eher auf Weißwein-Vinaigrette, aber in der Kombi mit dem Romanasalat konnte es mich echt überzeugen. Die Birne hat dem Ganzen auch noch einmal eine ganz andere Note gegeben. Dir hängt ein Popel aus der Nase.« Oder auch der unauffällige Check, ob man aus den Achseln stinkt. Oder wenn man sich beeilen muss und dann stehen Menschen auf der linken Seite der Rolltreppe. Ahhhh! Leute, die auf der linken Seite der Rolltreppe stehen, die wählen auch die AfD, weil die keinen Bock auf Fortschritt haben. Das Erwachsenwerden konfrontiert mich mit Situationen, von denen ich immer hoffte, sie nie zu erfahren: die erste Beerdigung eines wichtigen Menschen. Das erste Mal seinen Vater weinen sehen. Es gibt so viele Momente, die mich überfordern.

Vielleicht ist es lächerlich, sich mit 18 Lebensjahren zu wünschen, nicht alt zu werden. Jetzt schon Angst vor der Zukunft zu haben. Aber Menschen können trotz einer privilegierten Stellung und einem ach so erfüllten Leben verzweifelt und gelähmt sein. Der größte Fehler ist es, eine Person mit Ängsten oder Schmerzen, die sich einem anvertraut, nicht ernst zu nehmen. Ganz egal, wie lange sie schon lebt. Jung zu sein, heißt nicht, naiv zu sein oder keine Ahnung von der Welt zu haben. Und alt zu sein, heißt nicht, klug zu sein und Ahnung von der Welt zu haben – Alexander Gauland ist 77.

Ich kann meine Eltern nicht älter werden sehen und ich will keine Nussstückchen im Schokoladeneis. Ich verdiene eigenes Geld, um mir Zitronen-Holunder-Sorbet leisten zu können. Endlich mal eine vernünftige Kollaboration. Oder Bum Bum. Oder eine Jahresration an Kratzeis mit Waldmeister-Geschmack. Ich will an der Kasse nicht Scheine, Münzen, Kassenbon und Ware gleichzeitig bekommen und den ganzen Verkehr aufhalten. Wieso funktioniert denn so oft das EC-Karten-Lesegerät nicht?! Alles ist so kompliziert. Und wenn ich den Supermarkt verlasse, ohne was gekauft zu haben, gucken alle so, als hätte ich gerade 14 Kinder ermordet, dabei gab es einfach keinen Käse von Simply V mehr (und es waren nur acht Kinder). Ich vermisse es, einfach mal aufzuwachen und unbeschwert zu sein. Nicht unter Druck zu stehen. Manchmal will ich von Monstern unter mein Bett gezerrt werden.

Ich bin 18 Jahre alt und erwachsen. Und ich habe Angst. Aber ich glaube und hoffe und vermutlich weiß ich es auch: Das ist eigentlich ganz normal.

19

Mit 19 Jahren habe ich angefangen, eine kleine Pause von der (Friedrich) schillernden Welt des Poetry Slams zu nehmen, die dann (auch pandemiebedingt) gar nicht so klein wurde. Ich musste und wollte mich noch intensiver auf mein Studium konzentrieren, trat daher nur noch sehr selten auf und habe auch so gut wie gar nicht mehr geschrieben.

Während ich 19 Jahre alt war, sind auf der Welt natürlich weiterhin verschiedene Dinge passiert, insbesondere zeigten sich die Auswirkungen der Klimakrise immer mehr und die Diskussionen hierüber spitzten sich zu. Notre-Dame hat gebrannt und Heinz-Christian Strache nach der Ibiza-Affäre auch. Also zumindest eine gute Sache.

Hagebuttentee

Ich sitze am Tisch und trinke einen Tee. Ich bin einer dieser Menschen, die morgens Tee trinken. Ich bin nicht nur einer dieser Menschen, die morgens Tee trinken, sondern einer dieser Menschen, die morgens Hagebuttentee trinken. Oder Waldfruchttee. Oder Kürbis-Weintraube-Granatapfel-Kreuzkümmel-Tee. Und meistens enttäuscht mich der erste Schluck gleich. Tee riecht immer so viel besser, als er schmeckt. Eine ewige Versuchung, der ich stetig aufs Neue erliege.

Ich möchte eine Banane essen und weiß nun endlich, von welcher Seite man sie wirklich zu öffnen hat. Moritz schrieb mir vor einigen Tagen stolz: »Bananen, nur so als kleiner Fun-Fact, öffnet man gar nicht an der Seite mit dem Stängel, sondern an der anderen.«

Ich öffne die Banane weiterhin an der Seite mit dem Stängel. Leute, die einen Fun-Fact präsentieren, können auch einfach ehrlich sein und sagen, dass sie auf *Faktastisch* einen tollen Fakt gesehen haben, etwa dass philippinische Affen sich mit ihrer Scheiße bewerfen, wenn sie ihre Dankbarkeit ausdrücken möchten. Dass sich philippinische Affen mit ihrer Scheiße bewerfen, wenn sie ihre Dankbarkeit ausdrücken möchten, wusste ich zwar bis dato nicht, aber das war auch nicht weiter schlimm. Mein Leben hat sich nach dieser Information nicht signifikant verändert.

Ich meine, klar: Sollte ich mal auf den Philippinen sein, Affen treffen und sollten mich diese Affen mit ihrer Scheiße bewerfen, dann werde ich wahrscheinlich schon daran zurückdenken, wie ich diesen Fakt las, und mich darüber erfreuen, dass diese Affen mir nur ihre Dankbarkeit zeigen wollen. Dann ist ja gut. Hätte ja auch anders sein können, denn dann stünde ich da, mit der ganzen Affenscheiße. Und die Affen wären nicht einmal dankbar. Das wäre natürlich super ärgerlich. Okay, ich gebe es zu: Das mit den Affen habe ich mir komplett ausgedacht. Aber irgendwie passt das alles ins Bild. Ich warte darauf, dass mir besagter Freund irgendwann einen Witz erzählt und ihn einleitet mit: »Ich habe da einen Witz für dich.«

Es ist einer dieser Tage, an denen man sein ganzes Leben hinterfragt, weil die Banane, die man isst, mehr braune und weiche Stellen hat als gewöhnlich. Es ist einer dieser Tage, an denen man aus einem Karton hervorragender Mandarinen diese eine Mandarine herausgreift, die so undefinierbar schlecht schmeckt. Zu süß irgendwie, fast schon alkoholisch. Einer dieser Tage, die zu gut sind, um sie drinnen zu verbringen, aber dann merkt man, dass man entweder keine Freund*innen hat oder keine Freund*innen, die Zeit haben. Oder man will einfach nur alleine sein. Oder man redet sich ein, alleine sein zu wollen, weil man weiß, dass man keine Freund*innen hat oder keine Freund*innen, die Zeit haben. Oder gar nichts davon. Und dann ist die Zeit eh schon um. Darauf zu warten oder warten zu müssen, dass Zeit vergeht, ist ein schreckliches Gefühl. Es gibt Menschen, für die jede Minute kostbar ist. Und ich möchte manchmal einfach, dass Zeit vergeht. Weil ich alleine bin oder traurig oder krank und ich weiß, dass es wieder besser wird. Meistens weiß ich das. Und dann fühle ich mich schlecht, weil ich so fühle, und dann fühle ich mich schlecht, dass ich mich schlecht fühle, mich schlecht zu fühlen.

Ich esse noch eine Banane. Diesmal öffne ich sie nicht an der Stelle mit dem Stängel. Wow, so muss sich Neil Armstrong gefühlt haben. Ich werde Bananen nie wieder so betrachten wie zuvor. Das Wetter spielt mir einen Streich. Denn die Wolken bringen keinen Regen, sondern nur Schatten. Es ist angenehm warm. Verdammt. Ich überwinde mich dazu, eine Runde mit dem Fahrrad zu fahren. Ich ziehe meinen Fahrradhelm auf und merke, wie ich langsam, aber sicher meine Würde verliere. Ich grüße einen Jogger. Das war's dann wohl mit meiner Selbstachtung. Genau in dem Moment, in dem ich einen guten Tag wünsche, merke ich, dass ich diese Person gar nicht kenne. Warum grüße ich sie überhaupt? Ich erkenne eine Korrelation. Je schneller sich mir ein Mensch nähert, desto eher und netter begrüße ich ihn. Fahrrad fahren ist so schön, denke ich. Ich sollte häufiger Fahrrad fahren (ich bin seitdem nie wieder Fahrrad gefahren).

Zuhause schaue ich mir einen 100-Meter-Sprint irgendeiner Leichtathletik-EM an und küsse winkend den Fernseher. Ein Freund schickt mir ein Foto aus dem Urlaub. Er steht vor einem Pfefferbaum. Das weiß ich, weil ich auch schon einmal vor einem Pfefferbaum stand. Das war 2008. Ich habe damals wohl nicht gedacht, jemals wieder daran zu denken, vor diesem Pfefferbaum gestanden zu haben. Aber der Gedanke kam plötzlich wieder in mir hoch. Ich erinnere mich daran, als wäre es über zehn Jahre her, war es ja auch, und ich antworte ihm: »Du bist wohl gerade da, wo der Pfeffer wächst« – und ergänze die Nachricht um einen zwinkernden Smiley. Das ist auch gar nicht gelogen. Denn während ich die Nachricht tippe, zwinkere ich wirklich. Aber mit beiden Augen gleichzeitig, alle zehn Sekunden. Er antwortet: »Hä?« und ich lösche resigniert seine Nummer. Ich lege mich schlafen.

Im Bett bin ich noch ein bisschen am Handy und schaue mir an, wie man mit fünf Zutaten eine vierschichtige Torte backen kann. »Wow, was für eine Torte!«, denke ich mir. Vier Schichten. Und das mit nur fünf Zutaten. Ich werde diese Torte niemals backen. Es bleibt nicht bei diesem Video. Wenn ich das nächste Mal meine Freund*innen treffe, habe ich einige Fun-Facts parat.

Es ist einer dieser Tage, an denen die Sonne untergeht, bevor man verstanden hat, was man mit dem Tag anzufangen weiß. Es ist einer dieser Tage, an denen man gar nicht weiß, ob man überhaupt einmal gelächelt hat. Einer dieser Tage, an denen man glücklich ist, wenn er endlich vorbei ist. Morgen, denke ich mir, morgen trinke ich mal wieder einen Kakao. Mache ich einfach. Ich mag Kakao. Wer mag keinen Kakao? Irgendwie muss ich die freie Zeit ja nutzen. Alleinsein muss nicht scheiße sein. Aber ist es oft. Ich freue mich nicht auf den nächsten Tag. Das ist schade. Morgen soll es regnen. Dann bin ich vielleicht nicht der einzige Mensch, der zuhause sitzt und einen Kakao trinkt. Hoffentlich. Am nächsten Tag stehe ich auf und mache mir einen Hagebuttentee.

Zeit für Lyrik
Hommage an Sebastian 23

Quadrate sind Kreise mit Ecken,
Broccoli Bäume, die schmecken.

Filme sind Bilder, die laufen,
Geschenke Kisten mit Schlaufen.

Busse sind Schiffe auf Straßen,
Betten Pakete zum Schlafen.

Wälder sind Städte, nur grüner,
die Welt eine einzige Bühne.

20

Am 13.09.2019 wurde ich 20 Jahre alt. 20 werden: Das war für mich mit 19 so, als würde ich schon 30 werden. Einfach viel zu weit weg. Und mit 30 ist es zur 40 auch nicht mehr weit. Und dann bin ich quasi 50, also schon so alt, dass ich kurz vorm Sterben bin. 20. Das hat sich angefühlt wie eine völlig neue Welt. Vorne eine zwei zu haben und keine eins – das war einfach ungewohnt und zugegebenermaßen anfangs auch unangenehm. Denkt sich Leonardo DiCaprio wahrscheinlich auch immer. Aber wie es so oft im Leben ist: Ich konnte mich dann doch halbwegs schnell daran gewöhnen.

Die längste Zeit meines 20-jährigen Daseins war 2020. Ein Jahr, das man retrospektiv wahrscheinlich noch in den Geschichtsbüchern unserer Urenkelkinder rezipieren wird. Ich denke, ich muss niemandem in Erinnerung rufen, welche Krise das Jahr 2020 mehr als alles andere geprägt hat. Ein mittlerweile fast schon leidiges Thema, aber für mich als damals 20-Jähriger eben eine der prägendsten Zeiten meines Lebens. Es ist klar, worum es geht: Am 29. März 2020 wurde die letzte Folge der *Lindenstraße* in der ARD ausgestrahlt. Ein Impfstoff gegen die damals empfundene Trauer ist leider noch immer nicht auf dem Markt. Und die Corona-Pandemie begann auch. Daneben gab es unermesslich viele weitere Katastrophen: etwa den rassistischen Terroranschlag in Hanau oder die Tötung George Floyds, welche die Proteste gegen rechtswidrige und rassistische Polizeigewalt wieder aufflammen ließ – um nur zwei Beispiele zu nennen.

Ich persönlich befand mich mit 20 Jahren in den letzten Zügen der Vorbereitung auf mein erstes juristisches Staatsexamen, daher kam ich auch in diesem Lebensabschnitt nicht wirklich zum Schreiben. Ich durfte mich aber etwa mit dem Coronavirus im Kontext verwaltungsrechtlicher Examensprobeklausuren beschäftigen. Juhu! Ein Virus wird man mit einer Fortsetzungsfeststellungsklage[40] in doppelt analoger Anwendung zwar nicht besiegen können, aber dafür klingt *Fortsetzungsfeststellungsklage in doppelt analoger Anwendung* schon einfach irgendwie cool.

....
40   Für Genießer*innen: § 113 Absatz 1 Satz 4 der Verwaltungsgerichtsordnung.

Sie sind wieder da

Die Protagonist*innen des folgenden Textes sind alle frei erfunden. Etwaige Ähnlichkeiten sind zufällig, außer in Bezug auf die Personen, die namentlich genannt werden. Das sind ganz genau die.

Es ist so weit! Breaking News! Sondersendungen auf allen Kanälen! Selbst KiKA unterbricht den Tigerentenclub für eine Spezialausgabe von *logo!*, denn sie sind da: Außerirdische. Aliens besuchen die Erde. Wo wollen sie landen? Kommen sie in Frieden? Essen sie gerne Ananas auf Pizza?

Alle Präsident*innen, Staatsoberhäupter, Regierungschef*innen und sonstigen wichtigen Menschen der Welt sind in einer riesigen Zoom-Konferenz einander zugeschaltet, fast niemand hat die Kamera an. Und die Menschen auf der Erde geraten in Panik, denn die Nachricht, dass ein Kontakt zu außerirdischem Leben hergestellt wurde, verbreitet sich wie ein Lauffeuer: Kommen sie in Frieden? Sind sie uns freundlich gesinnt? Werden es schleimige grüne Ungeheuer mit einem Auge oder doch eher kleine süße WALL·Es sein?

Nachdem unter den Anwesenden der Zoom-Konferenz anfänglich peinliche Stille herrscht und niemand etwas sagen möchte, bricht Donald Trump das Schweigen.

»WALL! WE BUILD A WALL!«, schreit er in die Konferenz. »And we let them pay for us.«

»Eine Mauer?«, entgegnet Angela Merkel. »Niemand hat die Absicht, eine Mauer zu errichten.«

»Doch, wir«, sagt Donald Trump.

»Du sprichst Deutsch?«, fragt Angela Merkel.

»Ja«, sagt Andreas Scheuer.

»Du warst nicht gemeint.«

»Okay, tut mir leid«, antwortet Andreas Scheuer und unterschreibt irgendwelche Verträge, die Deutschland verpflichten, 100 000 000 000 Euro zu bezahlen, falls Ursula von der Leyen in drei Versuchen kopfüber keinen Bottle Flip mit einer Flasche Moët[41] hinbekommen sollte.

Doch nicht alle scheinen Angst zu haben.

»Die Außerirdischen kommen zuerst zu uns«, sagt der chinesische Präsident. »Hier wohnen die meisten Menschen.«

»Das ist doch kein Argument«, sagt der indische Präsident. »Sie kommen zuerst zu uns, hier wohnen die meisten Menschen.«

»Können Aliens sprechen? Können sie mit uns reden? Das wäre so weird, wenn Aliens sprechen könnten!«, sagt ein Golden Retriever.[42]

Die Stimmung in der Zivilbevölkerung wird derweil zunehmend angespannter. Die Menschen werden ungeduldig. Sie wollen Antworten. Wurde ein Kontakt zu den Außerirdischen aufrechtgehalten? Kommen sie in Frieden? Nehmen sie Michael Wendler auf ihren Heimatplaneten mit?

Thomas De Maizière versucht, in einer Pressekonferenz zu beruhigen: »Teile dieser Antwort könnten die Bevölkerung nur verunsichern.«

....

41   Der Tag, an dem ich herausfand, dass das T in Moët ausgesprochen wird, hat mein Leben verändert.

42   Wau, was für ein Gag, (w)uff.

»Ich hab's!«, ruft Wladimir Putin: »Wir fahren einfach zu denen und besetzen ihren Planeten.«

»Nein!«, rufen alle anderen im Kanon.

Ein regierungskritischer russischer Journalist meldet sich auch zu Wort. Gerade als er etwas sagen will, bricht die Internetverbindung ab. Man sah ihn noch kurz seinen Tee schlürfen und danach nie wieder.

Benjamin Netanjahu schaltet sich ein: »Wir schicken einfach unsere besten Architekten hin und errichten ein paar Häuschen da oben. Ein paar Siedlungen. Dann generieren wir auch noch Mieten.«

»Hey, wollt ihr *Die Bachelorette* trotzdem noch bei uns drehen?«, fragt der Präsident Südafrikas.

»Wir brauchen eine Obergrenze!«, entgegnet Horst Seehofer. »Man kann ja kaum mehr durch die Straßen laufen, ohne dass einem da das ganze Alienpack begegnet.«

»Genau!«, erwidert Alexander Gauland: »Einen Alien würde ich wirklich nicht als Nachbarn haben wollen.«

Die Journalist*innen der gesamten Welt werden langsam wütender: »Wir wollen Antworten. Wie verläuft der Kontakt? Die Leute brauchen jetzt eine fundierte journalistische Berichterstattung. Wir haben auch Rechte!« Recep Tayyip Erdoğan lacht.

»Diese Außerirdischen hätten mal was Anständiges lernen sollen, dann könnten die auch da bei sich bleiben und bräuchten keinen zweiten Miniplaneten«, erklärt Peter Tauber in einem Tweet.

Wladimir Putin reitet währenddessen auf Gerhard Schröder in einem Bärenkostüm in den Sonnenuntergang und jagt die Pressefreiheit. Der schweizerische Präsident bietet allen Teilnehmenden Taschenmesser und Toblerone an und versucht, zu schlichten. Hat die Schweiz überhaupt einen Präsidenten? Egal. Benjamin Netanjahu handelt den Preis runter und verkauft die Messer auf eBay-Kleinanzeigen weiter.

»Wir verlassen einfach die Erde«, ruft plötzlich Theresa May in die Runde. »Ein Exit.«

»Ja, fahrt einfach schon mal los, wir kommen dann bestimmt irgendwann nach«, sagt der irische Präsident.

»Dafür brauchen wir Raketen, wir brauchen mehr Raketen!«, beteiligt sich auch Kim Jong-un an der Diskussion.

»Ja, Raketen«, sagt der iranische Präsident.

»Haben wir probiert. Gar nicht mal so effektiv«, sagt ein Sprecher der Hamas.

»Doch, Raketen«, wiederholt die NASA. »Wir fliegen hin zu diesen Arschlöchern!«

»Ja zu Raketen, die fliegen durch die Lüfte«, sagt ein Vertreter der Stadt Köln. »Wir kriegen diese Arschlöcher!«

»Haferflocken, wir brauchen Haferflocken!«, sagt die Konzernchefin von Kölln.

»Wir nehmen einfach die Außerirdischen und schieben sie woanders hin«, sagt Patrick.

Es entbrennt ein Streit, bei wem die Aliens auf der Erde landen dürfen. Schließlich erhoffen sich alle Tourismuseinnahmen und wissenschaftliche Innovation. Was wird man wohl alles von diesen Wesen lernen können? Es wird gerade Geschichte geschrieben! Das Nobelpreiskomitee vergibt derweil den Friedensnobelpreis an die Außerirdischen für ihre Bestrebungen, die Erde aufzusuchen. Barack Obama lacht. »Warum lachst du, Obama?«, fragt die Europäische Union.

»Wir sind die Reichsten, wir haben die modernsten Flughäfen, bei uns ist es immer so schön warm und wir haben Bordeauxrot in der Flagge – sie wollen zu uns«, sagt das katarische Staatsoberhaupt.

»Gebt uns euer Geld, dann kriegen wir das schon hin«, sagt Sepp Blatter, der auf einem Bären im Giovanni-Infantino-Kostüm in den Sonnenuntergang reitet.

»Erinnert ihr euch an die Neunziger? Da gab's noch keine Aliens auf der Erde. Jaja, die guten alten Neunziger. I'm a Barbie girl, in a Barbie world«, schaltet sich auch Luke Mockridge in die Diskussion mit ein. Dann mahnt er alle Aliens ab. Die anderen Beteiligten schmeißen ihn aus der Konferenz raus. Er wird nie wieder gesehen.

»Na ja, in den Fünfzigern gab es auch schon Aliens. Hat die Merkeltante halt nur vertuscht!«, ruft Attila Hildmann aus dem Hintergrund auf einer Packung weißem Mandelmus reitend.

»9/11 was an Inside Job!«, ruft Osama bin Laden.

»Nee, also Aliens ... Also davor kann ich nur warnen«, mahnt Karl Lauterbach.

»Sind die Aliens geimpft?«, fragt das Coronavirus.

»FREIHEIT!«, brüllt Wolfgang Kubicki, fällt von einem Felsen und stirbt. Marius Müller-Westernhagen lacht.

»Wie alt sind denn so die Außerirdischen?«, fragt der Papst. »Vielleicht wollen die da oben ja lieber den Weg in Gottes Schoße finden.«

»Halt, Stopp! Es bleibt alles so, wie es ist!«, sagt Andreas. »Die Außerirdischen bleiben da, wo sie sind. Egal, ob sie hier sind – und nicht!«

»Okay, so geht das nicht weiter. Wir sind doch alle gleich. Das ist ein Planet. Unser Planet. Wir sollten uns nicht anfeinden, nicht bekriegen, lasst uns doch lieber alle gemeinsam verbünden und zusammen die Aliens begrüßen, Hand in Hand, und sie dann von hinten aufschlitzen und ihre Gedärme fair in allen Ländern dieser Welt aufteilen und dann braten und essen«, schlägt Hannibal Lecter vor.

»Bücher, wir machen daraus ein Buch«, sagt eine Lektorin.

»Moment mal ... Bücher? Wir brauchen keine Bücher!« Recep Tayyip Erdoğan war zwischenzeitlich eingeschlafen.

»Ja, weg mit den Büchern!«, ruft Adolf Hitler.

Angela Merkel zeigt mit dem Zeigefinger: »Aus! Böse! Kein Nationalsozialismus mehr in Deutschland!«

»Och, menno«, sagt der Verfassungsschutz.

»I like to move it, move it. I like to move it, move it. I like to move it, move it. You like to? MOVE IT!«, singt der Präsident Madagaskars.

»Soooo … Was gibt's, Leute? Ich bin jetzt auch endlich da«, sagt der Erfinder vom Internet Explorer.

Währenddessen wacht Joe Biden auf. Er hielt einen 30-monatigen Mittagsschlaf. »Was ist denn jetzt mit den Aliens?«, fragt er verdutzt.

»Was soll mit mir sein?«, fragt Aliens Lehmann. In einer Textnachricht an Dennis Aogo.

»Keep the name of the Aliens out of your fucking mouth!«, schreit Will Smith und ohrfeigt John Cena, der in einem Karottenkostüm auf Fler reitet.

Eine Einigung konnte letztlich nicht erzielt werden. Einen Tag nach den ersten Meldungen und Berichten landen die Raumschiffe auf der Erde. Natürlich in den USA – wo auch sonst. Überwältigt von diesem Moment existenzieller Menschheitsgeschichte trägt Julia Engelmann einen Poetry-Slam-Text vor. Zu den Klängen David Guettas, der als DJ eingeflogen wurde und die Internationale auflegt. Es gibt vereinzelt Proteste und Demos. Manche warten mit Plüschtieren und Keksen auf die Ankunft. Andere mit Transparenten gegen das Fremde. Die Aliens steigen aus ihrem Raumschiff aus und haben ein äußeres Erscheinungsbild, das sich dem menschlichen Fassungsvermögen völlig entzieht. Schnell stellt sich heraus: Sie kommen nicht in Frieden, sondern töten die ganze Menschheit.

Die Stimme

Du schläfst. Nicht tief und fest. Aber wieder mal viel zu lang. Es ist Wochenende. Und doch war das kein langer Abend gestern. Keine Rechtfertigung für dich, heute wieder bis 10:00 Uhr im Bett liegen zu müssen, wenn du den Tag zuvor gemütlich um 19:00 Uhr einzuschlafen versuchst. Was bist du nur für ein Mensch geworden?

Ja, es war laut. Die ganze Nacht ertönten von überall Geräusche. Du lebst von Tag zu Tag. Von Woche zu Woche. Monat zu Monat. Du denkst an deine Familie, wie lang du sie schon nicht mehr sahst. Wie lang ist es her? Weißt du das überhaupt noch? Deine Mutter. Deine Mutter ist so weit weg. Und du liegst da. In deinem kahlen Bett. Was war das früher schön! War früher nicht alles irgendwie besser? Jetzt wohnst du hier. Ohne sie und die Zeit vergeht im Flug. Aber mit Ryanair. Und du landest nicht und landest nicht und wenn, dann bleibt es still. Junge, mach mal den Fernseher an, du kriegst doch nichts mehr mit! Junge, mach mal den Fernseher aus, du kriegst doch nichts mehr mit! Da hängen Bilder an der Wand von deinen Liebsten. Wichsvorlagen. Und es tropft von der Decke. Du bist zu faul, um aufzustehen. Und es hört auf, zu tropfen. War wohl nicht so schlimm. Und du guckst raus aus dem Fenster. Raus, du willst da raus, aber du bist gefangen. Bis du aufstehst. Fuck, 10:00 Uhr. Erst. Irgendwie ein schöner Tag, ruhiger als sonst. Trotzdem spät dran. Du wirkst müde und schläfrig. »Zu lang im Bett«, hätte deine Mutter gesagt. Du wirkst müde und schläfrig. »Zu lang im Bett«, hätten deine beiden besten Freunde gesagt. Wo sind die eigentlich? Wollten die dich nach der Schule nicht immer mal besuchen kommen? Wolltet ihr nicht mal wieder etwas starten? Rausgehen, in die Nacht. Ihr starken Männer, ihr! Männers.

Du machst dich fertig. Kurz aufs Klo, Blick in den Spiegel. Zähne frisch geputzt. Frühstück verpennt, aber eh schon zu spät. Hättest du halt früher aufstehen müssen. Sei's drum. Der nächste Tag wird auch nicht genutzt. Okay, du bist bereit. Die Arbeit kann kommen. Gar nicht mal so spannend. Gar nicht mal so gut bezahlt. Aber doch, tut doch auch mal gut. Oder? Ich meine, wer träumt nicht davon, in einer Wäscherei zu arbeiten? Irgendjemand muss das doch tun. Arrogant von mir? Ist mir doch egal. Ich muss da ja nicht arbeiten. Bald ist Weihnachten. Dann kannst du singen. Was war nochmal deine Idee? »We wash you a merry Christmas, we wash you a merry Christmas, we wash you a merry Christmas. And a happy. New. Year.« Nicht lustig? Okay. Aber Ablenkung tut auch mal gut. Gar nicht mal so gut bezahlt.

Mittagspause, 12:30 Uhr. Was ist das nur für eine Scheiße? Gar nicht mal so lecker. Aber gut, wird bezahlt. Immerhin etwas. Gar nicht mal so spannend, diese Wäsche. Hättest dir auch einen besseren Standort aussuchen können. Hast du gehört? Hörst du mir überhaupt zu? Was ist los mit dir? In Köln – da gibt es so einen Waschsalon mit Comedy-Abenden. Comedy! Kennste, kennste? Aber zurück in die Realität. Was machen die Leute denn nur mit ihren Shirts, fragst du dich, dass da andauernd diese Flecken drauf sind? In welchem Kulturkreis isst man mit dem eigenen Oberteil? Na ja, da musst du jetzt halt durch. Hast du dir ja selbst ausgesucht. Das ist keine harte Arbeit. Gleich ist Feierabend.

Wollten deine Jungs nicht mal wieder vorbeikommen? Oder deine Mutter? Einmal, da ist sie vorbeigekommen. Erinnerst du dich? Da hast du noch nicht so lange von Zuhause weg gewohnt. Geweint hat sie. Um ihren Kleinen. Also dich, sie hat um dich geweint. Merkst du eigentlich noch was? Schau dich doch an! Schau dich doch einfach mal an! Was machst du hier? Sortierst Wäsche. Nach Männerschweiß stinkende Wäsche. 13:00 Uhr. Du darfst gehen.

Wieder aufs Bett? Mittagsschlaf gefällig? Hast du nicht genug geschlafen? Möchtest du dein gesamtes Leben verschlafen? Später wolltest du noch rausgehen, bisschen an die frische Luft. Luft, kennste, kennste? Aber erst ins Bettchen fallen lassen. Es riecht frisch, dein Laken. Hm, riecht das frisch. Du passt auf dich auf. Endlich. Du willst mal wieder ins Kino. Wolltest du doch, oder? Mochtest Filme immer gerne. Mal wieder rausgehen, nachts. Es ist laut. Du kannst nicht schlafen. Ist jetzt eh egal. 13:30 Uhr. Mal eine Stunde rausgehen. Vielleicht jetzt? Runde um den Block. Runde für Runde. Vielleicht die anderen fragen, ob du mitspielen darfst? Basketball mochtest du auch. Frag einfach. Komm schon, frag doch einfach mal. Na los! Was soll denn passieren? Dass sie »Nein« sagen? Dass du nicht mitspielen darfst? Hast du Angst davor? Komm schon! Frag sie! Frag sie! Nicht? Doch kein Basketball? Okay, komm, dann noch eine Runde um den Block; komm, du machst das so gut. 14:30 Uhr. Reingehen? Reingehen. Das Bett ruft. Rumliegen, bisschen rumliegen. Das Essen ist dir nicht so gut bekommen. Ist dir nicht so gut bekommen, oder? Bisschen rumliegen. Was ist nur mit dir los? Es ist doch kein ruhiger Tag, es ist laut. Und von überall Geräusche. Du schreist: »Hey! Diesen Basketball kann man auch mal wegpacken. Wie lang wollt ihr denn spielen? Bis Mitternacht?! Seid ruhig, verdammt nochmal!«

Hast du das gerade wirklich gesagt? Hast du das gerade *wirklich* gesagt? Oh, was nervt dich dieser Basketball.

Es ist ein Ball. Sie spielen. Was ist dein Problem? Was ist eigentlich dein Problem? Du kannst nicht einschlafen? Das ist es, was dich stört? Wie lange wartest du jetzt noch auf dein Essen? Drei Stunden? Joa. Zeit, mal was zu machen, was zu schaffen. Hast du nicht früher immer ein Buch schreiben wollen? Such doch nach Ideen. Skizziere ein paar Charaktere und deren Beziehungen zueinander. Wie entwickelt sich die Hauptfigur? Hast du schon einen guten Namen für sie? Findet sie Freund*innen? Ist sie gut vernetzt? Verliebt sie sich hoffnungslos? Verliebt sie sich? Spricht sie gerne mit den anderen Personen, die in deinem Buch vorkommen? In deinem Buch? Dein Buch. Spricht sie zu sich selbst? Was wird der große Plottwist sein? Hast du schon einen? Nee? Kein Buch? Dieser verdammte Basketball! Du liegst im Bett und wartest darauf, zu Abend zu essen. Wie bei Mutter ist es nicht. Das Essen. Außer deine Mutter hieße Cindy aus Marzahn. Hahaha, der war aber gut! Wirklich witzig. Aber nein, dass das Essen nicht besonders lecker, aber dafür auch nicht besonders gesund sein wird, weißt du. Weißt du, jetzt mal ganz ehrlich: Cindy aus Marzahn? Wo lebst du? Willst du mir in drei Jahren dann was von diesen Fidget Spinnern erzählen? Und hey, pass auf, weißt du schon das Neueste? Wir sind Weltmeister! Und Papst. Und hey, die Mauer: Die ist gefallen. Wo lebst du eigentlich? Mach dir mal nichts vor.

Immer noch drei Stunden. Jetzt zwar nur noch knapp drei Stunden, aber immer noch drei Stunden, knapp drei Stunden sind immer noch fast drei Stunden. Drei Stunden. Knappe drei Stunden. Oder doch am Buch arbeiten, am Roman? Du wolltest doch immer ein Buch schreiben. Einen schönen Roman. Und dann lesen den andere und sehen deinen Namen. Du hast das geschrieben. Kannst du dir das vorstellen? Was fürs Essen tun? Was vorm Essen tun? Nee? Du würdest gern die Zeit vorspulen. Kein Problem, machen wir. Wie in diesen Filmen: Du auf dem Bett, ganz viele Cuts und ganz viele unterschiedliche Positionen, wie du da liegst. Und dann sind doch nur drei Minuten vergangen. Hahaha. Das wäre doch ein guter Gag für die Verfilmung deines Romans. Kommt mir aber irgendwie bekannt vor. Lustig soll's werden, Comedy. Ja, das ist es. Das wird groß. Das wird groß, das wird so groß. So, so groß.

Es ist 18:00 Uhr; irgendwann ist auch mal Zeit fürs Essen, ne? Du rammst das Messer ins Fleisch und du schneidest, schneidest, schneidest das Fleisch. Zäh. Ein zähes Stück Fleisch, das da auf dem Bett sitzt und versucht, zu essen. Mit der Gabel rein. Und dann schneiden und ... Ist da Soße auf dein Shirt gekommen? Ist da gerade etwa Soße auf dein Shirt gekommen? Oder ist das noch vom Vortag? Ist dir gar nicht aufgefallen. Muss wohl zur Wäscherei. Lecker war's. Mmmmh, war das lecker.

19:00 Uhr. Du hörst die Sirene. Das Licht geht aus. Du lebst von Tag zu Tag. Von Woche zu Woche, Monat zu Monat, Jahr für Jahr. Du kommst hier nicht mehr raus. Erinnerst du dich, wie du immer weiter, immer weiter, immer weiter zutratst? Wo bleibt dein Rückgrat? Denkst du manchmal noch daran? Vermisst du mich? Ein Wärter kommt nochmal kurz vorbei und wünscht dir eine gute Nacht. Schlaf gut. Bis morgen.

21

21. Das war, als hätte ich gegen Roger Federer Tennis gespielt: ein kurzer Satz. Wieder ein Jahr älter. Wieder näher an der 30. Nein, Quatsch. Ich habe mich mittlerweile
daran gewöhnt, ein Erwachsener zu sein. Wenn ich das
so schreibe, klingt das aber wieder fast schon etwas kind-
lich. Na ja. Bei Feiern und Festen saß ich jedenfalls nicht
mehr am Kindertisch. Endlich konnte ich legal Alkohol in
den USA kaufen. Ich war noch nie in den USA. Ich würde
gerne mal nach New York, auch wenn Leute, die dort waren, oft erzählen, dass es nicht so besonders war, wie man
vielleicht denken würde. Wahrscheinlich denken das auch
gar nicht so viele Menschen, wie man vielleicht denken
würde. Wahrscheinlich denken das auch gar nicht so viele Menschen, dass das auch gar nicht so viele Menschen
denken würden, wie man vielleicht denken würde. Und
dreckig soll es auch sein. Das erzählen mir zumindest oft
Leute, die dort waren.

Mit 21 stand ich mitten im Leben; das war für mich tatsächlich ein enorm prägender Lebensabschnitt: Ich habe
mein juristisches Examen erfolgreich abgeschlossen und
nach langem Überlegen mit einer Promotion begonnen –
zunächst im Strafrecht, das mich (retrospektiv betrachtet) nicht sonderlich glücklich gemacht hat. Und noch eine
kurze zeitgeschichtliche Einordnung: Als ich 21 Jahre alt

war, erlebten Deutschland und die Welt noch immer eine Hochphase der Corona-Pandemie, sodass Auftritte auf Poetry Slams nahezu unmöglich waren – von Autokinos, Livestreams und ähnlichen inadäquaten Alternativen mal abgesehen. Ich trat in dieser Zeit also zwar nicht auf, kam aber wieder vermehrt zum Schreiben. Tag für Tag merkte ich, wie sehr mir die Bühne fehlte.

Musik

Ich liebe Musik. Oder wie manche Leute leider immer noch sagen: *Musick*. Mit kurzem »u« und kurzem »i« – das Musick wahrlich nicht haben. Musik und Leben gehören für mich zusammen wie Kartoffelpuffer und Apfelmus, Faust und Goethe, AfD und Verfassungsschutz. Es gibt Menschen, die können ihre Lieblingsmusik genau bezeichnen. Sie hören nur Rap oder nur Pop oder nur Santiano (da würde ich mich jetzt einordnen), und es gibt Leute, die von sich behaupten, *alles* zu hören. Aber das ist doch gelogen; Menschen, die sagen, sie hören *alles*, hören nicht wirklich alles. Niemand denkt sich: »Beethovens 9. Sinfonie in d-Moll? Mega, aber jetzt erst mal Taylor Swift. Abends dann zum Theremin-Konzert.« Ich wollte auch mal zu einem Theremin-Konzert. Gab aber leider keinen freien Theremin.[43]

Natürlich muss sich kein Mensch in seinem Musikgeschmack festlegen. Ist in anderen Lebensbereichen ja nicht anders: »Nee, ich esse nur salzig. Süß gibt's bei mir nicht!« Wenn man nur klassische Musik hört, muss man auch nicht ausschließlich Mozartkugeln essen.[44] Feind-

---

[43] Ich bin ehrlich: Wer das jetzt nicht witzig findet, sollte besser vorblättern, sonst wird das gleich eher keine gute Zeit.

[44] Ich bin übrigens regelmäßig erstaunt darüber, dass es immer noch genug Mozart für all die Kugeln gibt. Aber sie sind schon lecker.

seligkeiten zwischen einzelnen Musikgruppen versteh ich nicht. Als ob Pop nur was für »Dumme« und Klassik nur was für »Schlaue« ist. Absolut falsche, sozialdarwinistische Aussage. Jeder Mensch weiß doch: Rap ist für »Dumme«, Jazz für »Schlaue«. Jazz. Allein das Wort klingt schon wie die entsprechende Musik. Jazz. Vor allem so im Vergleich zu Pop. Pop. Onomatopoesie: Meine Deutschlehrerin wäre bestimmt stolz auf mich!

Ich bin mit Musik aufgewachsen – sie gab mir Halt, den ich anders nicht bekam. Wie jedes Kind habe ich mit der Blockflöte begonnen. Es gibt hierzu sogar eine eigene Serie: 4 Blocks-Flöte.[45] Ich wechselte dann zur Geige und zum Klavier. Das hat mir super viel gebracht. Selbstbewusstsein, Kreativität, Freude. Musikmachen ist Entspannung und Inspiration. Es gibt nichts, was mir bei einer traurigen oder euphorischen Grundstimmung mehr gibt als Musik. Mein Traum als Kind war es schon immer, einmal beim Eurovision Song Contest mitzumachen. Ich liebe diesen Wettbewerb. Und ich meine, wenn selbst Australien da mitmachen kann, dann ja wohl auch ich.

Erwachsene können ihre Kinder musikalisch in verschiedene Wege leiten: Die meisten wollen eher ein Instrument wie die Gitarre lernen. Verständlich: Wenn man am Lagerfeuer die anderen mit *Wonderwall* beeindrucken will, wird das mit 'nem Cello schwierig. Es gibt natürlich Kinder, die Cello spielen wollen. Aber jedes Kind, das mit fünf Jahren ankommt und sagt: »Juhu, Vivaldi und Mendelssohn Bartholdy und Tschaikowsky«, wird irgendwann mal zu einem kranken, psychopathischen Serienkiller à la Hannibal Lecter und kann den anderen mit der eigenen Musik ein Ohr abkauen. Es gibt auch Kinder, die spielen Oboe. Oboe! Als die Oboe erfunden wurde, waren Vokale auf jeden Fall im Angebot. Wer sich den Anfang des Wikipe-

....

45   Die Warnung wurde ausgesprochen.

dia-Artikels zur Oboe durchliest, bekommt mit Sicherheit sehr große Lust auf dieses fantastische Instrument: »Die Oboe ist ein Holzblasinstrument mit Doppelrohrblatt und einer schwach konisch gebohrten Röhre.« Zum Glück nur schwach konisch gebohrt, sonst wäre sie ja bloß halb so gut! Auch so ein weirdes Instrument, das manche Kinder spielen (können beziehungsweise dürfen beziehungsweise müssen): das Fagott. Deutsche sollten im englischsprachigen Ausland besser nicht nach einem Fagott fragen: »Exkius mi sör, du ju häv äni Fägetts?« Am besten auch nicht nach einem Saxophon: »Exkius mi sör ...« – Fagott it. Das Saxophon ist übrigens ein *Holzblasinstrument*, besteht aber quasi nur aus Blech. Und es gibt auch die Kategorie der *Blechblasinstrumente*, aber weil man beim Saxophon ein Mundstück aus Holz hat, ist das ein *Holzblasinstrument*. Finde ich komisch. Wenn Pinocchio sich piercen lässt, wird er ja auch nicht direkt zur Edelstahlfigur. Ich habe irgendwann mal jemanden kennengelernt, der spielte Tuba. Kein Witz. Der hat als Kind angefangen, Tuba zu spielen. Wer schon einmal eine Tuba gesehen hat, weiß: Eine Tuba ist doppelt so groß wie ein Kind. In einen Tubakoffer passt ganz Bremen. Seine Eltern haben ihn wirklich gehasst. Als Kind hat er bestimmt immer nur diese Serie mit dem Drachen geschaut: Tubaluga. Er hat sich auch ein bisschen oft die Zähne geputzt, aber hatte ja genug Zahnpastatuben. Lieblingscocktail: Tuba Libre. Berufswunsch: YouTuba. Ich will das jetzt gar nicht werten, denn selbst Hamlet hat sich schon gefragt: Tuba or not Tuba? Nee, im Ernst – es war letztlich ganz tragisch. Er hatte durch das Schleppen dieser Tuba wirklich Rückenprobleme. Im Alter von neun Jahren! Hat aufhören müssen. Vernünftig. Zu Weihnachten gab's dann einen Kontrabass.

Nicht, dass ich falsch verstanden werde: Jedes Kind soll jedes Instrument spielen dürfen. Nur sollten Kinder nicht gedrillt werden. Wenn die nach drei Monaten doch lieber aufhören möchten, sollte man das akzeptieren. Ich frage mich eh ständig: Möchte das Kind wirklich selbst Geige spielen oder wollen die Eltern vielleicht einfach nur ein wenig damit angeben, dass der kleine Henning-Fjorte-Kokosnuss schon die C-Dur-Tonleiter kann? Meine Eltern sind Musiklehrende; wenn ich manchmal Schüler*innen bei uns ins Haus reingehen sehe, könnte man fast meinen, wir wären Zulieferer*innen für Primark. Viele von diesen Kindern haben keinen Bock, so wenig Spaß hat man sonst nur beim Lesen einer Poetry-Slam-Textsammlung. Am besten noch so eine, die als Titel eine Redewendung leicht abgewandelt hat. Wie kreativ! Was aber kaum von der Hand zu weisen ist: Die klassische Musikausbildung formt ein umfassendes musikalisches Grundverständnis. Wer als Kind Etüden spielt, wird als Erwachsene*r auch jeden Black-Eyed-Peas-Song spielen können. Wer als Kind aber nur Black-Eyed-Peas-Songs spielt, ist als Erwachsene*r auf dem musikalischen Stand einer Eule. Hat schon mal jemand Eulen in einem Orchester gesehen? Ich nämlich auch nicht. Quod erat demonstrandum, wie man in Frankreich zu sagen pflegt.

Was mich total aufregt, ist die Selbstherrlichkeit einiger Musikaffinen. Natürlich kann man auf die heutige Musik schimpfen und sagen, dass jeder Popsong nur aus vier Akkorden besteht. Und es geht oft nur um Massentauglichkeit und Gewinn, ja. Aber trotzdem kann ein Song von One Republic, Drake oder Olivia Rodrigo anspruchsvoll, außergewöhnlich oder schlicht schön sein. Um Musik zu feiern, muss man nicht fein gekleidet Wiener Walzer tanzen – gibt ja noch Foxtrott. Jede Musik hat ihre Daseinsberechtigung. Jede! Außer Metal. Es gibt Songs, die sind wie kaputte Uhren: zeitlos. *Strawberry Fields Forever* von den Beatles, *Just Like Heaven* von The Cure, aber in meinen Augen und Ohren etwa auch *Trouble* von Coldplay. Coldplay wirken zwar immer ein bisschen so wie das Ritter Sport der Musik, haben früher aber fantastische Songs geschrieben. *Parachutes* ist ein wirklich gutes und stimmungsvolles Album. Einprägsame Melodien zu finden, ist nicht einfach. Und bei aller musiktheoretischen Trivialität kann ein Lied auch schlicht wunderschön klingen. Soll tatsächlich vorkommen. Man kann Coldplay *und* Jacob Collier interessant und aufregend finden.

Ich bin dermaßen fasziniert darüber, dass stetig neue Lieder herauskommen, denn es gibt ja nur eine begrenzte Anzahl an Tönen. Wie kann das sein, dass noch nicht alle Kombinationen verbraucht sind? Was ich wiederum nicht verstehe, sind Menschen, die mit nur einem Kopfhörer Musik hören. Okay, nein, es gibt eine einzige Person, bei der ich das verstehe: Vincent van Gogh. Aber sonst?! Man schaut ja auch keinen Film mit 'ner Augenklappe. Wenn es nicht grad *Fluch der Karibik* ist. Leute, die mit nur einem Kopfhörer Musik hören, machen wahrscheinlich auch beim Sex ihre Steuererklärung.[46] Jetzt ließe sich natürlich sagen, nicht einmal mit Kopfhörern könne man Musik wirklich genießen, vielmehr brauche man Schallplatten, und alle Musikliebhabenden, die nur am Handy oder Laptop Musik hören, seien gar keine richtigen Klang-Aficionad*as. Aber Leuten, die so denken, sollte man einfach Lamas schenken, die ihnen ins Gesicht spucken.

Musik hat in der Weltgeschichte so viel geleistet. Jimi Hendrix' Interpretation der Nationalhymne, Woodstock '69 gegen den Vietnamkrieg, John Lennons *Imagine* für Frieden und Gerechtigkeit oder *Backe, backe Kuchen* für wirklich guten Kuchen. Musik muss nicht immer politisch sein. Gleichzeitig – dafür genügt meine persönliche Expertise indes nicht – ist aber etwa auch die kolonialistische Geschichte klassischer Musik weiter zu durchleuchten.

....

46   Verdammt, meine Steuererklärung. Die ist ja auch noch fällig. Uff.

Musik ist Zeitgeist und Emotion. Musik lässt Generationen besser verstehen als Jugendwortlisten. Musik schafft Beständigkeit und Veränderung. Kein Mensch sollte sich für seinen Musikgeschmack rechtfertigen müssen, selbst wenn es Andrea Berg ist. Okay, doch, dann vielleicht schon.

Nein, natürlich nicht! Jeder Mensch hört die Musik, die ihn glücklich macht. Und das ist doch schön. Musik ist die vielleicht einzige Kunstform, die alle Menschen miteinander verbindet. Ich meine: Selbst Rechte hören Musik, und das, obwohl auch Linke Musik hören. Das ist doch großartig! Allein der Gedanke an die Zeilen und Melodien, die uns stets in schwierigen oder perfekten Momenten im Leben begleiten, sind das Wundervollste auf der Welt. Beim Schulabschluss, beim ersten Kuss oder – Kinder unter 18 besser schnell zum nächsten Absatz springen – beim ersten Besuch im Finanzamt. Der erste gemeinsame Urlaub, der erste Arbeitstag, die erste Hochzeit oder Beerdigung oder jede andere Erinnerung. All das wäre ohne die Musik, die uns an diese Momente erinnert und uns Mut und Hoffnung und Freude schenkt, irgendwie nur halb so besonders.

Ich weiß, dass es wahrscheinlich die unkontroverseste Aussage überhaupt ist, aber: Ich liebe Musik. Das tue ich wirklich. In dem Sinne: Unterstützt eure Lieblingskünstler*innen und kauft ihre Musik oder streamt sie wenigstens legal, denn es ist wirklich viel zu leicht, kostenlos an sie dranzukommen. Wenn man Brötchen braucht, überfällt ja auch niemand morgens eine Bäckerei. Man muss manchmal eben gewillt sein, Geld für etwas, das man gut und unterstützenswert findet, auszugeben. Und um die wichtigste Frage zuletzt zu klären: Nein, Patrick, Mayonnaise ist – anders als die Nase von SpongeBob – kein Instrument.

Schöne neue Welt

»Digitalisierung, Diggi!«, könnte es auf einem äußerst unan-genehmen Plakat der Bundesregierung lauten. »Das Internet ist für uns alle Neuland.« So fasste unsere ehemalige Bundes-kanzlerin die Probleme vieler Generationen wohl treffend zu-sammen. Windows habe ich bislang aber noch nicht gelöscht bekommen. Was sind die Gefahren, was sind die Chancen ei-ner immer technisierteren und digitalisierteren Welt? Für die Beantwortung dieser Fragen reicht ein Poetry-Slam-Text natür-lich nicht wirklich aus – das Thema ist viel zu vielschichtig, viel zu groß, eben viel zu digi-tall. Doch umrissen werden kann sie schon, unsere schöne neue Welt.

Albert Einstein hat einst gesagt: »Zwei Dinge sind unend-lich: Das Universum und unscharfe Frohe-Ostern-Hasen-bilder in Familien-WhatsApp-Gruppen. Beim Universum bin ich mir aber nicht sicher.« Glaube ich. Mein Tag ist determiniert von Informationen, Unterhaltung, Nachrich-ten, unscharfen Frohe-Ostern-Hasenbildern in Familien-WhatsApp-Gruppen. Musik, Videos, Podcasts und gefühlt kommt jeden Tag eine neue Serie heraus. Am besten was Gesellschaftskritisches, zum Beispiel eine Serie über die Reizüberflutung der modernen Zeit aufgrund des Überan-gebots an Unterhaltungsmedien. Oder irgendwas mit Fo-kus auf Drogen oder rote Overalls. Das erschiene mir revolutionär! Gibt es eigentlich noch irgendeinen Mann über 30 ohne eigenen Podcast? Peinlich, wenn nicht. Mittlerweile gibt es mehr Podcasts als Wörter. Ich glaub, selbst Serienkiller hören sich voller Schrecken noch *ZEIT-Verbrechen* oder *Mordlust* an, während die so ihr Ding machen. Was sie dann wohl denken: »Er hat das Kind entführt, was für ein Monster!«, während sie auf ihr Opfer einstechen? In 20 Jahren wird man im Deutschunterricht eine transkribierte Folge *Gemischtes Hack* analysieren. Ach, what a time to be online!

Ich bin dem aber auch erlegen. Ich weiß nicht, wann ich Zuhause das letzte Mal ein Essen einfach nur gegessen hab, ohne irgendetwas dabei zu gucken oder zu hören. Ich weiß nicht einmal, ob ich das gut oder schlecht finde. Aber mittlerweile sind es eben sogar regelmäßig zwei Medien gleichzeitig, die ich konsumiere. Ich schaue etwas auf dem Laptop und bin weiter am Handy zugange. Das fühlt sich dann doch irgendwie falsch an: Als würde ich ins Kino gehen und ein Buch mitnehmen. Und dann noch telefonieren. Wenn wir irgendwo mit Freund*innen Essen gehen wollen, ist es in Bezug auf die Auswahl des Restaurants mittlerweile ein wesentliches Kriterium, wie gut dort der WLAN-Empfang ist. Was ist nur los mit uns? Vor 100 Jahren kamen die Menschen doch auch noch mit LTE aus. Während der täglichen Mahlzeiten hingegen verzichte ich mittlerweile ganz vorbildlich auf mein Handy – und nutze nur noch das Tablet.

Aber wozu aufregen? Eigentlich ist das Internet fantastisch. Es heißt nicht umsonst Internett. Wie nennt man den Nachbarn der Simpsons, wenn er sich der Digitalisierung ergibt? Interned Flanders. Vergessen wir diesen Witz besser und wollen nun etwas ernster werden: Ich bin großer Fußballfan und das Internet schenkt mir die Möglichkeit, immer und überall Fußball schauen zu können. Was brauche ich dafür? Nur Sky. Und DAZN. Und Amazon Prime. Und RTL+. Was ist da eigentlich schiefgelaufen? Man muss sich bald entscheiden: Miete zahlen oder ein Monat Bundesliga? Hach, das Internet. Wo wären wir heute ohne Social Media? Habt ihr Robert Lewandowski mal auf Tik-Tok tanzen sehen? Ganz ehrlich, das macht mich glücklich. Fantastisch ist auch Thomas Müller, wie er irgendwelche Witze erzählt, während seine Teamkollegen sich nur wenig Mühe dabei geben, so zu tun, als wären sie gern Teil seiner Videos.

Wie geil ist bitte unsere Zeit? Im Fernsehen läuft immer noch Werbung, die nicht perfekt auf dich zugeschnitten ist? Also *meine* Erwartungen sind mittlerweile hoch. Wenn da schon ein Spot für eine Hose gezeigt wird, dann gefälligst auch in meiner Größe, bitte! Personalisierte Werbung ist doch der Wahnsinn. Zwischen Balisandstrand und Kakiquiche, Katzenselfies und *Ich tue so, als wüsste ich nicht, dass meine Kopfhörer nicht mit meinem Handy verbunden sind*-Pranks ploppt es dann plötzlich auf und ich merke: Ich brauche schnellstmöglich unbedingt noch eine Bratkartoffelgewürzmischung! Und dann bestell ich sie voller Vorfreude, packe sie aus, mega Design, tolle Verpackung und siehe da: Salz. Das ist doch fantastisch. Ich muss bloß aufpassen, dass ich nicht zu viel Werbung konsumiere, sonst nenn ich mein Kind noch *Clark* oder *KoRo-Drogeriemarkt*. Das Geschäftsmodell von KoRo ist übrigens echt grandios: 12 kg Pistazienmus für nur 50 000 €, eine Niere und das Erstgeborene! Du hast noch kein Erstgeborenes? Mach eins! Fehlt nur noch, dass Heckler & Koch Werbung schalten und man mit dem Gutscheincode »Frieden« fünf Prozent aufs nächste Sturmgewehr kriegt. Knallerpreise! Und kommt mir nicht mit Datenschutz. Deutsche beschützen ihre Daten mehr als die eigenen Kinder. Wir zerstören unsere natürlichen Lebensgrundlagen, aber niemand darf erfahren, dass in meiner Telefonnummer eine Drei vorkommt.

Was bietet uns diese Zeit nur für Möglichkeiten? Ich könnte auf Instagram live gehen, einfach so, jetzt, in diesem Moment, und die ganze Welt könnte mir theoretisch dabei zusehen, wie ich meinen Tag verbringe. Gut, besonders spannend ist das sicher nicht. Manchmal steh ich. Manchmal sitz ich. Gelegentlich lieg ich. Aber es wäre eben theoretisch möglich. Fast jeder Mensch kann ein Star werden. Zumindest für 15 Minuten. Er muss dafür nur entweder sehr schön sein oder sehr witzig und sehr schön sein oder extrem kluge Gedanken haben und sehr schön sein oder einfach nur er selbst sein – solange er sehr schön ist.

*** Hey, kurze Unterbrechung des Textes für meinen heutigen Werbepartner. Kennt ihr das? Ihr habt jede Serie schon geschaut, jeden Podcast schon gehört, ihr braucht mal etwas Neues, um der Langeweile des Alltags zu entfliehen? Dann habe ich genau das Richtige für euch: Bücher. Die Transformers der Bäume bringen euch in sagenhafte Fantasiewelten. Wer braucht da noch die mega uncoolen Drogen – oder, liebe Kids? Wer nicht weiß, was Bücher sind: Das sind quasi E-Books. Nur auf Papier. Also: Kauft euch jetzt Bücher. Mit dem Gutscheincode BenniGutenberg1905 bekommt ihr keinen Rabatt. Und jetzt wünsche ich euch weiterhin viel Spaß mit dem Text. ***

Wir leben in einer nicht enden wollenden Black-Mirror-Folge. Der ewige Drang, verfügbar sein zu müssen, macht krank. Andererseits sind wir aber auch schon so weit: Wir haben künstliche Intelligenz erschaffen (ich meine nicht die Nachrichten auf RTL) und vielleicht gibt's bald bewaffnete Drohnen. Mit deren Hilfe müssten Menschen anderen Menschen nicht mal mehr in die Augen schauen, bevor sie sie töten – #würdevollsterben. Wir leben in einer durchtechnisierten, modernen Welt und feiern das Alte. Wie ironisch kann eine Generation sein? Retrohosen, 80s-

Beats, Bubbletea – es gibt Leute, die sind so fancy, die haben sogar veraltete Denkstrukturen.

Wir kriegen alles mit, besser denn je. Die afghanische Regierung wird gestürzt und wir teilen Bilder von Taliban im Fitnessstudio oder auf Tretbooten. Wir ikonisieren das Leid von Menschen und wir schauen es uns an, als handele es sich dabei um Aufnahmen von einem Skateboard fahrenden Alpaka oder eine Werbung für Hosen – und wir scrollen weiter und lachen dann über einen Witz über Leute, die noch Facebook benutzen. Genauso ist es vice versa natürlich müßig, die Frage der Sinnhaftigkeit von Internettrends zu stellen, aber wahrscheinlich lässt sich hier ein Konsens erzielen: Einen ganzen Löffel Zimt sollte man eher nicht essen. Meine Meinung. Es ist absurd, mit welchen Schönheitsidealen junge Menschen in ihrer Selbstwahrnehmung verzerrt werden. Ja, ich habe eben *vice versa* geschrieben. Und es besteht das hohe Risiko, mit (internationalen) Desinformationskampagnen getäuscht zu werden, was wiederum demokratische Prozesse massiv gefährden kann. Das steht doch alles völlig außer Frage.

Aber gleichzeitig bringt Innovation die Menschheit auch seit Jahrhunderten voran. Die Welt ist global vernetzt, jede Person kann sofort sehen, was in Brasilien, Thailand, der Ukraine oder sonst auf der Welt passiert. Es wird sichtbar. Menschen, die ein ähnliches Schicksal teilen, denen ähnliches widerfährt, können sich vernetzen, austauschen. Kluge und kreative Gedanken finden Gehör und Menschen zueinander. Wichtig ist die Erkenntnis der tatsächlichen Macht dieser Plattformen. Wenn Facebook, Instagram und WhatsApp für Stunden nicht erreichbar sind, bewegt das die ganze Welt. Na gut, Facebook mal ausgeklammert, das benutzen nur alte Leute. Höhö. Aber ist das schlimm? Nein, ich finde nicht. Genauso wie irgendwann das Radio oder der Fernseher oder – vor langer

Zeit – Clubhouse dazugehörten, gehören jetzt Twitter, Instagram und eben auch TikTok dazu.[47] Und dass die junge Generation durch die sozialen Medien ihre Jugend vergeudet, nur am Handy hängt und verblödet, ist so eine Selbstüberschätzung der eigenen Kindheit. Die Bolzplätze sind auch heute noch voll, die Musikschulen, die Parks, Kinder können auch jetzt noch auf Bäume klettern. Ja, Jürgen, du warst damals noch ein richtiges Kind und hast im Freien vermeintliche Ausländer*innen gejagt. Aber Zeiten ändern sich!

Und das merke ich auch. Eine Zeit lang haben Leute vor Applestores gecampt, wenn die neuen Produkte releast wurden. Das fand ich schon strange. Heute kennt sich gefühlt jeder Mensch um mich herum mit Aktien aus und *tradet*. »Hey, du kannst den Kauf dieser Büroklammer von der Steuer absetzen.« Personen, die sowas machen, sind typischerweise eloquent und charismatisch, aber gleichzeitig wird man ein gewisses Sektenfeeling nicht wirklich los. Diese Leute sind so *hip* und *cool* wie 43-jährige Vertreter*innen kirchlicher Jugendorganisationen, die dich für Jesus begeistern wollen und dabei ein Basecap verkehrt herum tragen und erklären, dass Blasphemie »voll krass cringe« ist. Ein bisschen übermotiviert sagen sie dann gern Dinge wie: »Jesus liebt dich und Jesus liebt dich und Jesus liebt dich und deine sexuelle Orientierung kann man bestimmt noch ändern und Jesus liebt dich und Jesus liebt dich.« Einen ähnlichen Effekt hat das Gerede von Internet-Trade-Aktien-Menschen: »Der Markt liebt dich und der Markt liebt dich und der Markt liebt dich und oh, du bist eine Frau und planst, Kinder zu bekommen? Na ja, du

....

47   Mittlerweile kommt man kaum noch hinterher: Zum Zeitpunkt des Lektorats etwa hat sich jetzt auch noch BeReal als vermeintlich authentische Social-Media-Plattform hervorgetan. Es bleibt abzuwarten, wie lange sich dieser Trend – und das ist völlig wertfrei gemeint – halten wird.

kannst schließlich heiraten. Und der Markt liebt dich und der Markt liebt dich!«

Die Zeiten ändern sich. Früher war es mir beispielsweise unangenehm, wenn meine Eltern mit mir auf Facebook befreundet sein wollten oder mir auf Instagram folgten. Heute finde ich es einfach nur schön, dass sie ebenfalls an der digitalen Entwicklung teilhaben können. Meine Mutter teilt auf Instagram mittlerweile Boomerangs mit unserem Hund, wie er auf sie zuläuft, oder davon, wie sie mit Freund*innen und einem Glas Campari Orange anstößt. Bald wird sie noch zu einer richtigen Influencerin und bringt ein eigenes Duschgel, einen Eistee (»Muttea«) und Crocs-Accessoires heraus.

Notwendig und längst überfällig ist eine bereits früh ansetzende Schulung der Medienkompetenz. Insbesondere im Kinder- und Jugendalter bestehen immense Gefahren, etwa in Bezug auf Cybermobbing, Rekrutierungsversuche durch Rechtsextremist*innen oder – Gott bewahre – Candy Crush. Wenn Kinder schon zu viel Geld und Zeit in Süßigkeiten investieren, dann lasst sie sie doch wenigstens auch essen. Internet- und insbesondere auch Social-Media-Plattformen mehr in die Pflicht zu nehmen, sollte unser aller Ziel sein. Gleichzeitig ist frühzeitig eine Sensibilität geboten, um Kinder vor sich selbst zu schützen. Denn anders als Olaf Scholz vergisst das Internet nicht. Was wiederum oft vergessen wird: Nicht jeder Mensch hat den heute für gesellschaftliches Leben unabdingbaren Zugang zur digitalen Welt. Aber wie sagte schon Marie Antoinette? »Wenn sie keine Smartphones haben, sollen sie doch Tablets nutzen.« Und haben sie keinen guten Internetzugang oder wenig Platz in der Wohnung, sollen sie doch nicht zur Schule gehen oder studieren. Online-Lehre – und das habe ich am eigenen Leibe erfahren dürfen – hat durchaus ihre Daseinsberechtigung, aber, und da könnt ihr mich gern altmodisch nennen, ich finde es immer noch besser, nicht zu Hause vor dem Bildschirm, sondern im Hörsaal einzuschlafen, so wie es sich für echte Studierende gehört.

Ich freue mich schon auf meinen nächsten Urlaub. Würde so gerne mal in die Berge. Bisschen abschalten, runterkommen. Weg von der ganzen Reizüberflutung, weg vom ganzen Stress, weg von der digitalen Welt. Digital-Detox, wie geneigte Slackliner*innen wohl sagen würden. Vielleicht kann mir dafür jemand ja noch ein paar gute Serien oder E-Books empfehlen. Am besten was Gesellschaftskritisches. Habt ihr mal von diesem *1984* gehört? Gibt's jetzt auch als Podcast. Mega!

Ein Kavaliersdelikt

Ich verstehe mich als sehr rechtstreuen Staatsbürger (das Buch wird verlegt und vielleicht werde ich irgendwann Richter – ich muss das deshalb sagen [aber es ist auch wahr]). Ein einziges Mal wurde jedoch behördlich gegen mich ermittelt. Also so richtig mit einem Brief von der Staatsanwaltschaft und dem ganzen Spaß. Der Vorwurf lautete: »Unerlaubtes Entfernen vom Unfallort«. Fahrerflucht. Ich meine, klar, womöglich habe ich einen alten Mann angefahren und bin abgehauen. Das war scheiße von mir, ja, kommt aber nicht mehr vor. Versprochen! Nein, das ist natürlich Quatsch: Ich habe beim Ausparken ein anderes Auto minimal, nahezu engelsgleich touchiert, es aber nicht mitbekommen und bin dementsprechend weitergefahren. Ein freundlicher Deutscher (natürlich) hat den Vorgang aber von seinem Fenster aus beobachten und den Vorfall haargenau rekonstruieren können und zack: § 142 Absatz 1 Strafgesetzbuch. Das Verfahren wurde natürlich eingestellt. Eine weitere Begegnung, die ich mit der Polizei hatte, habe ich im folgenden Text verarbeitet.

Ich bin ein relativ ängstlicher und schreckhafter Mensch. Es genügt bereits, dass irgendeine weit entfernt stehende Person niest und ich denke schon, ich werde Opfer eines bewaffneten Raubüberfalls und schmeiße mich auf den Boden. So weit, so gut. Vor einigen Wochen saß ich im Auto und dachte mir nichts Böses. Ich fuhr entspannt durch die Stadt, hörte eines meiner liebsten Musikalben, *Turn On the Bright Lights* von Interpol, und sah dann plötzlich ein von hinten anfahrendes Blaulicht. Ich bin kein Fahranfänger mehr, wusste daher mit der Situation umzugehen: Ein bisschen weiter rechts fahren, ein bisschen langsamer fahren. Alright. Kein Problem, Benni. Ein paar Leute vor mir bekamen jedoch nichts mit und fuhren immer noch mit 80 Sachen (ich glaube, ich habe bis eben noch nie in meinem Leben »Sachen« statt »km/h« gesagt) in der 60er-Zone, was die Voranfahrenden unwillkürlich auf die Abschussliste der hinter mir fahrenden Beamt*innen setzen würde. Auch wenn es gemein ist, erfreute ich mich ein wenig daran. Wir befanden uns nämlich in der Umweltzone eines kleinen Naturschutzgebietes, wo wirklich niemand schneller als erlaubt fahren sollte. Plötzlich scherte sich ein Polizeiwagen unmittelbar vor mir ein und zeigte von hinten an: »BITTE FOLGEN«.

Ich empfand diese Bitte als etwas ungewöhnlich. War ja auch recht schwierig zu bewerkstelligen bei voller Fahrt, aber klar, der Polizei ist nun einmal Folge zu leisten. Also habe ich mein Handy herausgeholt, Instagram geöffnet und bin der Polizei NRW gefolgt. Zurückgefolgt ist sie mir nie – richtig eingebildet. Während ich dann kolonnenartig hinter dem Polizeiwagen herfuhr, spielten meine Gedanken verrückt. Was bitte könnte ich angestellt haben? Werde ich gesucht? Komme ich ins Gefängnis? Haben sie erfahren, dass ich vor fünf Jahren die Inception-DVD zu spät zurückgegeben habe? Natalie meinte doch, das sei kein Problem ... War das wirklich meine Rolex, die ich nachts in der mit Panzerglas umschlossenen Vitrine in einem Schaufenster in der Düsseldorfer Innenstadt gefunden habe? Da es keinen Haltepunkt auf der Straße gab, kamen mir die drei Minuten Fahrt vor wie eine 9-€-Ticket-bedingte 17-stündige RE-Zugfahrt von Hamburg nach München mit drei Junggesell*innenabschieden, 38 gepellten Eiern und unendlich vielen Frikadellenbrötchen. Ich musste mich irgendwie beruhigen. Ich versuchte es mit der selbstbewussten Haltung: »Pfff, die Polizei. Was können die mir schon? Ich habe fast fünf Jahre Jura studiert – das hier wird mein Moment. Ich werde die Kolleg*innen aber mal sowas von nach ihrer sachlichen und örtlichen Zuständigkeit fragen, da werden die noch ihren Enkelkindern von erzählen!« Doch eigentlich war mir bewusst, dass ich – um die Situation nicht eskalieren zu lassen – agieren sollte, als wäre ich ein bescheidener Bäcker: kleine Brötchen backen.

Schließlich kamen wir in einer kleineren Siedlung an. Eine Rechtskurve und der Polizeiwagen war plötzlich außerhalb des Sichtfeldes, während es geradeaus weiter auf eine Landstraße ging. Und in dieser Extremsituation gab es für mich nur noch zwei Optionen: Entweder gehe ich mit, lege den zweiten Gang ein und biege auch nach rechts ab oder ... ich gehe mit, lege den dritten Gang ein und biege auch nach rechts ab. Ich habe mich für den zweiten Gang entschieden. Der Polizeiwagen stoppte an einer Bushaltestelle, ich direkt dahinter. Vor lauter Gelassenheit und Coolness habe ich im ersten Gang den Fuß von der Kupplung genommen. Man muss sich auch präsentieren können.

Der Polizeikommissar, ein junger Mann, wahrscheinlich nur ein paar Jahre älter als ich, kam auf mich zu. Ich atmete tief durch, lockerte mich, machte ein paar Atemübungen und Yogafiguren und zog noch schnell einen Pulli über mein ACAB-T-Shirt (das war ein Fehldruck, eigentlich sollte »ABBA« draufstehen). Der Polizist klopfte an meine Fensterscheibe, ich kurbelte sie runter.

»Hallo Officer, Sie haben den Falschen!«

Das wollte ich sagen. In Wahrheit fragte ich mit fiepsiger Stimme, die nach einer Mischung aus Micky Maus und Labradorwelpe klang: »Hallihallo? Gibt es etwa ein Problem, Chef?«

Chef?! Was habe ich mir dabei denn bitte gedacht? Natürlich gab es ein Problem, sonst würden die mich ja nicht aus dem Verkehr ziehen. Die werden mich sicher nicht angehalten haben, weil sie mich vor einigen Wochen auf einem Poetry Slam in Castrop-Rauxel gesehen haben und jetzt ein Autogramm wollen. Wobei, wer weiß?

Der Polizist riss mich mit seiner sheriffartigen Stimme aus meinen Gedanken: »Sie wissen also nicht, warum wir Sie angehalten haben?«

Ich dachte, dass ich diese angespannte Situation ein wenig auflockern müsste, und antwortete: »Ist es die Leiche im Kofferraum? Ahhhh, ich wusste doch, die macht mir noch Ärger!«

Er antwortete: »Was?«

Ich erwiderte: »Was?«

Er sagte dann: »Nein, Rotlichtverstoß.«

»Rotlichtverstoß? Ich habe doch ein Gewerbe angemeldet?!«

»Nein, Sie sind über eine rote Ampel gefahren!«

»Also, ich steh die ... da steht noch ... seh ich die da stehen, sorry, ich meine, ich seh die da noch stehen«, sagte ich zwinkernd und ob meines Versprechers tausend innerliche Tode sterbend.

Er wurde langsam etwas wütender: »Sie sind bei Rot über die Straße gefahren!« Und damit setzte er mich matt.

Doch rein inhaltlich konnte ich den Vorwurf nicht auf mir sitzen lassen, denn zumindest nach meiner Wahrnehmung bin ich wirklich nur bei Gelb gefahren und hatte verkehrsbedingt auch keine Möglichkeit mehr, noch zu bremsen. Ich schilderte diese Gedanken dem Polizisten, jedoch schien er wenig beeindruckt. Dann fragte er mich, wo ich an einem Sonntagabend um diese späte Stunde überhaupt herkomme und wo ich noch hinwolle. Dass das überhaupt relevant war, überraschte mich, aber gut: »Ich komme vom Seminar ›Körperverletzung im Amt und rechtsextreme Strukturen in der Polizei« und freue mich, auch mal ein praxisnäheres Bild von der Materie zu bekommen!«

Das hätte ich gern geantwortet. Die ehrliche Erklärung war nämlich wirklich nicht drin (vor einem *Wer weiß denn sowas?*-Marathon noch schnell zu McDonald's, um zwei große Pommes zu holen), daher musste ich taktisch denken und mir eine Erklärung überlegen, die dem Beamten gefallen könnte. Und so artikulierte ich das Folgende:

»Na ja, also ... ich habe gerade eine friedliche Versammlung aufgelöst.«

»Ach, sagen Sie das doch gleich!«

Mir war die ganze Situation wirklich äußerst unangenehm. Rotlichtverstoß? So etwas mache ich nicht, ich bin bei Gelb gefahren, verdammt! Aber beweis mal, dass du ein anständiger Fahrer bist. Aussage gegen Aussage. Nur ein Video hätte mich hier entlasten können, aber eine Dashcam besitze ich leider nicht und mit dem Handy habe ich beim Fahren über die Kreuzung natürlich nicht gefilmt. Das wäre ja absurd. Ich war auf Twitter.

Ein weiterer Polizist kam hinzu. Er meinte, mir drohe ein Punkt in Flensburg und dazu komme noch ein Bußgeld in Höhe von 90 €. 90 €! Davon könnte ich drei Monate leben. Oder mir eine Quinoa-Bowl in einem fancy Café in Berlin-Friedrichshain holen. Doch, doch, so ein Rotlichtverstoß, so der Polizist weiter, das sei nun mal kein Kavaliersdelikt. Aber mal im Ernst: Was *ist* denn schon ein Kavaliersdelikt? Ständig ist alles nur *kein* Kavaliersdelikt. Nie heißt es: »Ah, er hat eine Brötchenhälfte geklaut, aber das ist ja bloß ein Kavaliersdelikt.« Es gibt keine Redewendung, die mich mehr verwirrt. Das jagt mich echt jedes Mal ins Bockshorn.

Während ich mir schon ausmalte, wie mein Gefängnisalltag aussehen und welches Tattoo ich mir stechen lassen würde, suchte ich nach dem Fahrzeugschein, den ich den beiden zeigen sollte. Ich öffnete also mein Handschuhfach und ... was soll ich sagen? Ein Handschuh nach dem anderen. Wieso heißen *Handschuhe* nicht *Handsocken?* Das wäre doch sehr viel passender. Dazwischen befanden sich noch der Eingang nach Narnia, zwei Raider und eine Bundeskegelbahn. *Bundeskegelbahn* ist übrigens so ein Wort, das immer irgendwie zu wichtig klingt. Meinen Fahrzeugschein jedoch hatte der Wind wohl hinausgeweht. »Perfekt, Benni, dein Eindruck wird immer besser!«, dachte ich mir.

Irgendwann stiegen noch ein dritter und ein vierter Polizist aus dem Polizeiwagen heraus. Mittlerweile kam er mir vor wie ein Clownwagen, denn es hörte schlicht nicht mehr auf. Aus dem Nichts fingen die vier Beamten an, Hunde aus Ballons zu formen. Der dann schon fünfte Polizist schien ein netter Kerl zu sein und Mitleid mit mir zu haben, denn er kam, brennende Tontauben jonglierend, zu mir ans Fenster und meinte: »Gut, komm, machen wir statt 90 € nur 10 € wegen dem fehlenden Fahrzeugschein und die Sache ist gegessen.«

Ich antwortete: »Wegen *des* fehlenden Fahrzeugscheins.«

Die 90 € habe ich dann überwiesen.

Nein, es wurden tatsächlich nur 10 €. Ein bisschen überrascht war ich darüber, dass ich das Verwarnungsgeld direkt bezahlen konnte. Der Polizist holte nämlich einfach ein EC-Karten-Lesegerät raus. Das fühlte sich sehr falsch an. Als wäre ich gerade einkaufen. Fehlte eigentlich nur noch, dass er fragt, ob ich 'ne Tüte brauche. »Papier oder Plastik?« Dann ging jeder seinen Weg. Ich fuhr mit dem Auto weiter, die Polizisten auf einem Einrad – also alle zusammen auf einem. Die Polizei, dein Freund und Helfer. Leute finden das Gendersternchen kOmPllzleRt und uNlOglsCh, aber sagen dann: Die Polizei, dein Freund und Helfer.

Klarstellen möchte ich dennoch, dass ich wirklich überhaupt keine grundsätzliche Aversion gegen die Institution

Polizei habe. Ganz im Gegenteil – sie hat absolut ihre Daseinsberechtigung. Es sind aber leider durchaus Strukturen gegeben, die anfällig sind für Machtmissbrauch oder Gewaltexzesse. Es braucht unabhängige Kontrollinstanzen, um bedingungsloser Kamerad*innenschaft und einer Vertuschungskultur wirksam begegnen zu können. Mittlerweile ist es ja schon eher eine Nachrichten-Eilmeldung wert, wenn eine Polizeidirektion ohne rechtsextreme Chatgruppe gefunden wird. Ich habe in meinem Leben schon viele negative Erfahrungen mit einigen Polizeibeamt*innen gemacht, aber eben auch positive. Wenn ich bei Auswärtsspielen in meinem Mainz-05-Trikot vom gegnerischen Stadion zum Bahnhof laufe, bin ich ehrlich gesagt über nichts auf der Welt so froh wie über ein paar Polizist*innen. Nur das mit den Pferden müsste mir mal noch jemand erklären. Braucht es die wirklich?

Jedenfalls fuhr ich nach dieser gesamten Situation endlich nach Hause. Auf dem Weg dorthin bemerkte ich noch ein Handwerksfahrzeug. Was ich mich schon immer gefragt habe: Wieso wird auf Handwerksfahrzeugen immer so groß und auffallend die Firma drauf geschrieben – so offensiv mit Namen, Adresse und Telefonnummer geworben? Ich meine, wenn ich gerade auf der Autobahn bin, schreibe ich mir bei 120 Sachen doch nicht irgendeine Adresse auf. Und wenn ich tatsächlich mal einen Handwerksbetrieb kontaktieren möchte, schaue ich doch im Internet nach und laufe nicht durch die Straßen, bis ich mal einen passenden Handwerkswagen finde. Die einzigen Fahrzeuge, die noch offensiver mit ihrer Tätigkeit und Telefonnummer werben: Polizeiwagen.

kunst.[48]

Ich war erst zu einem sehr späten Zeitpunkt meines bisherigen Lebens in einem Arthouse- oder Independent-Kino. Wer nicht weiß, was ein Arthouse- oder Independent-Kino ist: Das ist ein normales Kino, aber mit unbequemen Sitzen. Bis dato hatte ich nur die großen Häuser besucht: CinemaxX, CineStar, Cini Minis. Daher freute ich mich sehr, dass meine zwei besten Freunde, ihres Zeichens selbsternannte *Cineasten*, mich vor einiger Zeit einluden, mal mit in die Welt des künstlerischen Films einzutauchen.

Normalerweise sind mir Leute, die von sich behaupten, Cineast*innen zu sein, erst einmal suspekt. Das ist wie bei nicht-geschützten Berufsbezeichnungen, zum Beispiel *Life-Coaches*. Jeder Mensch kann zum *Life-Coach* werden. Und Leuten Geld aus der Tasche ziehen. Aber Cineast*innen – im Ernst? Ich mein: Ihr schaut gerne Filme. Fair. Aber jeder Mensch schaut doch irgendwie gerne Filme. Das ist ungefähr so edgy wie: »Mein Ding sind Hosen.« Oder: »Ich atme gern.« Es gibt doch niemanden, der sagen würde: »Nee. Also Filme mag ich nicht. Keinen einzigen.« Nur

....

48   Simple Regel: Wenn etwas komplett kleingeschrieben und ein Punkt drangesetzt wird, sieht es immer irgendwie kunstvoll aus. Und auch die hochgestellte Ziffer, die eigentlich nur für diese Fußnote sein sollte, passt in diesen artifiziellen Kontext wunderbar hinein.

weil ich oft Brot esse, werde ich nicht direkt zum Krusten-Connaisseur. Aber nun gut, bei den beiden mache ich eine Ausnahme: Sie sind schließlich meine beiden besten Freunde. Und die sucht man sich ja bekanntlich nicht aus.

Ich wollte mich, als es das erste Mal ins Arthouse-Kino ging, überraschen lassen, wusste also überhaupt nicht, was für einen Film ich schauen würde. Um die Handlung kurz zusammenzufassen: Es ging um eine Frau, die Sex mit Autos hat. Das konnte mich nicht wirklich überzeugen. Wenn ich sehen will, wie eine Person einem Auto etwas näherkommt, guck ich *Wetten, dass..?*.[49] Dass die Politik zum Teil mit Automobilkonzernen unter einer Decke steckt und kuschelt, weiß man, aber Sex mit Autos? Na ja. Trotzdem soll natürlich jeder Mensch so handeln, wie es ihm beliebt. Als wir aus dem Film rausgingen, sagte ein Freund: »Ey, mal ganz unter uns: Die Autos im Film hatten doch schon krasse Hupen, oder?!« Ich lass das mal so stehen. Damit war die Handlung natürlich noch nicht ganz erschöpft: Die Hauptdarstellerin hat nämlich noch zwischendurch Menschen umgebracht, sich als lange vermisster Sohn eines Feuerwehrmannes ausgegeben und am Ende war sie schwanger – es lässt sich bereits erahnen – von einem Auto. Ich wusste nicht genau, was ich mir da 90 Minuten angeschaut habe. Aber was ich wusste, war, dass ich nie wieder *Cars* würde gucken können.

Als wir den Kinosaal verließen, wurden schnell Versuche unternommen, mich vom Film und seiner Genialität zu überzeugen. Und es kam das, was kommen musste. Es hieß: »Benni. Du hast den Film nur nicht verstanden.«

Ja, vielleicht hätten wir ihn dann auch nicht auf Portugiesisch gucken müssen! Aber nein: »Es geht hier um den Kampf Mensch gegen Maschine, um die Verschmelzung menschlicher Existenz in den Fängen der Automobilindus-

49   Ich hoffe, das war nicht taktlos wie schlechte Schlagzeuger*innen.

trie. Dieser Film ist gewissermaßen die cineastische Antwort auf den Klimawandel.«

Alter. Die Protagonistin hat ein Kind von 'nem Auto bekommen. Wenn das die Antwort auf den Klimawandel ist, dann ist Esspapier die Antwort auf Hunger, Cola die Antwort auf Durst, die CDU die Antwort auf Fortschritt. Dennoch muss ich zugeben, dass es mir letztlich durchaus viel Spaß gemacht hat, diesen Film zu gucken. Ich wusste nämlich gar nicht, dass es auch eine solche Art von Filmen gibt. Eben irgendwie anders, als ich es gewohnt war. Andererseits gilt natürlich auch, dass ein Film nicht automatisch gut ist, nur weil er nicht zum Mainstream gehört – aber das Schauen eines solchen erweitert mit Sicherheit die eigene Perspektive. Demgegenüber ist ein Hollywood-Blockbuster mit 13 Oscars auch nicht per se schlecht. Es kommt halt immer drauf an.

Seitdem war ich noch sehr häufig in Arthouse-Kinos und habe mir Filme angeschaut, die mal mehr und mal weniger künstlerisch wertvoll waren (soweit das überhaupt zu beurteilen ist). Sie waren absurd, avantgardistisch und – was soll ich sagen – die Sitze blieben unbequem. Irgendwann mache ich mich vielleicht noch selbstständig und eröffne eine Physiotherapiepraxis neben einem Arthouse-Kino.

So jedenfalls begann meine neu entfachte Liebe zur Kunst. Daher vielleicht vorab, um hier auch meiner edukatorischen Rolle gerecht zu werden, noch kurz zur Geschichte der Kunst im Generellen: Kunst wurde 2007 von H. P. Baxxter erfunden. Gut, wäre das dann auch geklärt.

Als Kind hatte ich weniger Berührungspunkte zu Kunst als zwei Parallelen zueinander. Meine größte Nähe zu Kunst bestand darin, dass ich ein Einfallspinsel war. Ich habe Makkaroni-Bilder nicht gemalt, ich habe sie gegessen. Bis auf die Makkaroni. Hm, Kleber. Das künstlerisch Wertvollste, was ich gemacht habe: *Art Attack* auf Super

RTL zu schauen. Ich fand Kunst so langweilig: Im Kunstunterricht in der Schule habe ich aus Spaß Gleichungen gelöst. Wenn ich irgendwo auf Kunst gestoßen bin, konnte ich zwar meine Unwissenheit meist dadurch kaschieren, dass ich entweder auf »Jugendstil«, »Andy Warhol« oder – vor allem bei Kirchen – »Gotik« rekurriert habe, doch nicht jedes Mal kam ich damit durch.

Aber es gab diesen Wendepunkt. Irgendwann habe ich mich selbst mit Musik beschäftigt, bin auf Poetry Slams aufgetreten und habe sogar angefangen, mich für bildende Kunst zu interessieren. Und Leute: Museen sind ja gar nicht langweilig. Hätte mir das mal früher jemand gesagt! Aufgefallen ist mir aber, dass in Museen mehr Bilder von Leuten gemacht werden, die sich gerade ein Ausstellungsstück anschauen, als von den Ausstellungsstücken selbst. Ich mache mich davon nicht frei – ich mag die Atmosphäre eines Museums enorm. Doch mittlerweile scheint es fast schon cool, kunstinteressiert zu sein. Dabei muss man Kunst nicht spannend finden. Vor allem nicht jede Kunst. Man ist nicht plötzlich intellektuell, nur weil man sagt: »Oh weh, dieses animalisch-anthropozentrisch anmutende Piktogramm symbolisiert das Menschsein in seiner Reinheit, es ist das Pure, das sich im puristischen Malstil spiegelt, dennoch grell und aufmerksamkeitserregend, gewissermaßen eine Chiffre für die Ambiguität menschlicher Individualität.« Bro, das ist kein Ausstellungsstück, sondern das Zeichen für den Fluchtweg. Ich liebe (die Freiheit der) Kunst, künstlerisches Schaffen, die Vielfalt künstlerischen Ausdruckvermögens. Dennoch muss ich mir eingestehen, dass ich noch immer ungefähr so viel Ahnung von Kunst habe wie ein Albatros von Käsekuchen. Und wer von einem Albatros schon mal zu Kaffee und Kuchen eingeladen wurde, weiß: Das ist nichts. Dagegen ist Marmorkuchen bei Eulen meistens richtig gut.

Ich finde es toll, wenn Leute Ahnung von Kunst haben.

Ich kann mich sehr für Kunst begeistern. Am meisten an Kunst lieb ich Häppchen auf einer Vernissage. Es gibt nirgendwo bessere Häppchen. Klar, Happen kriegt man mal ab und an – aber Häppchen: nie so gut. Merkwürdig finde ich es jedoch, wenn Menschen *zu viel* über Kunst wissen. Ich war mal mit einem Kunsthistoriker im Museum und erst nach drei Stunden konnte ich meine Jacke aufhängen, weil so unfassbar viel zum Eingangsbereich zu sagen war. Der Eingangsbereich war eine Tür. Mir werden diese Leute dann immer ein bisschen zu viel. Über Kunst zu sprechen, fühlt sich manchmal so an, als würde man einen Witz erklären, als würde eine Magierin ihren besten Trick verraten.[50] Mit anderen Kunstinteressierten über Kunst zu sprechen, kann aber auch schön sein. Im Museum wurde ich letztens von einem Mitarbeiter angesprochen, dem man wirklich angemerkt hat, dass er für die Kunst lebt. Ich finde, das gehört bei Museumsmitarbeitenden irgendwie dazu. Wo ich das nämlich oft nicht sehe: im Friseursalon. Alle Friseure (und ich spreche explizit von Männern) haben 'ne komische Frisur und werben gefühlt nur mit Bildern aus 2005. Vielleicht habe ich auch einfach einen sehr schlechten Friseur (wahrscheinlich eher das, ja), aber ich verstehe das nicht: Wenn ich zu meiner Lungenärztin gehe, will ich doch auch nicht, dass sie da mit einer Packung Zigaretten vor mir steht. Kann doch keinen Menschen ernst nehmen, der mit 'ner Kippe in der Hand sagt: »Ja, Herr Poliak, da müssen Sie echt aufpassen bei verkohlten Pommes und dem ganzen Acrylamid. Krebsrisiko. Schauen Sie mal, Ringe!«, und dabei auf die Audi-Werbung im Fernseher zeigt. Wieso steht da überhaupt ein Fernseher? Das ist so, als gäbe es Polizist*innen, die nicht mit

....

50   Übrigens: Ich bin quasi auch ein Magier, denn ich kann im besten Fall ein Lächeln auf Lippen zaubern (habe ich das gerade wirklich geschrieben?).

beiden Beinen fest auf dem Boden der Verfassung stehen. Undenkbar! Jedenfalls hat dieser Museumstyp mir einiges von Prometheus und Farbnuancen erzählt, da träume ich heute noch von. Dabei war das Bild komplett schwarz. Es war wirklich einfach nur schwarz. Aber es sah trotzdem fantastisch aus, es war total atmosphärisch, die Farbe stand im Mittelpunkt und bitte, bitte, bitte: Ich möchte keine Mail bekommen, dass Schwarz keine Farbe ist. Schreibt mir das auf Instagram.

Ich habe vor einigen Wochen (witzigerweise nach einem Poetry Slam) eine Person kennengelernt und sie irgendwann nach ihrer Lieblingsfarbe gefragt. Ich weiß, dass das nicht die allerspannendste Frage ist. Dafür ist sie aber auch nicht besonders interessant. Ich meine: Wie identitätsstiftend kann eine Lieblingsfarbe sein? Leute sollten nicht zu sehr überzeugt von einer Farbe sein. Mit Ausnahme der objektiv schönsten Farbe: Bordeauxrot. Klar. Allein das Wort sieht schon ästhetisch aus. Aber Menschen sollten sich ganz generell nicht zu gut mit Farben auskennen. Wer mehr als zwei Blautöne kennt, ist für mich Spion*in. Es gibt nämlich ganz offensichtlich nur zwei Blautöne: Hellblau. Und Azur. Sie meinte dann jedenfalls zu mir, ihre Lieblingsfarbe sei – und das hat sie wirklich so gesagt – *Van-Gogh-Sonnenblumen-Gelb*. Wie arrogant kann eine Lieblingsfarbe sein? Deine Lieblingsfarbe ist *Van-Gogh-Sonnenblumen-Gelb*? Deine Lieblingsfarbe ist Gelb. Mach es doch nicht so kompliziert für uns alle. Wenn du mit acht Jahren in Freund*innenbüchern unter Lieblingsfarbe *Van-Gogh-Sonnenblumen-Gelb* eingetragen hast, wurdest du wahrscheinlich auf weniger Kindergeburtstage eingeladen als Michael Jackson. Ich stelle mir ein solches Farbverständnis auch sehr kompliziert bei *Stadt, Land, Fluss* vor. Bei der Kategorie Farbe unter »V« würde es in der Runde wahrscheinlich heißen: »Violett«, »Violett«, »Zwickau«, »Violett«, »Violett«, »Van-Gogh-

Sonnenblumen-Gelb«. Und dann am besten noch diskutieren: »Violett ist keine Farbe, ihr meint eigentlich Lila.« Ich habe sie anschließend nach ihrem Lieblingsessen gefragt und ihre Antwort war: gebackener Fenchel. Und spätestens da wusste ich: Alles klar. Du bist auch so ein gebackener Fenchel. Ich bin nämlich absolut kein Fan. Chel. Bis auf dieses Märchen Fenchel und Gretel, das mag ich gern. Irgendwann haben wir uns trotzdem gedatet (die Älteren erinnern sich vielleicht noch an Paul), es lief sogar echt gut. Wir haben uns beim Spazierengehen mal ein Kratzeis (natürlich Waldmeister) geholt. In einem Jugendstilfassaden-Mitternachtstraum-Kiosk. Am Ende ist aber leider nichts draus geworden, denn es hat sich herausgestellt: Sie stand auf Autos.

Etwas später hatte ich mal eine Liaison mit einer anderen äußerst kunstinteressierten Person. An ihr war alles *artsy*. Selbst ihr Instagram-Profil erzählte mir eine eigene Geschichte. Ihr Toastbrot war mit veganem Frischkäse, Rucola, Gurken, feinem (!) Schnittlauch und grobem (!) Steinsalz belegt – das sah schöner aus als mein gesamtes bisheriges Leben. Ich bin froh, wenn ich Toast habe, das getoastet ist, und Salz. Auch das wurde mir aber irgendwann zu viel. Ja, Bowls sehen schön aus, wenn die Zutaten feinsäuberlich nebeneinander präpariert werden, aber wenn ich esse, dann will ich keine Zange benötigen, um Kokosflocken neben Heidelbeeren legen zu können, sondern ich will einen Löffel. Ein Löffel reicht mir zum Essen in 99 Prozent aller Fälle. Ist auch sehr eisenhaltig. Auch aus uns wurde daher leider nichts.

Ich habe das Gefühl, dass insbesondere in letzter Zeit Erwartungshaltungen geschürt werden. Kunst muss wehtun, Kunst muss politisch sein, Kunst muss da drücken, wo es wehtut. Nein, Kunst muss gar nichts. Kunst kann auch seicht und oberflächlich sein. Ich mein, schaut einfach, was ihr hier gerade lest. Kunst *darf* wehtun, Kunst *darf* politisch sein, Kunst *darf* da drücken, wo es wehtut. Aber wieso sollte man überhaupt da drücken, wo es wehtut? Tut doch nur noch mehr weh? Kunst ist nicht bloß Hochkultur. Während der Corona-Pandemie schienen Opern, Theaterhäuser und klassische Orchester den Kunstbegriff vollständig für sich gepachtet zu haben. § 581 des Bürgerlichen Gesetzbuchs mochte ich eh noch nie. Aber auch auf der versifften Stand-up-Bühne in einer Kneipe in Essen-Frohnhausen, in deren Klo die nächste Corona-Mutation entsteht, passiert Kunst. Generell wurde während Corona die Systemrelevanz von Kunst ein bisschen überhöht. Kunst ist nicht systemrelevant. Medizinische Versorgung ist systemrelevant. Die Polizei ist systemrelevant. *Love Island* ist systemrelevant. Ich glaube, eine eingeklemmte Person nach einem schweren Autounfall denkt sich nicht: »Man, ich wollte heute doch noch zu Starlight Express!« Sterben wäre da durchaus ein Stimmungskiller. Versteht mich nicht falsch: Ich finde Kunst unfassbar wichtig für eine freie Gesellschaft und für eine freie Demokratie. Und die Fragen der Grenzen von Kunst sind höchstspannend. Es ist eben nicht alles von der Kunstfreiheit gedeckt, lieber Danger Dan. Stellen wir uns etwa ein Theaterstück vor, bei dem ein*e Schauspieler*in tatsächlich erstochen wird. Würde man das staatlicherseits verbieten, würde wohl niemand »Cancel Culture« rufen.[51]

Kunst muss zwar nicht politisch sein, kann aber quasi nie vollends entpolitisiert werden. Ich empfand es in der Pandemie als sehr spannend, wie plötzlich auch Rechte die Kunst für sich entdeckt haben. Du hast noch nie was von Mozart gelesen, von Goethe gehört oder von Schiller

....

51 Aber das meiste ist tatsächlich von der Kunstfreiheit gedeckt. Witzigerweise befasst sich die gegenwärtig von mir angefertigte Dissertation ganz überwiegend mit genau diesen Fragestellungen rund um die Kunstfreiheit des Grundgesetzes, insbesondere im Kontext politischer Kunst.

gegessen, also führ dich mal nicht so auf, Thorsten! Und auch ohne den engagiert-politischen Rahmen: Am Ende sind es doch die Farben, Töne, Worte, das Schauspiel, die das Leben erst so richtig lebenswert machen. Wieder auf Bühnen stehen zu können, ist das schönste Gefühl, das ich je hatte (also nach dem Gefühl, das man hat, wenn ein Bus, der schon losgefahren ist, nochmal kurz anhält, um einen zusteigen zu lassen, aber das versteht sich ja von selbst).

Was bleibt also final zu sagen? Malt Makkaroni-Bilder, besucht Kunstveranstaltungen und, um Himmels Willen, zeigt 'nem Albatros endlich mal ein gutes Rezept für Käsekuchen.

Stille

Keine Sorge: Der folgende Text ist keine Hommage an John Cages 4'33.

Ich liege im Bett und denke daran, einschlafen zu müssen. Auf meinem Handy sehe ich, dass mein Wecker in sechs Stunden und elf Minuten klingelt. Solange vorne eine sechs steht, ist alles gut. Doch ich hasse es, einschlafen zu müssen. Ich liebe es, zu schlafen, aber ich hasse es, dass ich zuvor eingeschlafen sein muss. Dieser Prozess. Dieses Warten, bis man dann endlich eingeschlafen ist. Das ist wie das Anstehen für eine Achterbahn im Freizeitpark. Dabei ist es ja auch irgendwie komisch, wenn ich sage, dass ich es liebe, zu schlafen. Das bekomm ich ja gar nicht mit. Es passiert einfach. Ich bin physisch anwesend, aber meine Augen sind zu, und am Ende muss ich aufstehen. Wie eine Fahrt mit der Achterbahn. In beiden Fällen auch immer komisch, fotografiert zu werden. Ich hasse es, abends allein mit meinen Gedanken zu sein. Ich höre dann lieber Musik oder einen Podcast. Der Sleeptimer ist mein Freund. Lautstärke hilft mir, nicht nachdenken zu müssen. Manchmal ertrag ich Stille nicht.

Die Welt ist laut: Autos und Motorräder, riesige Industriefabriken, Essen von Chips direkt aus der Tüte. Auch Stille kann laut sein. Stille nach einem schlechten Gag: »Was macht ein*e Astronaut*in in der Bank? Abheben.« Stille nach einem Satz wie: »Ich glaube, ich habe mich in dich verliebt.« Stille nach einer Antwort wie: »Danke. Das ist nett.« Ich liege im Bett und muss einschlafen. Mein Wecker klingelt in vier Stunden und 53 Minuten. Vorne steht eine vier. Eine verbleibende Schlafenszeit von weniger als fünf Stunden kann ich nicht ernst nehmen. Das ist, als würde man eine Tiefkühlpizza nach sieben Minuten aus dem Ofen holen. Das geht einfach nicht.

Meine Gedanken holen mich ein: Ich habe mir schon so viel im Leben vorgenommen. Mir mehr ausgemalt als Mandalas, mehr angepackt als Umzugshelfende. Ich habe mehr beabsichtigt als Walter Ulbricht, mehr geplant als Architekt*innen. Ich habe mir Menschen vorgeknöpft wie Hemden und vorgehabt, Projekte auch mal zu beenden. Alles muss mittlerweile ja ein Projekt sein: das Grünkohl-Start-up, der Neujahrsvorsatz, weniger Schokolade zu essen, morgendliches Aufstehen. Aber nein: Projektil, Projektion, *Project X* – das sind Projekte. Gäbe es eine Weltmeister*innenschaft im Dinge Aufschieben, würde ich beim übernächsten Mal hingehen. Wenn das Wetter gut ist. Vielleicht. Ich wollte früher Musik machen, auf Poetry Slams auftreten, wollte Comedy-Autor werden, Moderator, Richter, Wissenschaftler, Astronaut. Ein Papagei. Und das sind keine 15 Jahre alten kindlichen Vorstellungen meinerseits, das sind meine Gedanken vom letzten Dienstag. Vom letzten Dienstag.[52]

Oft hört man, dass es nie zu spät sei, man alles immer noch erreichen könne. Und meistens stimmt das auch. Aber wenn jemand zum Beispiel vom Eiffelturm fällt, hilft Kamillentee nur bedingt. Bei einer Bratwurst musst du den Puls auch nicht mehr messen. Für eine Salami kommt jede Herz-Lungen-Massage zu spät. Gesprochene Worte

....

52   Bitte mit einer Papagei-Stimme lesen, danke.

und begangene Taten können nicht ungeschehen gemacht werden. Doch so ziemlich alles andere: Dafür ist es nie zu spät. Du willst mit 44 Jahren anfangen, Querflöte zu spielen? Go for it! Du willst mehr Englisch sprechen, weißt aber, dass deine Aussprache nicht gut ist? Go for it! Du willst mit 45 Jahren wieder aufhören, Querflöte zu spielen? Go for it! Sind aber auch heikle Angelegenheiten, quasi normale Flöten, aber statt Tönen hört man bei Querflöten immer nur Xavier Naidoo, der vor Bill Gates warnt.

Manchmal sind es große, oft aber auch die banalsten Entscheidungen, die noch zu ändern sind. So oft habe ich beispielsweise etwas gegessen und gemerkt, dass noch ein wenig Salz fehlte oder Zitronensaft oder – machen wir uns nichts vor – Ketchup. Und doch war ich so selten bereit, dafür noch einmal den Weg von wenigen Metern auf mich zu nehmen, der mein Essen wirklich signifikant verbessert hätte. Langfristig denken, aus der eigenen Komfortzone ausbrechen – das ist oft zu viel. Anderes Beispiel: kalt duschen. Soll wohl gut sein. Doch meiner Meinung nach gibt es nur zwei valide Gründe, kalt zu duschen: Man hat kein warmes Wasser. Oder man ist ein Pinguin.

Sich Dinge einzugestehen und verändern zu wollen, kann unfassbar schwer sein. Doch es ist nie zu spät, sich einzugestehen, dass das Studium doch nichts für einen ist, dass in Fußstapfen nicht getreten werden muss. Es ist nie zu spät, einen Menschen um Entschuldigung zu bitten. Nie zu spät, die ausgeliehene *Ratatouille*-DVD zurückzugeben. Wobei, DVDs … Für die ist es mittlerweile vielleicht wirklich zu spät. Da kannst du die Überziehungsgebühr auch nicht in Ratten abzahlen. Es ist aber nie zu spät, um Danke zu sagen. An Menschen, die einen bedingungslos unterstützen. Es ist nie zu spät, die Muffins aus dem Backofen zu holen – aber beeil dich besser mal! Nie ist es zu spät, exkludierende oder verletzende Ausdrücke aus dem eigenen Vokabular zu streichen. Sich politisch zu engagieren. Einer Partei beizutreten oder einem Chor – hier hätte ich übrigens die perfekte Anrede für eine Beitritts-Mail: »Mein lieber Herr Gesangsverein!« Muss dann aber auch ein Männerchor sein. Es ist nie zu spät, doch noch ein Geschenk für den beschissenen Geburtstag von Maik zu kaufen. Aber bitte merkt euch eins: Aus Scheiße wird nicht Gold, nur weil man es personalisiert. »Hach, ich wollte schon immer mal Socken mit meinem Gesicht haben. Und eine Unterhose mit meinem Gesicht. Und einen Apfelschäler mit meinem Gesicht. Ich schäl zwar keine Äpfel, aber der Wille schält.« Und es ist natürlich nie zu spät, um aufzuhören, Witze über die Pünktlichkeit der Deutschen Bahn zu machen. Diese Witze sind wie Züge der Deutschen Bahn: Sie kommen nicht an. Fehlt ja nur noch, einen ganzen Text über Züge zu schreiben.

Doch deutsche Fehlerkultur bedeutet: Es ist zu spät. Wer einmal scheitert, hat es halt einfach nicht drauf. Das kann nur am persönlichen Minderwert liegen. Erwartet werden glattgebügelte Persönlichkeiten, deren größter Fehltritt in der Vergangenheit war, nicht die zweite Klasse übersprungen zu haben. Alter, nicht mal mein Hemd ist gebügelt. Nur wer sich Fehler eingesteht, kann sie auch beheben. Wer zuerst kommt, mahlt zuerst, doch wer zuletzt lacht, lacht am besten. Jedem Menschen sei es gegönnt, mit dem ersten Versuch genau das richtige Los getroffen zu haben. Aber in der Lostrommel des Lebens gibt es eben mehr Nieten als Gewinne. Vielleicht wäre ja mal eine bundesweite Nietpreisbremse was? Ich muss doch erst in den sauren Apfel beißen, um zu verstehen, dass der andere Apfel süß ist. Und ganz ehrlich: Ich mag saure Äpfel sowieso viel lieber als süße Äpfel.

Wir sind davon getrieben, uns zufrieden fühlen zu müssen. »Ich muss mich erst noch einleben. Die ersten Monate sind sowieso die schwersten.« Selbstverständlich, aber wenn du dir nach fünf Jahren immer noch jeden Tag wünschst, nie wieder zur Arbeit gehen zu müssen, nie mehr zum Geigenunterricht, nie mehr Squash zu spielen – tja, vielleicht solltest du dir dann eine andere Arbeit suchen, ein anderes Hobby. Ich mein: Squash?! Ebenso wenig bringt es was, auf das Schicksal zu warten. Schicksal ist eine zutiefst menschenverachtende Konstruktion. Ich spreche hier aus meiner akademischen Blase – ich hatte das Glück, Abitur zu machen und studieren zu können. Ging es mir in der Jugend immer gut? Nein! Meine Eltern sprachen nicht gut Deutsch, ich war extrem übergewichtig und hatte Klumpfüße. Das war scheiße. Natürlich muss man auch fleißig sein, aber nur durch Fleiß wird die Internetverbindung nicht besser, die Wohnung nicht größer. Für manche ist das Glas nicht halbvoll oder halbleer – manche haben schlicht kein sauberes Glas mehr. Es ist nicht wahr, dass jeder Mensch alles erreichen kann. Jeder Mensch kann aus seiner Lebenssituation das meiste rausholen, doch wie sieht diese Lebenssituation aus? Um das Schicksal in die eigene Hand nehmen zu können, muss die Hand auch frei sein. Dafür braucht es bezahlbaren Wohnraum, faire Löhne, die Überwindung struktureller Benachteiligung verschiedener Personengruppen, tatsächliche Chancengleichheit. Vom Tellerwäscher zum Millionär kannst du nur dann werden, wenn du zum Vorstellungsgespräch als Tellerwäscher*in, Journalist*in oder Polizist*in überhaupt eingeladen wirst. Und das wird mit Namen wie Bahar oder Hamza nicht so leicht sein wie mit Mona oder Benjamin.

Es ist still. Ich höre nur meine Uhr ticken, mein Herz pochen, mein Kopf explodiert. Mein ehemaliger Schulleiter hat in meinem Beisein zu meinen Eltern mal gesagt: »Sie sind Gäste in diesem Land!« Ich habe meine Mutter später in der Wohnung weinen sehen. Meine Eltern kamen vor 30 Jahren mit ein paar Koffern aus Russland nach Deutschland, um meinem Bruder und mir ein gutes Leben ermöglichen zu können. Mehr hatten sie nicht: nur die Koffer. Und die waren nicht mit Bargeld gefüllt. Sondern mit Gold. Doch ernsthaft: Im Gepäck hatten sie bloß ihre Musikinstrumente. Mit Straßenmusik bauten sie sich eine Existenz auf, unterrichteten, spielten in Orchestern und Musicals. Ich habe mal innerhalb eines Sommers an ungefähr 30 Tagen in Folge das Musical *Marie Antoinette* in Bremen gesehen. *Liberté, Égalité, Was-für-eine-Scheißé!* Ganz ehrlich: Beim 27. Mal hätte ich die Guillotine auch persönlich bedient. Das war der Sommer, in dem Werder Bremen DFB-Pokal-Sieger geworden ist. Die Mannschaft hat auf dem Marktplatz gefeiert und mein Papa hat Naldo die Hand gegeben und ich habe Tim Wiese gesehen, der seine Tochter auf den Schultern trug. Also seine Tochter und zwölf Elefanten. Dieser Sommer war schön. Eine positive Erinnerung. Meine Eltern haben mir gezeigt, dass sich harte Arbeit, Fleiß und Leidenschaft auszahlen können. Und ich liege im Bett und denke daran, dass ich es bereue, mein Essen nicht nochmal nachgesalzen zu haben.

Jeder Mensch hat Probleme und selbst wenn diejenigen anderer Menschen vielleicht fundamentaler oder existenzieller anmuten, werden die eigenen dadurch nicht gleich unwichtig. Menschen in Deutschland werden angespuckt, weil sie ein Kopftuch tragen, beleidigt, weil sie Arabisch sprechen, gemieden, weil sie Schwarz sind – immerhin komm ich mit meiner Davidsternkette noch ins Leipziger *Westin* rein.

Manchmal muss man laut sein. Seid solidarisch, seid laut! Nicht, wenn ihr Auto fahrt. Nicht, wenn ihr im Kino seid. Oh, bitte nicht, wenn ihr im Kino seid. Aber wenn Unrecht passiert. Vor den eigenen Augen.

Als ich mit meinem Vater mal darüber sprach, warum meine Mutter und er hierhin nach Deutschland gekommen waren, sagte er etwas, das ich nie wieder vergessen werde: »Это наш Долг, передать вам Любовь к Свободе.«

Zu Deutsch: »Es ist unsere Pflicht, euch die Liebe zur Freiheit weiterzugeben.« Das haben meine Eltern geschafft, denke ich, und schlafe irgendwann ein.

Guilty Pressure

Es gibt Dinge, mit denen sollte man besser sparsam umgehen: Wasser, Strom, Stolz. Etwas zu finden, worauf man stolz sein darf, ist häufig gar nicht so leicht. Denn auf einige Gegebenheiten sollte man schlicht nicht stolz sein. Nationen, verübte Morde, dass man *Massachusetts* fehlerfrei aussprechen kann. Okay, darauf sollte man durchaus stolz sein dürfen. Doch auch ohne Stolz sollte man zumindest hinter sich selbst stehen dürfen – wenn man andere Menschen nicht beeinträchtigt. Viel zu häufig muss man sich jedoch für eigene Präferenzen rechtfertigen: Stichwort *Guilty Pleasure*, also schuldbewusstes oder peinliches Vergnügen. Deutscher könnte ein englischer Ausdruck kaum sein. Bereits das Konzept eines Guilty Pleasures ist in meinen Augen absolut unverständlich: Man baut eine ironische Distanz zu einer Sache auf, die man mag, weil diese Sache in der Gesellschaft womöglich nicht so gut ankommt oder den sonstigen eigenen Vorlieben widerspricht, damit andere Menschen nicht denken, dass man diese Sache gerne mag, obwohl man sie eigentlich wirklich gerne mag – hä?! Geschmäcker sind eben verschieden; es ist doch völlig normal, dass nicht alle Menschen alles gut finden können. Man sollte sich nicht für eigenen Geschmack rechtfertigen müssen. So viel Freiheit sollte doch möglich sein. Daher schlage ich eine Alternativbezeichnung vor.

Nennen wir Guilty Pleasures doch in Zukunft einfach nur noch *Pleasures*.

Denn jetzt mal ganz ehrlich: Es tut niemandem weh, wenn man in seiner Freizeit gerne David Hasselhoff hört, *Gossip Girl* guckt oder Nudeln mit Nuss-Nougat-Creme isst. I've been looking for niemanden, der anderen Menschen vorschreibt, was sie zu tun und zu lassen haben, was sie gut, was sie schlecht, was sie peinlich zu finden haben. Natürlich sollten Personen, die Nudeln mit Nuss-Nougat-Creme essen, öffentlich geächtet werden. Klar. Sauerkirschmarmelade auf meine Penne und sonst nichts! Aber warum sollte eigene Freude unangenehm sein? Ist es nicht vielmehr wunderbar, dass sich Menschen an völlig unterschiedlichen Dingen erfreuen können? Nicht jede Person kann und möchte in der Straßenbahn Claude Debussy hören. Und ja, es gibt sogar Leute, die nicht gerne ins Museum gehen, sondern lieber Minigolf spielen. Und vielleicht verliere ich jetzt jegliches Verständnis, aber ich habe nie *Game of Thrones* gesehen, sondern als Jugendlicher viel lieber *Die Küchenschlacht* geschaut. Ich liebe Kochsendungen. Da wird pariert wie bei 'nem Fußballspiel. Es gibt mehr Schnitte als bei *Birdman* oder *Victoria*. Es kocht niemand vor Wut, gekocht wird mit Vermouth. Und am Ende gibt's ein Happy End und alles ist gegessen. Wie bei unprofessionellen Tierräuber*innen ist die Katze aus dem Sack: Ich schaue gerne Kochsendungen und ich schäme mich nicht dafür!

Alles muss uns ja unangenehm sein. Aber nein, Sabine: Es ist kein Guilty Pleasure, wenn du eine ganze Tafel Schokolade isst. Iss so viele Tafeln Schokolade, wie du möchtest! Iss gar eine ganze Schule Schokolade. Und wenn du nachts um 2:00 Uhr nach dem Feiern noch eine fettige Falafelrolle bestellst, lieber Torben, dann nennt sich das nicht Guilty Pleasure, nein, es gibt eine ganz andere Bezeichnung dafür: Hunger. Und wo bleibt eigentlich dein H?

Packt euch zusätzlichen veganen Käse auf die Tiefkühlpizza! Oder zusätzliche Tiefkühlpizza auf euren Käse! Oder zusätzlichen Käse auf euren Käse! Schämen wir uns für die Dinge, die uns Freude machen, oder sogar für unsere natürlichen menschlichen Bedürfnisse, kann das mitunter gefährlich werden. Situationen aus dem Weg zu gehen, weil wir denken, dass sie gesellschaftlich geächtet werden. Sich Dingen nicht zuzuwenden, weil wir der Meinung sind, dadurch an Beliebtheit zu verlieren. Weitergedacht müssten sich dann etwa Menschen, deren sexuelle Vorlieben denjenigen der Mehrheitsgesellschaft widersprechen, für ihre eigene Lust schämen. Das darf auf keinen Fall passieren. Leute müssten ihr Helene-Fischer-T-Shirt beim Einkaufen verstecken, ich müsste meine Dose Kidneybohnen in der Mittagspause heimlich auslöffeln. Wo kämen wir denn da hin?

Ich kenn es von mir persönlich zum Beispiel, dass mir oft Filme gefallen, die andere einfach nur peinlich finden, weil ich eben ein anderes Verständnis von Humor habe (ganz klar: ein besseres). Und ja, auch mir war es durchaus in einigen Momenten meines Lebens unangenehm, einen Film wie *Norbit* unterhaltsam zu finden. Denn es ist schließlich nicht so, dass ich verschachtelte Handlungsstränge nicht schätze. Oder spannende und tiefgehende Charakterentwicklungen, sich langsam herausbildende Metaphern. Doch kommen wir mal zu den Fakten: In *Norbit* spielt Eddy Murphy einerseits einen sehr dünnen Mann und zugleich seine mehrgewichtige Freundin. Das ist – es ist kaum zu bestreiten – *hilarious*. Und ihm wird im Film zusätzlich noch Gift aus dem Po gesaugt. Muss ich mich jetzt wirklich schuldig dafür fühlen, so etwas lustig zu finden? Wahrscheinlich schon.[53] Aber wem wird bei *Die*

....

[53] Womöglich ist der Film aus heutigen Gesichtspunkten (zu Recht) höchst problematisch; ich habe ihn seit zehn Jahren nicht gesehen. Beschwerden bitte an lolsorryichhatteihnbesserinerinnerung@gmail.romcom, danke.

Verurteilten Gift aus dem Po gesaugt? Wem bei *Pulp Fiction?* Wem bei *Der Pate?* Viele Menschen verbinden Filme, Bands, Gerichte oder was auch immer mit ihrer Kindheit, mit Gefühlen von Heimat und Geborgenheit. Ich würde nicht unbedingt Beatrice Egli zu einem Wohnzimmerkonzert einladen, aber andere vielleicht schon. Ist doch völlig okay. Und ich schaue mir gerne *Die Bachelorette, Love Island, Are You The One?, Are You The One? – Reality Stars in Love, Are You The One? – Kids* und ähnliche Sternstunden deutscher Fernsehgeschichte an und andere eben nicht. Ich kann verstehen, dass das nichts für alle Menschen ist. Tatsächlich spielen manche Leute im Bus auch lieber Handyspiele, statt die Bibel ins Finnische zu übersetzen. Diese Lumpen! Aber wo ist das Problem? Man muss sich ja nicht vollkommen einem Hedonismus ergeben. Aber man kann auch an Dingen Spaß haben, ohne sich dabei schuldig fühlen zu müssen. Ich fahre gerne Bus, finde es beruhigend, Leuten beim Zubereiten von Pasta zuzuschauen, ich zocke leidenschaftlich FIFA, gucke an einem Samstagabend lieber ein Fußballspiel zwischen Arminia Bielefeld und dem VfL Bochum, statt rauszugehen, trage zuhause und gelegentlich auch auf Bühnen Jogginghosen, ich übe die Hauptstädte der Erde auswendig, ich kaufe mir Gegenstände, die ich nicht brauche (etwa einen Rücken- und Nackenmassagestuhlaufsatz), ich trinke gerne Cola light, esse Pom-Bären mit Ketchup-Geschmack oder Radieschen und Kohlrabi mit Süßkartoffel- oder Chili-Hummus, ich sitze manchmal lange auf dem Klo (Radieschen und Kohlrabi mit Süßkartoffel- oder Chili-Hummus) und ich benutze mit Freuden Anglizismen oder andere Lehnwörter. I'm sorry, aber deal with it! Da kannst du noch so häufig sagen, dass Anglizismen ein Downgrade für unsere schöne Sprache seien. Steht zu euren Pleasures!

Buchstäblich schuldhaftes Vergnügen gibt es sicherlich auch – das will ich ja gar nicht absprechen. Aber Schuld ist ein starkes Wort. Wenn du in deiner Freizeit gerne Babyotter erschlägst, ja, dann ist das vielleicht ein Guilty Pleasure. Da würde ich dann schon eher sagen: Weiß ich nicht. Weiß ich jetzt nicht, ob das wirklich sein muss. Aber die Werte, die wir vermitteln, sollten doch nicht sein, sich für die eigene Identität stets rechtfertigen und entschuldigen zu müssen. Zur Persönlichkeitsentwicklung gehört es eben auch dazu, Phasen durchzumachen, die einem vielleicht rückblickend unangenehm erscheinen, aber in der jeweiligen Gegenwart fest zum Leben dazugehören und auch dazugehören dürfen! Wirklich unangenehm sollte es uns eher sein, menschenverachtende Scheiße zu denken und andere Menschen zu hassen. Es gibt schlicht ganz andere, wichtigere Sachen, über die man sich aufregen kann und die man nicht einfach so sein lassen sollte. Der individuelle Essens-, Musik-, Serien-, Podcast-, Buch- oder Filmgeschmack gehört definitiv nicht dazu.

Eng mit dem Phänomen schuldhaften Vergnügens verknüpft ist auch das *ironische* Konsumieren. Wir hören den *PUR-Party-Hitmix* ironisch, wir schauen *Love Island* ironisch und die BiFi schmeckt uns natürlich auch nur ironisch. Wie ich diese Selbstdistanzierung hasse. Steht doch dazu, dass ihr euch manchmal auch einfach nur berieseln lassen wollt; steht dazu, dass ihr nicht nur Arthouse-Filme schaut oder Kant lest und auch mal Scheiße fresst. Diggi, wenn du etwas schaust und es gefällt dir oder es unterhält dich, dann schaust du es nicht ironisch – du schaust es gern. Diese Selbstdistanzierung kann nützlich erscheinen. Aber hör auf, dich aus der Verantwortung zu ziehen, ausbeuterische oder stigmatisierende Fernsehsendungen zu gucken, indem du dich auf Ironie beziehst. »Oh, da wird jemand gemobbt auf RTLZWEI? Zum Glück schau ich mir das alles nur ironisch an.« Na dann ist ja gut!

Im Zuge des Verfassens dieses Textes habe ich einen guten Freund gefragt, ob auch er (vermeintliche) Guilty

Pleasures hat und was seine sonstigen Gedanken zu dieser gesamten Thematik sind. Und er hat in meinen Augen etwas sehr Spannendes gesagt. Einen Gedanken in mir angestoßen, der häufig womöglich noch unberücksichtigt bleibt. Er sagte: »Bro, du musst mir noch sieben Euro für die Falafelrolle paypalen.« Ja, da hat er durchaus einen Punkt.

Lasst uns zum Genuss zurückfinden. Lasst jedem Menschen den eigenen Spaß, solange andere nicht beeinträchtigt werden, wie scheiße ihr es auch finden mögt. Das ist nämlich das Schöne am Konzept Freiheit. Wird man selbst nicht eingeschränkt, sollte man auch andere nicht einschränken. Menschliche Freude ist individuell und das ist schön! Ihr dürft ja trotzdem noch eure Witze über *Norbit* machen – aber dann müsst ihr auch zum Filmabend kommen. Ich stelle Gegengift, Nudeln und Sauerkirschmarmelade. Und vielleicht auch einen anderen Film.

Die Corona der Schöpfung

Die größte Angst aller Kulturveranstaltenden nach den ersten Lockerungen und dem Wegfall der meisten coronabedingten Restriktionen war wahrscheinlich diejenige, dass plötzlich alle Personen, die auf Poetry Slams auftreten, fortan nur noch über ihre Erfahrungen mit dem Coronavirus sprechen würden. Ein Corona-Text würde dem nächsten folgen. Ich verstehe diese Sorge. Aber Corona war eben die alle anderen Gegebenheiten determinierende Thematik der jüngeren Gegenwart. Sie erscheint mir zu wichtig, als dass ich hierzu gar nichts sagen wollen würde. Ich versuche mit dem folgenden Text jedoch, eine andere Perspektive einzuschlagen, eine eher juristische (keine Sorge: auch Nicht-Jurist*innen sollten den Text verstehen [hoffentlich {so viele Klammern habe ich noch nie benutzt}]), die insbesondere danach fragt, wie es in den letzten Jahren um unsere Bürger*innenrechte stand, wie sich unsere Sprache verändert hat und wie es auch in rechtlicher Hinsicht weitergehen kann.

Wir, also die weit überwiegende Mehrheit der Bürger*innen, lebten enthaltsam, geradezu masketisch. Die Pflicht zum Tragen eines Mund-Nasen-Schutzes warf uns nicht aus der Bahn – anders als die Nichtbefolgung; wir sahen unsere Familie, unsere Freund*innen für lange Zeit allenfalls virtuell; wir hielten Abstand und blieben zu Hause. Mit Haaren, von denen wir uns wünschten, sie wären so gut frisiert wie die Zahlen von Wirecard. Eine sichere Bank wie coronafreie Winter. »Das hat auch was mit Würde zu tun.« Würde man auch bei der Gesundheit meinen – oder, Herr Söder? Unsere Sprache hat sich verändert, erweitert: Menschen hielten *Zoom-Meetings*, plötzlich wussten alle, was der *R-Wert* ist (mich ausgeschlossen) und das nächste Kinderbuch handelt wahrscheinlich von *Ritter Drost*. Wir sahen den Fluss vor lauter Bach nicht mehr. Menschen stiegen empor, deren Vorname *Corona* lautet. Und wer es auch nach dem 1 000. Foto einer Corona-Bierflasche noch immer für nötig hält, das 1 001. Foto mit diesem Motiv zu posten, zeigt es einmal mehr: Der Mensch ist die Corona der Schöpfung. Und Deutschland mit über 83 Millionen Virolog*innen und Epidemiolog*innen natürlich ganz weit vorn. *Epidemiologisches* – mit dem Wort bekäme man viele Punkte bei Scrabble. Vielleicht heißt es ja in 20 Jahren von unseren Corona-Babys in Bezug auf ihre berufliche Zukunft: irgendwas mit Epidemiologie.

Doch wie stand und steht es in dieser außergewöhnlichen Zeit um unsere oft verloren gewähnten Bürger*innenrechte? Erinnert – und zu selten bedacht – sei vorweg an die Menschen, die an oder im Zusammenhang mit einer COVID-19-Infektion gestorben sind. In der Diskussion um Freiheitseinschränkungen kommt das oft ein wenig zu kurz. Wer körperlich angeschlagen ist, kann sich auch nur schwer versammeln; den Toten nutzt die Berufsfreiheit recht wenig. Artikel 2 Absatz 2 Satz 1 des Grundgesetzes schützt das Leben und die körperliche Unversehrtheit als Fundament jeder Grundrechtsbetätigung. Es ist eine unermessliche Zahl an Schicksalen und ein kaum zu begreifendes Leid, das diese Menschen, ihre Angehörigen und Freund*innen haben durchmachen müssen. Insbesondere in Relation dazu, in Bussen und Bahnen eine Maske tragen zu müssen.[54] Umso grotesker, umso zynischer, dass die Sprache der Hüter*innen unseres Grundgesetzes – so zumindest das Selbstverständnis – mit Fortschreiten der Pandemie stetig aggressiver wurde. Die Maske wurde schnell zum *Merkel-Maulkorb*, die Bundesrepublik Deutschland zur *Corona-Diktatur*, das Infektionsschutzgesetz zum *Ermächtigungsgesetz*. Ein solcher Duktus bagatellisiert echte Diktaturen und ist ein Affront gegenüber tatsächlich von demokratie- und rechtsstaatswidrigen Zuständen betroffenen Opfern anderer Gebiete dieser Erde oder gleicher Gebiete anderer Zeit. Sprache schafft Ängste, schafft Realitäten.

Und während sich die gesellschaftlich-linguistische Debatte nahezu vollständig an geschlechtergerechter Sprache auslässt – die Sonne ist nicht der einzige Stern, der bei Bürger*innen zu Schweißausbrüchen führt –, wird völlig aus den Augen verloren, welcher Symboliken und Chiffren sich die Feind*innen der Verfassung bedienen. Nur weil du bei Lidl für 20 Minuten eine medizinische OP-Maske trägst, wird dir weder der Mund verboten noch bist du zeitweise Kriegsgefangene*r der BRD (GmbH). Wenn eine Versammlung zum Zeitpunkt einer globalen Pandemie wegen eklatanter Missachtungen der Schutzvorschriften aufgelöst wird, ist das nicht die endgültige Abschaffung der Demokratie. Und dass exekutive Stellen zum Handeln *ermächtigt* werden, hat weniger mit Entmachtung des Parlaments als vielmehr mit der selbstbestimmten Entscheidung desselben für ein effektives Verwaltungshandeln zwecks pandemiebedingter Gefahrenabwehr zu tun.[55] Während im Frühjahr 2021

....

54 Wann sterben noch einmal alle dreifach geimpften Menschen? Ich muss nämlich vorher noch Nudeln kaufen gehen.

55 Eine »Ermächtigungsgrundlage« (oder auch: »Befugnisnorm«) ist eine Rechtsnorm, die eine staatliche Stelle dazu ermächtigt, eine Maßnahme zu treffen, beispielsweise ein Bußgeld zu verhängen. Es

regierungskritische Journalist*innen inmitten der EU von einem Kampfjet begleitet aus der Luft geholt wurden, um in obskuren Videos ihre eigene Gefolgschaft für den nun zufälligerweise doch als Heilsbringer hofierten Despoten zu offerieren, beschwerten sich Menschen ernsthaft darüber, ihre Kontaktdaten anzugeben, bevor sie ihr Gulasch löffeln dürfen? Versammlungsteilnehmende – im wahrsten Sinne des Wortes – sahen sich allen Ernstes ihrer Versammlungsfreiheit beraubt? Und die Medien ohnehin alle gleichgeschaltet (von den jüdischen Weltverschwörer*innen)? Worte schaffen Ängste, schaffen Realitäten. Der Sturm auf den Reichstag war schließlich auch kein Wetterphänomen.

Vermehrt rekurrieren Querdenkende auf die freiheitliche demokratische Grundordnung. Gerne wird das Grundgesetz zitiert. Es ist ihnen nicht zu verdenken; *freiheitlich* und *demokratisch* sind Attribute, die so einer Grundordnung schon besser stehen als *gezwungen* und *diktatorisch*. So schwer es einer Mehrheitsgesellschaft fallen mag, so wichtig ist es doch: angemessener Minderheitenschutz. Und eine solche Minderheit – wenngleich nicht über Jahrhunderte verfolgt oder aufgrund vorhandener unabänderlicher Merkmale sonstiger Diskriminierung ausgesetzt – ist letztlich auch die Riege der Querdenkenden. Zu leicht wäre es, im Hinblick auf die zum Teil abstrusen, zum Teil höchstgefährlichen Aussagen und Aufmachungen, solche

....

bestehen unzählige Ermächtigungsgrundlagen, um zu verhindern, dass Behörden losgelöst von einer (demokratisch legitimierten) Grundlage für Bürger*innen belastende Eingriffe vornehmen können. »Ermächtigungsgesetz« ist als Ausdruck hingegen sprachlich belastet, weil so das Gesetz bezeichnet wird, mit dem Adolf Hitler 1933 den Reichstag, also das Parlament, entmachtet hat und auf diese Weise seinen diktatorischen Weg ebnen konnte. Wird heute ein staatliches Gesetz als »Ermächtigungsgesetz« bezeichnet, wird der historische Kontext somit relativiert und bagatellisiert.

Meinungsäußerungen und kollektiven Meinungsbekundungen in Form von Versammlungen einfach zu verbieten. Doch gerade weil sich diese Menschen gegen die Corona-Politik der Regierung wenden, ist es so immens wichtig, auch sie im Grundsatz zu schützen. Niemals darf sich der Staat anmaßen, die politischen und gesellschaftlichen Ansichten seiner Bürger*innen zu bewerten, zu klassifizieren. Spätestens hier hätte auch den letzten Querdenkenden auffallen müssen, dass Sophie Scholl nicht mal eben so Versammlungen gegen die Regierung anmelden und auf Bühnen in den Innenstädten vor tausenden Leuten reden durfte. Und dass angelegte Davidsterne und die systematische Erfassung von Menschen, um sie zu töten, vielleicht womöglich gegebenenfalls eventuell doch eine andere Dimension aufweisen als die freiwillige Entscheidung, sich nicht impfen zu lassen und das offensiv zur Schau zu stellen. Aber was weiß ich schon?

Es gibt keine guten oder schlechten Versammlungen, nur solche, die friedlich und ohne Waffen stattfinden, so wie es Artikel 8 Absatz 1 des Grundgesetzes fordert, oder eben nicht. Nach Artikel 3 Absatz 1 des Grundgesetzes sind alle Menschen vor dem Gesetz gleich. Dass wiederum auf Versammlungen geteilte Ansichten auf Gegenwind stoßen, ist logische Folge und Konsequenz einer freien Ausübung der Meinungs- und Versammlungsfreiheit als Fundamente gesamtgesellschaftlichen Diskurses. Im juristischen Kontext spricht man von *demokratiekonstituierenden Grundrechten:* Eine Demokratie erfordert nämlich freies Denken und Reden der Bürger*innen sowie den zwischenmenschlichen Austausch. Und diese Gegebenheiten sichern jene Grundrechte. Ein Diskurs ist jedoch längst vorbei bei stumpfem Hass und Gewalt. Wenn man sich das Ausmaß mancher Demonstrationen, vor allem im Sommer 2020, anschaut, kann man nur mit dem Kopf schütteln, Bürger*innenrechte abgeschafft zu wähnen. »Keine Freiheit den Feind*innen der Freiheit« ist zwar eine Sentenz, die sich durchaus in unserer Werteordnung findet. Artikel 18 des Grundgesetzes regelt etwa eine mögliche Verwirkung von Grundrechten. Doch sind die Hürden hierfür sehr hoch – und das zurecht. Stünde es im Gutdünken der Staatsmacht, Grundrechte nach eigenem Belieben einzuschränken, führte dies die freiheitliche demokratische Grundordnung letztlich ad absurdum.

Dieser bislang eher einer Laudatio für die Regierung gleichende Text bedarf selbstverständlich auch Einschränkungen. Keinesfalls erwies sich jede Maßnahme der Entscheidungsträger*innen wirklich als *richtig*. Nicht jede Corona-Schutzverordnung konnte auf den Quadratmeter genau *Gerechtigkeit* widerspiegeln. Nicht jede Branchendifferenzierung war treffend. Nicht immer wurde schnell genug reagiert, geschweige denn stets mit gebotener Weitsicht. Nicht alle Abgeordneten des Bundestages haben sich mit Ruhm, manche eher mit Geld bekleckert. Maskendeals. Maskenaffäre. Maskenfiasko. Maskendebakel. Was klingt wie ein Brainstorming für ein *Das Phantom der Oper*-Remake, war leider traurige Realität einiger (weniger) deutscher Politiker*innen, die Masken – und Menschen – fallen ließen. Vertrauen sank. Sang- und klangvoll gab es zumindest Ehrenerklärungen. Großartig! Es darf, ja, es muss sogar kritisiert werden dürfen. Aber genau das war und ist doch auch der Fall. Kein*e Krankenpfleger*in stand um 12:00 Uhr draußen und hat für die Regierung geklatscht. Es gab keine Parade, keinen ausgerollten roten Teppich für Jens Spahn. Und auch ich habe oft gehadert: Es gab Zeiten, in denen Restaurants geöffnet und Universitätsbibliotheken geschlossen waren. Die Klausuren meines juristischen Staatsexamens wurden im Dezember bei zum Teil geöffneten Fenstern geschrieben. Nicht so nice. Natürlich gab es in jedem Bundesland unterschiedliche Maßnahmen und das ist angesichts unseres föderalen

Systems, das die Spezifika jeder Region angemessen berücksichtigen kann, auch erst einmal richtig. Gesamtgesellschaftliche Solidarität konnte so aber nur schwer konstituiert werden.

Von besonderer Wichtigkeit ist es, dass es stets und überall eine Opposition – neuerdings gerade auch abseits der AfD – gibt. Nach Walter Scheel ist die Opposition das Salz in der Suppe der Demokratie. Verfassungsrechtliche Haute Cuisine. Denn wo immer eine Mehrheit handelt, braucht es ein Korrektiv, braucht es die – insbesondere auch parlamentarische – Diskussion. Eine Diskussion, die der Öffentlichkeit zeigt, dass mit ernsthaftem Bestreben versucht wird, die bestmögliche Lösung eines Problems zu finden. Konsensual. Zugestanden werden muss mit Sicherheit ein gewisser Zeitraum ohne Parlamentsbeteiligung, der schlicht der Gefährlichkeit und Neuartigkeit der Situation geschuldet war. Die Herzkammer der Demokratie – und dafür muss man kardiologisch nicht besonders versiert sein – ist und bleibt aber das Parlament. Und zwar sowohl der Bundestag als auch die 16 Landesparlamente. Wo der Staat Freiheiten nicht nur unerheblich einschränkt, muss die unmittelbare Legitimation zum Volk bestehen bleiben. Zu häufig entstand der Eindruck, dass die Ministerpräsident*innenkonferenz das neue Herz, die Parlamente bloßer Blinddarm wurden. Dass Rechte der Bürger*innen in ihrem Kern letztlich stets gewahrt blieben, ist nicht zuletzt den (Verwaltungs-)Gerichten zu verdanken. Diese haben keineswegs die Entscheidungen der Regierungen kommentarlos durchgewunken, sondern mit hohem Arbeitsaufwand dafür gesorgt, dass zeitnah (womöglich) gesetzes- und/oder verfassungswidrige Maßnahmen aufgehoben oder zumindest vorübergehend ausgesetzt wurden. Unser Rechtsstaat funktioniert auch in einer Pandemie. Das hat sich eindrucksvoll gezeigt – allen Widrigkeiten zum Trotz.

Und doch war er ständig präsent, der Eingriff in unsere Grundrechte. Mal war er *hart*, mal *massiv*, vielleicht sogar *gewaltig*. Ich möchte die Einschränkungen nicht kleinreden, insbesondere die (nicht nur virtuelle) Versammlungsfreiheit, Berufsfreiheit, Kunstfreiheit wurden – es ist nicht zu leugnen – *massiv* eingeschränkt. Es gab *harte* Eingriffe. Wer jedoch bereits dies für ein Problem hält, was leider auch medial immer wieder so dargestellt wurde und nicht unbedingt zu mehr Vertrauen in den Rechtsstaat führte, irrt – und zwar *gewaltig*. Denn der Staat basiert zwar auf einer freiheitlichen demokratischen Grundordnung und muss selbstverständlich größtmögliche Freiheiten garantieren. Dennoch hat er in unzähligen Bereichen ein dem geordneten Zusammenleben dienendes Instrumentarium an Eingriffsbefugnissen. Vergegenwärtigen wir uns mal einige Selbstverständlichkeiten: Es ist ein Eingriff in meine verfassungsrechtlich garantierte allgemeine Handlungsfreiheit aus Artikel 2 Absatz 1 des Grundgesetzes, dass ich in bestimmten Bereichen nur 30 km/h mit dem Auto fahren darf. Genauso ist es ein Eingriff in meine Grundrechte, dass ich die Hinterlassenschaften[56] meines Hundes wegräumen muss und mir sonst ein Bußgeld droht. Und auch ist es ein Eingriff in meine Grundrechte, dass ich bestraft werde, sollte ich einen Menschen ermorden. Was maßt sich dieser paternalistische Staat nur an? Ein Eingriff ist nicht per se etwas Negatives. Erst wenn Schuster*innen grundlos verboten wird, ihr Geschäft aufzumachen – erst dann wird ein Schuh draus. Staat, bleib bei deinem Leisten. Verboten sind nämlich lediglich ungerechtfertigte Eingriffe in unsere Grundrechte. Eine Rechtfertigung scheidet etwa aus, wenn es gleich effektive, aber mildere Mittel für den Staat gibt als die jeweils gewählte Maßnahme. Terminologisch spricht man in so einer Situation von der Verletzung

....
56   Der vielleicht schönste Euphemismus überhaupt.

von Grundrechten. Eine solche (inhaltliche und sprachliche) Gratwanderung warf und wirft bei den Corona-Maßnahmen selbstredend mannigfaltige verfassungsrechtliche Probleme auf, die kontrovers zu diskutieren sind – doch das ist nun einmal der Situation einer plötzlich auftretenden Pandemie inhärent. Dass Eingriffe in Grundrechte aufhören müssen, wenn sie nicht mehr zu rechtfertigen sind, ist ein Gebot rechtsstaatlicher Logik und wird von niemandem ernsthaft bestritten. Was mir persönlich jedoch wichtig ist: Es geht darum, die zuletzt bezeichnete Situation explizit als *Verletzung* von Grundrechten zu klassifizieren und eben nicht bloß als *Eingriff*. Vielleicht kann man mir hier Haarspalterei vorwerfen, doch finde ich es wichtig, auch in der Breite deutlich zu machen, dass Eingriffe in Grundrechte – und da würde wahrscheinlich selbst die FDP zustimmen – für ein funktionierendes Zusammenleben in einer Gesellschaft notwendig sind. Wahrscheinlich bin ich etwas wortklauberisch[57]. Das mag durchaus sein, ja. Aber erinnert sei noch einmal an die Bezeichnung *Ermächtigungsgesetz*, insbesondere in Abgrenzung zur – in der juristischen Welt allgegenwärtigen und keiner sprachlichen Belastung ausgesetzten – *Ermächtigungsgrundlage*. Juristische Genauigkeit ist mehr als Erbsenzählerei. Denn Worte schaffen Ängste, schaffen Realitäten.

Wer weiß, wie es weitergehen wird? Mit Sicherheit kein Mensch. Mit Sicherheit ist unser Rechtsstaat gewappnet, Grundrechte effektiv durchzusetzen und zu verteidigen. Das ist zwar – anders als unsere liebste Beschäftigung während der Pandemie – kein Spaziergang, doch bin ich zutiefst davon überzeugt. Sicherheit auf Kosten der Freiheit ist sicherlich nicht frei von Risiken. Gleiches gilt aber auch für eine Freiheit auf Kosten von Sicherheit. Hat man keine Entscheidungen zu treffen, ist es leicht, mit dem Fin-

....

57   Was für ein komisches Wort.

ger auf andere zu zeigen. Dennoch: Insbesondere die vulnerabelsten Gruppen müssen geschützt werden. Das sollte oberstes Credo und gesamtgesellschaftlicher Konsens sein.

Und was wird jetzt aus den Querdenkenden? Dieselben Menschen, die uns 2020 noch in der Diktatur wähnten, saßen 2021 bei Sonnenschein in den Biergärten – ohne Merkel-Maulkorb, Zwangsimpfung[58] und wahrscheinlich auch ohne die Erkenntnis, dass ein Lockdown kein Selbstzweck und schon gar nicht ein Dauerzustand ist – und frönten sich ihres Lebens. Prost! Vielleicht noch ein Selfie für die Telegramgruppe? Und die letzten ungerade Denkenden versuchen auch in den (hoffentlich) letzten Zügen der Pandemie noch, ihre Ziele auszurufen. Im besten Fall ist das natürlich der Rücktritt der Regierung, klar. Doch ihre Forderung schlägt ihnen vom Gros der Gesellschaft selbst entgegen: Widerstand. Und das ist auch gut so. Widerstanden werden sollte dennoch der Versuchung, sich moralisch über diese Menschen zu erheben. Auch Sorgen und Ängste sind ernst zu nehmen. Dabei bedarf es bloß stetig der klaren Abgrenzung zu menschenfeindlichen Ideologien.

Ich bleibe optimistisch. Vielleicht lese ich mir noch einmal das Grundgesetz durch und echauffiere mich über Grundrechtseingriffe. Vielleicht aber auch nicht.

. . . .

58   Es trat zwar später eine Impfpflicht im Gesundheitswesen in Kraft (die – Stand November 2022 – ohnehin wieder auslaufen soll), doch bei einer Nichtbeachtung wäre niemand zu einer ungeimpften Person gekommen, um sie wortwörtlich zwangsimpfen zu können. Wie so häufig würden hier andere Mittel greifen: sanfter Druck, insbesondere in finanzieller Hinsicht.

Drei Wachsgedichte

Jüdisch.
Jüdisch und deutsch.
Jüdisch und deutsch und russisch.
Jüdisch und deutsch und russisch und sauer.
Adjektive.

Sauer.
Sauer macht glücklich.
Sauer macht glücklich und liebt dich.
Danke, Merkel.

Wachs.
Wachs mal, Stift.
Wachs mal über dich hinaus, Stift.
Wachs mal über dich hinaus und begib dich aus deiner
Komfortzone, Stift.
Bienen.

22

Mein Dasein als 22-Jähriger war für meine persönliche und fachliche Entwicklung die prägendste und auch einschneidendste Zeit. Mit 22 Jahren begann ich, im Bereich des öffentlichen Rechts, genauer: im Verfassungsrecht, noch genauer: zu einem grundrechtlichen Thema, noch genauer: zur Kunstfreiheit, noch genauer: zu politischer Kunst, noch genauer: geht es nicht, zu promovieren und gleichzeitig als wissenschaftlicher Mitarbeiter zu arbeiten. Die Arbeit, insbesondere als Dozent für Erst-, Zweit- und Drittsemester, erfüllt mich im beruflichen Kontext mehr als alles andere. Die Möglichkeit, Einfluss zu haben auf die Entwicklung junger Menschen, ihnen die Freude an (progressiver) Rechtswissenschaft näherbringen zu können – das ist für mich etwas wirklich Besonderes.

Mit 22 Jahren beendete ich meine einige Jahre andauernde Poetry-Slam-Pause endlich und fing ab Oktober 2021 an, wieder sehr regelmäßig auf verschiedensten Veranstaltungen aufzutreten. Zu dieser Zeit bemühte ich mich auch endlich mal, meinen Social-Media-Auftritt ein wenig zu pflegen – und mit Social Media meine ich ausschließlich Instagram. Daneben realisierte ich mir mit 22 Jahren einen lang ersehnten Traum, der aber auch mit großem Respekt vor der Aufgabe einherging: Kiwi mit Schale essen (das ist wirklich gut, probiert es aus) und Stand-up-Comedy. Einen kleinen Zusammenschnitt meines allerersten Auftritts gibt es auf meiner Instagram-Seite zu sehen. Ganz billige Werbung an dieser Stelle – das ist mir bewusst. Irgendwann haben Evgenija Kosov und ich gemeinsam in Bochum ein eigenes Stand-up-Comedy-Open-Mic gegründet: Das erste Mal, dass ich eine Show mitmoderieren und mitveranstalten durfte; auch das war für mich persönlich ein neuer Meilenstein. Die Show findet jeden zweiten Donnerstag jeden zweiten Monat statt (super handlich zu merken, ich weiß). Vielleicht ja sogar jetzt noch, während du gerade dieses Buch liest (kauf ein Ticket).[59]

Ich finde es toll, nach Auftritten mit Zuschauer*innen ins Gespräch zu kommen und gerne auch noch weiter Zeit zu verbringen – in einer Bar, auf einer WG-Party oder wo auch immer. Daher frage ich mittlerweile häufiger auf der Bühne, ob Leute noch Lust hätten, nach der Veranstaltung zusammen durch die Stadt zu ziehen, *Stadt, Land, Fluss* zu spielen oder irgendwas anderes gemeinsam zu machen; ich bin da immer ganz offen. Ich will die Stadt ja so richtig kennenlernen. Mit den Menschen reden. Jaja. Auch das habe ich das allererste Mal mit 22 gemacht, und zwar bei einem Poetry Slam in Moers. Ich hatte auf der Bühne gesagt, dass man mich gerne ansprechen könne. Nach dem Slam kamen dann tatsächlich zwei junge Frauen in den Backstage-Bereich. Sie haben zwar erst versucht, mich zu erschrecken (weird flex, but okay), aber dann wurde es großartig. Wir sind durch ganz Nordrhein-Westfalen gecruist (das klingt rückblickend gar nicht mal so spannend) und haben noch die ganze Nacht miteinander verbracht, an deren Ende wir meinen Bruder um 4:30 Uhr von irgendeiner Party abgeholt und ihn und mich in unser

....

59   Update aus der Zukunft: Mittlerweile veranstalten und moderieren wir jeden anderen zweiten Donnerstag in derselben Location einen Poetry Slam (und auch diese Tätigkeit macht einfach nur unglaublich viel Spaß).

Elternhaus gebracht haben. Mittlerweile hat sich daraus eine echte Freundschaft entwickelt – und mit den beiden verstehe ich mich auch noch super.

Mit 22 ging auch meine über vierjährige Beziehung zu Ende. Insgesamt also ein wirklich bewegter Lebensabschnitt, der aber noch ein letztes kleines *Highlight* bot: Wenn man ein wenig länger in der Poetry-Slam-Szene dabei ist, bekommt man immer wieder mal auch etwas ungewöhnliche Auftrittsanfragen. Doch die in ungefähr sieben Jahren Poetry Slam mit Abstand weirdeste Anfrage bekam ich eben mit 22. Ich möchte diese mir über Instagram übermittelte Nachricht gerne originalgetreu zitieren:

»Hey Benni Servus,
Ich hätte eine etwas außergewöhnliche Bitte. Wäre es möglich, dass du mir eine poetisches Gedicht über ›Damen‹ schreiben könntest, worin die Vorzüge und Charaktereigenschaften der Frauen zum Himmel gelobt werden? Ich muss nämlich eine Rede über Damen halten. In der Gestaltung wärst du frei. Es sollen aber sehr ehrenwürdige Worte sein. Der Text sollte am 24.06. fertig sein.[60] Selbstverständlich würde ich das ganze mit 100€ vergüten. Schreib mir doch gerne mal ein kurzes Feedback zu meiner Bitte. Vielen Dank im Voraus :)«

Ich lass das einfach mal so stehen. Sollte es nicht ohnehin offensichtlich sein: Von den 100 € habe ich mir CDU-Merchandise gekauft.[61]

. . . .

60   Die Anfrage kam am 23.06.
61   Das war nur ein Scherz, ich habe diese Anfrage natürlich nicht angenommen. Das ist zwar eigentlich klar, mir aber in diesem speziellen Fall dennoch ein Bedürfnis, es nochmal ganz ausdrücklich festzuhalten.

Leben und leben lassen

Die Geschichte meines allerersten Poetry-Slam-Auftritts (die ich zu Beginn dieser kleinen Textsammlung schon geschildert habe) ist eng mit dem folgenden Text verzahnt. Ich besuchte die 12. Klasse und stand kurz vor dem Abitur. Zwei Freundinnen von mir hatten die Idee, einen Poetry Slam zu besuchen; eine Veranstaltung, auf der irgendwelche Leute irgendwelche Texte vorlesen – ungefähr so wurde mir das damals vorgestellt. Da mich dieses Konzept sofort überzeugt hat, verabredeten wir uns, einen Poetry Slam in unserer Heimatstadt Essen zu besuchen. Ein paar Tage vorher dachte ich mir zuhause, dass ja eventuell eine auftretende Person spontan ausfallen und ich ersatzweise für sie auftreten könnte und schrieb daher für diesen Fall zuhause handschriftlich einen (viel zu langen) Text. Er trug den Titel Leben und leben lassen. Thematisch ging es um meinen Bezug zum Veganismus; ich war zu diesem Zeitpunkt erst ungefähr ein halbes Jahr vegan. Der Text selbst hat sich über die Jahre deutlich verändert, 2022 seine finale Gestalt angenommen und mittlerweile nahezu nichts mehr mit meinem allerersten Poetry-Slam-Text zu tun – bis auf den Titel. Die gleich folgende Version entspricht nicht ganz der auf Bühnen vorgetragenen, mit der ich etwa die in Hagen ausgerichtete nordrhein-westfälische Poetry-Slam-Meister*innenschaft 2022 gewinnen und das Halbfinale der deutschsprachigen Poetry-Slam-Meister*innenschaften 2022 in Wien erreichen konnte (sonst würde ich das Zeitlimit stetig sprengen), sondern ist deut-

lich umfangreicher. Eine letzte Bemerkung sei noch erlaubt: Ich habe die Tagebuchform nur deshalb gewählt, weil ich dachte, dass auf diese Weise die Chancen auf eine spätere Veröffentlichung steigen – #justjewishthings. Und was soll ich sagen: Hat ja offenbar geklappt.

Tag 1: Ich habe es mir wirklich deutlich schwieriger vorgestellt. Ich bin jetzt 20 Minuten vegan. Bislang fehlt mir gar nichts.

Tag 2: Zunächst lief alles gut. Morgens Haferbrei, mittags Nudeln mit scharfer Tomatensoße. Doch in eine unvegane Falle bin ich dann doch schon getappt, denn abends – erschoss ich versehentlich eine Kuh. Passiert. Sie hat jedenfalls nicht Schwein gehabt.

Tag 7: Anfangs war es echt nicht leicht, bei jedem Lebensmittel herauszufinden, ob es zu 100 Prozent vegan ist. Ich mein, es gibt ja sogar veganes Hühnchen. Ich frage mich da immer, wie das möglich ist. Wird das Huhn vor der Schlachtung gefragt, ob es vegan gelebt hat? Wird das kontrolliert? Es hat ja auch nicht jede*r ständig den eigenen Veganismus-Ausweis dabei.

Tag 14: Nachdem meine Freund*innen mitbekamen, dass ich vegan bin, wurden erste Zweifel an meiner Integrität laut: »Ey, Benni, ich hab dich vor drei Wochen nachts Babybel essen sehen!« True. Ein anderer Freund schickte mir ein Bild, wonach jeder Mensch im Schlaf durchschnittlich eine Spinne im Jahr isst. Schachmatt. Ich bin großer Fan veganer Superheld*innen. Vergesst Spider-Man oder Wonder Woman, jetzt kommt: Chiasaman. Chiasaman wurde als Kind von einer Haferflocke gebissen und verfestigt jetzt Flüssigkeiten. Mit seiner Erzfeindin, Gelatine, und ihrer imaginären Zwillingsschwester, Gelantine, liefert er sich epische Duelle. Je länger ich über diese Duelle nachdenke, desto mehr frage ich mich, was für eine Art Pilzpfanne ich am Abend aß. Konfrontiert wurde ich von meinen Freund*innen natürlich auch mit anderen Klassikern, etwa damit, dass Hitler ja auch Vegetarier war (was nicht einmal stimmt). Aber selbst wenn: Hitler soll sogar geschlafen haben. Der nächste Mensch, der einschläft, könnte also mal für den größten Massenmord der Geschichte verantwortlich sein. Im privaten Umfeld dahingehend vielleicht lieber ein wenig die Augen offenhalten.

Tag 34: Meine erste Party als Veganer. Ich möchte meine Ernährung wirklich nicht zum Thema machen. Zumindest nicht mehr. Früher habe ich es zum Teil schon ein wenig genossen, wenn Leute interessiert nachgefragt haben, warum ich denn dieses oder jenes Produkt nicht esse, aber mittlerweile will ich einfach nur in Ruhe gelassen werden. Doch gerade als ich den Ursprung des Aromas in den Chips ergoogeln wollte, hörte ich plötzlich von der Seite: »Also ich esse ja wirklich selten Fleisch.«

»Cool, aber habe ich danach gefragt? Nein. Ich erzähl dir doch auch nicht, dass ich selten Drachenfrucht esse (die nicht ansatzweise so gut schmeckt, wie sie aussieht, aber das ist ein anderes Thema). Es interessiert mich nicht. Du kannst auch oft Fleisch essen. Du kannst gerne auch Fleisch trinken, wenn du magst. Das ist mir daunenfreie Jacke wie Hose. Sojawurst. Kauf dir ruhig die ja!-Salami für neun Cent das Kilo, aber lass mich bitte einfach in Ruhe und halt die Fresse!«, denke ich mir so. Und sage: »Oh, okay.«

»Ja, und wenn, dann auch nur vom Metzger nebenan, da weiß man noch, wer's macht!«

»Selbstverständlich weiß man das dann: Ein*e Metzger*in macht das. Und dass du nur da einkaufst wie alle anderen auch. Aber hey, du kannst auch woanders einkaufen.

Guck mal, wie nett dieser Mann da schaut, ah: Clemens Tönnies! Da weißt du auch, wer's macht: Osteuropäische Arbeiter*innen zu einem Hungerlohn. Aber haben ja wenigstens immer Essen um die Ohren, ne? Hot take: Leute, die von sich behaupten, sie äßen nur gutes Fleisch, essen nicht nur gutes Fleisch. Ich hatte zum Beispiel mal einen Handwerker in der Wohnung, der ungefragt meinte: ›Keine Sorge, ich klau nicht.‹ Leute, die sowas sagen, klauen. Und was ist überhaupt gutes Fleisch? Wie kannst du ein Tier gut töten? Gehst du mit einer Kuh in den Freizeitpark, kaufst ihr Zuckerwatte, abends trinkt ihr Cocktails? Kuhba Libre? Kalbirinha? Und wenn sie auf dem Rückweg im Auto seelenruhig schläft, streichelst du sie tot?«, denke ich mir so alles.

»Ah, vom Metzger nebenan. Klasse!«, sage ich. »Da weiß man ja auch noch, wer's macht!«

Esst, was ihr essen wollt. Ich mische mich da nicht ein. Lediglich Leute, die jagen oder fischen, die sind mir wirklich suspekt. Aber auch nur, weil sie immer so irritierende Grüße pflegen: *Petri Heil, Weidmannsheil* – hab, ehrlich gesagt, nicht so die besten Erfahrungen bei Grüßen mit »Heil«-Komponente.

Tag 50: Ich überlege, mit dem Veganismus aufzuhören. Es ist einfach viel zu extrem. Zu extrem, wie schlimm die Wortspiele sind. Es ist nicht auszuhalten: »Visch«, »Vleisch«, »Vomate«, statt »Honig« gibt es »oHnig«. Also wirklich. Ich habe Angst vor veganem »Chicken«. Und auch davor, dass irgendwann mal ein rein veganer Friseursalon eröffnet. Ich glaube, man kann sich nicht nutzloser im Leben vorkommen als der Buchstabe F in veganen Kreisen. In der englischen dritten Liga gibt es mittlerweile sogar einen rein veganen Fußballverein: Forest Green Rovers. Ich korrigiere: Vußballverein. Mein liebstes Goethewerk ist natürlich *Vaust* und mein Lieblingstier ein wunderschöner V.

Tag 63: Leute in meinem Umfeld fragen mich mittlerweile, was ich überhaupt noch essen kann. Ich kann alles essen. Ich möchte aber nicht alles essen.[62] Als Jugendlicher war ich der größte Antiveganer, den man sich nur vorstellen kann: Ich habe Milch mit einer BiFi umgerührt. Bei mir gab es Schnitzelbrötchen, aber die Brötchenhälften waren die Schnitzel. Und das Schnitzel war – ein Schnitzel. Wenn ich ganz crazy war, auch ein Cordon bleu. Doch wer heute ernsthaft behauptet, es sei in Deutschland kompliziert, vegan zu leben, findet es auch kompliziert, eine E-Mail zu verschicken. Mittlerweile kriegt man doch selbst im Mitarbeitendenklo einer Metzgerei noch 'ne Hafermilch für seinen Kaffee. Es gibt mehr vegane Burgerpattys als Versuche von Oliver Pocher, relevant zu bleiben. Generell scheinen Leute komplett verzerrte Vorstellungen darüber zu haben, was vegan lebende Menschen essen. Vegan heißt nicht, nur von Rohkost, Grünkohl-Smoothies und Wasser zu leben – wir essen auch Leinsamen. Nie besteht größeres Interesse an Nährstoffen als bei veganer Ernährung. Natürlich gibt es Menschen, deren soziale Situation es schlicht nicht zulässt, sich ausgewogen, gesund und abwechslungsreich vegan zu ernähren. Und auch ansonsten würde ich mir niemals anmaßen, anderen Menschen vorzuschreiben, wie sie zu leben haben. Dann müsste ich ja konsequenterweise selbst moralisch einwandfrei sein, aber das bin ich nicht. Bei weitem nicht. Ich esse zum Beispiel gerne Kidneybohnen auf meiner Pizza. Die platzen im Ofen auf, das ist fantastisch. Ich esse jeden Tag eine Dose Bohnen. Mein Darm hasst mich. Aber ganz ehrlich: Interessiert mich nicht die Bohne.

....

62 An dieser Stelle möge man sich bitte eine kreisende Bewegung mit dem ausgestreckten Zeigefinger vorstellen.

Tag 105: Mein erster Geburtstag als Veganer. Ich bekam tolle Geschenke: Das Spiel *Lotti Karotti* und Steine. Es gab auch ein fantastisches Outdoor-Erlebniscatering: frisches Gras. Also nicht *das* Gras. Nee, ich mein schon Cannabis. In der Familie ist es mit der Akzeptanz leider oft schwierig. Meine Oma meinte einmal, für sie sei Veganismus wie eine Krankheit. Ich weiß nicht, wie sie sich das vorstellt, denn es ist jetzt nicht so, dass man irgendwann schweißgebadet aufwacht, Krämpfe in der Bauchregion hat und im Krankenhaus mit traurig-bestimmter Stimme festgestellt wird: »Sie haben Veganismus. Es hat sich noch nicht vollständig in ihrem Körper ausgebreitet, ich sehe da einen Ledergürtel und nicht-tierversuchsfreie Seife an Ihren Fingerkuppen, aber es sieht nicht gut für Sie aus.« Nein, vegan wird man natürlich erst dann, wenn der Chiasaman kommt und man von ihm mit in Mandelmilch aufgequollenen Chiasamen bestreut wird. Das Ganze nennt sich dann *Tauve*.

Tag 254: Karnefal. Ich verkleide mich als Rosenkohl. Für diejenigen, die nicht wissen, was das für eine Veranstaltung ist: Sehr viele Menschen ziehen sich komische Anzüge an, sind offensichtlich viel zu betrunken und erzählen irgendeinen Nonsens. Ich glaube, in südlichen Ecken Deutschlands nennt man das einfach CSU-Parteitag.

Tag 521: Halloween. Ich verkleide mich als Rosenkohl. Auf der Straße treffe ich Horrorclowns, die panisch vor mir wegrennen. Für diejenigen, die nicht wissen, was Halloween ist: Sehr viele Menschen ziehen sich gruselige Anzüge an, sind offensichtlich viel zu betrunken und erzählen irgendeinen Nonsens. Ich glaube, in südlichen Ecken Deutschlands nennt man das einfach CSU-Parteitag. Apropos Rosenkohl. Ein mir (erstaunlich) häufig entgegengebrachter Aphorismus ist: *Pflanzen spüren auch Schmerzen!*

Hierzu kann ich zwei Dinge sagen. Erstens: nein. Zweitens: Selbst wenn dies so wäre, müsste man für die Tierfutterherstellung erst den Pflanzen Schmerzen zufügen, um dann zusätzlich noch den Tieren Schmerzen zuzufügen. Auch dieses Argument führt demnach völlig ins Leere.

Tag 613: Eine vegane Lebensweise ist nicht per se gesünder oder ungesünder. Das merke ich immer dann, wenn ich meine BBQ-Chips in Ketchup tunke und mit einem oder elf Mojitos runterspüle. Es lässt sich gesund unvegan und ungesund vegan leben. Umwelt-, Klima-, Ressourcenschutz, okay. Aber mir geht's eigentlich primär um die Tiere. Die Entstehung tierischer Produkte ist eben zwangsläufig mit dem Leid, Schmerz und oft mit dem Tod von Tieren verbunden. Und dann gibt es trotzdem noch immer Leute, die sagen: »Vegane Wurst, das versteh ich nicht. Ich bastel mir doch auch keine Karotte aus Hack.« Personen, die so etwas sagen, benutzen Facebook. Und die Wahrscheinlichkeit, dass sie schon mal unter irgendein Bild mit Bezug zum Veganismus etwas wie »Mmmmh, Steak« kommentiert haben, ist hoch. Gleichzeitig sind sie aber auch meist die ersten, die sich über Wilderei in afrikanischen Ländern aufregen. Vor lauter Wut darüber, unschuldige Tiere in freier Wildbahn zu töten, fällt ihnen dann immer fast die Thunfischpizza aus der Hand. Mmmmh, Flipper. Wenn etwas wie Fleisch schmeckt, ohne dass dafür ein Tier stirbt, dann ist das doch großartig! Du beißt ja auch nicht direkt in ein Schwein rein. Schau dir mal eine Bratwurst an und erzähl mir, dass *das* natürlich ist. Oder Bärchenwurst – what the fuck?! Außerdem nennt sich ein Potpourri aus Fleischwurst, Käse und Mayonnaise ja auch *Salat*, obwohl es mit einem Salat ungefähr so viel gemeinsam hat wie ich mit einer Heizung.

Tag 701: Ich persönlich bin – und das klingt jetzt vielleicht etwas irritierend – nicht einmal der allergrößte Tierfan. An dieser Stelle aber noch einmal ein ganz dickes Rest in Peace, Chico! Also ich finde Tiere okay, ich will ihnen nichts antun. Sie machen ihr Ding, ich mache meins. Ein recht neutrales Verhältnis. Aber ich möchte mit meinem Verhalten anderen fühlenden Lebewesen schlicht nicht schaden. Das ist meine einfache Devise. Außerdem hasse ich Pflanzen zutiefst. Dass Veganismus auch zum Lifestyletrend wurde: okay, ja. Dass Lebensmittelkonzerne diesen Trend ausnutzen wollen und womöglich nicht aus rein altruistischen und empathischen Motiven ebenfalls teure vegane Produkte auf den Markt bringen: Okay, ja – obgleich nicht vergessen werden darf, dass vegane Milchalternativen beispielsweise aufgrund der höheren Mehrwertsteuer im Supermarkt letztlich teurer sind als Kuhmilchprodukte. Aber das alles, insbesondere diese *Lifestyleisierung*, hat doch nichts mit der Sache *Veganismus* an sich zu tun. Widerstandskämpfer*innen dachten sich früher doch auch nicht: »Für die gute Sache zu sein, ist nur gut, solange noch nicht alle für die gute Sache sind.« Wieso ist der Wert einer Idee davon abzuleiten, wie sie in der Gesellschaft rezipiert wird? Es gibt auch Dinge, die ich nicht verstehe. Zum Beispiel das Wort »rezipiert«. Und Pescetarismus, also bis auf Fische keine Tiere zu essen. Rein ethisch verstehe ich diese Unterscheidung einfach nicht. Es sagt ja auch niemand: »Ich bin Vegetarier*in. Aber bei Rindern, Schweinen und Hühnern seh ich's nicht so eng.« Maßgeblich ist doch nicht, wie etwas in der Gesellschaft ankommt. Leute, die die Erde für eine Scheibe halten, liegen in Bezug darauf nicht deshalb falsch, weil die allermeisten Leute die Erde nicht für eine Scheibe halten, sondern allein deshalb, weil die Erde keine Scheibe ist. Niemals verstehen werde ich Personen, die darauf abstellen, dass ein hundertprozentig veganes Leben ohnehin unmöglich ist; schließlich würde jeder Mensch ja auch unabsichtlich Ameisen zertreten und vom Dünger für das ganze Gemüse mal ganz zu schweigen. Solche Personen würden dann wahrscheinlich eine Klausur lieber gar nicht bestehen wollen, statt fast alles richtig zu haben. Nur ganz oder gar nicht!

Tag 1 243: Ich werde gefragt, ob ich auf eine tierrechtsaktivistische Demonstration mitkommen möchte. Eigentlich will ich immer gerne aktiv für meine Überzeugungen einstehen, doch was manche Demoteilnehmenden geplant haben, kann und möchte ich nicht unterstützen: Sie wollen nach Pelzträger*innen suchen und ihnen unbemerkt Aufkleber an den Rücken kleben, die auf die grausame Pelzherstellung hinweisen. Aufklärung ist wichtig – auf alle Felle. Gerade weil Fleischherstellung und Tierhaltung in Werbungen etwa von Wiesenhof oder Grillhähnchenständen dargestellt werden wie ein absolutes Paradies. Mit Blümchen und einer lachenden Sonne, manchmal sogar mit lächelnden Schweinen oder Hühnern. Zynischer geht es kaum. Aber Militanz wird in all diesen Fällen nicht förderlich sein. Und vergessen dürfen wir auch nicht: Die wenigsten Veganer*innen sind vegan geboren. Wir müssen die Kirche auch ein wenig im Dorf lassen. Sonst fordert man bald noch, *Winnie Puuh* neu zu drehen, um statt Honig Agavendicksaft zu verwenden. Und wenn eine Person schwer verletzt ist, sollte man als vegan lebender Mensch vielleicht auch nicht unbedingt rufen: »Lassen Sie mich durch, ich bin Veganer*in. Ich kann der verletzten Person eine Smoothie-Bowl bringen! HAT SIE EINE ERDNUSSALLERGIE?« Menschen lassen sich eher durch positive Emotionen überzeugen: Back doch lieber mal einen tollen veganen Apfelkuchen und verteil ihn in der Stadt. Damit wäre in meinen Augen mehr gewonnen als mit der Dämonisierung des menschlichen Individuums.

Tag 2 659: Ich bin jetzt über sieben Jahre vegan und hatte nie das Gefühl, zu verzichten. Im Gegenteil, ich habe neue Lebensmittel kennengelernt, die ich sonst wohl nie entdeckt hätte. Geheimtipp: Äpfel. Und ich habe sogar eine vegane Dating-App gefunden: *Rinder*. Funktioniert aber leider gar nicht. Nur Kühe. Ich hätte mich ja durchaus mal darauf eingelassen, aber alle, mit denen ich geschrieben habe, wollten leider nicht in den Freizeitpark. Ich werde das Internet wohl noch weiter abgrasen müssen. Ich glaube, mittlerweile auch jeden Anti-Vegan-Witz schon mindestens einmal gehört zu haben. Ja, ich esse eurem Essen gerne das Essen weg. Und hahaha, ja, wenn ich sterbe, dann beiße ich ins Gras. Meine Schenkel sind schon ganz wund vom ganzen Draufklopfen. Ob es wohl veganes Fingerfood gibt? Und woran erkennt man eine vegan lebende Person? Daran, dass um sie herum schlechte Witze gerissen werden. Und Nährstoffmangel, klar. Es ist okay, Tiere unter den Menschen zu stellen und sie schlicht nicht mit Menschen gleichzusetzen. Ein Delfin hat noch nie im Laden Hosen anprobieren müssen. Ein Storch musste noch nie auf 450-€-Basis bei 35 Grad etwas in der Küche eines gutbürgerlichen deutschen Gasthofes braten. Und so ein Schwein bezahlt ja auch keine Steuern.[63] Aber lasst euch nicht verunsichern, wenn euch eine Gojibeere nicht schmeckt. Vegan ist mehr als Superfood. Macht euch mal einen *Veggie-Day*. Schaut euch eine Schlachtung an. Oder thematisch passende Dokus. Oder macht das alles nicht. Denn jeder Mensch ist frei. Systemische Probleme dürfen zwar nicht einfach auf das einzelne Individuum ausgelagert werden, aber das eigene Konsumverhalten kritisch zu hinterfragen: Das kann nie schaden.

....

63   Uli Hoeneß.

Das Spiel ist rund und der Ball dauert 90 Minuten

Ich denke selten darüber nach, was mich glücklich macht. Ich lebe mein Leben, erfreue mich an Dingen und verfolge manches intensiver als anderes. Doch als ich einst gefragt wurde, was mich denn so wirklich glücklich macht, also so *wirklich, wirklich*, musste ich wirklich lange überlegen. *Wirklich, wirklich* lange. Es gibt natürlich offensichtliche Antworten: Gesundheit, Menschen um einen herum, denen man viel bedeutet und die einem selbst viel bedeuten, Liebe. Aber wann bin ich komplett ich selbst? Wo vergesse ich alle Probleme? Alles, was mir den grauen Schleier über den Trott eines verregneten Dienstagnachmittags Mitte Oktober legt?

Wirklich glücklich bin ich im Stadion. Im Stadion, wenn der Verein spielt, von dem ich seit mittlerweile fast 15 Jahren behaupte, Fan zu sein: Mainz 05. Oder um ganz genau zu sein: Der 1. Fußball- und Sportverein Mainz 05 e. V. Etwas Schöneres, als Mainz live im Stadion erleben zu können, kann ich mir im Leben kaum vorstellen. Bereits sehr früh als kleiner Junge habe ich angefangen, mit meinem Vater und meinem älteren Bruder im Fernsehen Fußball zu schauen. Liverpool holte in Istanbul 2005 drei Tore gegen den AC Mailand auf, Deutschland gewann das Eröffnungsspiel der WM 2006 gegen Costa Rica mit 4:2, Raúl auf Schalke. Ich könnte jetzt all die Namen nennen, die mich geprägt haben, all die Vereine, all die Momente. Aber das würde etwas ausufern und wahrscheinlich nur jede*n elfte*n Leser*in interessieren. Wenn überhaupt.

Samstag, 5:00 Uhr. Mein Wecker reißt mich aus dem Schlaf. Mit dem Wissen, am nächsten Morgen um 5:00 Uhr aufstehen zu müssen, ist es womöglich nicht die allersmarteste Idee, am Vorabend noch bis 2:00 Uhr in einer Karaokebar »IT WAS ONLY A KISS« zu schreien, während die Instrumentals von The Killers mir so laut in die Ohren reingepumpt werden, dass sie mich wahrscheinlich wirklich noch killen werden. Aber na ja, so ein Abend ist natürlich die Mr. angenehme Seite des Lebens. Um 5:00 Uhr spring ich dennoch direkt aus dem Bett. Einerseits, weil da eine Spinne auf meiner Decke war, andererseits aufgrund meiner Vorfreude, die mittlerweile größer ist als Selbstüberschätzung bei Boris Palmer. Heute steht nämlich das Auswärtsspiel von Mainz 05 beim FC Augsburg an. Es ist der dritte Spieltag der Bundesligasaison der Herren 2022/23 und nach vier Punkten aus den ersten beiden Partien male ich mir auch für dieses Spiel einiges aus.

Ich bin in Mainz geboren, doch kam früh nach Essen. Meine Mutter bekam hier eine gute Anstellung. Ich ging in Essen in die Grundschule, ich ging in Essen zur weiterführenden Schule, in Essen lernte ich meine engsten Freund*innen kennen, in Essen war ich das erste Mal verliebt. Ich hatte keine Probleme, festzustellen, was meine Heimat ist: Essen. Doch die Verbindung nach Mainz blieb – insbesondere über meine Oma, die bis zuletzt dort lebte. Und so war ich in Essen als Fan von Mainz 05, einem Verein, der gerne als *Karnevalsverein* tituliert wird, Exot. Das ist ungefähr so, als wäre man als Löwe auf einer Geburtstags-Kostüm-Party eines anderen Löwen als Hyäne verkleidet. Als ob man als schweizerisches Kind das Skifahren verweigert, als ob man, aufgewachsen in Hamburg, statt »Moin« »Grüß Gott« sagt oder in Cottbus lebt und nicht rechts ist. In der Schule war das Feld geteilt: Borussia Dortmund und Schalke 04 dominierten, vereinzelt gab es noch *Fans* vom FC Bayern. Ich will das nicht werten. In guten wie in guten Zeiten. Auf mein ganzes Gymnasium verteilt erinnere ich mich auch noch an einen Bochum-Unterstützer, daneben ein paar hartgesottene Rot-Weiss-Essen-Fans, die es tatsächlich auch gab, und am ungewöhnlichsten war wohl ein Junge aus meiner Parallelklasse, der – und ich weiß wirklich nicht, wie das passieren konnte – Fan von der TSG 1899 Hoffenheim war. Das allererste Fußballspiel meines jungen Lebens in einem echten Stadion sah ich als Fünfjähriger beim Besuch meiner Verwandten in Russland. Es war ein Freundschaftsspiel zwischen Zenit St. Petersburg – damals auf dem Zenit ihres Erfolges – und dem FK Dynamo Moskau. 0:0. Werbung für den Fußball.

Von Essen aus nach Augsburg zu fahren, ist schon ein weites Stück. Da ich nach dem Spiel noch zu einem Poetry Slam nach Sigmaringendorf fahren muss – ich konnte meinen Auftritt perfekt mit dieser Auswärtsfahrt verbinden –, kann ich leider nicht mit dem Zug anreisen, sondern muss auf das Auto ausweichen. Sechs Stunden von Essen nach Augsburg und dann noch einmal zwei Stunden von Augsburg nach Sigmaringendorf. Und am nächsten Morgen wieder fünf Stunden von Sigmaringendorf nach Essen. So lange – insbesondere am Stück – bin ich bis dato noch nie Auto gefahren. Ich mache daher das erste Mal in meinem Leben von BlaBlaCar Gebrauch, einer App, die quasi Trampen mit PayPal ist. Ich stelle meine Fahrt von Essen nach Augsburg online und Personen, die zur gleichen Zeit die gleiche (Teil-)Strecke zurücklegen wollen, können mir schreiben und gegen eine Spritkostenbeteiligung mitfahren. Es meldet sich tatsächlich eine Person: Jens, 35 Jahre alt, ohne Profilbild, ohne Bewertung. Er könnte ein potenzieller Axtmörder sein. Ich bin skeptisch, schließlich kann eine sechsstündige Autofahrt mit einer völlig fremden Person aus dem Internet womöglich wirklich gefährlich und im allerschlimmsten Fall sogar sehr unangenehm werden. Sechs Stunden peinliches Anschweigen. Doch da ich auf das Geld angewiesen bin, schreibe ich ihm, dass er gerne mitkommen kann. Wir machen als Treffpunkt den Essener Hauptbahnhof aus. Ich bin sehr aufgeregt, doch die ganze Anspannung ist umsonst, denn ich fahre zum vereinbarten Ort und er kommt nicht. Die folgenden sechs Stunden fühlen sich an, als fahre ich alleine. 10/10, gerne wieder.

Meine Oma war in Mainz meine Konstante. Wenn mein Bruder, mein Vater und ich zu Heimspielen gefahren sind, dann ging das für uns nur, wenn wir auch sie noch besuchen konnten. Meine ersten ganz aktiven Berührungspunkte zum Fußball hatte ich als kleiner Junge ebenfalls bei ihr: Gegenüber von ihrer kleinen Wohnung in der Mainzer Altstadt gab es eine etwas heruntergekommene Fußballkneipe, die für uns immer als auditiver Live-Ticker für Mainz-Spiele fungierte. Nachdem wir einst, wieder mal bei ihr zu Besuch, von draußen zwei Jubelschreie hörten, gingen wir runter, um uns von außen die restlichen Minuten des damals laufenden Spiels anzuschauen. In dieser Zeit war ich zwar interessiert am Fußball, aber noch nicht mit allzu viel Herzblut dabei. Wir gingen davon aus, dass Mainz bereits zwei Tore geschossen hatte. Tatsächlich stand es aber 1:2 – Mainz lag hinten, hatte jedoch während des Spiels einen Elfmeter abwehren können, daher der zweite Jubelschrei. Das dann noch folgende 2:2 gegen Leverkusen, bei dem Daniel Gunkel kurz vor Schluss ein unfassbares Freistoßtor zum Ausgleich schoss, war das erste Tor, das ich ganz bewusst in meinem Leben in irgendeiner Art und Weise jubelnd aufnahm. Mit einem Gefühl persönlicher Genugtuung, Freude und Wichtigkeit. Auch wenn es von außen wahrscheinlich etwas peinlich aussah. Mit diesem Tor ging mein Fußballfandasein so richtig los. Weil es für mich etwas ganz Besonderes war (und Tim Hoogland beim Jubeln auf sehr witzige Art hingefallen ist [ohne sich zu verletzen]), möchte ich es gerne teilen. Hier kann man es sich anschauen:[64]

Fortan bestand mein perfekter Samstagnachmittag daraus, dass ich alleine in meinem Zimmer in schlechter und verwackelter Bildqualität mit rumänischen, brasilianischen oder ägyptischen Kommentatoren die Spiele meines FSV verfolgen konnte. Mit zwölf Jahren, einem abgeschlossenen Zimmer und ungewöhnlichen Jubel- und Verzweiflungsgeräuschen gab es bestimmt viel Spielraum für Spekulationen. Muss nicht unbedingt Fußball gewesen sein, den ich mir da angeschaut habe. Vielleicht ja auch Tennis.

Nachdem ich alleine in Augsburg angekommen bin und viel zu teure zehn Euro für das Parkticket ausgegeben habe, ziehe ich bei strömendem Regen alleine zum Stadion. Aber das passt. Fußball und Regen harmonieren. Eine gute Kombination wie Mango-Maracuja oder Hunde mit lustigen Hüten. Oder Hunde mit normalen Hüten. Ich stehe nach sieben Stunden Autofahrt bei eisiger Kälte in ei-

....

64   https://www.youtube.com/watch?v=AVQzftyJ6Jo

nem mit knapp 400 Personen äußerst dünn gefüllten Auswärtsblock und hinterfrage in diesem Moment kurz mein gesamtes Leben. Und fühle mich alleine. Das ist es jetzt, Benni? Du alleine in Augsburg? Hm. Dann geht es jedoch los und ich werde für die nächsten 95 Minuten wieder zum glücklichsten Menschen der Welt. Das Spiel ist bis zur Nachspielzeit (wie so oft) eigentlich recht unspektakulär. Mainz geht in Führung, Augsburg gleicht aus, Mainz verschießt einen Elfmeter und kurz vor Schluss steht ein recht leistungsgerechtes 1:1. Doch mit der letzten Aktion, einer Ecke direkt an unserem Auswärtsblock, schießt Jaesung Lee für Mainz noch den Last-Minute-Siegtreffer. Der Block eskaliert. Ich finde mich in so vielen fremden Armen wieder wie noch nie. Ich bekomme Bier auf mich geschüttet, als wäre ich ein Glas. Ich fühle mich frei und bin glücklich. Dafür lebe ich. Nach dem Spiel feiern wir die Mannschaft noch gebührend, bevor ich wieder zurück zum Auto gehe. Ich widerstehe, der jugendlichen Augsburg-Fangruppe auf ihren »Scheiß Mainzer!«-Ruf ein »Auswärtssieg!« zu entgegnen, und fahr im Trikot, alleine und beseelt, weiter zum Slam.

Vor knapp zehn Jahren, wieder mal bei meiner Oma zu Besuch, hieß es irgendwann endlich: das erste Mal Mainz 05 im Stadion. Mein Vater und ich hatten gerade so noch Tickets bekommen für das Spiel gegen Werder Bremen. Es war die Bundesligasaison 2012/2013, der 27. Spieltag. Samstag, 30. März 2013, 15:30 Uhr, damals noch in der Coface Arena. 33 374 Zuschauer*innen. Manuel Gräfe war Schiedsrichter. Ich hatte solche Angst, außen auf der Stehplatztribüne nichts sehen zu können. Ich konnte die ganze Nacht nicht schlafen, weil ich so aufgeregt und vorfreudig war. Zwei Stunden vor Anpfiff waren wir schon am Stadion und gingen rein. Die Sicht war überwältigend, die Tribüne mein persönlicher *8 000er*. Nur in Rot und ohne Schnee. Pommes meine Sauerstoffmaske. Um 15:29 Uhr sagte ich meinem Vater noch, dass mir der Ausgang des Spiels fast schon egal sei; ich wollte nur miterleben, wie sich ein Tor im Stadion anfühlt. Nach zwölf gespielten Sekunden (!) stand es 1:0 für uns. Ádám Szalai traf und ich wusste nicht, wie mir geschieht. Ich war völlig euphorisiert. Am Ende ging es 1:1 aus. Doch von da an wusste ich: Dieses Gefühl macht mich glücklich. *Wirklich, wirklich* glücklich. Diese Tribüne gibt mir Halt und Sicherheit. Hier gehöre ich hin. Das Fahnenmeer vor meiner Nase, das rhythmische Klatschen, das melodische Singen. Die Geruchssymbiose aus Frittenfett, Zigarettenrauch und Bier. Das ist Heimat. Der Fußball hat verschiedene Gesichter, ist aber mitnichten stetig nur das durchkommerzialisierte, exkludierende, elitäre Konstrukt, als das er sich häufig präsentiert. Auch ich kann bestimmte moderne Entwicklungen nicht VAR-haben. Aber Fußball ist nach wie vor ein Sport für alle. In der Kurve feier ich zwischen alten Rentner*innen, jungen Studierenden, Kindern, Kiffenden, Lehrer*innen, Bankkaufleuten und Bauarbeiter*innen. In der Kurve trifft sich die gesamte Gesellschaft.

In Sigmaringendorf verbringe ich auf der dortigen Waldbühne einen tollen Abend und fahre am nächsten Morgen – begleitet von vier *BlaBlaCar*-Insass*innen – gen Essen. Das war ein perfektes Wochenende.

Wenn ich eine Partie mal nicht live sehen kann, weil ich etwa einen Auftritt habe, versuche ich, das Spiel im Re-Live zu schauen. Ich darf mich bis dahin nur nicht spoilern lassen. So ist das Erlebnis zwar versetzt, aber immer noch wunderschön. Manchmal sage ich meinem Bruder dann, dass er mich warnen soll, falls Mainz ein ganz katastrophales Spiel hingelegt hat. Ich vergesse nie, wie ich mal in Salzburg an einem Freitagabend einen Auftritt hatte und eigentlich hinterher Mainz gegen Wolfsburg schauen wollte. Ich ließ mich irgendwann dazu hinreißen, mir den Halbzeit-Zwischenstand anzuschauen, weil ich es anders nicht ausgehalten habe. Mainz lag mit 0:5 hinten. Mainz 05, 0:5, haha, ja. Sofort war ich mir im Klaren darüber: Das wird noch eine lange Nacht in Salzburg werden müssen, damit ich *das* ertrage. Es ist absurd, wie sehr meine Verfassung und Laune davon abhängen, wie dieser Verein seine Spiele bestreitet. Er kann für eine absolute Euphorie sorgen, das größte Hoch, das ich mir vorstellen kann; andererseits kann es aber auch genau in die andere Richtung umschlagen. Solche Abhängigkeiten sind eigentlich kein Zeichen einer gesunden Beziehung, aber na ja. Hatte Mainz ein Spiel verloren, versuchte mein Vater früher immer, mich aufzumuntern, und sagte dann Dinge wie: »Es ist nur ein Spiel. Das Wichtigste im Leben ist doch die Familie.« Oh, danke, Papa. Ich fahr eben kurz zu meiner Frau und den Kindern und lasse mich trösten. Wenn hingegen irgendetwas anderes weniger Positives in meinem Leben passierte, hieß es häufig: »Lass uns doch wieder ins Stadion gehen! Dann geht es dir hinterher bestimmt besser.« Aber Papa, es ist doch *nur ein Spiel*. Egal, ab ins Stadion!

Ich hasse es, wenn Leute ihr Unverständnis und ihre persönliche Aversion dem Fußball gegenüber – die natürlich jeder Mensch gerne haben darf – darauf herunterbrechen, dass es ja *nur ein Spiel* sei. Es ist absolut in Ordnung, dass du die Begeisterung und Leidenschaft für dieses Spiel nicht nachempfinden kannst, aber für mich ist es eben nicht *nur ein Spiel*. Es ist der Grund für mich, werktags mit einem Lächeln aufzustehen, und es ist die bislang einzig echte Konstante in meinem Leben. Es ist die Sache, die mich am einfachsten und häufigsten glücklich machen kann. 22 Millionäre rennen einem Ball hinterher? Ja, aber wie geil ist das denn bitte?! Besser als 22 Millionär*innen, die Eidechsenkacke im Dschungel Australiens essen. Natürlich ist das Spiel simpel, aber gerade diese Niedrigschwelligkeit macht es ja so schön. Man kann betrunken zu zweit Fußball spielen und niemand schaut zu; und man kann auf allerhöchstem Topleistungsniveau Fußball spielen und die halbe Welt schaut zu – und es bleibt immer der gleiche Sport. Jedenfalls formal. Außerdem gibt es Fallrückzieher. Damit meine ich nicht meine mögliche Zukunft als Anwalt, wenn ich mich dann doch gegen ein Mandat entscheide, sondern die schönste Art und Weise, ein Tor zu erzielen. Per Fallrückzieher.[65] Allein das Wort klingt fantastisch.

Ich möchte den Fußball nicht glorifizieren und die mannigfaltigen Probleme, die mit ihm als Business, aber auch als gesellschaftlichem Phänomen zusammenhängen, nicht kleinreden: Korruption, Ausbeutung, Sexismus, Homophobie, toxische Männlichkeit. Geht es etwa um Kopfverletzungen im Fußball: Zu häufig werden (gerade männliche) Fußballspieler für ihren *Kampfgeist* und ihren *Mut* bewundert, ja gar heroisiert. Was für ein Mann das nur ist, dass er so heldenhaft weiterspielt – trotz dieser riesigen Platzwunde am Kopf, die mit 17 Stichen genäht werden musste. Als verletzter Spieler wird man in so einer adrenalinvollgepumpten Situation sicherlich nicht die klarste Einsichtsfähigkeit haben und seinen medizinischen Stand genau beurteilen können, das ist die Aufgabe der sportlich Verantwortlichen. Aber auch das nachträgliche Abfeiern, etwa durch (abermals meist männliche) Fußballkommentatoren ist einerseits schlicht peinlich und andererseits höchstgefährlich, statuiert es doch genau die falsche Symbolwirkung. Sogenannte *Männer* müssen Verletzungen nicht aushalten müssen. Verletzungen müssen behandelt werden. Das ist kein *Mann*, das ist gefährlich. Der steht ein für sein Team und lässt es nicht fallen? Alter, der ist mit 50 Jahren ein Pflegefall. Und mit betrunkenen männlichen Fußballfangruppen möchte auch ich nur sehr ungern eine

. . . .

65   Ich erspare uns allen einen Per-Mertesacker-Witz.

U-Bahn teilen; damit habe ich schon viele negative Erfahrungen gemacht. Trotzdem ist das ein ganz kleiner Teil der mehrheitlich genuin friedfertigen Menschen, die einfach nur der Ausübung eines Sports zuschauen wollen. Und dabei eben für eine Mannschaft mitfiebern. Eine bestimmte negative Erfahrung war für mich aber besonders prägend: Nach einem Auswärtsspiel bei Borussia Mönchengladbach wurde ich von einer größeren Männergruppe aggressiv aufgefordert, meinen (allerliebsten) Schal herauszugeben, wenn ich nicht zusammengeschlagen werden wollte. Ich konnte den Schal zwar erst noch festhalten, aber einer aus der Gruppe hat ihn mir dann gewaltsam entrissen. Ich werde die Macht- und Hilflosigkeit, die ich in diesem Moment gespürt habe, nie vergessen. Ich war 17 und habe geheult wie ein Schlosshund[66]. Niemand hat mir geholfen. Ich weiß, dass sehr viele Menschen noch sehr viel Schlimmeres in ihren Leben erlebt haben, aber mich hat diese Begegnung wirklich negativ geprägt. Seitdem habe ich immer gehofft, dass Borussia Mönchengladbach jedes Spiel verliert, absteigt, von Red Bull übernommen wird und schlicht nicht mehr existiert. Irgendwann ging es mir aber besser. Ich habe meinen Frieden gefunden, als ich auf einer Neunziger-Jahre-Motto-Party ein von einem Freund ausgeliehenes Retro-Borussia-Mönchengladbach-Trikot anzog, weil ich keine bessere Idee hatte. Spätestens seit ich bei meinem letzten Auswärtsspiel in Mönchengladbach mit einem 1:0-Sieg heimgefahren bin, ist die Sache wie ein guter Name einer hypothetischen Stand-up-Bühne in meiner Heimatstadt: gegessen. Als Auswärtsfan ist es tatsächlich nicht vollends ungefährlich. In Bochum rief mir auf dem Weg ins Stadion mal jemand zu, ich solle mein Trikot ausziehen. Das war komisch. Wollte er mein Trikot haben? Gefiel es ihm so gut? Und wie wäre es wei-

---

66   Was ist ein Schlosshund?

tergegangen, hätte ich mein Trikot tatsächlich ausgezogen? Hätte ich es einfach auf den Boden legen sollen? War er vielleicht einfach nur schüchtern und hatte Interesse an mir? Ich werde es nie erfahren. Auf dem Rückweg, wir hatten das Spiel gewonnen, war die Kritik an meiner Existenz etwas unvermittelter, als ein Mann an mir vorbeilief, mich und meine roten Farben erblickte, stehen blieb, mir ins Gesicht schaute und einfach aus vollem Herzen »Hurensohn« sagte. Wahrscheinlich arbeitet er beim städtischen Bauamt oder so. Ich war in dieser Situation etwas überfordert, habe aber reagiert wie ein echter Erwachsener: Ich habe mein Trikot ausgezogen und bin gegangen.

Bis heute verbinden mein Vater, mein Bruder und ich Heimspiele in Mainz mit der Tradition, meine Oma zu besuchen. Seit einigen Jahren aber auf dem Friedhof. Ich war so sehr darauf konditioniert, sie mit meinen Fußballerlebnissen zu verbinden, dass ich auf der Beerdigung fast meinen Schal und Bier herausgeholt hätte.

Ich freue mich in diesem Moment, während ich genau diesen Satz hier gerade schreibe, schon auf das nächste Spiel meines Vereins. Es wird ein Auswärtsspiel sein. Am 1. Oktober 2022, Samstag, 15:30 Uhr, beim SC Freiburg.[67] Hach, Fußball. Ich liebe diesen Sport. Und ich werde mit Sicherheit auch in Zukunft wieder aus den unbedeutendsten Gründen weinen, mich aus den unbedeutendsten Gründen freuen. Dieser Verein wird mich schlicht immer begleiten. Und darauf freue ich mich.

....

67   Schau gerne nach, liebe*r Leser*in, wie das Spiel ausgegangen ist. Dann weißt du, wie es mir an diesem Tag so ungefähr ging.

Gesundheit

Letztens lief ein Mann an mir vorbei, von dem ich dachte, er hätte geniest. Ich rief ihm »Gesundheit!« zu, woraufhin er genervt erwiderte: »Nee, ich musste nicht niesen, ich hab gehustet.« Okay. Dann wünsche ich Ihnen keine Gesundheit: Ich hoffe, Sie sterben!

Ich denke selten über meine Gesundheit nach. Insbesondere dann nicht, wenn es mir gerade gut geht. Anlass für mich, diesen Text zu schreiben, war eine Situation nach einer Feier, bei der ich diverse Gläser genaustens observiert habe. Andere würden vielleicht sagen, ich habe zu tief ins Glas geschaut. Interpretationssache. Jedenfalls kam ich absolut betrunken zuhause an und mir ist etwas passiert, das mir bis dahin noch nie passiert war: Ich bin infolge alkoholbedingten Kontrollverlustes gestolpert. Gefallen. Und habe mir mein rechtes Knie aufgeschürft. Ich habe mich sofort wieder gefühlt, als wäre ich zehn Jahre alt. Da kam ich nämlich auch immer betrunken nach Hause. Unmittelbar in diesem Moment habe ich gemerkt, wie schön doch die Situation einige Sekunden vorher gewesen war, als mein Knie noch nicht aufgeschürft war. Knieschoner hätten mich da zwar gerettet. Aber ist man überhaupt noch ein Mensch, wenn man Knieschoner trägt? Das sieht irgendwie immer dezent menschenunwürdig aus. Ich finde es im Übrigen krass, wie sehr der Konsum von Alkohol in unserer Gesellschaft normalisiert und häufig auch glorifiziert wird. Dabei gibt es doch noch viel bessere Drogen.

Lasst uns mal über Gesundheit reden. Die wünschen wir uns doch. Wenn wir niesen. Zum Geburtstag. Wenn wir nach zwei Jahren wieder Oma sehen. Es gibt nichts Wichtigeres als Gesundheit. Na ja, außer Geld. Dabei heißt es ja oft, Geld mache nicht glücklich; Gesundheit könne man sich von Geld schließlich auch nicht kaufen. Äh, doch!? Ich war zwar nie privat versichert, aber ich stell mir das so vor: Während ich in meinem Proletarier*innen-Warteraum auf meinen Hals-Nasen-Ohren-Arzt warte, gibt's im privatversicherten Bourgeoisie-Empfangssaal eine Wasserrutsche, Zuckerwatte, ein Livekonzert von Elton John und Animateur*innen in Ohrenkostümen, die lasziv tanzen. Mit Sicherheit!

Das Gesundheitssystem ist profitorientiert. Krankenhäuser müssen profitabel sein, um sich halten zu können. Das kann nicht richtig sein. Operieren, pflegen und Aktienfonds verkaufen? Oder einfach geringere Bezahlung für Beschäftigte, vor allem Pflegekräfte? Perfekt. Das ist krank. Im wahrsten Sinne des Wortes. Gewinnmaximierung – das ist nicht die Profession eines Krankenhauses. In einer Bäckerei will ich ja auch keine Rückenmassage bekommen. Nein, ich will das erhalten, wofür eine deutsche Bäckerei auch international beneidet wird: Kopfmassagen. Gesundheit ist eine Ware. Bald gibt es für Operationen Stempelkarten: Nach zehn OPs die elfte gratis. Leute werden abgewiesen: »Oh, Frau Schmidt, Sie brauchen eine neue Niere und ein neues Herz? Tut uns ganz herzlich leid, aber der kleine Ludwig von Hohenzollern hat Schnupfen.« Es gibt eine Zwei-Klassen-Medizin. In meiner Heimatstadt Essen haben wir so ein krasses Nord-Süd-Gefälle: Im reichen Süden zwölf Krankenhäuser, im Norden drei.[68] Mitt-

....
68   Jedenfalls bei enger Auslegung vom Essener Norden und Süden.

lerweile wird die eigene Geisteshaltung ja fast schon offen kommuniziert: »Ah, ihr seid arm? Na ja, gibt ja sicher auch ein Leben nach dem Tod.«

2018 geriet in Boston eine Frau mit ihrem Bein in den Spalt zwischen Bahnsteig und Waggon. Details ersparen wir uns. Mit einem blutenden Bein bat sie die hilfsbereiten Passant*innen, keinen Krankenwagen zu rufen, weil sie sich das nicht leisten könne. Das ist schlicht absurd. Dagegen haben wir in Deutschland zwar wirklich noch Glück, aber im Krankenhaus zu heilen, ist auch hier zum Teil eine Herausforderung. Thema Krankenhausessen: Ich dachte immer, das Ziel wäre es, hinterher gesund zu werden? Warum gibt's dann nur pürierte Wandfarbe und Reis ohne Soße? Ich mein: Wer mag denn Reis ohne Soße? Aber hey: Dass Gesundheitsschutz in Deutschland auch schon vor der Corona-Pandemie allerhöchste Priorität hatte, zeigte doch die Besetzung des Gesundheitsministeriums mit einer solch fachkundigen Person wie Jens Spahn. Heute noch ist überall im Gesundheitswesen die Devise: (Jens) Sparen. Klar, von einem Bankkaufmann und Politikwissenschaftler würde ich immer die größte Expertise im Gesundheitsbereich erwarten.

Mein Bezug zu physischen Gesundheitsfragen ist ein ganz persönlicher. Ich habe nämlich verschiedene körperliche Beschwerden und bin oft in Krankenhäusern gewesen. Ich empfand es früher immer als etwas komisch, wenn ich zu meiner Kinderärztin musste. Also, ich war auch beeindruckt, dass sie mit 13 schon ein ganzes Medizinstudium hinter sich hatte. Aber mittlerweile bin ich dann doch froh, nur noch von Erwachsenen behandelt zu werden. Und die meisten sind natürlich nicht das Problem des Systems – sie sind empathisch, wollen und können helfen. Großartig. Danke, dass es euch gibt! Aber manchen Krankenhausangestellten habe ich im bisherigen Verlauf meines Lebens direkt angemerkt, dass sie keinen Bock auf mich hatten. Ich hab mich gefühlt, als wär ich grad an der Kasse beim Einkaufen: »Ah, sie haben Fußschmerzen? Okay, ja, ziehen Sie mal Ihre Schuhe aus, den Socken, Hose hochkrempeln, ah, okay ... Ja, ich sehe schon, okay, wow! Füße, iiih, ich hasse Füße, wieso bin ich nur Arzt geworden? Hier eine Überweisung. Oh, das ist meine Überweisung an Amazon, sorry, alles klar, müssen wir operieren. Sie werden nie wieder laufen können. Ah, nee, doch nur verstaucht, perfekt, alles Gute Ihnen. Sammeln Sie Payback-Punkte?« Manchmal frag ich mich: Habt ihr Medizin studiert oder bestand die Aufnahmeprüfung darin, einmal erfolgreich *Doktor Bibber* zu spielen und den Cast von *Grey's Anatomy* aufzusagen?! Apropos Serien: Als Kind habe ich immer gern eine russische Zeichentrickserie mit dem Protagonisten Dr. Ajbalit geschaut. Ich habe das nie hinterfragt, bis ich verstand, wofür *Ajbalit* steht. Der gute Mann heißt wörtlich übersetzt: *Dr. Aua, das tut weh*. Das ist nicht der beste Name für einen Arzt. Als ich vor einigen Jahren operiert wurde, hieß meine Chirurgin auch tatsächlich Dr. Schlecht. Fehlt nur noch, dass der Assistenzarzt Dr. Ärztlicher Kurstfehler heißt, assistiert von Dr. Hab das Skalpell in der Brust vergessen und zugenäht-Müller. Ist ein Doppelname.

Ich finde es toll, dass so viele Leute Medizin studieren wollen. Es ist ja tatsächlich eine wirklich krasse Verantwortung, das Leben anderer Menschen retten und erhalten zu können. Ich bewundere Menschen, die sich dem gewachsen fühlen. Wirklich. Was ich dann wiederum nicht verstehe: Medizinstudierenden-Partys waren in meiner Universitätszeit die größten Absturzpartys, die ich je erlebt habe. Warum? Steht dahinter eine ähnliche Idee wie bei einem Junggesell*innenabschied? Oder will man direkt praktisches Anschauungsmaterial haben? Auf Medi-Partys geben sich die Leute eine Infusion. Leute, im Ernst?! Da werden sich Dinge gespritzt und es sind nicht einmal Drogen. Mein absolutes Highlight: »Hey Lukas, schneid dir mal den Daumen ab, wir nähen ihn wieder an!«

LUKAS, SCHNEID DIR NICHT DEN DAUMEN AB, VERDAMMT NOCHMAL! WER KÄME DENN AUF DIE IDEE, SICH EINEN FUCKING DAUMEN ABZUSCHNEIDEN?! DEN BRAUCHT MAN NOCH! Nimm den kleinen Finger.

Wir genießen eben eine menschliche Freiheit zur Unvernunft – auch in Gesundheitsfragen – und das ist doch großartig. Der Staat soll mich nicht bevormunden. Ist aber auch eine stetige Abwägung: Wann ist eine Maßnahme schon reiner Paternalismus, wann noch gebotene staatliche Fürsorge? Wenn ich für mich entscheide, jeden Tag feiern zu gehen, in meiner eigenen Kotze aufzuwachen und mich nur noch von Erdnussflips zu ernähren, hat der Staat das zu respektieren. Und wenn ich für mich entscheide, jeden Tag feiern zu gehen, in meinen eigenen Erdnussflips aufzuwachen und mich nur noch von Kotze zu ernähren, hat der Staat das zu respektieren. Und wenn ich für mich entscheide, jeden Tag Erdnussflips zu feiern, juhu, auf geht's, Erdnussflips, in meinen eigenen – okay, ich glaube, der Gedanke ist angekommen. Entscheide ich hingegen, meine eigenen Kinder nur noch von Erdnussflips zu ernähren, habe ich meine eigene Sphäre verlassen. Dann sollte der Staat intervenieren. Wobei ich mich schon frage: Wieso Erdnussflips, wenn man auch Chips essen kann? Gleiches gilt, wenn ich mich dafür entscheide, Motorrad zu fahren, aber ohne Helm. Das ist verboten. Zurecht. Weil es nicht nur meinen Rechtskreis betrifft, sondern auch potenzielle Unfallbeteiligte. Die Freiheit zur (vermeintlichen) Unvernunft, gerade auch in Gesundheitsfragen, kollidiert in diesen Konstellationen mit den Freiheitsrechten, und zwar gerade mit denen auf Leben und körperliche Unversehrtheit, unbeteiligter dritter Personen. Können wir noch einmal ganz kurz über Motorräder reden? Ich verstehe ja den Reiz, mit 200 km/h die Autobahn entlangzufahren.

Aber man fährt mit verdammt nochmal 200 km/h die Autobahn entlang, jede falsche Bewegung ist quasi tödlich und man hat nicht einmal ein schützendes, kleines, fahrendes Häuschen um sich herum? Da lebt man ja selbst als Pilot*in bei Germanwings weniger gefährlich. Wieso trotz der eigentlich sehr weit gewährleisteten Freiheit dann wiederum der eigentlich nur die jeweilige Person betref-. fende Konsum sonstiger Drogen neben Alkohol zum großen Teil noch pönalisiert ist, passt nicht ins System und wird hoffentlich bald reformiert. Was ich aber extrem störend finde, und das ist diesmal tatsächlich ganz ernsthaft gemeint, ist die unglaubliche Glorifizierung von Drogen und das Herunterspielen von Risiken. Natürlich ist Cannabis in vielen Hinsichten nicht so gefährlich wie Alkohol und es besteht eine Schieflage – aber mit 14 sollte man trotzdem besser nicht jeden Tag einen Joint rauchen.

Die eigene Gesundheit zu schützen, ist eine zeitlose Aufgabe. Es gibt ja Leute, die sehr darauf achten, sich im Hier und Jetzt fit und gesund zu halten – für die Zukunft –, aber das eigentliche Leben dadurch völlig missachten. Ich will Bier und veganes Mett im Hier und Jetzt. Niemand muss mit 80 Jahren drei Minuten planken. Es muss überhaupt niemand drei Minuten planken. Es muss überhaupt niemand planken.[69] Bier ist nicht gut für meine Gesundheit. Aber wisst ihr, was auch nicht gut für meine Gesundheit ist? Bier. Kein Bier vor vier? Vor vier ist immer auch nach vier! Alles eine Frage der Perspektive. Menschen machen Denksport, um sich für das Alter gesund zu halten. Schach soll gut für den Geist sein. Vielleicht ging es ja

....

69   Wobei ich zugeben muss: Ich planke sehr gerne, vor allem wenn ich betrunken bin. Freund*innen von mir sind mittlerweile genervt, wenn ich wieder mal eine *Plankchallenge* in der Öffentlichkeit ausrufe. Sehr gerne bin ich auch bei einem Sprintwettbewerb dabei. Es erscheint mir hierbei aber noch wichtig, anzumerken, dass ich quasi nie gewinne. Aber darum geht's ja auch nicht. Dabeisein ist alles.

nur immer an mir vorbei, aber ich habe Hui Buh noch nie sagen hören: »Bauer auf E3!« Eine Schachpartie und die ewige Kombination aus Zahlen und Buchstaben klingt für mich ohnehin eher wie eine Diagnose bei meiner Zahnärztin. Oder Sudoku. Soll auch gut sein. Doch gibt es eine Tätigkeit, die noch weniger Spaß macht? Ich habe letztens stundenlang Sudokus gelöst und ich glaube, ich habe den Trick für alle Sudoku-Rätsel dieser Welt jetzt endlich raus: In jedem Kasten fehlen Zahlen. In Ländern, in denen die Lebenserwartung am höchsten ist, sind die Tipps oft ganz banal: So heißt es etwa oft, das Geheimnis sei Olivenöl. Ich mein, ich esse gerne Pommes und die sind zumindest in Rapsöl frittiert[70] – zählt das auch? Essen ist generell so ein Thema. Wir sind alle immer ganz *bewusst*. Und alles muss *healthy* sein; schön mit einer grünen Verpackung und sofort sieht es so aus, als wäre dieses eine Produkt das Beste, was du deinem Körper geben kannst (talking to you, Apfelschnüre!). Aber mittlerweile wirkt es ja fast so, als gäbe es selbst in Eisläden neben Schokolade, Vanille und Drachenfrucht-Kaiserslautern die neue Geschmacksrichtung *gesund* oder *healthy*. Dabei wird oft vergessen, dass im Wörtchen »ungesund« doch auch das Wörtchen »gesund« steckt. Aber manchmal ist das mit dem Essen wirklich alogisch: Niemals werde ich es verstehen, warum Tiefkühl- oder Konservenobst gezuckert ist. Notiz an die Lebensmittelindustrie: Eine Ananas ist auch ohne zusätzlichen raffinierten Zucker schon süß. Das ist so, als würde man Salz kaufen und in der Verpackung sind dann noch so einzelne kleine Tütchen mit Salz zum Nachsalzen des Salzes. Faszinierend finde ich auch, dass allen Produkten mittlerweile tonnenweise Vitamine zugesetzt sind. Energy-Drinks sind 2022 gesünder als manche Salate. Vor allem

....

70   Wenn man nicht grad in Belgien ist. Rinderfett – euer Ernst, liebe Belgier*innen?!

Vitamin C ist wirklich überall drin. Wirbt ein verarbeitetes Lebensmittel mit Vitamin C, kann ich mittlerweile nur lachen – während ich meinen Sauerkrautsaft trinke. Vitamin C ist der Jack-&-Jones-Pullover unter den Vitaminen.[71]

Mich hat es im Sommer 2022 das erste Mal mit Corona erwischt. Nach einem Tag Quarantäne zog ich mir zuhause eine karierte Dreiviertelhose an. Es ist also wahr: Corona führt zu einem absoluten Geschmacksverlust. Die Infektion war trotz dreier Impfungen absolut kein Vergnügen. Es gibt ja Menschen, die haben Angst vor einer Impfung, denn man wisse schließlich nicht, was so alles drin sei, und dann essen sie Schweineschnitzel, die größer sind als drei Fußballfelder und zwei Saarlands. Dennoch sind Ängste natürlich jederzeit ernst zu nehmen, wenn sie nicht in Hass oder Verschwörungsideologien umschlagen. Während dieser Zeit war mein Freiheitsdrang unermesslich. Mir war bis dato schlicht nicht klar, wie viel es mir bedeutet, ein Paket bei der Post abzugeben, verschwitzt zu meinem Bus zu rennen, morgens verkatert Brötchen zu holen. Hach, diese Kopfmassagen. Es waren die kleinen Freiheiten, die fehlten. Deren Fehlen jedoch erst dann auffiel, als es wirklich nicht mehr ging. Aber nicht nur das: Ich habe mir einmal mehr bewusst machen müssen, was für ein unfassbares Privileg es ist, keine Beschwerden zu haben. Sich physisch gesund und fit zu fühlen. Und das ist nur die körperliche Komponente. Von der psychischen mal ganz abgesehen. Mittlerweile wartet man ja länger auf einen Therapieplatz als in einem Geflüchtetencamp auf eine funktionierende Mund-Nasen-Bedeckung von Fynn Kliemann. Doch der gesamte Bereich mentaler Gesundheit ist viel zu wichtig und von zu vielen Eigengesetzlichkeiten geprägt, als dass er hier noch in einem Neben-

....

71   Weil ich es einfach immer so liebenswert finde: Meine Mutter bezeichnet *Jack & Jones* immer als *Jack Johnson*.

satz abgehandelt werden könnte. Daher bleibt in diesem Text mein persönlicher Schwerpunkt auf der physischen Gesundheit. Geht es uns körperlich gut, nehmen wir das gern als selbstverständlich hin.

Wenn es dir, liebe*r Leser*in, also jetzt gerade gut geht, dann solltest du das zu schätzen wissen. Es fällt dir spätestens dann auf, wenn du betrunken auf einem Salatblatt ausrutschst. Denn Gesundheit – und das ist mehr als nur eine pathetische Floskel – ist doch das Größte, was wir haben.

Wer A sagt

Ich habe einen Text über das Phänomen der kognitiven Dissonanz geschrieben und ich finde den eigentlich gar nicht so gut, aber ich lasse ihn trotzdem mal hier stehen.

Es scheint in der Natur des Menschen zu liegen, sich mental über gewisse Situationen hinwegzusetzen. Er will Dinge verdrängen, um seiner Bequemlichkeit weiter frönen zu können. Und wer will es ihm verdenken? Ich etwa habe früher jahrelang meinen Hund gestreichelt, während sich im Ofen Käse und Schinken wie ein Schleier über die Ananasscheibe auf meinem Toast Hawaii legten. Ein Käse wie *La La Land* – zum Dahinschmelzen. Ich kann das Gefühl nachempfinden, von sich zu behaupten, Tierfreund*in zu sein, und gleichzeitig zwei Big Tasty Bacon wegzuatmen. Ich habe immer ausgeblendet, wer da auf meinem Teller lag. Und es mir schöngeredet. Die wurden ja extra dafür gezüchtet, gegessen zu werden. Besser ein bisschen leben, als gar nicht zu leben. Und betäubt waren die vorher ja auch. Ich war CEO of Sich-seine-eigene-Wirklichkeit-Konstruieren. Jetzt ernähre ich mich zwar vegan, um Tierleid zu verhindern, achte aber trotzdem bei meiner Kleidung nicht mit akribischer Sorgfalt darauf, dass ich kein Leid von Menschen unterstütze. Wehe, ich habe auch nur einen Tropfen Honig in meinem Tee, aber wo genau jetzt mein Pullover herkommt, weiß ich nicht. Das ergibt wenig Sinn. Und ich bin mir dessen bewusst, aber häufig zu faul, etwas zu ändern. Ich kann sogar darüber schreiben, genau jetzt, in diesem Moment, aber ich kann es nicht ändern. Also ich kann schon, aber vielleicht will ich einfach nicht? Weil es zu bequem ist? Menschsein birgt Widersprüche.

Ich gehe auf eine Party, trinke viel zu viel und am nächsten Morgen wache ich auf und erinnere mich nur noch daran, wie ich von einem Pinguin verprügelt wurde. Glaube ich zumindest. Vielleicht bin ich auch bloß auf einer Milchschnitte ausgerutscht. Und ich sage zur mir: »Nein, Benni, du trinkst nie wieder. Du trinkst verdammt nochmal nie wieder. Nie wieder trinkst du auch nur einen Schluck Alkohol. Oh, morgen ist Claras Geburtstag und es gibt Tequila. Packt die Limetten aus!« und wedele dabei mit meinen diagonal ausgestreckten Händen, als würde ich wie bei *Saturday Night Fever* tanzen, während mir kalt ist. Ich hasse es, wenn Dinge doppelt gemoppelt sind; ich hasse es einfach, wenn Dinge doppelt gemoppelt sind. *Doppelt gemoppelt* ist auch ein ganz komischer Ausdruck. Ein ganz komischer Ausdruck. Als eigentlich objektiv handelnder und auch rationaler Mensch hat beim Fußball mein eigenes Team trotzdem immer recht; und gepfiffen wird natürlich stets nur gegen meinen Verein. Klar. Ich weiß, dass gewisse Sachen schlecht für mich sind. Ich weiß, dass ich gewisse Sachen nicht tun sollte. Ich weiß, dass ich gewisse Sachen nicht hinzunehmen brauche. Und dennoch steige ich nicht in den Bus ein, den ich eigentlich nehmen müsste, wenn ich aus Scham, ihn möglicherweise nicht zu bekommen, vorher nicht hingerannt bin, damit die anderen Menschen um mich herum sich nicht fragen, warum ich denn nicht hingerannt bin, wenn ich ihn doch eigentlich hätte nehmen müssen, sondern sich dann denken, dass ich ohnehin einen anderen Bus hatte nehmen wollen. Hallo

Christopher Nolan, falls du eine neue Filmidee brauchst: Hier, Bitteschön! Ich glaube, manchmal mache ich mir zu viele Gedanken. Habe ja auch genug Zeit dafür, wenn ich 30 Minuten auf meinen nächsten Bus warten muss. Und dann fahre ich zu meinem Friseur, er schneidet mir die Haare und ich traue mich nicht, zu sagen: »Alter, ich wollte die Seiten ein bisschen ab und keinen blonden Pony!« Stattdessen sag ich: »Ist mal was anderes. Frech. Danke. Hier, elf Euro Trinkgeld.« Ich mache Sachen, von denen ich weiß, dass sie falsch sind – so als wäre ich ein Bilderrätselhersteller. Aber ich will kein Bilderrätselhersteller sein.

Lügen ist schlecht, das wird uns oft vermittelt. Lügen haben kurze Beine. Dabei ist bereits das eine Lüge, denn Lügen haben gar keine Beine. Aber oft sind Lügen notwendig: für eine funktionierende Gesellschaft, für eine funktionierende Familien- oder romantische Beziehung. Lügen sind schlecht, aber Lügen sind gut. Man sollte das Kind immer beim Namen nennen? Aber doch nicht, wenn das Kind *Sören* heißt. Wir belügen uns ständig selbst. »Ich mach das gleich« ist die vielleicht häufigste Lüge der Welt. Dicht gefolgt von: »Mmh, das ist aber lecker« und: »Danke, Oma, das wollte ich schon immer haben, ich weiß echt nicht, wie ich die letzten Jahre ohne das Gefühl kratziger Socken an den Füßen überleben konnte.« Ich mach das gleich. Ein Satz, den ich mir persönlich durchaus mal erlauben kann. Aber wäre ich Arzt oder Polizist, könnte ich nicht einfach so sagen: »Ihr Blinddarm muss raus, ich weiß. Aber ich hab da noch so ein Hemd in der Wäsche und das muss ich bügeln und später kommt auch noch Besuch. Unser Männer-Chor hat ein Sonderkonzert, bei dem nur Lieder in Cis-Dur aufgeführt werden. Wir nennen den Abend *Cis-Männer*. Und das feiern wir dann hinterher bei mir. Hab die Frau überredet bekommen, dass wir das bei uns machen können. Frauen, oder? Und so ein Apfelkuchen backt sich halt auch nicht von allein. Hier, ein Skalpell, googeln Sie das mit dem Blinddarm einfach mal. Kriegen Sie schon hin.«

Menschen sind immer dann am kreativsten, wenn es darum geht, persönliche Verantwortung von sich zu weisen. Fragt mal deutsche Großeltern. Oder Alice Weidel: eine lesbische, im Ausland lebende Millionärin, deren eingetragene Lebenspartnerin in Sri Lanka geboren ist. Welche andere Partei als die AfD käme da denn in Frage, um politisch Karriere zu machen? Auch Jens Spahn muss sich bei queer- und familienpolitischen Themen wahrscheinlich häufiger mal fragen, wo er da eigentlich gelandet ist.

Verantwortung haben wir alle. Wir würden doch Zivilcourage zeigen, immer und überall, selbstverständlich würden wir das, ausnahmslos, aber wir gucken weg, wenn es dann doch einmal darauf ankommt. Ich gehe auch davon aus, dass ich Zivilcourage zeigen würde. Aber wer weiß, ob ich, angekommen in der Situation, nicht doch wegschauen würde? Beim Joggen vor einigen Wochen bin ich heftig gestolpert und auf den Boden gefallen. Ein Auto stoppte und die Fahrerin bot mir ihre Hilfe an. Sie zeigte tatsächlich Zivilcourage. Dabei wollte ich in dieser Situation ausnahmsweise keine Zivilcourage sehen. Das war so peinlich! Oh mein Gott. Wenn ich in der Öffentlichkeit stolpere wie ein ungeschicktes Babykänguru, dann will ich, dass alle weggucken. Dass alle vorbeilaufen und so tun, als hätten sie rein gar nichts gesehen. In diesem Fall wäre *das* die einzig vernünftige Art von Zivilcourage!

Wie wir uns verhalten, hängt stark vom gesellschaftlichen Kontext ab. Wenn mein Augenarzt über »die Türken« spricht, ist es schwierig, zu sagen: »Hey, Sie da, ja genau Sie, mit der Möglichkeit, mit spitzen Gegenständen in mein Auge zu stechen, könnten Sie bitte mit pauschalisierenden, typisierenden Aussagen aufhören und nicht von ›den Türken‹ sprechen? Dankeschön!« Wenn man mit

Freund*innen im Café sitzt und sich gegenseitig in die Ärsche kriechend deutlich macht, wie toll linksliberal man ist, ist das dagegen deutlich einfacher. Bei einer Weltmeister*innenschaft in Doppelmoral hätte der Mensch sowohl mitgemacht und gewonnen als auch abgesagt und sich darüber beschwert, dass es so etwas überhaupt gibt. Es ist oft zu einfach, das im jeweiligen Moment für die anderen Richtige zu sagen oder schlicht zu schweigen, um beliebt zu sein oder Anerkennung zu erhalten. Und auch ist es leicht, anderen Leuten Vorwürfe zu machen. Also im Ernst, es ist wirklich sehr leicht. Hast du dich bei der DKMS registriert? Wolltest du das nicht die ganze Zeit schon machen? Schaust du immer noch kostenlose Pornos, obwohl du ganz genau weißt, welche Probleme dahinterstecken? Wieso hörst du damit nicht endlich auf?

Kognitive Dissonanzen sind faszinierend. Und »kognitiv« klingt wie »Cock nie tief«. Als ich mit zwölf Jahren das erste Mal auf »kognitive Fähigkeiten« gestoßen bin, fand ich es superlustig. Mittlerweile bin ich 22 Jahre alt und finde es superlustig.

Ich laufe über einen Zebrastreifen mit Absicht schneller, als ich eigentlich möchte, obwohl es ja gerade mein Recht ist, dort laufen zu dürfen. Dass mich Autos nicht überfahren, wenn ich den Weg passiere, ist ja wohl das Mindeste, was man an gegenseitiger Rücksichtnahme im Straßenverkehr erwarten darf. Ich will auf andere Leute nicht neidisch sein, aber ich bin es. Ich sage, ich wäre nicht eifersüchtig, aber zerbreche mir dann doch die ganze Nacht den Kopf. Ich stehe im Zug manchmal fast zehn Minuten vor der Ankunft auf, obwohl ich weiß, dass eine halbe Minute ausreicht. Ich mache jetzt gerade einen Witz über diese Situation, aber ich weiß ganz genau, wer morgen zehn Minuten vor Ankunft am Essener Hauptbahnhof schon den Platz an der Tür einnehmen wird: moi. Ich gehe in den Supermarkt, um mir Mehl zu kaufen und komme mit sieben Aprikosen, Fanta Zero, einem Akkuschrauber und der *Freizeit Revue* nach Hause – aber ohne Mehl.

Widersprüche sind menschlich. Das ist eben das Leben. Erstens kommt es anders und zweitens. Menschen können gleichzeitig unterschiedlich empfinden. Wie oft haben wir etwa Dissonanzen zwischen unserem Herzen und unserem Kopf? Es ist okay, nicht immer das zu tun, was man eigentlich für richtig hält, nicht immer das zu sagen, was man eigentlich ausdrücken will, nicht immer das zu denken, was man eigentlich meint. Es gibt zwar schon noch Widersprüche, bei denen man sich fragen sollte, ob das noch sinnvoll ist. Also wenn jemand etwa sagt: »Es gibt zwei Dinge, die ich hasse: Mario Barths chauvinistisch-sexistischen Humor und Frauen.« Dann verträgt sich das nicht unbedingt. Aber wer A sagt, muss gar nichts. Außer B, C, D, E, F, G, H, I, J, K, L, M, N, O, P, Q, R, S, T, U, V, W, X, Y, Z zu sagen – und zwar mit *der* Melodie und *dem* Rhythmus. Ich sag nur: *Elemenope*. Das Alphabet gleichmäßig monoton, komplett ohne Melodie und Rhythmus, aufzusagen, ist super schwierig: A, B, C, D, E, F, G, H, I, J, K, ELEMENOPE, Q, R, S, T, U, V, W, X, Y, Z. Na, klappt es? Und hast du, liebe*r Leser*in, eigentlich erkannt, dass im Alphabet ein Fehler versteckt war? Unser Gehirn kann uns so leicht austricksen. Manchmal aber nicht nur unser Gehirn, sondern auch sich für extrem lustig haltende Poetry Slammer. Da war nämlich gar kein Fehler im Alphabet.

Ich habe mich früher dafür gehasst, Dinge zu tun und zu denken, die ich eigentlich gar nicht tun und denken will. Manchmal musste ich gegen mein inneres Ich ankämpfen. Insbesondere im Jugendalter hatte ich zwanghafte Gedanken, die ich nicht abschalten konnte. Sie waren einfach da und ich konnte nichts dagegen tun. Zusätzlich hatte ich auch einen extremen Symmetrietick. Wenn ich zwei Mars- und einen Bountyriegel hatte, dann stellten sich mir schlicht keine Fragen – abgesehen davon, warum es kein

Snickers gab: Gegessen wurde erst ein Marsriegel, dann der Bountyriegel und dann der zweite Marsriegel. Anders ging es schlicht nicht. Mittlerweile habe ich das überwunden. Ich kann all meine Gedanken, mein gesamtes Handeln kontrollieren. Wenn ich Scheiße baue, dann bin ich es auch, der dafür verantwortlich ist.

Bekommen wir den Job nicht, für den wir uns beworben haben, wird uns plötzlich bewusst, dass er uns eigentlich doch nicht gefällt. Wird unser Flirtversuch nicht erwidert, dann war unser Gegenüber eigentlich ohnehin total *hässlich*. Kognitive Dissonanzen können auch gefährlich sein. Denken wir in letzter Konsequenz an Täter*innen-Opfer-Umkehrungen. Selbstakzeptanz und Selbstreflexion können dafür sorgen, besser mit den Gedanken in unserem Kopf umgehen zu können. Und wenn das nicht hilft, dann vielleicht eine Therapie. Letztlich zeigen die Parallelen der Widersprüche in unseren Köpfen aber nur, dass jedem Menschen Uneindeutigkeiten und Dissonanzen inhärent sind. Und dass dies im Grundsatz auch überhaupt nichts Schlimmes ist. Denn wie gesagt: Wer A sagt.

Stadt, Land, Band

Ich liebe Geografie. Das Einzige, was für mich spannender ist als eine Hauptstadt, sind zwei Hauptstädte. Ja, ich liebe Geografie. Zumindest das, was meiner laienhaften Vorstellung von Geografie entspricht: Karten, Flaggen und eben Hauptstädte. Wahrscheinlich werden mich Geograf*innen und Geografiestudierende jetzt auslachen. Aber der ganze Teil mit Böden und Klima und so komischen Worten wie Tundra – der gehört für mich nicht dazu. Tundra, das klingt für mich eher wie ein politisch nicht korrektes Schimpfwort. Aufgewachsen bin ich zwischen Weltkarten und Globen.[72] Was für die anderen ihr Auf-Bäume-Klettern war, war für mich mein Tadschikistan. Was ich damit eigentlich sagen will: Ich war ein nerviges Kind. Ein sehr nerviges Kind. Wer aus Spaß Hauptstädte aufsagt, ist in der klasseninternen Hierarchie weit unten angesiedelt. Selbst die Kinder mit Piratenpflaster über dem linken Auge waren cooler als ich.

Ich war nicht nur ein nerviges Kind, eigentlich bin ich auch jetzt noch nervig. Ich könnte stundenlang über Flaggen reden. Zum Beispiel über die Flagge von Bangladesch: Sie hat einen grünen Hintergrund und einen roten Kreis in der Mitte – ähnelt also der japanischen Flagge, nur eben

....

72   Ist der Finger oben, wird man dich globen.

mit einem grünen Hintergrund. Jedoch ist der Kreis nicht mittig, sondern ganz leicht nach links versetzt. WARUM? Warum konnte dieser Kreis nicht in die Mitte gesetzt werden? Wieso musste die Flagge Bangladeschs einen Kreis bekommen, der nicht mittig ist? Es sieht so falsch aus, doch es fühlt sich so gut an, »Bangladeschs« zu sagen. Man sollte allerdings aufpassen: Wenn man nämlich zu laut »Bangladesch« ruft, kann es passieren, dass Verona Pooth vorbeikommt und vor deinen Augen eine KiK-Filiale eröffnet. Natürlich gilt: No KiK-Shaming. Doch wie wurde diese asymmetrische Flagge gepitcht? »Grüner Hintergrund? Top. Roter Kreis? Top. Moment. Ich hab da, glaub ich, so eine Idee: Können wir den Kreis vielleicht doch noch ein ganz klein wenig nach links verschieben? Ja? Perfekt.« WARUM??? Warum muss man es derartig kompliziert machen? Das ist so, als würde man sein Kind Jonas nennen, aber mit einem I statt eines Js. Ionas. Bei Palau gibt es im Übrigen das gleiche Flaggenproblem nur mit einem gelben Kreis auf hellblauem Grund. Hach, Flaggen. Es gibt viele Flaggen, die ich toll finde, zum Beispiel die von Eswatini. Als ich diese Flagge früher nur ganz klein auf meinem Tischuntersetzer gesehen habe, dachte ich, zu sehen wäre ein Flugzeug, das in Richtung der betrachtenden Person rast – war dann aber doch nicht ganz so. Trotzdem finde ich die Flagge sehr schön. Das Land hieß übrigens früher Swaziland und wurde 2018 in Eswatini umbenannt, da befürchtet wurde, dass es im internationalen Kontext zu Verwechselungen mit der Schweiz kommen könnte. Klar, *Swaziland* und *Switzerland* sind schon nah beieinander – aber als südafrikanischer Staat mit einem zentraleuropäischen Staat verwechselt zu werden, das würde wahrscheinlich nicht passieren. Das wäre so, als hätte ich Angst, auf dem Bolzplatz mit Lionel Messi verwechselt zu werden. Andere tolle Flaggen sind in meinen Augen auch diejenigen von Kiribati, den Seychellen, Albanien und Kasachstan. Ich denke, es wird langsam deutlich, warum ich nicht das allerbeliebteste Kind war.

Länder, ihre Geschichten, Kulturen und auch ihre Namen, sind so spannend. Für mich gab es früher nicht die Republik Kongo und die Demokratische Republik Kongo, sondern Kongo und Dr. Kongo. Und wieso ist der Vatikanstaat eigentlich eine Stadt als Staat und warum ist die Hauptstadt Dschibutis Dschibuti und wieso gibt es so viele Guineas? Wahrscheinlich ein Fall für die Guineas World Records. Man hätte mich wirklich mit einer Weltkarte in ein Zimmer sperren können und ich wäre für die nächsten sechs Monate versorgt gewesen. Mittlerweile habe ich das Computerspiel *GeoGuessr* für mich entdeckt: Man erscheint an irgendeinem Punkt der Welt (auf einer Google-Earth-Karte), kann sich dort ein wenig umherbewegen und muss dann raten, wo auf der Welt man ist. Das ist wirklich ein großartiges Spiel. Daneben bin ich großer Fan von *Stadt, Land, Fluss*. In keinem anderen Spiel ist das Wissen um Städte, Länder und ja, auch Flüsse, so fruchtbar wie in diesem. Und als recht kompetitive Person freue ich mich natürlich über meinen gewissen kleinen Wettbewerbsvorteil. Mein Doping ist der *Diercke Weltatlas* (der mir als Kind größer vorkam als alles andere jemals Menschgeschaffene). Der *Diercke Weltatlas* hätte es verdient, das achte moderne Weltwunder zu sein.

Nach langer Zeit durfte ich für meine Freund*innen und mich kürzlich einen Spieleabend ausrichten. Und ich sage es mal vorweg: Wir gingen als Freund*innen in diesen Spieleabend hinein – und wir kamen als Freund*innen heraus. Mega Abend. Toll war's! Aber zwischenzeitlich gab es durchaus Konfliktpotenzial. Denn *Stadt, Land, Fluss* ist nicht wie Mathematik oder Chemie, bei denen es fast immer eine eindeutige Antwort gibt. Nein, *Stadt, Land, Fluss* ist die Gedichtanalyse unter den Spielen: Irgendetwas lässt sich immer aus den Fingern saugen. Die

Antworten bei *Stadt, Land, Fluss* sind der Tümpel unter den Gewässern: nicht ganz klar. Der Ärger begann schon beim Bilden der Kategorien. Während ich – dem Namen des Spiels entsprechend – gerne mit »Stadt«, »Land« und »Fluss« begonnen hätte, waren meine Freund*innen der Kategorie »Fluss« eher weniger positiv gesinnt. Ich versuchte, sie auf »Gewässer« runterzuhandeln – leider ohne Erfolg, nachdem ich die Frage verneinte, ob auch Biere Gewässer seien. Sammy, der Spaßvogel der Runde, erwiderte: »Der einzige Fluss, den ich kenne, ist der Abfluss, wenn Lennard wieder auf dem Klo war.« Niemand lachte. Weil alle gerade auf dem Klo waren, um Lennard zu helfen, den Abfluss freizukriegen. Ein wenig konnte ich meine Spielkontrahent*innen aber auch verstehen: Leute, denen es zu sehr ein inniges Bedürfnis ist, mit »Fluss« spielen zu können, gehören auch zu dem Schlag Personen, die beim Bowling ihre eigenen Kugeln mitnehmen. Schlimmstenfalls sogar abgestimmte Westen dabeihaben. Nee, so wichtig war mir der Fluss dann auch nicht. Stattdessen nahmen wir dann die Kategorie »Band«. Hier stellte sich gleich die Frage, ob ein vorangestellter Artikel wie »Die« oder »The« mitzählte oder nicht. Also zum Beispiel beim Buchstaben B »Beatles«? Oder bei T »The Beatles«? Wenn man bei B »Beatles« gewählt hat, darf man dann bei T noch »The Beatles« nehmen? Oder sind es in Deutschland eigentlich sogar »Die Beatles«? Ich weiß, es ist nur ein Spiel. Aber sollen Spiele einfach Spaß machen oder geht es nicht eigentlich vielmehr um klare Regeln und ums Gewinnen? Natürlich sollen Spiele einfach Spaß machen! Wir einigten uns darauf, dass ein vorangestellter Artikel nicht zählt. Ich dachte an die Band »The The« und freute mich auf T. Ich kam mir also vor, als wäre ich erkältet. Als Nächstes schlug ein Freund »Beruf« vor. »Beruf« ist in diesem Spiel die vielleicht schlimmste Kategorie überhaupt. In keinem anderen Universum sind Tierzüchter*innen so präsent wie in der Welt von *Stadt, Land, Fluss*. Doch auch hier sind die Grenzen ungemein schwierig zu ziehen. Ist »Züchter*in« ein Beruf? Wohl ja. Was ist mit Hundezüchter*innen? Katzenzüchter*innen? Wir einigten uns darauf, dass jedenfalls das Züchten von Oktopussen kein anerkannter Beruf ist. Stadt, Land, Band, Beruf: Das war bisher nicht die allerkreativste Stadt-Land-Fluss-Runde. Ich schlug daher die nächste Kategorie vor: »Namen«. Kein guter Einfall eigentlich. Eine Freundin erwiderte, dass es doch zu jedem Buchstaben einen Namen gäbe. Ich antwortete: »Ja, ich sehe deinen Punkt, Xena. Aber bei Buchstaben wie X wird es schon schwierig.« Die Kategorie »Namen« wurde abgenickt. Tina schlug als weitere Kategorie »Promis« vor. Prominente Personen sind für mich in erster Linie Fußballspieler*innen und da kenne ich mich gut aus. Ist natürlich fraglich, ob man einen männlichen 3.-Liga-Spieler noch als Promi betiteln kann, aber ich finde, das geht schon klar. Wir diskutierten, ob auch tote Promis zählten, und einigten uns auf: Ja, aber nur bei einem unnatürlichen Tod. Dass sowohl der Vor- als auch der Nachname zählen sollte, empfand ich dabei als eher ungeschickt. Schließlich hatten wir ja schon die Kategorie »Name«, die damit obsolet gewesen wäre. Wir einigten uns darauf, dass sowohl der Vor- als auch der Nachname zählt. Doch wie sähe es mit Künstler*innennamen aus? War »Lady Gaga« bei L zu wählen? Durfte dann auch noch ihr bürgerlicher Name zählen? Das war alles gagar nicht klar. Um die Kategorien noch etwas spannender zu gestalten, entschieden wir uns außerdem für die Kategorieklassiker »Scheidungsgrund«, »Todesursache« und »Schlechter Ort für einen Heiratsantrag«. Bei Unstimmigkeiten sollte die Mehrheit entscheiden.

Dann ging es los. Der erste Buchstabe wurde ausgelotet: »A ...« Nach etwa einer halben Sekunde rief der Sitznachbar von Xena: »Stopp!« und Xena verkündete sofort: »Z!« Ihre Superkraft scheint schnelles Zählen zu sein. Oder sie lebt in einem Universum mit einem alternativen Alphabet. Aber egal: Z. Unser erster Buchstabe. Wir spielten circa 20 Sekunden und Sammy rief: »Stopp!« Alles klar. Ich war sehr gespannt.

Stadt: »Zwickau«, »Zwickau«, »Zwickau«, »Zwickau«, »Zwickau«, »Zelle«. Tina erklärte Lukas, dass Celle mit C geschrieben wird. Sie hatte natürlich recht.

Land: »Zypern«, »Zypern«, »Zypern«, »Zypern«, »Zypern«, »Zwickau.« Tina erklärte Lukas, dass Zwickau kein Land ist. Sie hatte natürlich recht.

Band: »Zarella, Giovanni.« Xena punktete hier als Einzige.

Beruf: »Züchter*in«, »Zebrakampffotografassistent-*in«, »Zugführer*in«, »Zeitungsverleger*in«, »Zahnarzt«, »Zahnfee«. Wir diskutierten kurz, einigten uns dann aber recht schnell: Zahnarzt ist ein Beruf. Die Runde bestand übrigens nur aus Studierenden gesellschaftswissenschaftlicher Fächer. Und einem (männlichen) Zahnarzt.

Name: »Zoe«, »Zoë«, »Zoey«, »Zoëy«, »Zeus«, »Zwickau«. Hier konnte jede*r punkten.

Promi: »Zarella, Giovanni« und »Zé Roberto«. Mehr fanden wir nicht.

Scheidungsgrund: »Zanken« (wurde genehmigt), »Ziegenbart« (unstreitig genehmigt), »Zeigt keine Gefühle« (für mein Empfinden etwas lang, wurde aber genehmigt), »Zeigt Gefühle« (unstreitig), »Zwiebelfahne« (klarster Fall).

Todesursache: »Ziegenkäse war vergiftet« (Klassiker), »Ziege geweckt« (passiert den Besten), »Zu viele Ravioli« (die offensichtlichste Todesursache). »Zeremonielle Hinrichtung« wurde nicht akzeptiert, denn das beschreibt ja weniger die Todesursache als vielmehr den Kontext des Todes. Akzeptiert wurden dagegen noch »Zigaretten« und »Zylinder verschluckt«. Dahingehend muss man wirklich immer auf der Hut sein.

Schlechter Ort für einen Heiratsantrag: »Zwickau«, »Zwickau«, »Zwickau«, »Zwickau«, »Zwickau« und »Zweifelsfrei ist das Konstrukt der Heirat ein der heutigen Zeit inhärentes Überbleibsel patriarchaler Machtstrukturen«.

Es folgten viele weitere Runden mit langen und breiten Diskussionen, deren Wiedergabe wahrlich den Rahmen sprengen würde. Meine Highlights bei »Stadt« waren jedoch noch: »Hawaii« und »Karstadt«. Bei der Kategorie Land konnten mich »Helgoland«, »Legoland« und »Erling Haaland« am meisten überzeugen. Aber ich will mich über niemanden lustig machen; sehr oft bin ich genauso absolut ahnungslos. Und am Ende ist es auch einfach nur ein Spiel. Doch nächstes Mal suchen wir uns vielleicht besser nur noch Spiele ohne Streitpotenzial, vielleicht *Monopoly* oder *Risiko*. Oder *Wo ist Walter?*, wobei ich mich da schon immer gefragt habe, wieso der Kollege sich nicht einfach mal umzieht. Der muss ja stinken wie ein Iltis. Was ist ein Iltis? Um das zu erfahren, schalten Sie nächste Woche wieder ein, wenn es heißt: Spaß mit Flaggen!

17 geschmolzene Gletscher oder ein überschwemmtes Vanuatu: Was interessiert uns weniger?

Der menschengemachte Klimawandel ist unser ständiger Beglei-
ter. Jedwedes menschliche Handeln wird durch ihn determiniert;
jede staatliche Maßnahme muss sich an ihm messen. Ein Poet-
ry-Slam-Text wird der Erfassung (auch) dieses Problems niemals
wirklich gerecht werden können. Wahrscheinlich wäre es fast
schon anmaßend, sich dieser Thematik zu bedienen, ohne inhalt-
lich wirklich Ahnung zu haben. Aber wer wäre ich bloß, würde
ich nur Texte über Themen schreiben, mit denen ich mich fachlich
auskenne? Ich versuche indes, in der Gesamtbetrachtung auch die
rechtliche Perspektive zu eruieren und so die Gesamtproblematik
(hoffentlich) nicht völlig inhaltsleer zu würdigen.

17 geschmolzene Gletscher oder ein überschwemmtes Vanua-
tu: Was interessiert uns weniger? Die neue Samstagabend-
show auf ProSieben. Mit Steven Gätjen. Kommentiert von
Frank Buschmann. Wer erinnert sich noch an die Zeit, zu
der es uncool war, die Umwelt cool zu finden? Leute, die
vor dem Klimawandel oder Artensterben gewarnt haben,

wurden als Bäume umarmende Hippies abgetan. Menschen, denen es nicht egal war, wie unsere Erde in 50 oder 100 Jahren aussieht, wurden belächelt, als Ökofaschist*innen oder -fetischist*innen stigmatisiert. Früher waren es Gletscher, Eisbären oder Pinguine, die benutzt wurden, um vor den Gefahren des menschengemachten Klimawandels zu warnen. Schnee von gestern. Wasser von heute. Überschwemmungen von morgen. Doch schien alles zu weit weg, Deutschland schlicht nicht nah genug dran an Pinguinen. Krefeld mal ausgenommen.[73] Und ich bin ganz ehrlich: Auch mein Interesse für Gletscher hielt sich als Jugendlicher eher in Grenzen. Die waren einfach nicht cool genug. Wahrscheinlich ging es nicht nur mir so. Mit Klimaschutz wurden weniger Menschen abgeholt als mit öffentlichen Verkehrsmitteln auf dem Land. Doch was bot die letzte Zeit? Dürren, Wirbelstürme, Waldbrände im Herzen Europas, eine Jahrhundertflutkatastrophe mitten in Deutschland. Es ist die Zunahme extremer Wetterphänomene, vor der Klimaforschende schon seit langer Zeit warnen. Geht es um die Zerstörung unserer Umwelt, sind wir wahre Naturtalente.

Ich persönlich habe – das muss ich gestehen – vom Klimawandel ungefähr genauso viel Ahnung wie Esel von Buchstabensuppenrezepten. Mehr als »I, A« kommt da nicht. Mathematik, Meteorologie, Naturwissenschaften – es hat schon seine Gründe, warum ich Jura studiert habe. Doch stellt der Klimawandel ein allumfassendes Problem dar, dessen Regulierung nicht ohne Auslegung, Anpassung und Modifikation eben auch des Rechts und der Rechtsordnung als ganzer gedacht werden kann. Spätestens seit dem aktuellen Beschluss des Bundesverfassungsgerichts zum Klimaschutzgesetz[74] kommt selbst der konservativste

....

73 Vielleicht sollte ich diesen Witz besser wieder auf Eis legen.

74 Zu finden im 157. Band der amtlichen Entscheidungssammlung des Bundesverfassungsgerichts ab S. 30 (für Google-Aficionad*as: BVerfGE 157, 30).

Hardliner nicht mehr drum rum: Klimaschutz ist eine Aufgabe, deren intertemporaler und internationaler Charakter dazu führt, das Grundgesetz und seine Freiheitsrechte von Grund auf neu zu denken. Dieser Beschluss war mehr als nur der Hinweis auf eine womöglich ohnehin bestehende Verfassungslage, mehr als ein Wahlkampfslogan, als ein leeres Versprechen. Er war die proklamierte Erkenntnis, dass Klimaschutz Verfassungsrang hat und eine neue Art von Grundrechtsdogmatik formt. Demzufolge ist es – genau wie der menschengemachte Klimawandel – nicht zu leugnen: Diese Entscheidung des Bundesverfassungsgerichts war historisch.

Vorweg einmal Basic-Wissen Jura, 1. Semester, Verfassungsrecht: Das Grundrecht auf Leben und körperliche Unversehrtheit aus Artikel 2 Absatz 2 Satz 1 des Grundgesetzes begründet für alle staatlichen Institutionen eine sogenannte Schutzpflicht für die Menschen. Der Staat muss also nicht nur passiv schützen, sondern auch aktive Schutzmaßnahmen ergreifen. Diese Schutzpflicht greift – selbstverständlich – auch dann ein, wenn Gefahren für das Leben und die körperliche Unversehrtheit etwa durch klimawandelbedingte Extremwettersituationen entstehen. Daneben normiert Artikel 20a des Grundgesetzes eine sogenannte Staatszielbestimmung, die dem Staat – ausdrücklich auch in Verantwortung für die künftigen Generationen – den Schutz der natürlichen Lebensgrundlagen gebietet. Seit Einfügung dieser Bestimmung in das Grundgesetz vor über 25 Jahren ist generationengerechter Klimaschutz also ein Anliegen von Verfassungsrang. So unterschiedlich Lebensentwürfe sein können, sind es doch die natürlichen Lebensgrundlagen, die uns alle einen. Wie heißt es so schön: »There is no Planet B«. Oder wie Elon Musk sagen würde: »Mars«. Die systematische Stellung des Artikels 20a vor dem das Parteiwesen regelnden Artikel 21 im Grundgesetz hat durchaus Symbolkraft, denn der Einsatz für den Klimaschutz ist mehr als Veggie-Day und Sich-an-Gleise-Ketten, mehr als Tempolimit und Kurzstreckenflugverbote: Er ist kein Randgruppenanliegen, sondern sollte Fundament jeder Parteipolitik sein. Welcher Mensch würde schon mit Inbrunst von sich behaupten, ihm seien die Umwelt, das Klima, die Tiere, die Menschen völlig egal? Wohl keiner. Welcher Mensch würde sein eigenes Verhalten den Umständen entsprechend anpassen wollen? Kaum einer. Und das ist ja auch verständlich. Im Supermarkt kann und soll nicht jede Person politisch denken. Politisch denken müssen. Es ist eine Mär, dass der Markt alles regeln könne. Der Staat darf sich seiner Verantwortung nicht entziehen. Es gab und gibt schließlich so viele Möglichkeiten: Förderung erneuerbarer Energien, Ausbau von Fahrradwegen und öffentlichem Personennahverkehr, bundesweites Tempolimit, Kohleausstieg 2030 – die Liste ließe sich lange fortsetzen. Zu viel war und ist politisch nicht gewollt. Dabei könnte man meinen, CDU und FDP hätten bereits genug Kohle. Die Angst, auf der Autobahn nicht mehr rasen zu dürfen, scheint oft größer als die Angst, unseren Kindern und Enkelkindern keine heile Welt überlassen zu können. In der Erkältungszeit ist ein Tempo-Limit natürlich schwierig zu vermitteln, aber sonst spricht doch nichts dagegen? Allenfalls ein dekadentes und vulgäres Verständnis von Freiheit.

Freiheit kann nicht ohne Generationengerechtigkeit gedacht werden. Klimaschutz ist (auch in den Worten des Bundesverfassungsgerichts) intertemporaler Freiheitsschutz. *Intertemporal* – das ist kein Fußballverein aus Mailand, sondern die Erkenntnis, dass es eine zeitliche Ebene in der Grundrechtsordnung gibt. Artikel 20a des Grundgesetzes soll den politischen Prozess zugunsten ökologischer Belange auch im Hinblick auf die künftigen Generationen binden. Würde erst in der Zukunft kurzfristig gehandelt, wäre die Gefahr größer, Freiheitsrechte dann noch deutlich weitreichender einschränken zu müssen. Das Bundes-verfassungsgericht argumentierte auf neuartige Weise: Es sei die Gesamtheit grundrechtlicher Freiheiten kommender Generationen, deren Schutz Artikel 20a des Grundgesetzes bereits jetzt fordere. Dabei nehme das relative Gewicht des Klimaschutzgebots bei fortschreitendem Klimawandel immer weiter zu. Die nachfolgenden Generationen dürften – so das Gericht – die natürlichen Lebensgrundlagen nicht nur um den Preis radikaler eigener Enthaltsamkeit bewahren können. *Radikale eigene Enthaltsamkeit*. Klingt ein bisschen wie der Titel einer Papst-Autobiografie. Oder der Leitspruch der Schweiz. Im Ergebnis bedeutete dies: Der Gesetzgeber muss bis Ende 2022 die Reduktionsziele für Treibhausgasemissionen für die Zeit nach 2030 näher regeln. Doch wichtiger als der konkret verhandelte Sachverhalt war die Strahlkraft der Worte unseres höchsten und wichtigsten Gerichts, die mit beachtlicher Eindeutigkeit mahnen, gegenwärtige Verantwortung zu wahren. Jura Ende.

Spannend sind die Parallelen von Klimakrise und Corona-Pandemie: Genauso wie es nicht für jedes Kind möglich war und ist, sich durch eine (präventive) Impfung vor den Folgen des Coronavirus zu schützen, sind es wiederum die Kinder von heute, die ohne Anstrengung im Jetzt die Folgen des Klimawandels von morgen zu stemmen haben. Es sind die Einschränkungen persönlicher Freiheiten von heute – für den Infektions- wie auch für den Klimaschutz –, die übergeordneten Zielen des Allgemeinwohls dienen. Und genau wie es Coronaleugnende und Impfgegner*innen gibt, existieren auch Klimaskeptiker*innen. Ich finde das so krass. Gegenüber der Klimakrise *skeptisch* zu sein, ist ungefähr so, als hätte man ein persönliches Problem mit der Schwerkraft. Also im Ernst – die ist halt da. Es sagt ja auch niemand: »Nee, also ich persönlich glaube nicht an das Konzept *Zeit*.« Wesentlicher Unterschied:

Die Klimakrise ist nach dem gegenwärtigen Stand noch viel zeitloser als die Corona-Pandemie. So streitbar Wissenschaft sein kann, ist eines höchstentscheidend: Vertrauen in Wissenschaftler*innen. Es bleibt zu hoffen, dass die durch den Beschluss des Bundesverfassungsgerichts massiv vorangetriebene Entwicklung, Klimaschutz durch die Kraft des Rechts zu stärken, in nationaler und internationaler Rechtsprechung fortgesetzt wird.

Proteste verschiedenster Klimaschutz-Bewegungen gab es mittlerweile fast überall auf der Welt: Sowohl in Herne als auch in Dili, der Hauptstadt Osttimors. Also Dili. Osttimor ist eines dieser Länder, die im Bewusstsein der Menschen wahrscheinlich noch unbekannter sind als das Wort Integrität im Wortschatz von Gerhard Schröder. Und Dili ist eine Stadt, deren Einwohner*innen vom Klimawandel wohl etwas mehr betroffen sein werden als der gemeine Europäer. Gleiches wird für Port Vila gelten, die Hauptstadt Vanuatus. Und für sehr viele andere Regionen dieser Erde, die für den menschengemachten Klimawandel kaum verantwortlich sind, aber vollends die Folgen tragen. Ganze Staaten werden schlicht untergehen und dennoch machen sich in Deutschland Leute über Greta Thunberg oder Luisa Neubauer lustig.

Karl Lagerfeld sagte einst: »Wer sich einen Fridays-for-Hubraum-Sticker auf sein Auto klebt, hat die Kontrolle über sein Leben verloren.« Die Kontrolle dürfen wir nie verlieren. Ich danke jedem Menschen, der schon vor 20 Jahren Bäume umarmt hat. Auch wenn es eigentlich die Aufgabe der Staaten ist, darf jede Privatperson versuchen, eine gute Zukunft für diesen Planeten zu bewirken. Zuhause und auf den Straßen der Öffentlichkeit. Erst belächelt, jetzt siegreich vor dem Bundesverfassungsgericht. Schulstreik für das Klima als Pfeifen im Walde. Wie man in den Wald hineinruft, so schallt es heraus.

Schadenfreude

Als ich elf Jahre alt war, zog mir in der Schule ein Mitschüler den Stuhl weg – genau in dem Moment, als ich mich hin-
setzen wollte. Bis zu diesem Zeitpunkt hatte ich geglaubt,
eine solche Art von Streichen gäbe es nur in Filmen. Doch
ich wurde schnell auf den Boden (der Tatsachen) zurück-
geholt. Die gesamte Situation muss für die umherstehen-
den Personen ziemlich witzig ausgesehen haben. Rudern-
de Armbewegungen, ein jegliche Spannung verlierendes
Gesicht, das Geräusch des Aufkommens, klangvoll wie ein
auf den Tisch geschmissener Brotteig. Doch in Wahrheit
tat es weh. Am Steißbein. Und im Herzen. Seit diesem
Moment wusste ich, dass ich mich am Leid anderer Menschen niemals erfreuen wollte, denn ich bekam ja nun am
eigenen Leibe zu spüren, was es bedeutete, ausgelacht
zu werden und dem Spott anderer Personen ausgesetzt
zu sein. Ich rächte mich damals zwar, jedoch auf stilvolle
Art und Weise: Ich legte dem Jungen, der mir dieses Trau-
ma angetan hatte, ein Furzkissen auf den Stuhl. Und gerade, als er sich auf den Stuhl setzen wollte, erstach ich
ihn. Bereits in den Zehn Geboten hieß es: »Du sollst nicht
anderer Menschen Stühle wegziehen, die gerade im Begriff sind, sich hinzusetzen.« *Schadenfreude* ist sogar ein
Lehnwort im Englischen. Wer nicht weiß, was ein Lehnwort ist, kann ja mal googeln. Ich erinnere mich insbeson-

dere an eine Situation aus meiner frühen Kindheit, in der ich bewusst Schadenfreude empfunden habe: Ich saß als kleiner Junge in der Straßenbahn und zwei ältere, sympathisch aussehende Damen setzten sich zu mir und fingen plötzlich an, sich auf Russisch über meine Frisur und mein Aussehen lustig zu machen. Super surreal. Ich blieb natürlich cool, obwohl ich alles ganz genau verstanden hatte, und überlegte die ganze Zeit, wie ich reagieren könnte. Als ich aussteigen musste, nahm ich meinen Schulranzen, meine Sporttasche, meinen Geigenkoffer und mein Klavier und sagte zu den beiden lediglich das russische Wort für »Tschüss«: »Пока«. Der perfekte *Mic Drop*. Ich sehe es noch heute ganz genau vor mir, wie unfassbar unangenehm den Damen diese Situation war. Der entschuldigende Blick in ihren Augen. Mein Moment der Schadenfreude. Gut, ich stolperte dann zwar beim Aussteigen, aber das ist für die Geschichte egal. Doch eigentlich möchte ich mich am Schaden anderer Menschen nicht erfreuen. Wahrscheinlich bin ich da kein Einzelfall. Wer würde von sich schon behaupten, das Gefühl von Schadenfreude gerne zu empfinden? Nun ja, der Tweet, den ich jetzt originalgetreu zitiere, erhielt im Haifischbecken *Twitter* knapp 10 000 Likes:

»warum zur Hölle soll es kein Grund zur Häme sein, dass Kimmich Corona-Folgen zu spüren bekommt, ein unsympathischer Multimillionär bekommt die Konsequenzen seines eigenen Handelns zu spüren? Wie freudlos muss man sein, um da nicht wenigstens kurz zu lächeln?«

Kurz zum Kontext: Joshua Kimmich, ein Fußballspieler des FC Bayern München, hatte sich nicht gegen Corona impfen lassen – nach eigenen Angaben aufgrund von Unsicherheiten, insbesondere auch unter Bezugnahme auf noch fehlende Langzeitstudien. Von Querdenkenden hat er sich aber klar abgegrenzt. Er selbst ist mit dieser Thematik nicht an die Öffentlichkeit gegangen, vielmehr wurde er hiermit in einem Interview nach einem regulären Saisonspiel konfrontiert. Kurze Zeit nach dem Interview infizierte sich Kimmich mit dem Coronavirus und hatte auch mehr als nur leichte Symptome. Retrospektiv bereute er seine Entscheidung, sich vorher nicht impfen lassen zu haben.

Social Media teilte sich wie Moses das Meer: Die einen schimpften wüst, als es um jegliche Form von Häme und Schadenfreude ging – eine Krankheit wünsche man schließlich niemandem –, die anderen konnten sich mindestens ein Lächeln nicht verkneifen. Mich irritiert das alles. Als ich erstmals von Kimmichs Aussagen gehört habe, hat mich das auch geärgert. Sein inhaltlich absolut nicht tragbares Langzeitstudien-Argument ist natürlich Wasser auf den Mühlen aller Querdenkenden und vielleicht auch aller Unentschlossenen. Auf der anderen Seite wird eine mögliche Vorbildwirkung seiner Person in meinen Augen auch überschätzt. Wenn Menschen ohnehin zutiefst davon überzeugt sind, sich nicht impfen lassen zu wollen, wird das Statement eines bekannten Fußballspielers auch nicht mehr ausschlaggebend für die eigene Impfentscheidung sein. Außerdem und womöglich noch viel wichtiger: Die allermeisten anderen bekannten Fußballspieler*innen haben sich impfen lassen. Zudem sind die Gedanken Kimmichs doch auch nachvollziehbar. Ängste sind nun einmal häufig irrational. Er hatte Angst vor der Impfung. Genauso irrational wie die Angst, an der Nebenwirkung eines Corona-Impfstoffes zu erkranken,[75] ist etwa auch Flugangst. Es gibt Menschen, die Leuten mit Flugangst sagen, dass Flug-

....

75   Obgleich natürlich ein ganz minimales Risiko tatsächlich besteht, spricht eine aus medizinischer Sicht getroffene Folgenabwägung im Normalfall klar für eine Impfung.

zeuge die sichersten Verkehrsmittel auf der Welt seien. Ja, das mag ja sein. Aber wenn eben doch mal was passieren sollte und man aus zehn Kilometern Höhe abstürzt, hilft Pusten auch nicht mehr. Natürlich ist eine Corona-Impfung in gewisser Weise ein Akt der Solidarität und schützt auch andere Menschen – ganz offensichtlich anders als das Fliegen im Flugzeug. Dennoch: Wer überhaupt keine irrationalen Ängste hat, der schieße den ersten Ball.

Ich habe ebenfalls Ängste, die rational gesehen unbegründet sind: Etwa, dass ich eines Tages, bevor ich das Haus verlasse, einfach vergesse, mir eine Hose anzuziehen. Das wird nicht passieren. Das kann nicht passieren. Aber was, wenn doch? Es ist ja durchaus ein intuitiver Gedanke (obgleich wissenschaftlich zu entkräften), zu sagen, dass der Impfstoff noch nicht so lange bestehe und daher nicht mit letzter Gewissheit vorhergesagt werden könne, was mit den geimpften Personen in vielen Jahren passieren könnte. Ist man einmal in einer gewissen Denkspirale gefangen, kommt man nicht mehr so leicht heraus. Und der für mich entscheidende Punkt war auch, dass Kimmich selbst seine Impfentscheidung nicht an die große Glocke hängen wollte, es vielmehr die Menschen und Medien waren, die – bei einer solchen Person des öffentlichen Lebens auch verständlicherweise – interessiert waren. Was jedoch in der Folge seiner negativ beschiedenen Impfentscheidung passierte, war unglaublich: Es gab Fernsehteams, die in seinen Heimatort fuhren und alte Nachbar*innen interviewten. Die Journalist*innen verhielten sich fast schon so, als hätte Kimmich einen Amoklauf begangen. Was sollen die Leute in diesen Interviews denn sagen? »Das hätten wir niemals von ihm gedacht. Er war doch ein ganz normaler Junge. Hat am Wochenende Fußball gespielt, beim Bäcker nett gegrüßt, sich immer impfen lassen.« Versteht mich nicht falsch: Ich würde mich auch sechs Mal im Jahr impfen lassen, wenn Wissenschaftler*innen sagen würden, dass das notwendig sei. Aber man muss nicht so tun, als ob die persönliche Entscheidung eines Menschen, sich nicht impfen lassen zu wollen, wohlgemerkt zu einem Zeitpunkt ohne Impfpflicht, das Schlimmste sei, was ein Individuum der Gesellschaft antun kann. Daher ist es für mich völlig unverständlich, Häme oder Schadenfreude über die Infektion eines anderen Menschen zu empfinden. Schließlich haben auch Personen wie Donald Trump oder Jair Bolsonaro das Virus überstanden, sind anschließend aber weiter in ihrem verharmlosenden Narrativ geblieben und haben sich als Helden inszeniert. Kimmich beteuerte jedenfalls, seine Entscheidung zu bereuen. Mittlerweile hat er sich impfen lassen. Was muss er noch machen, um von der Gesellschaft rehabilitiert zu werden? Muss er erst drei Katzenbabys wiederbeleben, bevor er in den Supermarkt gehen darf, ohne mit Tomaten beworfen zu werden? Keine Schadenfreude zu haben, heißt ja nicht gleich, tiefstes Mitleid zu empfinden. Es gibt schon noch was dazwischen. Und natürlich ist es seinerseits auch kein heroischer Akt, sich mittlerweile doch geimpft zu haben. Aber aus alldem wurde irgendwie viel zu viel gemacht. Und ich mache es gerade nicht besser, das ist mir bewusst. Aber der eigentliche Skandal ist doch, dass sein Vorname »Josua« und nicht »Joshua« ausgesprochen wird, obwohl er »Joshua« heißt. Darüber redet natürlich niemand!

Wir scheinen es zu lieben, wenn vermeintlich oder tatsächlich *bösen* Menschen etwas Schlechtes passiert. Aber ab wann ist das okay? Natürlich gibt es Menschen, bei denen man recht eindeutig sagen kann, es sei ihnen gegönnt, schlimme Dinge zu erfahren. Etwa dass sie in einem Gespräch nickend und lächelnd »Ja« sagen, obwohl sie die Frage gar nicht richtig verstanden haben, und dann noch einmal gefragt werden: »Und warum bist du dieser Meinung?« Oder dass sie auf einer stehengebliebenen Rolltreppe laufen müssen. Oder sich bei einer Geburtstagsparty auf den Tisch stellen, einmal die Aufmerksamkeit aller Anwesenden auf sich ziehen, indem sie mit einem Löffel ein paar Mal gegen ein Glas schlagen, und dann vom Tisch fallen. Oder dass sie in der Öffentlichkeit pupsen.[76] Ist es Schadenfreude, wenn ich es gut finde, dass Markus Anfang, der ehemalige Trainer von Werder Bremen, rausgeschmissen wird, weil er höchstwahrscheinlich seinen Impfpass gefälscht hat? Ja. Aber wer gesehen hat, wie er auf Karnevalsveranstaltungen, bei denen die 2-G-Regel herrschte, freudig umherirrte und ein tatsächliches Gesundheitsrisiko für andere Menschen darstellte, wird wahrscheinlich ähnlich empfinden. Dieser Mann hat allem Anschein nach seinen Impfpass gefälscht und buchstäblich seine Mitmenschen gefährdet. Und das ist quasi vergessen. In Erinnerung bleibt im fußballerischen Kontext vor allem Kimmich.[77]

Anderes Beispiel: Wilderei. Vor ein paar Jahren wurde ein Wilderer, der in Afrika Löwen und Elefanten gejagt hat, um sie sich als Trophäen an die Wand zu hängen, von einem der wilden Tiere getötet. Reaktion auf Social Media: Jubel, Euphorie, Genugtuung. Wenn es um Wilderei geht, muss das Gehirn schon sehr stark arbeiten, um auszublenden, dass man vielleicht selbst auch nicht die tierliebste Person auf diesem Planeten ist. Das sind Leute, die die Todesstrafe für Tierquäler*innen fordern, während sie in ihre Bockwurst beißen. Liebe Grüße an den Text über kognitive Dissonanz. Zwar wird dann häufig darauf rekurriert, dass man eine Kuh oder ein Schwein ja essen kön-

....

76   »Pupsen« klingt wie ein Wort, das nur Kinder benutzen können.

77   Update vom Juni 2022: Markus Anfang hat einen neuen Trainerjob gefunden, und zwar bei – wie könnte es anders sein – Dynamo Dresden. Doch ganz unironisch: Jeder Mensch verdient natürlich eine zweite Chance und zumindest hat er seinen (riesigen) Fehler eingesehen und um Entschuldigung gebeten.

ne, einen Löwen hingegen nicht, sodass sein Tod sinnloser sei. Aber für mich persönlich ist eine Kuh nicht weniger wert als ein Löwe – darf natürlich jeder Mensch anders sehen. Doch vergessen wir nicht: *Die Höhle der Löwen* hat uns Frank Thelen beschert, durch Kühe kennen wir Heidi. Keine weiteren Fragen, Euer Ehren. Oft heißt es dann auch, wir Menschen seien darauf angewiesen, Kühe zu essen, aber einen Löwenkopf über dem Kamin: Das brauche schließlich niemand. Und ich gehe in Bezug auf den Löwenkopf natürlich zu 100 Prozent mit. Aber wer 2022 immer noch der Meinung ist, man brauche tierische Lebensmittel, um »zu überleben«, der lügt oder ist schlicht nicht die hellste Kerze auf der veganen Sahnetorte. Selbst Discounter sind voll von veganen Alternativprodukten – neben all den ohnehin originär veganen Lebensmitteln. Als der besagte Wilderer getötet wurde, schaute ich mir unter dem Facebook-Artikel die Kommentare an (was meistens keine gute Idee ist). Es zeigten sich menschliche Abgründe: »Ich hoffe, der Löwe wurde satt«, »Das ist der Kreislauf des Lebens. ;)«. Ich finde, man sollte Personen wie diesen Wilderer bestrafen, aber ich freue mich nicht, wenn ein Mensch stirbt.

Ich habe im Leben so viele falsche Entscheidungen getroffen – wenn da noch Häme und Schadenfreude von außen hinzugekommen wären, hätte ich mit diesen Situationen erst recht nicht umgehen können. Wo ist die Grenze zu ziehen zwischen witzigen Späßen, kleineren Albernheiten und echter Schadenfreude? Alexander Gauland wurden mal die Klamotten weggenommen, als er in einem Badesee schwimmen war. Ironisch ist es schon, denn in seinem Weltbild hat bestimmt der weiße Mann die Hosen an. Dennoch finde ich das nicht richtig. Wir sollten diese Menschen argumentativ entkleiden, nicht buchstäblich. Ich glaube, das wäre für alle Beteiligten besser. Und ja, AfD-Abgeordnete sorgen aktiv dafür, dass anderen Menschen Leid angetan wird, und ja, sie schüren Hass, der womöglich mit dazu beiträgt, dass es zu rechtsterroristischen Anschlägen kommt. Aber das ist ein strukturelles Problem, dem sich primär der Rechtsstaat und die entsprechenden Institutionen widmen müssen. Wenn du einem rechten Abgeordneten des Deutschen Bundestages seine Hose wegnimmst, werden die Menschen in Belarus nicht weniger stark frieren. Wollen wir, dass ein Dieb, der gerade in einem Supermarkt ein paar Lebensmittel gestohlen hat, auf dem Nachhauseweg einen schweren Unfall hat, weil auch er ungerechte Dinge tut? Empfinden wir dann Freude an seinem Schaden? Soll jemand, der einer obdachlosen Person kein Geld gegeben hat, ausgeraubt werden? Schadenfreude ist Selbstjustiz im Kleinen. Soll es unseren Ex-Partner*innen schlecht gehen; geht es uns dann besser? Ich finde das alles nicht richtig. Es ist in Ordnung, in einer Situation, die komisch ist, zu lachen, ein Kichern, ein Lächeln nicht unterdrücken zu können. Ich bin Vorstandsvorsitzender von der In-unpassenden-Situationen-Lachen-Müssen GmbH & Co. KG. Aber das ist was anderes als echte Schadenfreude, als echter Spott.

Ich habe gelesen, dass auch Schimpansen Schadenfreude empfinden können. Faszinierend. Das heißt aber gleichzeitig auch: Aufpassen! Wenn aus dem Affenhaus des Krefelder Zoos irgendwann Tweets gegen Kimmich gesendet werden, kann dieser den Spieß natürlich umdrehen und sich einfach ein paar Himmelslaternen kaufen. Wenn er bis dahin nicht an Long COVID gestorben ist.

Ich hasse Menschen — nicht

Ich habe auf Poetry-Slam-Veranstaltungen häufig das Gefühl, dass Zynismus die vorherrschende Gefühlslage ist. Ich kann mich davon überhaupt nicht freimachen (wie vielleicht schon zu merken war), bin selbst großer Fan und bediene mich zynischer Bemerkungen häufiger, als es mir lieb ist. Doch die kundgetane Misanthropie nimmt zum Teil übermäßige Züge an. Ich möchte dem mit dem folgenden Text gerne ein wenig entgegensteuern.

Viele Menschen sagen Dinge wie: »Ich hasse Menschen«, »Menschen sind doof«, »Steine sind okay.« Und ich frage mich, woher dieser generelle Hass auf die eigene Spezies kommt. Es geht ja auch niemand zu seiner Großmutter und sagt: »Hi Omi. Danke für den Apfelkuchen. Mmmmh, war der gut. Lecker Zimt. Oh, und ich hasse dich. Steine sind okay.« Natürlich meinen Leute, wenn sie so etwas sagen, nicht zwingend ihre eigene Großmutter, sondern die gesamte Menschheit als anonymen Haufen. Menschen seien schlecht. Klar ist es immer auch ironisch-flapsig gemeint, aber warum denn überhaupt diese Negativität? Einzelne Menschen sind schlecht, ja. Aber schlechten Menschen wird doch auch entsprechend begegnet. Wenn jemand bei einem Autounfall, statt zu helfen, die Geschehnisse filmt, um sie im Internet hochzuladen, gibt es doch niemanden, der sagt: »Nee, Leute, lasst den Mann doch filmen. Gehört halt zu seiner Persönlichkeit.« Nein, es würde heißen: »Verpiss dich, komm nie wieder und lass die Scheiße in Zukunft sein!« Da gibt es keine Solidarität, keine *GoFundMe-Kampagne* – solchen Leuten schlägt Hass entgegen. Natürlich ist es grausam, was Menschen anderen Menschen antun – ob in politischen oder wirtschaftlichen Führungs- oder Autoritätspositionen oder als einfache Bürger*innen. Aber das ist doch nicht repräsentativ für *den* Menschen. Ich esse etwa gern Bananen. Das drittbeste Obst in meinen Augen (ich diskutiere gerne, schreibt mir eine Nachricht). Doch wenn ich eine Banane esse und sie aus irgendeinem Grund nicht schmeckt, schimpfe ich doch auch nicht auf das gesamte Obst dieser Welt. »Oh, ihr dreckigen Pflaumen! Ich hab dich schon immer gehasst, Sternfrucht! Hey Nektarine, was bist du denn: ein rasierter Pfirsich?« Nein, das mache ich natürlich nicht. Das wäre ja völlig Banane.

Die Menschheit hat sich zivilisiert: Wir haben Gesellschaften gegründet, Staatssysteme konstituiert, Wissen und Kunst geschaffen. Wir haben uns eine Welt aufgebaut. Wir sind zwar dabei, sie wieder zu zerstören, aber ich finde es nach wie vor grotesk, wenn ich vor dem Kölner Dom stehe oder vor anderen Gebäuden, die vor hunderten Jahren gebaut wurden. Wie ging das? Ich kann nicht mal einen Schrank aufbauen, ohne dass der zusammenklappt, nicht mal ein Brötchen belegen, ohne dass die Gürkchen rausfallen, und ihr baut eine 150 m hohe, wunderschöne Prachtkirche?! Oder Fernseher, Laptops, Handys, künstliche Intelligenz. Wir waren auf dem Mond. Wir können ergründen, wie unsere Welt vor Milliarden Jahren aussah. Wir schauen Filme, wir haben Freizeitparks, wir können aus Erbsen Burgerpattys machen, wir haben Musik, unterschiedliche Kulturen, Rasenmähroboter – das ist doch alles absurd, was der Mensch geschaffen hat. Denn was ist mit anderen Lebewesen? Wir sind ja meist schon begeistert, wenn Biber einen Damm bauen. Der Mensch baut nicht nur einen Damm, der legt einen Stausee an, und dann gibt es da einen Strand und Cafés und man kann sich ein Calippo Cola kaufen. Der Mensch hat Calippo Cola erschaffen! Da können sich Delfine noch so sehr mit Ultraschall verständigen. Wir können sogar richtig miteinander sprechen. Es gibt Tiere, die können sich selbst im Spiegel erkennen. Wir können uns im Spiegel selbst erkennen und sind dann noch unzufrieden mit unserer Frisur. Ich hab noch nie einen Dackel gesehen, der gesagt hat: »Ah, nächstes Mal versuch ich es mit der *Curly-Girl-Methode*.« Es gibt keinen Stand-up-Comedy-Club unter Eulen, keinen Poetry Slam von Schildkröten, kein Gewaltmonopol bei Ottern, keine Demokratie bei Bienen. Der Mensch ist unfassbar. Ich mag Tiere und will hier mit meinem Anthropozentrismus nicht übertreiben, aber was die Menschheit geschaffen hat, ist schier unbeschreiblich. Allein dieses Wort: *Anthropozentrismus*.

Natürlich gibt es Menschen, die ich hasse. Hitler zum Beispiel – kein guter Typ. Oder Richard David Precht. Doch bringen wir den Stein mal zum Rollen: Steine sind verdammt nochmal nicht okay! Wisst ihr, wer unter einem Stein lebt? Patrick Star. Außerdem: Einen ganzen Menschen kann ich nicht im Schuh haben, Steine schon. Denkt da mal drüber nach. Nazis tragen Klamotten auch nicht von der Marke Thor Menschar, sondern von – wie könnte es anders sein – Thor Steinar. Statt dieser selbstgefällig-trübseligen und nichtssagenden Meinungsbekundung kann man sich ja fragen, was man denn so an Menschen hasst. Ob man nicht vielleicht selbst erst mal anfangen sollte, Gutes zu tun. Das Menschsein allein ist weder gut noch schlecht. Es ist einfach neutral und bietet uns die Möglichkeit, das Leben auszufüllen. So, wie wir mögen. Wir sind frei. Und wir sind gut. Im Grundsatz. Denken wir allein an all die schlimmen Katastrophen der letzten

Zeit, etwa die Jahrhundertflut im Ahrtal: Wie viel Solidarität, wie viele Privatspenden, wie viele Hilfsangebote es gab! Von Menschen für fremde Menschen. Oder genauso seit Beginn des Angriffskrieges gegen die Ukraine. Solidarität, Spenden und Hilfe. Wobei Hilfe in Notlagen eigentlich eine genuine Aufgabe des Staates sein müsste; diese Art der Entpolitisierung kann insofern auch gefährlich sein. Das macht die Menschen, die tatsächlich helfen, aber nicht schlechter. Dass es auch Menschen gibt, die christlichen *weißen* Menschen eher helfen wollen als mehrheitlich muslimischen und/oder Schwarzen Menschen, ist schrecklich. Doch auch hier: Ich hasse nicht Menschen – ich hasse rassistische Strukturen und Gedankenmuster, gegebenenfalls Einzelpersonen. Und eigentlich ist Hass als Gefühl ohnehin zu destruktiv; besser wäre ein Loslösen oder im besten Fall ein Unterstützen und Auf-die-richtige-Seite-Führen. Doch ich bin (in dieser Hinsicht) nicht naiv: Nicht jedes strukturelle Problem ist mit einem Kuchenverkauf zu lösen. Aber es geht mir nicht um den extremen Einzelfall, sondern um das ganz grundsätzliche Welt- und Menschenbild.

»Ich hasse Menschen« ist nur ein Facebookbild entfernt von: »Ich hasse Kinder«. Natürlich ist auch das (meist) ironisch gemeint, aber was ist das denn für ein Wording: Hass?! Das macht jetzt womöglich alles ein viel zu großes Fass auf – wobei bei Kindern wahrscheinlich auch ein kleines Fass reicht –, aber Hass verdient fast niemand. Leute, die im vollen Hauptbahnhof plötzlich unvermittelt stehen bleiben: Da ist Hass angebracht, okay. Oder bei Personen, die sich im Kino während des Films unterhalten: sofort nach Den Haag, klar. Aber Kinder?! Natürlich können Kinder nervig sein, aber es sind ja eben auch Kinder. Die können sich mit dir nicht darüber unterhalten, wann der perfekte Zeitpunkt für den Abschluss deines Bausparvertrags ist. Aber ich muss mir da nichts vormachen: Das könnte ich auch nicht. Was ist ein Bausparvertrag? Klar sind Kinder manchmal quengelig, aber, hey, das bin ich auch. Das sind sich entwickelnde Menschen. Du hasst sie, weil sie Kinder sind, und wenn sie Erwachsene sind, dann hasst du sie wieder. Das ist nicht die richtige Einstellung. Ich liebe Kinder (aber auch nicht zu sehr, keine Sorge).

Ich hasse Menschen nicht. Wenn ich sehe, wie eine Familie an einem Fluss entlangspaziert; wenn ich sehe, wie sich zwei Personen am Bahnhof wiedersehen, sich weinend in die Arme rennen, da sie sich offensichtlich lange nicht gesehen haben; Kinder, die gemeinsam draußen im Park spielen und holprig zu ihren Eltern laufen, weil sie ihre Schippe vergessen haben; Verliebte, die auf einer Parkbank sitzend darauf warten, dass endlich die jeweils andere Person den ersten Schritt macht. Ältere Menschen, wie sie schweigend und doch glücklich im Bus nebeneinandersitzen und sich schlicht nichts mehr zu sagen haben. Weil sie sich alles irgendwann schon mal gesagt haben, sich kennen: jede winzige Pore, jede Angst, jeden flüchtigen Gedanken. Ich wäre jedenfalls sehr verwundert, wenn ein gesunder 70-jähriger Mann nach 40 Jahren Ehe noch fragen würde: »Moment, dein Name ist Hildegart?« All diese Menschen zu sehen, macht mich glücklich. Ich liebe es, Menschen zu beobachten. Nicht mit einer umgedrehten Zeitung oder von einem Baum aus, sondern einfach die alltäglichen Momente des Lebens. Menschen beim Menschsein. Deshalb bin ich auch so gerne in Cafés. All diese Menschen schreiben ihre eigene Geschichte, mit jedem Moment ein neues Kapitel. All diese Menschen haben ihr eigenes Leben, das sich vielleicht mal mit meinem überschneiden wird. Vielleicht aber auch nicht. Diesen Mann, den ich vor ein paar Tagen in der Bahn *Der Prozess* von Kafka habe lesen sehen, sehe ich nie wieder in meinem Leben. Jemand musste ihn verleumdet haben, denn ohne, dass er etwas Böses getan hätte, wurde er eines

Morgens verhaftet. Und vielleicht wird diese Frau, die einem älteren Pärchen gerade erklärt, dass Tauben besser nicht mit Brot gefüttert werden sollten, irgendwann meine Chefin sein, vielleicht werde ich irgendwann ihr Chef sein, vielleicht sitzen wir in zwölf Jahren nebeneinander in einem Restaurant in Hamburg auf der Schanze und bestellen gemeinsam jeweils einen Chef*innensalat. Ich weiß das doch alles nicht.

Ich hasse Menschen nicht. Menschen sind im Grundsatz gut. Das ist meine These. Ich kann sie wissenschaftlich nicht untermauern und ich bin zugegebenermaßen sehr oft allzu gutgläubig, aber dennoch überzeugt davon, dass Menschen trotz sehr vieler nicht-guten Menschen gut sind. Vielleicht kommt es ja auch nicht von ungefähr, dass wir »unmenschlich« als Wort immer dann benutzen, wenn etwas schlecht, niederträchtig oder böse war? Weil Menschlichkeit gut ist, weil Menschen gut sind? Weil wir wollen, dass es so ist? Ihr müsst nicht alle mit Free-Hugs-Schildern durch das nächste Gefängnis laufen, ihr müsst keinen Kuchen für chilenische Waisenkinder backen oder bei der nächsten PayPal-Zahlung an eure Freund*innen mal doch einen Euro an das SOS-Kinderdorf spenden. Darum geht es doch gar nicht. Aber wie schön wäre eine Welt, in der Solidarität und Wertschätzung anderen Menschen gegenüber schon in unserer Sprache begänne?

Lebkuchen

Die folgenden Seiten liegen mir besonders am Herzen. Es ist wahrscheinlich mein persönlichster Text. Ich verarbeite und behandele mein Verhältnis zum Thema Ernährung. Manchmal kann sich ein gestörtes Verhältnis schleichend anbahnen, manchmal passiert es von einem auf den anderen Tag. Ich versuche seit jeher, meinen Problemen, soweit es irgendwie möglich ist, mit Humor zu begegnen. Das gelingt mal besser und mal schlechter. Im finalen Stechen der nordrhein-westfälischen Poetry-Slam-Meister*innenschaft 2022 hat mir dieser Text (in etwas gekürzter Form) zum Titel verholfen.

Mein bester Freund sagte einmal zu mir: »Benni, wenn es eine Sache gibt, die ich hasse, dann, dass Lebkuchen schon im Sommer verkauft werden.«

Alter, wenn es lediglich eine Sache gäbe, die ich hasse, wäre ich ein verdammt ausgeglichener Mensch. Ich verstehe nicht, wie sich Leute in so einer Welt über Lebkuchen aufregen können. Lebkuchen schmecken. Man verbietet auch nicht die Sonne im Dezember, *weil es nicht zur Jahreszeit passt.* »Diese scheiß kapitalistischen Supermärke wollen doch nur noch mehr Gewinn machen!« Ach, deshalb verkaufen die also Lebensmittel und Waren des Grundbedarfs? Ich dachte immer, die haben einfach viel zu viele bei sich rumliegen und müssten die irgendwie loswerden?

Danke für die Aufklärung! Und ganz ehrlich: Wir haben auch echte Probleme. Insbesondere Alfa-Romeo-Autokennzeichen. Die sind vorne nicht mittig montiert, sondern seitlich. Das fühlt sich so falsch an. Wenn es in der Hölle Straßen gibt, weiß ich, was für Autos diese Straßen befahren werden. Autobahnen sollte es ja genug geben. Man muss wirklich keinen Symmetrietick haben, um zu sehen, dass es einfach in jeglicher Hinsicht falsch ist, ein Autokennzeichen seitlich anzubringen und nicht mittig. Vielleicht ist das aber auch einfach ein politisches Statement, sein Autokennzeichen so weit links oder rechts zu haben. Wie auch immer. Alfa Romeos sind für mich auf vier Reifen fahrendes, manifestiertes Unwohlsein. Leute, die Alfa Romeos fahren, waschen sich nach dem Pinkeln nicht die Hände. Leute, die Alfa Romeos fahren, benutzen als Brotbelag eine Scheibe Toast.

Apropos: Ich liebe es, zu essen. Und ich finde Wissen rund um Kulinarik beeindruckend. Wenn man nicht übertreibt. Ich habe etwa mal *Stadt, Land, Fluss* gespielt (soll gelegentlich vorkommen), unter anderem mit der Kategorie »Nuss«. Beim Buchstaben E wählte ich sodann die »Erdnuss«. Doch die Erdnuss, das hat mir dann freundlicherweise Moritz erklärt (vielen Dank nochmal!), ist gar keine Nuss, sondern eine Hülsenfrucht. Und was hatte der liebreizende Moritz unter E? »Erdbeere«. 20 Punkte. Fick dich, Moritz. Seine Lieblingsfrucht ist natürlich die Tomate, seine Lieblingsbeere – wie könnte es anders sein – die Banane. Moritz ist auch so ein Typ, der andere Personen darauf aufmerksam macht, wenn sie eine Banane von der *falschen* Seite öffnen. Von der falschen Seite?! Alter, ich glaube, einer Banane ist es so egal, wie und von welcher Seite sie geöffnet wird. Klar, wenn's jetzt jemand nicht besser wüsste und versuchen würde, ein Loch in die Schale zu bohren, um die Banane anschließend herauszusaugen, wäre ein Hinweis vielleicht nicht schlecht. Aber sonst?! Kaum etwas auf der Welt hat bei einer *falschen* Ausführung so geringe Auswirkungen wie das Öffnen einer Banane. Es gibt auch nichts, was Moritz schelmisch-grinsend in seinem Leben häufiger gesagt hat als: »Nein, nein, nein: Das heißt Niederlande. Holland ist nur eine Provinz.«

Moritz bin eigentlich ich.

Zurück zum Essen. Oft fühle ich mich überfordert. Es gibt so viele Lebensmittel. Und so viele Möglichkeiten, Lebensmittel zu kombinieren. Geht man irgendwo essen, gibt es für alles noch irgendwelche Toppings und Extras und sonstige Kombinationsmöglichkeiten. Dabei will ich doch einfach nur einen Schokodonut und keinen in Walnussöl frittierten Mehrsaat-Vollkorndonut mit Waldmeisterglasur und Marillencremefüllung. Mehrsaat-Vollkorndonut – hat der nicht mal *Deutschland sucht den Superstar* gewonnen? Wenn wir alles über-individualisieren haben wir am Ende doch auch nur undefinierbaren Einheitsbrei. Mayo gibt es mittlerweile nur noch als Curry-Mayo, Trüffel-Mayo oder Tomaten-Anis-Mayo – Leute, gebt mir normale (vegane)[78] Mayo! Und möchte ich auf meinem Frozen Joghurt wirklich Erdbeeren, M&M's und Krokant? Ja, schon. Aber auch auf meiner Smoothie-Bowl: Erdbeeren, M&M's und Krokant? Möchte ich überhaupt eine Smoothie-Bowl? Möchte ich auf meinem Burger Erdbeeren, M&M's und Krokant? Was genau ist überhaupt Krokant? Und dann gibt es auch noch überall Stempelkarten. Ich habe so viele angefangene Stempelkarten. Wenn man die nebeneinanderlegt, könnte man einmal die Erde umrunden. Ich kaufe mir Brot, das ich nicht mag, damit ich es nach dem zehnten Mal kostenlos bekomme. Kapitalismus durchgespielt.

....

78   Spreche ich im Folgenden von Lebensmitteln, meine ich damit immer die vegane Version (bevor ich hier noch wütende Hassnachrichten bekomme und mit Kunstblut überschüttet werde).

Essen ist so beliebig geworden. Wir trinken keinen Tee, sondern eine Weltkarte: Marokkanische Minze, Spanische Orange, Dänische Delfinsleber. Also wenn es eine Sache gibt, die ich hasse, dann, dass ich mich nicht entscheiden kann, was ich essen oder trinken möchte. Besonders im Supermarkt. Wieso gibt es von jedem Produkt 27 Ausführungen? Klar: Eins ist teuer, eins ist günstig, eins wird von Rapper*innen beworben und hat einen witzigen Namen, aber was ist mit den anderen 24? Der alte Kindheitstraum: nachts allein im Supermarkt. Ich habe darüber noch einmal nachgedacht und ich glaube, so toll ist das gar nicht. Um 2:00 Uhr morgens einen Corny-Riegel essen – ich kann mir meinen Dienstag auch besser vorstellen. Was will man im Lidl machen? 'Ne zweite Kasse öffnen? Irgendwann geht das Licht aus und ganz ehrlich: Ich bekäme Angst. Man stelle sich nur Kohlrabi im Dunkeln vor. Gruselig. Oder auch nachts allein im Einkaufszentrum. Gleiches Spiel hier: Was willst du machen? In die Umkleide gehen und sieben Teile mitnehmen? »Hey, mach mal ein Foto von mir und den T-Shirts!« So ein T-Shirt hat sicher auch Besseres zu tun, als mit dir zu posieren, du halbes Hemd.

Ich liebe dieses Gefühl, das erste Mal im Jahr wieder nur mit einem T-Shirt rauszugehen. Dieses Gefühl ist Freiheit und pures Glück: 18 Grad und Sonne, die Natur blüht auf, die Sonne erwacht aus ihrem Winterschlaf, die erste Kugel Eis, die sich komplett richtig anfühlt. Und es gibt nur eine Sorte, die diesem Anlass gerecht wird: Pistazie. Königin der ~~Nüsse~~ Steinfrüchte. 20 Jahre lang kannte ich dieses Gefühl nicht. Ich habe es nicht nur geliebt, zu essen, ich war besessen davon. Habe zur Begrüßung nicht »Hallo« gesagt, sondern »Mahlzeit«. Zum Einschlafen nicht Schafe gezählt, sondern Kalorien. Für mich war es die Hölle, wenn der Winter vorbei war. Winter bedeutete: weite Pullover und Jacken. Ich habe mich versteckt und es fiel nicht auf. Ich war als Jugendlicher nicht pummelig. Ich war dick. Ich hatte keine schweren Knochen. Ich war dick. Ich war kein kleiner Wonneproppen. Okay, doch, ich war ein kleiner Wonneproppen, aber ich war ein dicker, kleiner Wonneproppen. Das waren nicht ein paar Pfunde zu viel, das waren ein paar Schaumküsse zu viel. Aber ich wusste das alles. Es war offensichtlich. Dicke Menschen wissen, dass sie dick sind. Dicke Menschen haben schlechtere Aufstiegschancen. Außer es gibt einen Aufzug. Aber im Ernst: Aufgeklärte linksliberale Twittermenschen machen sich über dicke AfD-Abgeordnete lustig und ich finde das schlimm. Ein Witz über das Gewicht von AfD-Abgeordneten ist kein Witz gegen die AfD, sondern gegen alle Menschen, die dick sind. Fat- und Bodyshaming scheinen immer dann okay, wenn es die *Richtigen* trifft. Bitte zerstört die AfD nur politisch. Der dicke Gunnar bleibt ein Nazi, auch wenn er dünn wäre.

Ich wog als Jugendlicher fast 120 Kilogramm. Im Sommer 2015 habe ich innerhalb von wenigen Monaten circa 40 Kilogramm abgenommen. Jeden Tag höchstens 700 Kalorien, jeden Tag Sport. Das war nicht gesund. Mein Verhältnis zu Essen war seitdem gestört. Ich konnte etwa jahrelang keine normale, zuckerhaltige Cola trinken. Häufig wird dann darauf aufmerksam gemacht, dass zuckerfreie Cola ja noch gefährlicher sei als normale Cola, Stichwort *Krebsrisiko*. Doch das war mir egal, denn die Aussicht darauf, 38 Kalorien auf 100 Milliliter zu verhindern und dennoch einen ähnlichen Geschmack zu haben, war mir dieses Risiko wert. Ich konnte nie eine Rolltreppe nehmen, wenn daneben eine normale Treppe zur Auswahl stand. An manchen Tagen lief ich um 22:00 Uhr zwei Stunden durchs Wohnzimmer, um irgendwie noch auf 10 000 Schritte für diesen Tag zu kommen. Und nein, das war kein besonders großes Wohnzimmer. Das waren nur besonders große Ängste vor dem Zunehmen. Vor den Kalorien. Trotzdem liebte ich es immer, zu essen. Es war alles sehr ambivalent.

Doch das mit Abstand Allerschlimmste für mich: Brüste. Ich hatte Brüste. Und die gingen nicht weg. Egal, wie viel Sport ich gemacht habe. Egal, wie wenig ich aß. Sie kamen und blieben. Pünktlich zur Pubertät – perfekt! Im Frühjahr 2016 haben wir mit dem Lateinkurs Rom besucht. Großartige Stadt. An einem Morgen standen wir im Vatikan am Petersplatz, 6:00 Uhr, absolut unchristliche Zeit, es gab Streit, ich wollte schlichten und da sagte ein Mädchen zu mir, vor allen anderen: »Was willst du denn?! Deine Brüste sind größer als meine.«

Ein Satz kann sich so sehr ins Bewusstsein einbrennen, dass er nie mehr verschwindet. Wie reagierst du als 16-Jähriger? Konterst du? »An deiner Stelle würde ich mich nicht damit brüsten.« Oder fängst du im Beisein deiner besten Freunde an, bitterlich zu weinen? Ich habe mich für Letzteres entschieden. Einmal rannte ich am Essener Hauptbahnhof zu meinem Bus und zwei völlig wildfremde Männer riefen mir lachend zu, dass meine Brüste witzig hin und her wackelten. Wenn irgendwo das Lied »Dicke Titten, Kartoffelsalat« lief – schlimm genug –, versteckte ich mich. Umziehen für den Sportunterricht. Schwimmunterricht. Absolute Hölle. Ich war mit Freund*innen nie im Freibad, weil ich mich so für meinen Körper schämte. Deshalb liebe ich *Body Positivity*. Wenn sich mehrgewichtige Menschen damit stark und wohl fühlen, wie sie sind und wer sie sind, dann ist das fantastisch! Das hätte mir als Jugendlicher sehr viel gegeben, denn ich habe mich schon immer minderwertig und hässlich gefühlt. Das war ich natürlich nicht und das werde ich auch nie sein. Aber irgendwann ist womöglich auch ein Punkt erreicht, an dem es körperlich schlicht gefährlich werden kann. Gut Gemeintes kann durchaus schlecht Gemachtes sein. Dabei bleibt es stetig ein sehr schmaler Grat zwischen aufrichtiger Sorge und Entmündigung.

Im Januar 2020 – durch Glück also noch vor den ersten erkennbaren Corona-Fällen in Europa – unterzog ich mich endlich, nachdem ich mich sehr viele Jahre nicht hierzu hab entschließen können, einer Operation, bei der das Gewebe in meiner Brust entfernt wurde. Ich musste meiner Krankenkasse seitenlang erklären, warum dieser Eingriff wichtig für mich war. Ich musste in Krankenhäuser rennen, (medizinische) Gutachten einholen, Fotos machen. Ich war das erste Mal in meinem Leben bei einer Endokrinologin. Ich erinnere mich noch, wie ich dachte, dass sie für verschiedene Webseiten und Apps sicher auch ein Endokrino-Login benötigen würde. Dieser Gedanke war aber auch das einzige Highlight meines Besuchs. Unter vorgehaltener Hand sagte ein Arzt zu mir, ich solle in den Briefen an meine gesetzliche Krankenkasse, deren Namen ich mal besser verschweige – sagen wir einfach BPL –, nicht zu sehr auf meine Psyche abstellen. *Abstellen*. Wieso nur dieses Verstecken, dieses Tabuisieren? Psychische Belastungen sind insbesondere in diesem Kontext nicht weniger schlimm als Rückenschmerzen. Entschuldigung, dass es mir nicht gut damit ging, wenn sich Erwachsene in der Öffentlichkeit über meinen Körper lustig machten! Mein Fehler.

Ich vergesse nie das Gefühl, das erste Mal in einem T-Shirt zu stehen, das vorne nicht spannt, aber auch nicht so weit geschnitten ist, dass noch ein ganzes Nashorn reinpasst. Sich mit flacher Brust im Spiegel zu sehen. Es ist ein unfassbares Privileg, durch Straßen laufen zu können, ohne sich ständig Gedanken um die eigene Fremdwahrnehmung machen zu müssen. Auch heute nehme ich immer lieber die Treppe. Es ist fest in meinem Kopf verankert, dass jeder Schritt gesund ist, mein Leben verlängert. Doch ich kann Rolltreppe fahren – wenn ich mag. Ich kann normale, zuckerhaltige Cola trinken – wenn ich mag. Das sind meine freien Entscheidungen. Ich laufe im T-Shirt zum Freibad. Und im Sommer esse ich Lebkuchen. Die guten mit Marmeladenfüllung. Am liebsten Marille. Ich denke nicht an Kalorien – versuche es zumindest. Und ich bin stolz auf mich, wenn ich mein Essen einfach nur genieße. Sei es in einem Sternerestaurant in Wien – never gonna happen – oder an einer Pommesbude, auf irgendeinem mittelalterlichen Marktplatz im Herzen von Holland.

Der Kreisligalauf des Lebens

Ich steige mit meinem Vater in unseren hellblauen Ford Focus. Er ist zwar schon ein bisschen alt, aber noch voll funktionstüchtig. Das Auto ist auch solide. Mein Vater ist ein wenig aufgeregt, daher ist die Marschroute wie unser Wagen: So Ford Focus. Er ist Kreisligaschiedsrichter und pfeift heute ein wichtiges Spiel. Die dritte Mannschaft des SV Teutonia Überruhr gegen die vierte Mannschaft von Atletico Essen. Beide Vereine – die es wirklich gibt – kämpfen um den Aufstieg in die Kreisliga B, die neunthöchste[79] Spielklasse im deutschen Herrenfußballbetrieb. Mein Vater kriegt für die Spielleitung dieser Partien kein Geld, dafür wird er meistens angefeindet und verliert fast vier Stunden seines Sonntags. Klingt doch perfekt. Auf der Fahrt frage ich ihn, warum er sich das immer noch alles antut. Er schaut mich an, guckt mir tief in die Augen und, noch bevor er was sagen kann, ruf ich: »Papa, du fährst, guck auf die Straße!«

Doch es umtreibt mich wirklich: Warum pfeift mein Vater Spiele von Fußballvereinen, deren Spieler*innen wahrscheinlich noch fünf Stunden vor der Partie in volltrunkenem Zustand mit Bierbänken Minigolf spielten oder auf der Weide Kühe angekotzt haben? Seine Antwort dar-

....

79   Glaube ich zumindest. Es ist nicht ganz leicht, herauszufinden.

auf ist recht banal: Es mache ihm einfach Spaß. Natürlich, Papa! Wenn es dir Spaß macht, von Leuten beleidigt zu werden und Karten zu zeigen, kannst du auch einfach Kellner werden.

Nach 25 Minuten kommen wir am Stadion an. »Oh, ein Kunstrasenplatz«, sagt mein Vater. Ich finde zwar keinen Rembrandt oder Monet, aber ja, der Platz sieht nicht unästhetisch aus. Mein Vater zieht sich in der Umkleide um. Es wurde ein umfassendes Catering für ihn vorbereitet, damit er sich vor dem Spiel, in der Halbzeit und auch hinterher angemessen stärken kann: eine kleine Flasche lauwarmes Wasser. Ich wusste bis dato zwar nicht, dass auch bei Wasser das Mindesthaltbarkeitsdatum ablaufen kann, aber man lernt ja nie aus. 30 Minuten vor Spielbeginn macht sich mein Vater warm – ich suche mir ein schattiges Plätzchen, finde jedoch keins. Es ist aber auch Sommer, also ohnehin noch nicht die Zeit zum Backen. Das wäre ja sonst so, als würde man Lebkuchen schon im Sommer essen. Ich hasse Menschen, die sowas tun. Und was ist eigentlich die nicht-verniedlichte Form von *Plätzchen?*

Das Spiel beginnt um Punkt 12. Ich erwarte Katja Burkard. Sie kommt nicht. Schade. Einige Fans haben sich eingefunden. Mit Fans meine ich natürlich Freund*innen der Spieler. Wer sich so ein Spiel freiwillig anschaut, gibt als Hobby im Lebenslauf wahrscheinlich auch die Anfertigung der eigenen Einkommenssteuererklärung an. Einer der Fans zeigt unvermittelt auf meinen Vater und erklärt seinem Freund lautstark, was das für eine Pfeife sei. Ich rufe ihnen zu und frage, was die Scheiße soll. Das Spiel ist erst ein paar Sekunden alt und schon wird mein Vater herablassend von der Seite angemacht. »Ihr seid dafür verantwortlich, dass es keine Nachwuchsschiris mehr gibt! Ihr seid der Grund für mehr Gewalt im Amateurfußballbetrieb! Schämt euch!«

Während ich mich langsam in Rage rede, kommt der von mir Angesprochene auf mich zu und erklärt mir ruhig, er habe die Pfeife gemeint. Er selbst sei auch Schiedsrichter und, na ja, mein Vater benutze wohl eine ganz gute Pfeife. In diesem Moment mache ich das für einen erwachsenen Menschen einzig Vernünftige, wenn man sich offensichtlich geirrt hat. Ich entschuldige mich. Ich entschuldige mich bei ihm dafür, dass er so ein Arschloch ist, sich irgendwelche Pfeifgeschichten auszudenken, nur um sich dreist aus der Affäre zu ziehen. Er zeigt mir die Rote Karte. Ich gehe.

12. Minute: Die erste knifflige Situation. Ein Spieler von Atletico Essen fällt nach einem Kontakt im gegnerischen Strafraum; gefordert wird ein Elfmeter. »Schwalbe!«, ruft der Torwart. »Taube!«, ruft mein Vater. Ich glaube, er findet sich recht witzig. Irgendwoher muss ich das ja haben. Mein Vater überlegt ein paar Sekunden und zeigt dann tatsächlich auf den Elfmeterpunkt. Die Aufregung ist groß. Von der anderen Seite des Platzes ruft jemand: »Schiri, ich weiß, wo dein Auto steht!« Ich freue mich, denn ich weiß es nicht mehr. Wie freundlich, dass uns hier so zuvorkommend begegnet wird. Es stellt sich dann aber schnell heraus, dass mein Vater gar keinen Elfmeter pfeifen wollte; er hat auf den Punkt gezeigt, weil ein Spieler seine Kontaktlinse verloren hatte. Als der Spieler die Kontaktlinse aufheben will, wird er von der Seite weggetreten. Jetzt gibt es tatsächlich einen Strafstoß. Dieser wird in die Mitte gelupft. Der Torwart springt zwar nach links, doch da der Ball mit so wenig Schwung Richtung Tor geschossen wurde, kann der Torwart noch einmal aufstehen, sich ein Bananenbrot backen und den Ball aus der Mitte fischen. Der Spieler, der den Elfmeter geschossen hat, wird noch auf dem Platz von seinen Teamkameraden und dem Trainer dafür gerügt, den Ball derartig arrogant in die Mitte

gelupft zu haben. Er muss 100 € in die Mannschaftskasse einzahlen und wird anschließend auf dem Platz öffentlich verbrannt. Ich empfinde das als etwas unverhältnismäßig – 50 € hätten locker gereicht.

27. Minute: Ein Spieler von Atletico Essen muss auf die Toilette. Es scheint dringend zu sein, denn er hat bereits auf den Platz gekackt. Lange scheint er es also nicht mehr auszuhalten. Er fragt meinen Vater, ob er das Spielfeld kurz verlassen und dann wiederkommen dürfe. Er brauche »höchstens fünf Minuten«. Mein Vater bejaht. Der Spieler kam nie wieder. Legenden besagen, er ist nach Argentinien ausgewandert und lebt dort heute unter einem Pseudonym als selbstständiger Affenbutler-Trainer mit seiner Frau, vier Kindern und zwei Affenbutlern.

45. Minute: Ecke für Teutonia. Die Nummer 4, ein kantiger Abwehrspieler, schraubt sich nach oben und köpft den Ball in die Maschen. Was sind Maschen? Doch mein Vater entscheidet auf Stürmerfoul – die 4 habe beim Sprung den Ellenbogen in strafbarer Weise eingesetzt. Das gesamte Team ist aufgebracht und stürmt auf meinen Vater zu.

»Niemals war das ein Foul!«

»Sind wir hier etwa bei rhythmischer Sportgymnastik?!«

»Das ist Herrenfußball, kein Kinderschach!«

Vor lauter toxischer Männlichkeit verspüre ich das intensive Bedürfnis, mir die Nägel zu lackieren. Am besten mit dem Blut des Spielers, der den Ellenbogen auf seine Nase bekommen hat. Es bleibt also beim 0:0. So geht es nach 45 Minuten auch in die Kabinen.

In der Halbzeit laufe ich ein wenig über das Stadiongelände und versuche, ein veganes Mittagessen für mich zu finden. Neben dem Ascheplatz sehe ich einen Stand, der mit verschiedenen Leckereien wirbt. Ich erblicke ein ganzes Schwein, das aufgespießt über einem lodernden Feuer gedreht wird. Das Schwein hat einen Apfel im Mund. Perfekt, denke ich mir. Ich mag Äpfel. Da ich jedoch auch Pommes finde und meine Ration Notfallsenf dabeihabe, entscheide ich mich für das knusprige Kartoffelgold. Ich habe immer meinen Notfallsenf dabei. Man weiß ja nie, wofür der nochmal gut sein kann: für Würstchen, Pommes, als Reim auf Genf oder wenn man spontan Thomas Gottschalk trifft.

46. Minute: Anpfiff zur zweiten Hälfte. Die Spannung steigt. Plötzlich rennt ein Känguru aufs Spielfeld. Es wird von zwei Securitykräften abgeführt. Aus dem Beutel des Kängurus fällt das Manifest der Kommunistischen Partei. Ich habe viele Fragen: Wie kam das Känguru hierhin? Warum trägt es einen Jutebeutel? Und wieso fühlt es sich so an, als würde ich mich selbst küssen, wenn ich das Wort »Algebra« sage und dabei mit meiner Zunge meine Oberlippe berühre?[80]

65. Minute: Trinkpause. Aufgrund der Hitze dürfen beide Mannschaften kurz zu ihren Bänken. Statt Wasser gibt es für alle Bier. Nachdem im Kanon *Cordula Grün* gesungen wurde, kann die Partie fortgesetzt werden.

80. Minute: Es steht noch immer 0:0. Das Spiel hat weniger Chancen auf Tore als Menschen mit nicht-genuin-deutschen Vornamen auf einen Mietvertrag für eine schicke Altbauwohnung in der Innenstadt. Mir ist so langweilig, dass ich auf meinem Handy nach neuen Systemupdates suche.

....

80   Wie ich zu diesem Befund gekommen bin, verrate ich nicht. Wie hat schon David Copperfield gesagt: Ein Wissenschaftler verrät nie seine besten Tricks. Aber du hast es ausprobiert, oder?

90. Minute: Ein letzter Freistoß für das Heimteam aus aussichtsreicher Position. Die Nummer 7, eine Mischung aus Cristiano Ronaldo und einer 100-jährigen Eiche, nimmt Anlauf und zirkelt den Ball perfekt über die Mauer. Aber leider auch perfekt über das Tor und ebenso perfekt über das gesamte Stadiongelände – der Ball wird auf dem Mond gefunden. Ein kleiner Schuss für uns. Ein großer für die Menschheit.

94. Minute: Abpfiff. Beide Mannschaften sind zufrieden mit der Schiedsrichterleistung meines Vaters. Er wurde jedenfalls nicht zusammengeschlagen. Juhu.

Ich finde es enorm beeindruckend, dass mein Vater jede Woche aufs Neue diese Fußballspiele pfeift. Herren, Damen, A-Jugend, B-Jugend, Windmühlen, 13, Holz, grün. Ehrenamtlich. Undankbarer kann eine Beschäftigung nicht sein. Er ist wie eine Person, die in einem Gruselkabinett arbeitet: immer der Buhmann. Um der Aggressivität im Amateur*innensport zu begegnen, hatte er schon vor vielen Jahren den Wunsch, statt Gelben und Roten Karten Zeitstrafen einzuführen. Giovanni di Lorenzo gefällt das. Sein Fußballverband ist allerdings immer noch nicht von der Idee überzeugt. Vielleicht ändert sich das ja noch. Doch auf den Kreisligafußballplätzen dieses Landes ist jeder Mensch gefragt. Solltet ihr selbst Fußball spielen oder Freund*innen haben, die in der Kreisliga spielen, oder Kinder, die das tun: Die Leistung all der ehrenamtlichen Schiedsrichter*innen jede Woche aufs Neue muss mehr honoriert werden. Geht doch nächsten Sonntag mal auf euren lokalen Sportplatz. Schaut euch an, wie 22 Leute auf diesem Platz um einen Ball umherirren – 22 Leute und ein Känguru, klar –, und spendiert dem Menschen, der entscheidend mit dafür verantwortlich ist, dass alles glattgeht, vielleicht einfach mal ein Bier. Oder ein lauwarmes Wasser.

Angsthase, Pfeffernase

Vor einigen Tagen, es war ein ruhiger Sonntag Anfang März, saß ich im Park und las ein Buch. Und mit »Buch« meine ich, dass ich eigentlich nur eine Zeitung durchblätterte. Vielleicht hörte ich auch einfach einen Podcast. Oder schaute mir ein Video vom *Y-Kollektiv* oder einem ähnlichen *funk*-Erzeugnis an. Okay, ich spielte gerade *Temple Run 2* und *Doodle Jump*, aber darum geht es nicht. Ich wurde vielmehr Zeuge des vielleicht besten Gesprächs meines Lebens. Die folgende Konversation zwischen einem Vater und seiner Tochter trug sich (ungefähr) tatsächlich so zu. Es war schier großartig. Die Tochter versuchte, ein bekanntes Kinderlied zu singen, und – Spoiler – es gelang ihr allenfalls semi-gut.

»Angsthase, Osterhase, morgen kommt der Osterhase«, begann sie ihren ersten Versuch.

»Nein, du meinst *Pfeffernase*«, erwiderte der Vater anfangs noch verständnisvoll.

»Oh, okay. Angsthase, Osterhase, morgen kommt der Pfefferhase«, versuchte sie es noch einmal.

»Nein!«, der Vater schien nicht mehr ganz so verständnisvoll zu sein wie noch zu Beginn: »Du musst als zweites Wort schon *Pfeffernase* singen: Angsthase, Pfeffernase. Pfef-fer-na-se! Morgen kommt der Osterhase.«

Das Kind probierte es ein weiteres Mal: »Angsthase. Osterhase. Morgen kommt der Osterhase.«

»Nein!!! Sprich mir bitte nach«, stammelte der Vater in einer von Resignation und Verachtung triefenden Stimmlage vor sich hin.

»Okay«, sagte das Mädchen.

»Angsthase, Pfeffernase«, begann der Vater. Ich habe einen erwachsenen Mann noch nie so wütend das Wort »Pfeffernase« sagen hören.

»Angsthase, Pfeffernase«, wiederholte das Mädchen korrekt.

»Morgen kommt der Osterhase.«

»Morgen kommt der Osterhase«, wiederholte das Mädchen auch diesmal korrekt.

Der Vater fasste das gemeinsam gefundene Ergebnis sodann noch einmal zusammen: »Okay, perfekt. Also: Angsthase, Pfeffernase, morgen kommt der Osterhase.«

»Angsthase, Osterhase, morgen kommt der Osterhase.«

Er enterbte sie an Ort und Stelle. Und gab sie anschließend zur Adoption frei. Dann ging er weg und rief ihr noch wütend zu, sie solle da bleiben, wo der Pfeffer wächst.

»Also in Jordanien?«, rief sie hinterher.

»Du weißt, wo Pfeffer wächst, aber nicht, wie dieses beschissene Kinderlied funktioniert?!« Der Vater wurde immer wütender. Er schrie: »Ach, ganz ehrlich, ich sag's jetzt einfach: Es gibt gar keinen Osterhasen, der Eier versteckt! Den gibt es nicht! Werd erwachsen! Und das Christkind, das du letztes Weihnachten im Krippenspiel verkörpert hast, wurde damals gekreuzigt, gefoltert und umgebracht! Gefällt dir das? Na, gefällt dir das?!«

Ich war geneigt, einzugreifen, aber die Tochter schien so Mitte 20 zu sein – das wäre also wahrscheinlich unangebracht.

Ich ging sodann nach Hause. Meine Mutter rief mir zu: »Wo warst du, Sajchik?«

»Pfeffernase!«, rief ich zurück und ging in mein Zimmer.

B

Als ich 23 Jahre alt wurde, hatte ich noch gute drei Wochen Zeit, um mit dem Manuskript für diese Textsammlung fertig zu werden. In unzähligen Word-Dokumenten lagen jedoch noch sehr viele (angefangene) Textideen lose herum, sodass ich bislang den Großteil meines Daseins als 23-Jähriger neben meiner mich weiterhin erfüllenden Arbeit an einem verfassungsrechtlichen Lehrstuhl mit der Arbeit an diesem *kleinen* Buch bestritt. Und ich merke, dass ich viele weitere Ideen und noch längst nicht alles gesagt habe, aber ich will natürlich Spielraum lassen für *Stille Wasser sind ohne Kohlensäure 2: Jetzt wird geheiratet!* Ist ein Arbeitstitel. Doch keine Sorge: Es sprudelt nur so vor Textideen.

Und eine kleine Anekdote bleibt mir noch sehr präsent in Erinnerung: Ich hatte eine längere Diskussion im Instagram-Kommentarbereich unter einem Beitrag des kicker-Magazins und am Ende hat der andere Teil mir freundlich zugestimmt und sich dafür bedankt, dass wir so sachlich miteinander kommunizieren konnten. Ähm, sowas gibt es noch? Es sind die kleinen Momente zwischenmenschlicher Interaktionen, die zeigen, was Respekt, Verständnis und Empathie ausmachen können. Ich habe ihn dann sofort blockiert. Das war mir zu harmonisch für das Internet.

Der Raub

Der folgende Text entstand im Rahmen eines Schreibprojekts (»Rahmen und Reiz«), initiiert von meinem guten Slam-Kollegen Niklas Ehrentreich. Mir wurde ein Schreibimpuls vorgegeben, zu welchem ich – ohne weitere Vorgaben – einen Text schreiben sollte. Und ich durfte ebenfalls einen Schreibimpuls für ihn vorgeben.

Sein Schreibimpuls für mich lautete: »Du betrittst ein Zimmer – und an der Wand hängt etwas vollkommen Überraschendes. Was hat es damit auf sich? Wie kommt es dort hin, warum hängt es noch dort? Schreibe davon ausgehend einen Text.«

Mein Schreibimpuls für Niklas lautete: »Schreibe eine Liebesgeschichte, die (ausführlich) damit beginnt, dass sich die zwei (später liebenden) Personen in einer Bäckerei lautstark streiten. Eine wesentliche Rolle in deiner Geschichte müssen getrocknete Aprikosen (die weichen), die Farbe Gelb sowie das Land Gabun spielen.« Das Ergebnis, also seinen Text, könnt ihr hier lesen:[81]

81   https://is.gd/YTA35H

Mein Ergebnis zu seinem Schreibimpuls seht ihr hier:

»Ich erinnere mich noch ganz genau. Es war ein kühler Herbsttag. Mitte Oktober. Also kühl im Kontext des Jahres. Nicht für Oktober. Dafür war es eigentlich warm. Es war ein kühler Tag, wenn man es global sieht, und ein warmer für den hiesigen Herbst. Nur, dass wir uns nicht falsch verstehen. Ich hatte Schulunterricht bis 16:30 Uhr – die letzten beiden Stunden Sport. Badminton. Oder wie Fledermäuse sagen würden: Batminton. Verstehen Sie? Wegen Fledermaus? Also auf Englisch. Bat. Ja? Okay. Als ich nach Hause ging, war es bereits dunkel – so wie neulich, als ich mit dem Zug durch einen Tunnel fuhr. Da war es auch dunkel. Jedenfalls wollte ich, zuhause angekommen, eigentlich nur Kürbissuppe essen, denn es ist ja gerade auch Kürbis- und Kürbissuppensaison und ich versuche aktuell total, so saisonal wie möglich zu essen, aber immer geht das natürlich nicht, man hat ja auch nicht stetig alles, was man so braucht, im Haus und dann müsste man extra dafür einkaufen gehen, nur um saisonal kochen zu können, oder man muss sogar einkaufen fahren, mit dem Auto, wissen Sie, und das ist für die Umwelt dann ja sogar noch schlechter, also nicht, dass ich schon Auto fahren könnte, aber sollte ich irgendwann alt genug sein und einen Führerschein haben und ein Auto, dann wird sich mir dieses Problem noch in den Weg stellen, aber meistens, ja, meistens bleibe ich doch recht saisonal, ja, Kürbissuppe wollte ich essen und Kamillentee trinken und mittels YouTube-Tutorials meine liebsten Coldplay-Songs auf dem Klavier lernen. Kennen Sie Coldplay? Doch sofort merkte ich zuhause dem Verhalten meiner Eltern an, dass irgendetwas nicht stimmte.«

»Was stimmte nicht?«, fragt die Polizeibeamtin den Jungen beim Verhör.

Es ist ein heller Raum. Alle Lichtschalter sind an, die Rollladen oben, der nur auf einer Seite spiegelnde Spiegel spiegelt das Lächeln des Jungen. Schon aufregend, so ein Verhör. Überall liegen Kuscheltiere verteilt, als würde man das Sterile des Raumes, das Geheimnisvolle und das eigentlich doch recht Schaurige mit ein paar Plüsch-Alpakas ausgleichen wollen, nur um ein Kind nicht zu verschrecken.

»Versuch bitte, dich an alles zu erinnern, an jedes noch so winzige Detail! Lass dir dabei ruhig Zeit. Aber für unsere Arbeit ist es unermesslich wichtig, dass du uns alles sagst, was du weißt! Wirklich alles.«

»Ich versichere Ihnen: Ich werde Ihnen alles sagen, was ich weiß. Wussten Sie zum Beispiel, dass die Hauptstadt von Burkina Faso Ouagadougou ist? Ich kann es Ihnen buchstabieren: O, U. Da wird es langsam eng, aber ich glaube, A…«

»Warum tust du das? Ist das relevant für den Fall?«

»Ich dachte, ich sollte alles sagen, was ich weiß?«

»Das ist jetzt nicht dein Ernst, oder?«

»Nein, ich wollte mit Ihnen nur das machen, was ich gestern mit meinem von Schokomilch durchtränkten Löffel getan habe: durch den Kakao ziehen. Aber kommen wir wieder zur Geschichte: Ich bin nach Hause gekommen und habe sofort gemerkt, dass etwas nicht stimmte.«

»Das sagtest du doch alles bereits. Und der Kakao-Witz ergibt doch irgendwie nicht so wirklich Sinn, oder?«

»Sie meinen ›ergibt‹. Aber jetzt mal unabhängig davon: Können Sie mich vielleicht ausred…«

»Komm bitte endlich zum Punkt!«

»…en lassen?«

Der Junge begann, zu schnauben. Wie ein Kater vor einer Impfung. Oder wie ein Stiefel vor einem Kater. Oder wie eine Impfung vor Petersilie.

»Okay, tut mir leid. Es ist mein erster Tag bei der Polizei, weißt du? Ich kenne mich mit all den Gepflogenheiten noch nicht so aus und dann lassen die mich einfach direkt ein solch wichtiges Interview alleine führen. Woher soll ich denn wissen, wie so etwas abläuft? Hast du dahingehend Erfahrungswerte? Muss ich dir beispielsweise ein Getränk anbieten? Ich bin so verloren. Das ist so, als würde man nach Hause kommen und irgendetwas stimmt mit den Eltern nicht. Verstehen Sie?«

»Ich verstehe. Aber haben Sie mich nicht eben noch die ganze Zeit geduzt? Und ja, keine Sorge. Ich habe vollstes Verständnis für Ihre Arbeit. Also, zurück zu besagtem Oktobertag, back on track.«

»›Back on track‹?! Wie alt sind Sie, 15?«

»Ja. Ich kam nach Hause und hörte sofort, wie meine Mutter unvermittelt frug, wie die Schule bei mir, von ihr als sogenannter Schatz tituliert, lief, während ich gerade noch dabei war, hungrig und holprig den ersten halben Schritt durch unseren Türrahmen zu bestreiten. ›Gut‹, antwortete ich. ›Nur die letzten beiden Stunden Sport waren nicht so toll. Badminton.‹ Worauf mein Vater aus der Küche rief: ›Oder wie Fledermäuse sagen würden: Batminton!‹ Da hat er auf jeden Fall einen Punkt. Wegen der Fledermäuse, verstehen Sie? ›Kommt die Michelle heute nicht auch? Wollte sie nicht kommen?‹, frug meine Mutter weiter, woraufhin ich antwortete, dass Michelle und ich schon seit drei Jahren nicht mehr zusammen sind und sie das eigentlich mittlerweile wissen müsse! Ich kann mir wirklich nicht erklären, warum sie immer noch mit Michelle ankommt. Es nervt mittlerweile so sehr. Michelle hier, Michelle da. Ständig geht es um Michelle.«

»Ja«, sagt die Polizeibeamtin verständnisvoll seufzend, »das verstehe ich. Bevor ich bei der Polizei angefangen habe, hatte ich auch eine sehr lange Beziehung hinter mir. Ich glaube, dass meine Familie da auch noch nicht so ganz drüber hinweg ist. Sein Name war Mike.«

»Oh, ein schöner Name. Aber ›Mike‹ geschrieben wie ›Nike‹ mit einem ›M‹ oder als ›Maik‹ wie ›Mai‹ mit einem ›K‹?«

»›Nike‹ mit ›M‹ wäre super komisch. ›Nikm‹. Nee, schon ›Mike‹. M, I, K, E.«

»G, A, D, O, U, G, O, U.«

»Hm.«

»Hm. Jedenfalls ergänzte meine Mutter dann, dass Michelle und ich ja noch befreundet seien, aber ganz ehrlich: Wenn wir noch befreundet sind, dann ist sie mit meinem Vater auch glücklich verheiratet. Verstehen Sie? Das sind sie nämlich gar nicht.«

»Ja. Oder wie Fledermäuse sagen würden: Batman.«

»Genau. Aber kommen wir noch einmal zum besagten Tag. Irgendetwas war anders. Beide schienen sich ostentativ umzuschauen, als würden sie nur darauf warten, entdeckt zu werden.«

»Was heißt das? Ostentativ?«

»Das weiß ich auch nicht, aber das steht so in meiner Rolle.«

»Okay. Fahren sie fort.«

»Nee, Opel, aber das spielt gerade nicht zur Sache.«

»Ja, das stimmt. Oder wie Fledermäuse sagen würden: Batterien.«

»Entschuldigen Sie mal, aber verarschen Sie mich gerade? Ich versuche gerade, Ihnen mein Herz auszuschütten, komme extra von zuhause zu diesem komischen Laienverhör, um Ihnen mitzuteilen, dass meine Eltern höchstwahrscheinlich Bankräuber*innen sind, obwohl ich Angst habe, ihnen damit den Weg ins Gefängnis zu ebnen, und Sie haben nichts Besseres zu tun, als die ganze Zeit diesen beschissenen Witz mit der Fledermaus zu wiederholen?! Ich kann auch wieder gehen!«

»Haben Ihre Eltern eine Bank ausgeraubt?«

»Was?! Nein, das wäre ja völlig absurd. Wie kommen Sie darauf?«

»Das haben Sie doch gerade gesagt! Oder waren Sie da etwa nicht Herr Ihrer Sinne? Wenn man aufgebracht ist, sagt man häufiger mal die Wahrheit, auch wenn man es vielleicht gar nicht möchte. Sind Sie aufgebracht? SIND SIE AUFGEBRACHT, MR. WAYNE?«

»Meine Eltern haben keine Bank ausgeraubt, Frau – na, ich kenne ja nicht einmal Ihren Namen. Haben Sie etwas zu verstecken?«

»Nein, ich bin eine professionelle und anonyme Polizeibeamtin, Sie müssen meinen Namen nicht kennen.«

»Haben Sie etwa was zu verstecken? Haben Sie eine Bank ausgeraubt? Wo waren Sie gestern zwischen 13:00 Uhr und 14:30 Uhr?«

»Nein, das habe ich nicht. Und gestern war ich zu dieser Zeit mit meiner Sturmmaske und einer Schrotflinte in der Sparkasse. Ich habe ein wasserfestes Alibi, obwohl Wasser nicht einmal fest ist. Aber schon gut, ich sage Ihnen meinen Namen: Ich bin Christina.«

»Mit ›K‹ oder mit ›Ch‹?«

»Mit ›Ch‹.«

»Okay. Hallo Christina, ich bin Yann.«

»Hallo Jan.«

Es folgt ein längeres Schweigen. Yann schaut durch den Raum, tappt mit seinen Fingern auf den ihm vorgelegten Notizblock und schwingt seinen Kopf immer wieder zur Seite, so als würde er die ganze Zeit etwas negieren. Aber was? Womit bist du nicht einverstanden, Yann?

»Ich glaube, ich weiß jetzt, warum Sie denken, dass meine Eltern eine Bank ausgeraubt haben! Ich hatte erzählt, sie wären Bankräuber*innen. Aber eigentlich war es gar nicht so spektakulär. Ich kam nach Hause und sah eine Bank an unserer Wand hängen. Mein Vater sprach von einer Hollywoodschaukel, aber ich weiß nicht, welche Filme er da geschoben hat, denn es war einfach eine Bank, die mit Seilen, lassen Sie es auch ein Tau gewesen sein, an einer Wand befestigt war. Wann wird ein Seil zum Tau? Wenn diese Bank eine TÜV-Zulassung bekommen sollte, dann gibt es bald auch Wintersport in Saudi-Arabien. Verstehen Sie? Wegen der Fledermäuse.«

»An Ihrer Wand zuhause hing also eine Bank? Und deshalb verhielten sich Ihre Eltern komisch?«

»Ja. Sie sagten, sie hätten die Bank vom Sperrmüll mitgenommen; jemand hatte sie rausgestellt. Und dann haben sie die Bank einfach mitgenommen. Und jetzt hab ich Bänke raubende Eltern.«

»Das ist nicht Ihr Ernst, oder?«

»Sehe ich aus, als würde ich Witze machen?«

»Ja.«

»Stimmt.«

»Ich bin Batman.«

»Ich auch.«

Yann und Christina erheben sich von ihren Plätzen, steigen aus dem Raum empor in die Höhe, stoßen sich noch kurz den Kopf an der Decke und fliegen raus in die kühle Nacht. Also Nächte sind ja sowieso recht kühl, aber das ist wirklich eine nochmal kühlere Nacht als in den Tagen zuvor. So kühl, dass beide noch kurz »Brrrr, ist das kühl« sagen. Es ist ja noch nicht einmal Winter, sondern nur Herbst, und dafür ist es eben wirklich kühl. Eine kühle Nacht. Brrrr, ist das kühl. Und ja: Vielleicht ist es auf der Labrador-Halbinsel in Kanada nachts noch kühler, aber 13 Fliegen mit einer Klappe ergeben halt noch kein Parallelogramm. Verstehen Sie?

Koriander finde ich okay

Es gibt zwei Arten von Menschen. Gut und böse. Arm und reich. Laut und leise. Wir machen es uns häufig sehr einfach und kategorisieren Menschen in Schubladen, als wären sie Löffel. Manchmal sind die Unterteilungen oder der Grund der Separation belanglos, doch Schubladendenken – ohne in einem Möbelhaus angestellt zu sein – kann auch gefährlich werden. Kann es, muss es aber nicht.

Denn manchmal gibt es tatsächlich nur zwei Arten von Menschen. Zum Beispiel, wenn es darum geht, ein benutztes Kaugummi in der Öffentlichkeit wegzuschmeißen, sollte gerade mal kein Papiertuch zur Hand sein. Entweder spuckt man das Kaugummi direkt aus dem Mund in den Mülleimer. Oder man legt es erst in die Hand und schmeißt es dann händisch in den Mülleimer. Beides hat seine Vor- und Nachteile. Wenn man das Kaugummi direkt aus dem Mund in den Mülleimer spuckt, sieht das von außen so aus, als würde man einfach in einen Mülleimer spucken. Dafür gibt es kaum eine gute Erklärung – außer diejenige, ein Kaugummi wegschmeißen zu müssen. Aber daran wird ja nicht jede umherstehende Person sofort denken. Wenn man hingegen die etwas seriösere Variante wählt und das Kaugummi zunächst in die Hand legt und erst dann in den Mülleimer schmeißen will, bleibt noch das immense Risiko, dass das Kaugummi einfach an der

Hand haften bleibt. Und dann steht man da, vor dem Mülleimer, und sieht dank seiner Handbewegungen so aus, als
würde man gerade Luft-DJ spielen. Oder so, wie sich ältere Fernsehproduzent*innen Hip-Hop vorstellen. Jo, jo, jo!
Die dann noch einzig verbleibende Möglichkeit, das Kaugummi loszuwerden, ist ab dem ersten Moment, in dem
das Kaugummi nicht direkt in den Mülleimer gleitet, der
langsam einsetzende Angstschweiß. Ein weiterer Nachteil,
wenn das Kaugummi endlich doch seinen Weg in den Müll
gefunden hat: Die Hand ist klebrig, gegebenenfalls auch
nass.

Doch mit der richtigen Art des Kaugummi-Wegschmei-
ßens ist es ja noch gar nicht getan. Denn eigentlich geht
dem eine viel größere Herausforderung zuvor. Manche
Menschen sind erst überfordert, wenn sie gefragt werden, was wäre, wenn Pinocchio sagen würde: »Meine
Nase wächst gerade.« Ich hingegen bin Don Quijote im
Kampf gegen Mülleimer in Hauptbahnhöfen. Ich weiß nie,
welcher der richtige Eimer für meinen Müll ist. Mülleimer
in Hauptbahnhöfen scheinen in meinen Augen primär dafür geschaffen worden zu sein, Menschen zu verwirren.
Es gibt zum Teil solch uneindeutige Unterteilungen: »Verpackungen«, »Glas«, »Restmüll« und »Papier«. Doch was
ist mit gläsernen Verpackungen? Oder verpacktem Glas?
Oder Papierresten? Jedes Mal aufs Neue sehe ich mich
dieser Aporie des Seins konfrontiert und bin dann rest-
los überfordert wie Zweijährige bei einer Harvard-Aufnah-
meprüfung. Was passiert, wenn ich mich irre? Und alle
am Gleis sehen das und lachen mich dann aus, weil ich zu
unfähig bin, etwas in den Müll zu schmeißen. Nicht den
richtigen Mülltonnenteil auswählen zu können. Und dann
wird mir von dieser Angst plötzlich schlecht und ich bre-
che in die Mülltonne. Aber in den Teil für Glas und das ist
auch wieder falsch. Was soll das alles?! Okay, ich will es
jetzt auch nicht überdramatisieren. Aus dem Wegschmei-

ßen von Kaugummis oder sonstigem Müll muss man nicht mehr machen, als es eigentlich ist. Ups.

Es gibt zwei Arten von Menschen. Gut und böse. Arm und reich. Laut und leise. Wir machen es uns häufig sehr einfach und kategorisieren Menschen einfach in Schubladen. Manchmal sind die Unterteilungen belanglos. Aber Schubladendenken – ohne in einem Möbelhaus angestellt zu sein – kann gefährlich werden. Kann es, muss es aber nicht. Denn manchmal gibt es tatsächlich zwei Arten von Menschen. Leute, die die Pizzakruste wegschmeißen, und diejenigen, die sagen, dass die Pizzakruste der *beste* Teil der Pizza sei. Lasst es mich an dieser Stelle bitte einmal ganz diplomatisch und freundlich ausdrücken: DIE PIZZA-KRUSTE IST *NICHT* DER BESTE TEIL EINER PIZZA! Wenn das so wäre, bräuchte man sich doch gar keine Pizza zu bestellen! Sie kann ja trotzdem schmecken und Essen wegschmeißen ist sowieso nie eine gute Idee, aber wenn dir die Pizzakruste am besten schmeckt, dann bestell doch nächstes Mal einfach ein Brot! Oder eine Pizza ohne Belag und ohne Tomatensoße! Mmmmh, das schmeckt: »Hi, eine Pizza Funghi, zwei mit Paprika und Oliven und noch eine *Pizza Knäckebroto* bitte.« Und ja, es gibt mit Käse gefüllten Rand, ich weiß. Doch lass mich dir ein Geheimnis erzählen, mit dem du umsichtig umgehen und das du für ewig hüten musst: Es gibt sogar Pizza, auf der Käse auf dem gesamten Belag verteilt ist!

Manchmal gibt es tatsächlich zwei Arten von Menschen. Diejenigen, die sich beim Buffet ihre Teller so vollstapeln, als würden sie wie amerikanische Prepper*innen Vorräte für die nächste Apokalypse anlegen und sich auf den Weltuntergang vorbereiten. Und diejenigen, die sich schon dafür schämen, dass ein Romanasalatblatt über den Teller herausragt.

Es gibt zwei Arten von Menschen: anderthalb oder eineinhalb.

Es gibt zwei Arten von Menschen: süßes Popcorn oder salziges Popcorn.

Es gibt zwei Arten von Menschen: Pizza mit Ananas oder Pizza ohne Ananas.

Es gibt zwei Arten von Menschen: Koriander. Entweder man hasst ihn oder man liebt ihn. Das ist so, als würden sich zwei früher liebende Gespenster über sehr lange Zeit streiten: Da scheiden sich die Geister.

Aber nein! Ganz so einfach ist es oft dann doch nicht. Popcorn esse ich zum Bespiel immer nur gemischt. Die einzig vernünftige Art, Popcorn zu essen. Ananas auf Pizza schmeckt mir manchmal. Und Koriander? Koriander finde ich okay. Für mich schmeckt er weder nach Seife noch erlebe ich jedes Mal aufs Neue eine Geschmacksexplosion. Nein, ich finde Koriander einfach okay. Ich glaube, das ist die kontroverseste Meinung, die man zu Koriander haben kann. Überhaupt wird häufig von uns verlangt, eine klare Meinung zu haben. »Schmeckt es dir oder schmeckt es dir nicht?« – »Findest du die SPD gut oder findest du die SPD schlecht?« – »Isst du beim Magnum lieber das Eis mit den Nüssen in der Schokolade oder das Eis ohne die Nüsse in der Schokolade?« Das sind zum Teil hochkomplexe Fragestellungen, die man nicht nur mit einem kurzen »Ersteres« oder »Zweiteres« beantworten kann. Also klar, die SPD finde ich schlecht, aber bei dem Eis kommt es doch ganz auf die Stimmungslage, die Außentemperatur, aber auch die Temperierung der Schokolade und natürlich auch darauf an, wann ich am Tag zuvor Nüsse gegessen habe – ich kann all diese Faktoren doch nicht einfach auf eine unterkomplexe Antwort herunterbrechen. Oft fehlt mir auch schlicht der nötige Sachverstand. Geht es um politische Diskussionen, die wirtschaftliche Faktoren betreffen oder gesundheitliche Aspekte oder interdisziplinäre Fragen der Außenpolitik beinhalten, frage ich mich: Wenn es schon in der Politik auf regierungsintern-ministerieller

Ebene keinen Konsens gibt, wie soll ich denn dann bitte eine Meinung zur Grundsteuerreform haben oder dazu, wann das richtige Renteneintrittsalter ist, oder wie lange es in welchen Räumlichkeiten noch eine Maskenpflicht geben soll? Ich weiß doch nicht einmal, ob ich ein Sandwich lieber längs oder diagonal schneiden oder die beiden Toastbrothälften am besten gar nicht aufeinander klappen soll. Woher soll *ich* wissen, ob wir Waffen in diese oder jene Krisenregion schicken sollten? Andererseits darf man natürlich auch ohne Sachverstand Meinungen artikulieren, aber bitte erwartet doch nicht von allen Menschen ständig eine Meinung, hinter der sie ausdrücklich und fundamental stehen können. Ich kann euch sagen, was mein Lieblingsobst ist. Lasst uns doch lieber darüber diskutieren und all den Expert*innen die Fragen ihrer jeweiligen Fachexpertise überlassen. Manchmal ist die Welt für mich klar unterteilt: RB Leipzig mag ich nicht, Fußball mag ich gern. Frischen Fenchel mag ich nicht, Fencheltee mag ich gern. Uneindeutigkeiten mag ich nicht, Uneindeutigkeiten mag ich gern. Aber manchmal gibt es nicht nur Schwarz und Weiß, sondern auch Grautöne, Zwischenräume. Es gibt nicht immer nur zwei Seiten einer Medaille, sondern auch den Rand. Man muss alles immer auch aus anderen Blickwinkeln betrachten. Manchmal gibt es schlicht unendlich viele zu berücksichtigende Perspektiven. Gelegentlich sagen Leute etwas wie: »Ach, sie ist Veganerin? Mehr muss man über sie nicht wissen.« Oder: »Er hat schon mal in seinem Leben jemanden betrogen? Mehr muss man über ihn nicht wissen.« Doch, man muss mehr über sie und ihn wissen, wenn man sich ein Urteil bilden will. Man weiß nie, was sich hinter einer Fassade verbirgt. *Don't judge a book by it's cover.* Aber was ist mit *Mein Kampf*?

Denn doch: Manchmal gibt es eben das Gute und das Böse, das Schwarze und das Weiße. Manchmal ist eine Sache wie zwei Menschen, die miteinander geschlafen haben: Fakt. Diese Grautöne-Metaphorik finde ich daher oft unangebracht. Natürlich scheint es gelegentlich besser zu sein, nicht auf Extreme zuzugehen, Kompromisse zu finden, sich in der Mitte zu treffen. Aber zwischen Essen und Berlin ist die Mitte Hannover. Ich will mich nicht in Hannover treffen. Ich will keinen Kompromiss, wenn die Frage lautet, ob wir gleichgeschlechtliche Ehen komplett mit heterosexuellen Ehen angleichen sollen. Ich will auf das *Extreme* zugehen, wenn das heißt, keine Kuhmilch zu trinken oder keine Eier zu essen. Wenn wir immer sagen, dass Menschen, Prozesse, Probleme und die Welt insgesamt nicht einfach so kategorisiert werden können, dann stimmt das – meistens. Aber manchmal eben auch nicht.

Es gibt böse Menschen. Es gibt Probleme, deren Lösungen klar sind. Man stelle sich nur vor, Richter*innen in diesem Land würden keine klaren Entscheidungen treffen, weil die Lage von beiden Perspektiven beleuchtet werden kann. Ja, selbstverständlich, aber manchmal muss eben der eine oder der andere Weg bestritten werden. Manchmal gibt es keinen Weg dazwischen, weil es die Situation nicht hergibt. Und mit dem ständigen Rekurrieren auf Grautöne und Zwischenräume ist am Ende weniger gewonnen als in der Bundesliga mit Michael Frontzeck. No Front.

Es ist letztlich völlig egal, wie wir unser Kaugummi wegschmeißen, womit unsere Pizza belegt ist oder wie voll unser Teller beim Buffet ist. Es ist aber nicht völlig egal, wie politische Entscheidungen getroffen werden, wie unsere Gesellschaft und unsere Zukunft aussehen sollen. Es kann häufig notwendig sein, insbesondere in der Politik, Kompromisse zu finden. Und der Diskurs ist für eine Demokratie konstitutiv. Doch das Ergebnis kann am Ende ja dennoch schlecht sein. Es gibt Schwarz und Weiß und Grau und Bunt und alles dazwischen. Die Welt ist komplexer als das Wegschmeißen eines Kaugummis.

Wenn ich so durch das Leben streife, merke auch ich immer wieder, dass ich zwei Seiten habe. Eine gute, liebe, hilfsbereite, naive, flauschige Engelsseite und eine schlechte, böse, niederträchtige, Menschen in Frage stellende Teufelsseite. Meine böse Seite etwa kommt zum Vorschein, wenn ich in Alltagssituationen überfordert bin. Vom Kaugummiwegschmeißen oder der Bedienung von Brötchenzangen in Selbstbedienungsbäckereien: Wie soll das funktionieren? Vor allem, wenn ich noch einen Rucksack aufhabe, ein Jutebeutel an der Schulter hängt und ich zusätzlich noch eine Jacke in der Hand halte. Am besten muss ich hinterher mit dem Rucksack, dem Jutebeutel und der Jacke noch zu einem Bus rennen. Ich gebe es daher zu: Manchmal nehme ich mir mein belegtes Brötchen einfach mit der Hand heraus. Ich hoffe, dass meine Wohnung dafür nicht nächste Woche von einem SEK gestürmt wird. Aber ich mache das immer ganz gewissenhaft, ohne die anderen Teilchen zu berühren. Auch wenn das wahrscheinlich alle Menschen von sich behaupten, die in Bezug auf diese Straftat geständig sind. Ansonsten verhalte ich mich jedoch – so hoffe ich zumindest – recht anständig und moralisch. Ich bin leise im Kino. Wenn ich mal Auto fahre, überschreite ich die Höchstgeschwindigkeit kaum (ich wurde noch nie in meinem Leben geblitzt[82]). Und ich erschlage keine Babydelfine.

Was will ich also abschließend sagen? Dass Schwarz-Weiß-Denken und unterkomplexe Zweiteilungen von Sachverhalten meistens falsch sind, manchmal aber eben auch die einzig richtige Alternative. Und natürlich vor allem, dass die Kruste niemals der beste Teil einer Pizza ist.

....

82   Ja, darauf bin ich erstaunlich stolz.

Unentdecktes

Dass der Mensch nur einen kleinen Teil seiner eigentlich reichlich vorhandenen Gehirnkapazität in Anspruch nimmt, ist ein noch häufig anzutreffender Mythos und inhaltlich mittlerweile widerlegt. Wir Menschen schöpfen eigentlich aus dem Vollen. Etwas ärgerlich, dass wir das Verhalten mancher Personen also nicht mit anatomischen Gegebenheiten erklären können. Wahrscheinlich gibt es auf unserer Erde sogar nichts, das so gut erforscht ist wie der Mensch. Doch auch dem menschlichen Leben sind Fragestellungen inhärent, die entweder noch schlicht ungeklärt sind oder sich jedenfalls unserem Fassungsvermögen entziehen – insbesondere dann, wenn es um unser Innerstes, unsere Psyche, metaphysisch-transzendental auch um unsere Seele geht. Wir sind teilweise noch unentdeckt.

Das Haus, in dem ich über zehn Jahre lang mit meinen Eltern gelebt habe, kenne ich in- und auswendig. Jeden Winkel, jede etwas in die Jahre gekommene Stelle an den Wandtapeten, jeden Kratzer an den anthrazit-schimmernden Fliesen im Bad. Ja, ich kenne dieses Haus in- und auswendig. Das dachte ich jedenfalls. Bis ich das erste Mal im Keller war. Und in der Abstellkammer. Und bis ich erstmals das Heimkino im Westflügel entdeckt habe. Kleiner

Spaß.[83] Das Haus, in dem ich über zehn Jahre lang mit meinen Eltern gelebt habe, kenne ich sehr gut. Trotzdem entdeckte ich über die Jahre hinweg stets neue Räume, neue Ecken, neue Kanten. Und das werde ich mit Sicherheit auch weiterhin tun.

Die Straße, in der ich über zehn Jahre lang gelebt habe, kenne ich wie meine eigene Westentasche – obwohl ich Westen eigentlich nie trage. Als endgültig klar war, dass ich diese Straße verlassen werde, habe ich mir noch einmal jedes Haus und jede Wohnung dieser Straße – meiner Straße – einzeln und genau angeschaut: Und es war mir schier unbegreiflich, wie wenig ich doch *wirklich* kannte. Ich bin stets an diesen Häusern vorbeigelaufen, ohne sie mir genauer anzuschauen. Ohne die witzigen Gesichter zu sehen, die sich in ihren Fassaden verstecken. Ich kenne diese Straße sehr gut. Aber ich kenne nicht jedes Geheimnis, das sich hinter den roten Ziegeln gegenüber vom Kiosk an der Grundschule verbirgt, und ich werde es auch niemals erfahren. Das ist okay.

Die Stadt, in der ich über zwanzig Jahre lang lebte, kenne ich in- und auswendig. Jeden – wie schüchtern Trinkgeld gebende Menschen – Geheimtipp. Die romantischen-erstesdateesken Waldwege mit Blick auf den Baldeneysee. Das schönste kleine Arthouse-Kino. In fast jedem Café saß ich schon einmal drin. Ich kenne diese Stadt in- und auswendig. Dachte ich. Bis ich das erste Mal in Fischlaken war. Und in Byfang. Gerschede. Horst. Haarzopf. Das sind alles Stadtteile Essens. Ich habe quasi eine neue Stadt mit so vielen großartigen unentdeckten Ecken entdeckt. Ich kannte diese Stadt noch nicht. Es erweitert den eigenen Horizont, durch eine Stadt zu laufen, die man vermeintlich gut kennt, und mal einen anderen Weg zu gehen, mal eine Straße mehr mitzunehmen, mal in die Bahn oder den

....

83 Das Heimkino steht im Ostflügel.

Bus zu steigen und einfach draufloszufahren und irgendwann auszusteigen und dann in die nächste Bahn oder den nächsten Bus einzusteigen und dann wieder auszusteigen und das mehrmals zu wiederholen. Vielleicht findet man sich dann plötzlich in Detroit wieder. Oder in Bochum. Aber das Ausprobieren lohnt sich. Das Entdecken. Es gibt so viel zu sehen. Es gibt so unendlich viel zu sehen. Im Kleinen wie im Großen. Ich habe als Kind immer gerne Neues entdeckt; ich wollte neue Räume finden, neue Straßen, neue Orte sehen, neue Zimmer, neue Menschen – ich war neugierig. Abenteuerlustig. Aufgedreht. Zeig mir eine Stadt und ich bin beeindruckt. Ich erfreue mich daran, dass ich etwas sehe, etwas höre, etwas rieche, etwas fühle, etwas schmecke, das ich vorher noch nicht gesehen, gehört, gerochen, gefühlt oder geschmeckt habe. Immer noch.

Deutschland kenne ich in- und auswendig. Ich war in Hamburg, München, Köln, Leipzig, Dresden, Stuttgart, Bremen, Düsseldorf. Ich kenne Deutschland in- und auswendig. Dachte ich. Durch die Tätigkeit als Poetry Slammer habe ich zwar das Privileg, durch Deutschland reisen und Regionen besuchen zu dürfen, in denen ich noch nicht war und die ich sonst wahrscheinlich auch nie besuchen würde. Einmal war ich etwa in einem Städtchen mit dem Namen Dinkelscherben. Was klingt wie das Ergebnis, wenn ich meinen Frühstücksteller in der Küche fallen lasse, ist eigentlich eine Ortschaft in Bayern. Doch ich kenne Deutschland nicht. Ich war noch niemals im Erzgebirge oder in Braunschweig. Lief nie mit zerrissenen Hosen durch Sylt. Auch in Deutschland gibt es für mich noch so unendlich viel zu sehen.

Europa kenne ich. Vielleicht nicht in- und auswendig, aber eigentlich habe ich alles schon gesehen. Ich war in London, Rom, Paris, als Kind sogar mal auf Mallorca. Was fehlt da schon noch? Europa ist ein dermaßen faszinierender Kontinent und bietet so eine unglaubliche Vielfalt an Kulturen, Landschaften, Bauwerken, an Kulinarik, Fußballvereinen und Freizeitparks. Von der Kolonialgeschichte vieler Staaten und voranschreitenden Rechtsrucken mal abgesehen ist Europa wahrlich ein Ort des Friedens und gesellschaftlichen Fortschritts. Tirana, Ljubljana, Odessa, Florenz, Bastia, Porto, Bristol, Edinburgh, Graz, Reykjavík. Städte, die ich zum Teil nicht einmal aus Bildern oder *Geo-Guessr* kenne. Ich möchte sie alle noch besuchen.[84]

Die Erde, also der Planet, auf dem wir leben (für diejenigen, die das vielleicht noch nicht genau mitbekommen haben), besteht zu einem Großteil aus Wasser. Unser *blauer Planet* ist nicht betrunken; vielmehr sind circa 70 Prozent der Erdoberfläche mit Wasser bedeckt. Wie viel Prozent der Meere, genauer: der Tiefsee, sind erforscht? Was denkst du? An dieser Stelle darf im Kopf kurz mitgeraten werden. Aufpassen, denn hier folgt schon die Auflösung: Schätzungen zufolge sind es nur fünf Prozent. Der Mariannengraben reicht elf Kilometer in die Tiefe. Elf Kilometer. Das sind 22 D-Mark. Wir kennen unseren eigenen Planeten schlechter als den Mond. Ich glaube, dass das Erscheinungsbild von Lebewesen anderer Sonnensysteme und Galaxien uns weniger schockieren wird als das, was man so unermesslich tief im Wasser unseres Planeten finden wird. Da könnte schlicht alles sein; Undenkbares: eine Ananas, ein Schwamm, ein Seestern, geizige Krabben. Ich finde das so dermaßen faszinierend. Wir kennen unsere eigene Erde zu einem sehr großen Teil noch gar nicht. Zu-

....

84 Update aus dem Dezember 2022: In Graz durfte ich im Schauspielhaus auftreten – und es war absolut großartig. Während des Poetry Slams musste ich zwar parallel auf meinem Laptop das Spiel von Mainz gegen Köln verfolgen, aber es war ein in jeder Hinsicht erfreulicher Abend. Graz ist eine tolle Stadt, und das nicht nur wegen einer dort existenten befahrbaren Rutsche (!), die durch einen Berg (!) führt.

gegebenermaßen ist es für die ganzen Meeresbiolog*innen aber auch schwierig, sich durch die ganzen Schichten Plastik durcharbeiten zu müssen.

Ich war als Kind und Jugendlicher völlig fasziniert, wenn ich (zum Beispiel auf N24) Darstellungen gesehen habe, wie klein die Erde im Vergleich zur Sonne ist. Und wie klein die Sonne im Vergleich zum restlichen Universum ist. Und dass unser Universum gar nur eines unter unendlich vielen Universen in einem riesigen Multiversum sein könnte. Und vielleicht geht das immer so weiter. Und ich finde das auch jetzt noch faszinierend und würde sofort in ein Planetarium oder eine Sternwarte einziehen, wenn ich könnte. Aber mich fasziniert auch die Frage, was in diesem Karton hier drin ist. Wohin diese Straße da hinten führt. Was sich hinter diesem Vorhang verbirgt und wie weit jener Bach reicht. Die ganze Welt ist ein Geheimnis.

Wir werden sterben und Antworten auf die Fragen, die unser Leben bestimmen, nie erhalten. Ich werde also erst nach meinem Tod erfahren, warum es *zwölf* und nicht *zweizehn* heißt. Aber im Kontext der gesamten Welt sind wir einfach ein absolutes Nichts. Wenn du dich fragst, ob du dich vielleicht nicht ganz so schön auf der Tanzfläche bewegst, ob du schief singst, ob du witzig oder einfach nur unangenehm bist, wenn du auf Bühnen stehst – dann denk einfach daran, dass es niemanden interessiert. Wir sind nichts. Und das ist okay. Demut kann Menschen guttun. Geh lieber raus und lebe dein Leben. Und erforsche die Welt für dich. Du kannst ja in der hintersten Ecke des Kühlschranks anfangen und dich dann langsam vorarbeiten. Es gibt noch so viel zu entdecken.

Schwere Worte

Du sagst, die schwierigsten drei Worte im Leben seien: »Es tut mir leid«, »Du hast recht« oder »Ich liebe dich«.

Ich glaube, die schwierigsten drei Worte im Leben sind »Kernspintomografien«, »Streichholzschächtelchen« und »Grundstücksverkehrsgenehmigungszuständigkeitsübertragungsverordnung«.

Gertrud

Clara und ich sitzen in unserem Lieblingscafé in Bochum, dem Oktober Café. Es ist September. Das ist unsere kleine Rebellion: der Hafermilch-Herbst. Wir setzen uns um 13:00 Uhr an einen Tisch, der einem sehr kleinen Schild zufolge ab 15:00 Uhr reserviert ist. Ich frage mich, wie klein ein Reservierungsschild sein kann, bis sein Inhalt nicht mehr zwingend zu befolgen wäre. Es ist ein wirklich sehr kleines Reservierungsschild.

Clara und ich wollen gemeinsam »co-worken«. Das ist die englische Bezeichnung für »so tun, als ob man arbeitet, aber eigentlich nur Kaffee trinken und quatschen«. Wir diskutieren darüber, ob Buchstaben- oder Sternchensuppen die besseren Tütensuppen sind und kommen – wie ein Viertel und ein Achtel – auf keinen gemeinsamen Nenner. Um 14:54 Uhr nehmen wir einen anderen Tisch ein – unmittelbar links neben dem Tisch, den wir zuvor als unseren »Lern- und Arbeitsort« haben widmen können. An den vormalig noch uns zugewiesenen Tisch werden von der rechten Seite zwei weitere Tische herangeschoben. Gleich scheint sich wohl eine größere Gruppe zu treffen. Bei größeren Gruppen spricht man häufig von einer »Gesellschaft«. Ich finde das komisch. Genauso komisch ist es, wenn sich eine Partei zu einer »Klausur« trifft, um Dinge zu beratschlagen. Eine Klausur? Sitzen Markus Söder und Andreas Scheuer dann da und legen ihre Geodreiecke an? Geodreieck: ein Wort, das ich wahrscheinlich noch nie im Plural verwendet habe.

Wir fragen uns, was für eine Gruppe gleich kommen wird. Was für eine Gesellschaft. Das Café ist recht schick und fancy eingerichtet, gleichzeitig aber auch minimalistisch. Ich erwarte eine Gruppe von sechs jungen Studierenden, die sich auf einen Vanille-Rooibos-Tee und Möhrenkuchen treffen, um über das gegenwärtige Weltgeschehen zu diskutieren. Philosophie-Stammtisch, initiiert von irgendeinem Felix. Um 14:58 Uhr nimmt eine ältere Dame am Tisch Platz. Ich bin geneigt, zu sagen, dass sie eine Omi ist. Aber ich weiß ja gar nicht, ob diese Frau Kinder in die Welt gesetzt hat und ob diese Kinder ihrerseits Kinder bekommen haben. Und selbst wenn das so wäre: Dann ist sie noch so lange eine Oma, bis sie mir das *Omi* anbietet. Die ältere Dame sitzt ungefähr 20 Minuten alleine am Tisch und nippt an einem Pfefferminztee. Er ist mittlerweile wahrscheinlich schon dreimal durchgezogen und kaum noch lauwarm. Im großen Raum unter der hohen Decke wirkt sie etwas verloren. Sie bittet um ein Stück Würfelzucker. »Würfelzucker haben wir nicht. Ist für Sie auch der Zucker aus dem Zuckerstreuer in Ordnung?«

Die ältere Dame wartet kurz und antwortet dann: »Ja.«

Sie tappt mit ihren Füßen rhythmisch auf dem Boden herum, zuckert ihren Pfefferminztee und nimmt ein paar Schlucke, während sie ihren Blick immer wieder von der Theke zur Eingangstür schweifen lässt. Wer ist diese Frau, die sich an einem Sonntagnachmittag in ein Café in der Bochumer Innenstadt hineinsetzt? Ist sie häufiger hier? Bestellt sie sich jedes Mal einen Pfefferminztee? Und gab es denn sonst immer Würfelzucker?

Nach etwa zehn Minuten kommt ein älteres Pärchen hinein und setzt sich zu der Dame an den Tisch. Sie gratulieren ihr herzlich zum Geburtstag. »Wie alt bist du jetzt geworden, Gertrud, wahrscheinlich erst 25?«, fragt der Mann und drückt ihr dabei unsanft Blumen und Pralinen in die Hände. Gertrud lächelt verlegen. »Das sind die Guten«, sagt der Mann. »Aus der Schweiz. Die können das mit der Schokolade.«

Die Dame verstaut Toblerone nebst Tulpen unter dem Tisch. »Ich bin aufgeregt«, flüstere ich Clara zu, »ich war noch nie auf einem Omi-Geburtstag.«

»Ich wusste gar nicht, dass du auch eingeladen wurdest«, entgegnet sie. Touché.

Nacheinander kommen weitere betagtere Menschen dazu und setzen sich an die Tische. Ich frage mich, was diese Menschen in ihren Leben schon erlebt haben müssen. Sie alle werden wahrscheinlich wissen, dass sie wohl in naher Zukunft sterben würden. Verändert dieser Gedanke einen Menschen? Die Angst, womöglich bald nicht mehr ohne fremde Hilfe im alltäglichen Leben auskommen zu können? Viele haben Geschenke dabei. »Wäre doch gar nicht nötig gewesen«, sagt Gertrud.

Alois, ein Nachbar Gertruds, dessen Namen ich mittlerweile auch kenne, hat ihr einen Kopfsalat mitgebracht – aus dem eigenen Garten, wie er stolz erzählt. Ja, Alois, das wäre wirklich nicht nötig gewesen. Irgendwann hat sich eine illustre Runde aus zehn Personen gebildet. Gertrud sitzt leider am Ende des Tisches – ein großer Fehler, wenn man mit einer größeren Gruppe ein Café oder Restaurant besucht. Das ist auch deshalb ärgerlich, weil sie die einzige Person an den Tischen zu sein scheint, die alle anderen Anwesenden persönlich kennt. Ihre Kinder konnten leider nicht kommen, höre ich sie sagen. Aber die hätten ja mit ihren Familien ohnehin genug zu tun. Helga, die Frau ihrer Tochter, habe ihr vor einigen Tagen die Haare geschnitten. Besser als bei jeder ihrer bisherigen Friseurinnen, sagt sie und nickt dabei vehement. Helga wisse noch, wie man Locken schneidet.

»Glaube ich«, sagt Peter. »Wird ja auch alles teurer jetzt. Mir schneidet meine Frau auch immer die Haare.« Alle lachen. Clara und ich verstehen nicht, warum; wahrscheinlich ist es ein Insider.

Gertrud beugt sich im Verlauf des Nachmittags immer wieder ein wenig nach vorne, um an den verschiedenen, parallellaufenden Konversationen angemessen teilhaben zu können. Sie trägt einen schwarzen Blazer und weiße Adidas-Schuhe über beigefarbene Seidensöckchen, die sie sicherlich schon gestern Abend feinsäuberlich herausgelegt hat. Herausgeputzt hat sie sich. Gesprochen wird über das Vertikutieren des Rasens, über Kaffee – der hier übrigens ganz ausgezeichnet schmecke – und über die steigenden Gaspreise. »Den Habeck mag ich ja eigentlich schon ganz gerne«, beginnt Alois, »aber dass der da Deals mit diesen Despoten macht, nee, das finde ich nicht richtig. Nee, das geht nicht. Nee.«

Alle nicken. Politischer wird es am Nachmittag nicht. Sie scheinen eine gute Zeit zu haben. Gertrud fragt häufig nach, ob sie den anderen noch etwas Gutes tun könne. Die meisten sind versorgt. Dieter, ein alter Arbeitskollege, würde aber vielleicht noch ein Stück von diesem Möhrenkuchen nehmen. »Richtig schön saftig«, sagt er.

»Ist sogar vegan«, bemerkt Alois. Seine Tochter sei mittlerweile auch vegan und er finde das eigentlich echt toll, aber auf sein Lachsfilet könne er niemals verzichten.

»Etwas extrem ist es ja schon«, entgegnet Gertrud, »so ganz ohne die Proteine.«

»Genau«, bemerkt Alois.

Gertrud lauscht den anderen Gesprächen aufmerksam. Es wird viel gelacht. Irgendwann dreht sie sich zu Clara und mir und fragt etwas erschrocken, wieso wir beide denn an einem Sonntag lernten. »Bürdet man euch so viel auf?«

»Aktuell sind wir mitten in der Hausarbeitsphase, da kommt es auf jeden Tag an«, erklärt Clara mit einem Lächeln auf den Lippen.

Gertrud fragt, ob wir studieren; den Stress kenne sie von früher auch noch sehr gut. Wir berichten ein wenig von unseren Leben und Gertrud erzählt, dass sie früher Lehrerin gewesen sei. An einer Schule, die nur ein paar Straßen vom Café entfernt liegt. Auf die Frage, wofür sie Lehrerin gewesen sei, antwortet sie: »Für Erdkunde, Deutsch und für die Kinder.«

Ach, Gertrud. Sie fragt, ob wir ein Foto von ihrer kleinen Runde machen könnten. Wir bejahen natürlich. Mit leicht zittriger Hand holt Gertrud ihr Handy heraus. Es ist ein altes Samsung. »Alt, aber für ein paar Fotos reicht's noch«, sagt sie und lacht.

»Das ist das Wichtigste!«, sagt Clara und lacht.

Sie macht ein paar Fotos, hochkant und quer. Gertrud bedankt sich.

Nach zwei Stunden muss Peter gehen. Peter war ebenfalls ein alter Arbeitskollege. Sie beide wurden eingeladen zum 25-jährigen Jubiläums-Stufentreffen des Abiturjahrgangs 1998. Spätestens dann sehe man sich nochmal. Peter müsse es pünktlich zum *Tatort* schaffen, sonst schimpfe seine Frau noch mit ihm, sagt er. Alle lachen.

Nacheinander gehen auch die anderen. Gertrud bleibt am Ende alleine sitzen. Sie bestellt sich einen Pfefferminztee. Clara und ich gehen irgendwann auch. Wir verabschieden uns bei Gertrud und wünschen ihr noch einen schönen Geburtstag. Sie bedankt sich und wünscht uns alles Gute. Als wir mit einem Bein schon draußen sind, ruft sie uns noch zu: »Übernehmt euch nicht! Ach, und vielen Dank noch einmal für die Fotos. Die sind toll geworden!«

Ausziehen

Als Kind hatte ich stets Angst vor dem nächsten großen Schritt, dass mir das Leben sonst entwischt, während ich im Kinderzimmer sitz – mit hochgezogenen Augenbrauen, tonnenweise Zuversicht, hoffnungsvoll hinausblick, doch die Welt hört meine Rufe nicht. Alles ist so laut. Und so weit weg.

Als ich 13 Jahre alt war, zog mein Bruder von zuhause aus. Sein erster großer Schritt. Mein Kinderzimmer wurde von einem auf den anderen Tag verdoppelt. Jackpot. Und auf ihn wartete die große weite Welt: Münster. Wenn man fast 18 Jahre lang Essen gewohnt war, dann ist jede andere Stadt eine willkommene Abwechselung. Nicht, dass Essen keine tolle Stadt ist. Neben Gelsenkirchen ist Essen Venedig. Diese Stadt ist lebenswerter, als oft proklamiert wird. Wir waren *Kulturhauptstadt Europas* 2010 und *Grüne Hauptstadt Europas* 2017. Und wir hatten bis vor Kurzem die älteste Aldi-Filiale Deutschlands. Bis vor Kurzem nicht deshalb, weil es jetzt plötzlich eine neue Filiale gibt, die älter ist; das wäre schwierig. Die älteste Aldi-Filiale wurde mittlerweile einfach geschlossen. Wenn man eine ganze Jugend, ein ganzes Aufwachsen in ein- und derselben Stadt verbringt, dann kennt man irgendwann die meisten Ecken und die meisten Kanten und ist froh, auch mal durch andere Straßen laufen zu können.

Dass mein Bruder damals auszog, empfand ich einerseits als großes Glück, konnte er mich doch so mit seinem abendlichen *League of Legends*-Spiel nicht mehr um den Schlaf bringen. Andererseits verlor ich aber auch meinen Wrestling-Partner, meine persönliche und personifizierte H&M-, C&A- und P&C-Filiale – Klamotten einkaufen musste ich bis zu meinem 16. Lebensjahr nicht – und meinen Fußballbuddy, der mich als einziger anderer Mensch verstand, wenn ich heulend auf dem Sofa lag, weil mein geliebter 1. FSV Mainz 05 in der 3. Qualifikationsrunde zur UEFA Europa League in der Saison 2011/12 an einem rumänischen Fußballverein mit dem Namen *Gaz Metan Mediaș* scheiterte. Ein Verein, der mittlerweile aufgelöst ist. Bei den steigenden Gaspreisen kein Wunder. Ich habe mich so oft mit meinem Bruder gestritten, weil er viel zu viel Glück bei *Monopoly* hatte, ihn so oft angeschrien, weil er abends zu laut war, so oft geweint, weil er bei anderen Kindern beliebter war als ich, so oft Angst gehabt, wenn er nach einer Party erst mitten in der Nacht heimkam. Zuhause war nicht mehr der gleiche Ort, als er ging. Es war derselbe Ort, aber nicht mehr der gleiche.[85]

Als mein Bruder von zuhause auszog, war er 18 Jahre alt. Ich blieb zuhause und wurde zum Nesthäkchen. Eines dieser wunderbaren Worte im Deutschen, bei denen man nur die ersten und die letzten beiden Buchstaben entfernen muss, um ein solch unaussprechbares Konstrukt wie »sthäkch« zu erhalten. Sthäkch! Klingt wie ein missratener Zauberspruch bei Harry Potter. Im Fernsehen lief früher mal die Sendung *Schluss mit Hotel Mama!*. Ich finde diesen Titel unpassend. Hotels kann man hinterher bewerten; das wird bei Eltern schwierig. Ich weiß nicht, wie das bei mir aussähe. Verpflegung und Essen? Sehr gut. Sauberkeit und

....

85   Diesen Satz widme ich allen Deutschlehrer*innen.

Freundlichkeit? Gegeben. Leider kein Meerblick. Ich vergebe einen von fünf Sternen.

Als Kind hatte ich stets Angst vor dem nächsten großen Schritt, dass mir das Leben sonst entwischt, während ich im Kinderzimmer sitz – mit hochgezogenen Augenbrauen, tonnenweise Zuversicht, hoffnungsvoll hinausblick, doch die Welt hört meine Rufe nicht. Alles ist so grell. Und zieht sich so lange hin.

Der nächste große Schritt. Es war immer der nächste große Schritt. Erst die Angst vor der Einschulung: Wer soll denn bitte in der Lage sein, diese unermesslich große Tüte zu halten? Ein Problem, das auch 15 Jahre später noch aktuell war. Und was, wenn die Tüte der anderen cooler aussieht als meine? Ich habe damals so lange überlegt, Gedanken gesponnen und gesponnen und gesponnen, um mich am Ende für Spider-Man zu entscheiden. Wie kreativ, Benni!

Jedes Schuljahr aufs Neue war ich felsenfest davon überzeugt, dass es im nächsten Jahr schlicht zu anspruchsvoll für mich sein wird. Die 3. Klasse zu erreichen, war unmöglich. Einfach unmöglich. Unmöglich war das! Als ich die 3. Klasse erreichte, musste ich mit meinen kleinen Augen weit nach oben blicken, um die Großen aus der 4. sehen zu können. Die Zukunft war immer so weit weg. Der Gedanke an eine weiterführende Schule war in meinem Kopf weniger vorhanden als Rückgrat bei Manuela Schwesig. Und doch packte ich Klasse für Klasse. Ohne mir je bewusst zu werden, dass mein Pessimismus unbegründet war. Zu mir selbst war ich wie dasjenige Kind in der Schule, das sagt, die Klassenarbeit oder Klausur sei ganz, ganz schlecht gelaufen, wirklich ein absoluter Reinfall, überhaupt keine Ahnung, was da zu schreiben war, und am Ende bekommt es eine 1-. Und gleichzeitig war ich aber auch das Kind, das dann genervt erwidert: »Siehst du, haben wir doch alle gesagt ...«

Ich hätte niemals gedacht, das Abitur zu schaffen, als ich 14 Jahre alt war. Ich hätte niemals gedacht, glücklich in meinem Jurastudium zu werden, als ich mein Abitur geschafft habe. Ich hätte niemals gedacht, mein Jurastudium erfolgreich zu bestehen, als ich in den Semesterferien zwischen dem dritten und vierten Semester für das Kulturamt der Stadt Bottrop Ticketkontrolleur bei einer *Pulp Fiction*-Inszenierung einer avantgardistischen freien Theatergruppe war – und die Tickets falsch entwertete. Wie kann man ein Ticket falsch entwerten?!

Als ich das erste Mal todunglücklich verliebt war, hätte ich niemals gedacht, wieder so glücklich den Arm eines anderen Menschen um meine Schultern legen lassen zu können. Und als ich dann erneut todunglücklich verliebt war, hätte ich niemals gedacht, je wieder ein positives Gefühl zur Liebe haben zu können. Ich hätte niemals gedacht, einen Menschen zu küssen, bei einem Menschen zu übernachten; und im Leben habe ich mir nicht vorstellen können, dass ich mal gerne joggen oder in einer Konversation ernsthaft sagen würde: »Nee, also zum Ablöschen benutze ich lieber Weißweinessig.« Benni, vor fünf Jahren dachtest du noch, Ablöschen hätte was mit der Feuerwehr zu tun! Doch das ist eben der Lauf der Dinge. Ich habe immer gesagt, dass mir Bier nicht schmeckt, und zwar nicht, weil ich dEn gEsChMaCk nOcH nIcHt vErsTaNdEn hAbE, sondern weil es mir nicht schmeckt, verdammt nochmal! Es schmeckt mir halt nicht. Ich glaube, ich kann mit 16 Jahren bereits artikulieren, ob mir etwas schmeckt oder nicht. Nehmt mich doch einmal bitte ernst, liebe Erwachsene! Ich hätte niemals gedacht, dass mir Bier schmeckt.

Als Kind hatte ich stets Angst vor dem nächsten großen Schritt, dass mir das Leben sonst entwischt, während ich im Kinderzimmer sitz – mit hochgezogenen Augenbrauen, tonnenweise Zuversicht, hoffnungsvoll hinausblick, doch die Welt hört meine Rufe nicht. Alles ist so, so ... so schwierig zu beschreiben.

Als ich von zuhause auszog, war ich 23 Jahre alt. Als ich von zuhause auszog, hatte ich Angst, meine Eltern fortan alleine lassen zu müssen. Schließlich bin auch ich nun weg. Erst der Ältere, jetzt der Jüngere. Aber ich musste verstehen, dass ich nicht wirklich weg bin. Ich bin jetzt nur woanders. Ich hatte Angst vor der ersten Nacht in meiner ersten eigenen Wohnung. Ein Raum ist nicht von Anfang eine Wohnung.[86] Doch es war alles in Ordnung. Angst gehört dazu.

Im Rahmen meines Umzugs musste ich mich um Angelegenheiten kümmern, von denen ich vor einigen Jahren noch dachte, das wäre eine Pointe. Ein schlechter Scherz. Ich musste mich plötzlich um Sachen kümmern, bei denen bereits der Gedanke daran mich bekümmert hat. Ich habe eine Hausratsversicherung über Check24 abgeschlossen. Ich habe Angst vor diesem Satz: Ich habe eine Hausratsversicherung über Check24 abgeschlossen. Ich glaube, wenn man das nachts dreimal vor dem Spiegel aufsagt, erscheint Frank Thelen und bietet dir an, in irgendeine neue App zu investieren, mit der du ferngesteuert die Klospülung betätigen kannst, falls du mitten im Urlaub auf Ibiza plötzlich unsicher bist, ob du deine Scheiße auch wirklich weggespült hast. Warum denn eine Hausratsversicherung? Ich habe doch nicht mal Hausrat. Was sollen mir die Leute stehlen? Leere Pizzakartons? Die vor sieben Jahren angebrochene Packung Leinsamen?[87] Staub? Meine lebensgroße Harry-Styles-Figur? Vielleicht erscheint neben Frank Thelen ja auch Christian Lindner auf einem weißen Ross reitend und erzählt mir, dass ich mir meine

....

86   Bucht mich für Kalendersprüche!
87   Ich weiß auch echt nicht, warum ich auf die Packung damals kotzen musste.

Gratismentalität abschminken könne, wenn ich in einem Café nach einem kostenlosen Leitungswasser frage. FIJI-Wasser und sonst nichts! »Versicherung« ist für mich ein Alptraum-Wort. Dass ich mich trotz der gruseligen Werbespots überhaupt getraut habe, die Check24-Seite aufzurufen, war für mich generell schon eine große Überwindung. Neben der Manson Family von Charles Manson und der Kelly Family gehört die Check24-Familie für mich zu den größten Horror-Familien der modernen Zeit.

Das Komplizierteste an meinem Umzug waren aber nicht die ganzen bürokratischen Dinge, an die ich denken musste: Wohnungssuche, Strom, Gas, Internet, Fernsehen, Ummelden, GEZ-Gebühren, Kaution, Einrichtungsgegenstände, Adressänderungsmitteilungen (wie deutsch kann ein Wort bitte sein?). Ich habe so viele Dinge schlicht vollkommen vergessen. Stühle zum Beispiel – die braucht man ja auch. Ich will nicht an alles denken, an alles denken müssen. Aber die allerschwierigste und herausforderndste Frage – die meisten werden es von eigenen Umzügen kennen: Was wird das Motto für meine Kostüm-Einweihungsparty? Meine erste Idee war, dass jede Person als Hauptstadt verkleidet kommt. Dann hätte ich nur einen Zott-Monte-Joghurt und eine Videothek benötigt. Wurde dann aber doch zu kompliziert. Daher ging ich letztlich als Thomas, die Lokomotive, denn das Thema war schließlich *Einzug*.

Ich habe immer Witze darüber gemacht, wie schlimm es wohl sei, seine eigene Steuererklärung irgendwann mal wirklich machen zu müssen. Ich hatte davor wirklich Angst. Ganz unironisch. Ich weiß gar nicht, warum. Es ist in einem demokratisch-rechtsstaatlichen System das Normalste auf der Welt, dem Staat mitzuteilen, wieviel Geld man in einem Jahr verdient hat. Irgendwoher muss der Staat ja Einnahmen schöpfen. Woraus resultierte meine Angst? Dass es kompliziert wird? Dass es lange dauert? Dass das

Finanzamt merken würde, dass ich nebenbei schwarz bei einem Autohändler gearbeitet habe? Das würde ich niemals *wagen*. Nach meiner ersten Steuererklärung habe ich vom Finanzamt sogar Geld wiederbekommen. What the fuck? Also danke und so, aber ich dachte immer, das funktioniert andersrum. Dinge verändern sich. Manchmal auch zum Guten.

Die Festnetztelefonnummern meiner besten Schulfreund*innen kann ich selbst dann noch auswendig aufsagen, wenn man mich an einem Dienstag um 2:00 Uhr nachts in einer Lidl-Filiale neben Müsliriegelpackungen liegend unvermittelt weckt. Mittlerweile musste ich mich um meinen eigenen Festnetzanschluss kümmern. Um meinen Festnetzanschluss! Wer soll mich denn bitte auf dem Festnetz anrufen? Die 1,99-€-Figur aus dem alten Discounter Plus? Ronald McDonald? Ein Festnetzanschluss ist mehr aus der Zeit gefallen als Gegenstände in Gemälden von Salvador Dalí.[88]

Als Erwachsener habe ich oft Angst vor dem nächsten großen Schritt, dass mir das Leben sonst entwischt, während ich mit Mitte/Ende 50 unter Altbaudecken sitz. Alle großen Leute sind einmal Kinder gewesen. Aber nur wenige erinnern sich daran. Das habe ich in *Der kleine Prinz* gelesen. Mit der ersten eigenen Wohnung fängt das Leben als Erwachsener erst richtig an.

Ich werde auch in meiner neuen Wohnung noch ein erwachsenes Kind sein. Und vielleicht schließe ich sogar noch andere Versicherungen ab. Und streiche die Wände neu. Und schreibe Rechnungen und erhalte Briefe. Ich bin jetzt das erste Mal in meinem Leben zu 100 Prozent selbstständig. Auf mich allein gestellt.

Niemand sollte sich gezwungen fühlen, aus dem Elternhaus auszuziehen, wenn die Situation es noch nicht her-

....

88 Das habe ich natürlich nur geschrieben, um klug zu wirken.

gibt. Niemand sollte unter Druck gesetzt werden. Für jeden Menschen ist ein anderer Zeitpunkt ideal. Für mich
war es der bislang größte Schritt in meinem Leben, auszuziehen. Große Schritte stehen auch weiter bevor. Und
Mama, Papa, das dürft ihr niemals vergessen: Ich bin nicht
weg, ich bin nur woanders.

Identität

Der folgende und diese Textsammlung auch abschließende Text befasst sich mit einem mir persönlich sehr wichtigen und nahestehenden Menschen. Es ist ein Text über mich.

»Wenn du dich mit nur drei Worten beschreiben müsstest, welche wären das?«

Diese Frage wurde mir vor einiger Zeit nach einem Poetry Slam im schweizerischen St. Gallen von einem Spiel gestellt. Und ich finde die Antwort hierauf unglaublich schwierig. Alles andere als ein Kinderspiel. Wie soll ich mich denn auf drei Worte festlegen? Die treffendste Beschreibung meiner Person wäre wahrscheinlich: »Ich bin Benni.« Aber das wäre natürlich nicht so spannend. In meinem Leben hatte und habe ich ständig verschiedene Identitätskrisen. Wer bin ich? Wer darf ich sein? Wer soll ich sein? Warum muss ich sein?

Die erste große Identitätskrise hatte ich mit ungefähr zwölf Jahren, als ich an einem Snackautomaten am Essener Hauptbahnhof für 1,50 € ein Snickers kaufen wollte, das Snickers aber nicht in das Ausgabefach fiel. In meinen Augen das pure Entsetzen, denn ich war völlig machtlos. Wir haben in diesem Land für die Polizei, Feuerwehr und Krankenwagen eigene Telefonnummern, aber für diesen Notfall natürlich nicht. Typisch Deutschland. Nicht nur habe ich das mir zugewiesene Snickers nicht bekommen und dafür 1,50 € ausgegeben. Nein, das Schicksal hatte es noch viel schlimmer mit mir gemeint, denn es gab im Snackautomaten auch nur noch Mars und Milky Way. Was für Weltraumreisende vielleicht gut klingen mag, war für mich die Hölle. Milky Way – das isst doch niemand wirklich gern. Während das Snickers in den spinnenartigen Fängen des Snackautomaten gefangen war, stellte ich mein gesamtes Leben in Frage.

Häufig frage ich mich, wer ich eigentlich bin. Ich weiß: Das klingt jetzt wie eine pseudophilosophische Frage einer Person, die in ihrem Tinder-Profil angibt, *Nightdrives* und *Deeptalks* zu lieben, und nachts um 3:00 Uhr in der Küche auf der WG-Einweihungsparty von Carlotta zwischen zwei Runden *Beer Pong* gestellt wird. Doch mal ganz im Ernst: Wer bin ich eigentlich? Und wer ist Carlotta und warum wurde ich eingeladen? Was macht mich aus? Wie würden andere Menschen mich beschreiben? Menschen, die mich vielleicht noch nicht so lange kennen; was würden die sagen? Was würden meine Eltern sagen, mein Bruder, meine besten Freund*innen? Was würde Carlotta sagen? Wer wir sind, ist nicht vorherbestimmt. Ich habe mich so häufig gefragt, was zu meiner Identität gehört. Wie ich mich bezeichnen darf. Als was für eine Art Mensch ich durch die Welt ziehen soll. Habe ich meinen Platz hier schon gefunden? Es gibt Menschen, die sind so fest verwurzelt, dass selbst Bäume neidisch werden. Ich empfinde diese Verwurzelung noch nicht. Kant hat gefragt: »Was ist der Mensch?« H. P. Baxxter hat gefragt: »How much is the fish?« Wer sagt mir denn jetzt, welche Frage die entscheidendere ist? Soll ich nach den Maximen des kategorischen Imperativs leben? Oder doch lieber nach der Lehre des »Döp, döp, döp, dödödöp, döp, döp«s? Das weiß ich doch alles nicht. Aber selbst Kant wird sein Genie nicht nur der Philosophie gewidmet, sondern bestimmt auch schon mal seine Freund*innen gefragt haben, ob er noch Soße am Bart hat. Wir können uns nicht ständig nur mit uns selbst beschäftigen, aber zu gewissen Teilen ist das eben doch notwendig. Der zeitgenössische Philosoph Matthias Reim hat sich diesem Phänomen bereits angenähert – versteckt hinter einem lyrischen Du: *Verdammt, ich lieb dich* ist ein Meisterwerk. »Verdammt, ich lieb dich. Ich lieb dich nicht. Verdammt, ich brauch dich. Ich brauch dich nicht. Verdammt, ich will dich. Ich will dich nicht. Ich will dich nicht verlieren.« Wer wirklich denkt, dass dieses Lied keine tiefergehende systemkritisch-antineoliberale Bedeutung hat, denkt auch, dass die Erde eine Kugel ist. Tauscht man das Wort »dich« nämlich durch »Snickers« aus, erscheint doch erst die wahre Bedeutung hinter diesen Zeilen, die als fundamentale Kapitalismuskritik verstanden werden müssen. Ein Kapitalismus, dem sich der Mensch im mordenden modernen Zeitalter der Vernetzung nicht widersetzen kann; ein Kapitalismus, in dem sich der Mensch selbst vollends verliert. Verdammt, ich will Snickers. Ich will Snickers nicht. Verdammt, ich brauch Snickers. Ich brauch Snickers nicht ... Ich denke, es ist klar, worauf ich hinauswill. Der Mensch zerreißt sich und er weiß nicht, was er will oder braucht oder liebt. Und mir geht es nicht anders. Mein Leben ist ein Gänseblümchen und ich ein verliebtes 10-jähriges Kind. Was ist meine Identität? Was macht sie aus?

Ich bin am 13. September 1999 in Mainz geboren. An einem Montag. Natürlich. Erst mit zwei Jahren wurde ich in Deutschland eingebürgert. Ob ich dafür irgendeinen Test bestehen musste, weiß ich nicht mehr. Dass ich mit zwei Jahren jedoch wahrscheinlich noch nicht genau artikulieren konnte, was »freiheitliche demokratische Grundordnung« für mich heißt oder wie man »Sauerkrautsaftschorlen« buchstabiert – dessen bin ich mir recht sicher. Bei Fußball-Länderspielen, insbesondere während eines Großturniers, schlug mein Herz früher unentwegt für Russland. Für die elf Spieler, die zufällig aus dem gleichen Land kamen wie meine Eltern.[89] Das hat mit ungefähr 14 Jahren aufgehört. Länder sind mir egal. Ich bin unfassbar froh und bin mir um mein riesiges Privileg bewusst, in Deutschland leben zu dürfen. Aber ich identifiziere mich nicht mit meiner Herkunft; weder bin ich stolzer Deutscher noch stolzer Russe. Ich bin Deutscher. Doch ist das Teil meiner Identität?

Ich wohnte fast mein Leben lang in Essen. Mitten im Ruhrgebiet. Mit Patriotismus auf lokaler Ebene kann ich mich gerade so noch anfreunden: So war ich immer sehr glücklich, wenn die Stadt Essen in den Medien Erwähnung fand, zum Beispiel bei *Mein Lokal, Dein Lokal* oder bei *Galileo*, als die größte Autowaschanlage Europas gezeigt wurde. Worum es im *Galileo*-Beitrag ging, weiß ich nicht mehr. Wahrscheinlich ein Wasserrutschentest im Freibad mit den größten Pommes der Welt. Der Ruhrgebiets-Lokalpatriotismus wird mir manchmal aber auch schon zu viel und nimmt zum Teil wirklich peinliche Züge an. Denn nein, ich bin nicht auf Kohle geboren, sondern in einem Krankenhaus auf einem Bett. Durch meine Venen fließt kein Bier, sondern Wildberry Lillet. Und bitte, bitte lasst mich niemals ein T-Shirt tragen, auf dem *Straight Outta Ruhrpott* steht. Trotzdem: Ich wohnte gern in Essen. Ist das dann Teil meiner Identität?

Bevor ich mir meine erste eigene Davidsternkette gekauft habe, hatte ich immer Angst, nicht legitimiert genug zu sein, diese Kette tragen zu dürfen. Nicht jüdisch genug zu sein. Schließlich ist weder meine Mutter Jüdin noch bin ich konvertiert. Andererseits war es aber auch nicht so, dass bloß die Arbeitskollegin meines Großonkels ei-

....

89 Auch wenn meine Wurzeln nicht allein im heutigen Russland liegen, bin ich jedenfalls russisch-sozialisiert aufgewachsen.

nen Hundefriseur hat, dessen Stiefbruder jüdisch ist, und dies mein einziger Bezug wäre. Nein, ich bin auf eine jüdisch-säkulare Art aufgewachsen, ich fühle mich jüdischer Kultur verbunden und ich möchte meine Solidarität und Verbundenheit dem jüdischen Volk gegenüber zum Ausdruck bringen. Daher trage ich diese Kette. Es wäre doch lächerlich, wenn ich erst den *Jewrovision Song Contest* (den gibt es wirklich) gewinnen müsste, um offiziell legitimiert zu sein, solch eine Kette tragen zu dürfen. Ich weiß nicht, wie jüdisch ich bin. Ich weiß aber auch nicht, ob das überhaupt relevant ist. Ich fühle mich wohl, wenn ich diese Kette trage. Doch ist das Teil meiner Identität?

Ich bin Jurist. Offiziell darf ich mich zum gegenwärtigen Stand (promovierender) *Diplom-Jurist* nennen. Ich liebe die Rechtswissenschaft, die Dogmatik, Logik, Kohärenz und ja: auch die Kreativität. Ich befasse mich gerne mit rechtlichen Fragestellungen und versuche, für mir bekannte oder unbekannte Probleme Lösungen zu finden. Das ist mein Job und das ist in gewissen Teilen auch meine Leidenschaft. Doch ist das Teil meiner Identität?

Ich bin Veganer. Jetzt habe ich es gesagt, bevor jemand gefragt hat. Haha. Aber ist mittlerweile ohnehin schon klar. Das ist tatsächlich ein wesentlicher Teil von mir und er determiniert alltägliches Leben häufig mehr, als vielleicht zu denken ist. Doch ist das Teil meiner Identität?

Ich liebe Musik. Dass das jeder Mensch von sich behauptet, weiß ich. Aber ich liebe Musik eben. Ich liebe es, Musik zu hören, ich liebe es, alleine oder mit anderen gemeinsam Musik zu machen; ich liebe Musik. Doch ist das Teil meiner Identität?

Genauso wichtig, wenn nicht sogar noch maßgeblicher für meine Charakterentwicklung, ist für mich der Fußball, insbesondere der Verein, den ich anhaltend verfolge. Wenn ich traurig bin, macht mich der Gedanke an das nächste Mainz-Spiel wieder glücklich; wenn ich glücklich bin, dann macht mich der Gedanke an das nächste Mainz-Spiel noch glücklicher. Egal, wo ich bin, ich verfolge die Spiele auf irgendeine Art und Weise immer. Ob ich in Nicaragua am Strand liege oder in diesem einen *echten* Pariser Café einen Flat White trinke: Der Spaß am Spiel macht mich ganz wesentlich aus. Doch ist das Teil meiner Identität?

»Kennt ihr das, wenn ihr so durch die Straßen lauft und euch kommt eine Person entgegen und dann muss man ausweichen und geht so einen Schritt nach links, aber dann geht die Person auch den Schritt in diese Richtung, und dann geht man nach rechts, aber dann geht die Person auch wieder den Schritt in diese Richtung, und dann hat man diesen komischen Tanz und niemand kommt vorbei? Mir ist vor einigen Wochen genau das passiert – aber mit einer Taube.«[90] Ganz elementar für mich ist das Auf-Bühnen-Stehen. Insbesondere auf Poetry-Slam-, aber mittlerweile auch auf Stand-up-Comedy-Bühnen. Hier habe ich gelernt, selbstbewusster zu werden, spontaner, kreativer, witziger, offener. Das prägt mich bis heute. Doch ist das Teil meiner Identität?

»Es ist doch ganz einfach, Benni«, sagte mir ein Schulfreund nachts auf einem Spielplatz in angetrunkenem Zustand, als ich ungefähr 15 Jahre alt war. »Wenn du einen Schwulenporno schaust und das geil findest, stehst du auf Männer.« Danke für die Aufklärung. Ich dachte immer, schwul, bi- oder pansexuell zu sein, sei keine Entscheidung, die man bewusst trifft, sondern mit der Geburt kommen Guido Maria Kretschmer oder Ross Antony und händigen eine entsprechende Urkunde aus. Ganz so einfach empfand ich das als Jugendlicher alles nämlich nicht.

....

90 Insbesondere 2022 habe ich sehr viele Texte mit dieser Anekdote eingeleitet, die mir tatsächlich – und über das Jahr verteilt sehr häufig – passiert ist. Ich mag Tauben wirklich gerne.

Ich habe mich während meiner ganzen Jugend gefragt, auf was ich eigentlich wirklich stehe. Mein Bruder hat Geowissenschaften studiert, der wird es mir sicherlich sagen können. Ein wenig wollte ich dieser Frage aber auch immer ausweichen. Ich bin in einer Welt aufgewachsen, in der Menschen wussten, wie sie empfinden. Eine Welt, in der es eine Challenge oder »Würdest du für 100 €«-Frage war, als Junge einen anderen Jungen zu küssen. In der es Prankvideos gab, wo junge Männer ihren Vätern »beichteten«, schwul zu sein, um ihnen einen Schrecken einzujagen. Und das gelang. Wäre sonst schließlich wie ein unfassbar schwieriges Mandala: kaum auszumalen. Kaum auszumalen, was los wäre, wenn unser geliebter Sohnemann auf andere Sohnemänner stehen würde. Ich würde die 100 € nehmen. Doch meine Unsicherheit hat sich mit der Zeit ein wenig gelegt. Vielleicht können sexuelle Orientierungen und Präferenzen ja auch einfach fluide sein. Früher haben mich sowohl Mädchen als auch Jungen interessiert. Mit neun Jahren hatte ich mal einen kleinen Crush auf Bart Simpson. Er war gelb und hatte keine Haare, ich weiß nicht, was da los mit mir war. Aktuell fühle ich mich nur zu Frauen hingezogen. Doch das ist nicht in Stein gemeißelt und kann sich vielleicht auch nochmal ändern. Ich finde es bemerkenswert, wenn Menschen (auch ohne entsprechende Erfahrungen) in all diesen Fragen eindeutige Antworten haben. Ich habe in meinem Leben noch nie Pumpkin Pie gegessen, da ich finde, dass das nicht besonders lecker klingt. Doch würde ich nicht fundamental einen Biss in so einen Kürbiskuchen verweigern. Wer weiß, ob sich damit nicht plötzlich ganz neue Welten eröffnen? So ging es mir etwa mit veganem Chai Latte. Oder Matcha Latte. Mein Endgegner. Ich dachte immer, dass mir Matcha Latte einfach nicht schmecken kann. Und dann habe ich meinen ersten Matcha Latte probiert – und fast gekotzt. Einige Monate später habe ich noch einmal einen Matcha Latte probiert – und wieder fast gekotzt. Und jetzt kann ich gewissenhaft sagen: Ja, ich mag wirklich keinen Matcha Latte. Aber das musste ich erst herausfinden und kann es jetzt erst final beurteilen. Wenn andere Menschen das anders handhaben, ist das natürlich genauso okay. Liebe und Sexualität sind das Leben bestimmende Parameter. Doch ist das alles hier Teil meiner Identität?

Ich habe das Gefühl, von (jungen) Menschen wird erwartet, sich in jeder Hinsicht klar benennen zu können. Wer wir sind, scheint eine Information zu sein, die andere Personen um uns herum ganz genau einordnen können müssen. Aber ich will mich nicht immer labeln. Es gibt Situationen, in denen es wichtig ist, *ein* Wort zu finden, *eine* exakte Bezeichnung. Wenn ich Beschwerden mit meiner Lunge habe, gehe ich in eine Pneumologie. Wenn ich nach dem besten Obst gefragt werde, ist die einzig vernünftige Antwort natürlich die Zitrone. Doch häufig ist es völlig gleichgültig, wie wir etwas bezeichnen. Mir ist egal, ob ich vegan, jüdisch, heterosexuell oder wie auch immer *genannt* werde. Es geht nicht um die Bezeichnung, sondern darum, was es inhaltlich mit uns macht. Übergänge können fließend sein. Was mir heute Identität stiftet, kann mir morgen schon egal sein. Was mir heute noch egal ist, kann mir morgen schon die Welt bedeuten.

Wer bin ich? Ich habe keinen Klebezettel auf der Stirn; ich muss das nicht zwingend wissen. Ich muss wissen, was ich brauche, um leben zu können, um glücklich zu sein. Ich habe häufig die Angst, dass verschiedene Teile meiner Persönlichkeit nicht zusammenpassen. Ich mache Stand-up-Comedy und möchte gleichzeitig in einigen Jahren vielleicht Richter sein – wie soll das funktionieren? Wie soll ich (im absoluten Extremfall) einem Menschen am Morgen lebenslang die Freiheit nehmen und abends in einem versifften Kellerclub in Köln irgendwelche Witze über Tauben erzählen? Wie soll das alles gehen? Zeitlich, in Bezug auf die Autorität, in Bezug auf die Integrität. Ich habe Angst davor, nicht alles zusammenzukriegen, was mich glücklich macht. Mich irgendwann entscheiden zu müssen. Falsche Entscheidungen zu treffen. Ich messe mich mit immer besseren Versionen von mir und das ist nicht gut. Der größte Erfolg im Leben ist es, mit sich selbst gut klarzukommen. Das reicht ja schon. Dabei muss man gar nichts überstürzen und kann anfangen mit: Ich liebe mich vielleicht manchmal ein bisschen. Oder: Ich mag mich zwar echt gern, würde aber lieber erst mal nur mit mir befreundet bleiben. Es liegt nicht an mir. Wie soll ein Mensch das ertragen, nicht zu wissen, wer er ist? Wie soll ein Mensch das ertragen, Lieder von Philipp Poisel zu hören? Vielleicht indem er sich klarmacht, nicht alleine zu sein. Es gibt keinen Menschen, an dem alles abprallt, dem alles gelingt, der alles erreicht, alles weiß und sich über alles im Klaren ist.

Wer bin ich? Ich bin die Art Mensch, die um 0:01 Uhr in den Gruppenchat schreibt: »Wir sehen uns dann – heute.« Ich bin für meine Freund*innen da, wenn sie mich brauchen. Ich bin im Stadion und beleidige die gegnerischen Fans nicht. Ich bin begeisterungsfähig; ich bin so dermaßen begeisterungsfähig. Es braucht nicht viel, um mich glücklich zu machen. Ich sage Menschen gerne nette Dinge und bin (vermeintlich zu) freundlich. Ich glaube noch an das Gute im Menschen. Ich bin wie die flapsige Begrüßung einer Person, die eine*n »Eve« anspricht: »Na, Eve!« Naiv und idealistisch. Omas machen den Enkeltrick mit mir.

»Hi, ich bin deine Oma. Willst du mir 250 € überweisen? Die brauche ich für neue Salben und so.«

»Ich habe keine Oma, die Deutsch spricht.«

»Doch.«

»Oh, okay. Hast du PayPal?«

Es ist nicht gut, immer nur nett zu sein. Wenn man immer nur nett ist, wird man ausgenutzt. Dann lässt sich von außen vielleicht sagen: »Oh, Honey.« Aber die Leute gehen auch an dein Money.[91] Ich wurde oft im Leben ausgenutzt, ohne es zu merken. Und oft im Leben war ich gemein zu anderen, ohne es zu merken. Selbstreflexion ist das Zauberwort. Selbstreflexion und Simsalabim.

Wer bin ich denn nun wirklich? Was ist Teil meiner Identität? Ach, keine Ahnung. Ist doch auch völlig egal. Wissen andere vielleicht ohnehin viel besser als ich. Und ich will ja auch, dass mir egal ist, wer ich bin oder als was ich mich zu bezeichnen habe. In erster Linie bin ich nämlich einfach nur Benjamin. Meine Freund*innen nennen mich meistens Benni. Und meine Mutter: Die nennt mich immer noch »Зайчик«. Das ist Russisch und heißt »Häschen«. Ich bin 23 Jahre alt und froh, heute hier zu sein. Das bin ich wirklich. Danke, dass mir zugehört wird. Danke, dass ich eine Stimme habe. Danke, dass ich sein darf, wer ich sein will.

....
91   Wow, was für ein Highlight-Reim zum Abschluss.

Witzesammlung[92]

Ja, ja und noch einmal: ja. Die meisten der folgenden Witze können gerne auch als Ratespiel verstanden werden; einfach selbst mal überlegen, worin genau der Witz liegt (vielleicht ist es dann aber nicht mehr so witzig). Vielleicht ist es aber auch so schon nicht witzig. Und vielleicht bin ich ja auch gar kein Witz, sondern eine Pointe.

Wie nennt man eine Ausstellung von Kühen? Muhseum.

Was sagen Fische, wenn sie Ernsthaftigkeit einfordern? »Reiß dich am Kiemen!«

Was machen Jugendliche im Park? Chillen.

Was haben Skispringer*innen in der Dating-Welt? Gute Schanzen.

Was sollten aggressive Autofahrende besser tun? Einen Gang runterschalten.

....

92   An dieser Stelle die ultimative Regel, wenn ein Witz mal nicht so gut ankommen sollte: Einfach sagen, dass das eben Gesagte gar nicht als Witz gemeint war. »Nee, sollte jetzt auch gar nicht lustig sein.«

Wie nennt man eine Gruppe von Wölfen? Wolfgang.

Wie nennt man die männlichen Kinder der Kinder der Kinder einer Rolex? Uhrenkel.

Was machen Elfen, wenn sie aufmerksam sind? Die Ohren spitzen.

Wie nennt man eine Person, die bei der DHL promoviert? Postdoc.

Womit stylen sich Igel die Haare? Mit I-Gel.[93]

Was sagt ein*e unzufriedene*r Modelleisenbahnkäufer*in? »Danke, Märklin!«

Was sagt ein Geländefahrzeug, wenn es etwas bewiesen hat? »Quad erat demonstrandum.«

Welche Art der Konversation führen Stehlende am liebsten? Diebtalks.

Was ist das liebste Fleisch der *Generation Z?* Wild. Spaß: Sind alles Veganer*innen.

Was sagt ein Tresor, wenn er seine Zustimmung zum Ausdruck bringen will? »Safe.«

Wie bezeichnet man die Situation, dass sich die Hauptstadt Perus entwickelt? Limawandel.

Wie nennt man einen Geheimagenten südlich von Köln? James Bonnd.

. . . .

93   Das Niveau sinkt langsam, aber schnell.

Was hat ein Schiff, wenn es an einem Hafen nicht mehr anlegen darf? Hausverboot.

Was gewinnt eine Person bei einem Florist*innenwettbewerb? Einen Blumentopf.

Welches Auto fahren Arbeitgeber*innen? Chevrolet.

Wie nennt man einen reichen japanischen Jungen? Yens.

Welches Lied würden Guns 'n' Roses bei einem Konzert in Grönland spielen? Nuuk, Nuuk, Nuukin' on Heaven's Door.

Wie nennt man ein Einkaufszentrum in der schwedischen Stadt, die über die Öresundbrücke mit Kopenhagen verbunden ist? Mallmö.

Was machen Menschen im Westen Baden-Württembergs, um sich zu säubern, wenn sie nicht duschen? Baden.

Was wäre die Frage, würde eine bestimmte Insektenart *Hamlet* interpretieren? »To Bee or Not to Bee?«

Was machen nervige Personen bei Staples? Unruhe stiften.

Was macht ein*e müde*r Humanbiolog*in? Genen.

Was ist ein*e äußerst lokalpatriotische*r Kronenburger*in? Eifelsüchtig.

Was macht Robin Hood, wenn er etwas oder jemanden meidet? Einen großen Bogen.

Was sagt Moritz, wenn sich jemand bei ihm entschuldigt? »Man kann sich nicht entschuldigen, nur um Entschuldigung bitten.«

Was kann ein*e attraktive*r Pilot*in bei anderen? Landen.

Was denken sich Monarch*innen, Rentner*innen, Zahnärzt*innen und 47-Jährige, wenn sie stolpern? Aufstehen, Krone richten, weitermachen.

Was malen pessimistische Exorzist*innen? Den Teufel an die Wand.

Wie werden in den USA die Lottozahlen verkündet? Mit Gewehr.

Was ist die Berufsbezeichnung für Wände streichende und tapezierende hundsartige Raubtiere? Marder- und Lackierer*innen.

Wie nennt man alte Pflanzen und bezahltes Nichtarbeiten? Ur-Laub.

Wie nennt man ein Kartenspiel, das man mit einer Katze spielt? Miau-Miau.

Wie bezeichnet man ein Hausverbot für witzige Astronaut*innen: Allbann.

Wo wohnt eine Person im Umland der Stadt Datteln? Im Speckmantel.

Was ist das Gegenteil vom Studium der Medizin? Das Studium des Medidrückens.

Was braucht man, um Unfälle vor Schaulustigen abzusichern? Gaffer Tape.

Was verpasst ein wütender Smoothie einem anderen Smoothie? Eine saftige Abreibung.

Wie heißt ein lustiger Friseursalon? Haaarhaarhaarhaarhaar.

Wie bezeichnet man die Situation, in der ein Mann beginnt, seinen Flugschein zu machen? Pilotpilotprojekt.

Wie nennt man einen magischen Spaziergang? Cosmo und Wandern.

Welches Buch hätte Hitler geschrieben, wenn er sich vor dem Sport nicht gedehnt hätte? Mein Krampf.[94]

Was erweist Baloo, wenn er in guter Absicht etwas macht, das negative Folgen nach sich zieht? Einen Bärendienst.

Was ist das Grundgesetz, wenn es schockiert ist? Verfassungslos.

Wie macht ein Clown an der Haustür auf sich aufmerksam, um reingelassen zu werden? Er klopft-klopft.

Wie heißt eine deprimierte Teigware in der faktischen Hauptstadt der Schweiz? Bern das Brot.

Wie nennt man eine Feier von Earl Grey, Jasmin und Kamille? Partea.

....

94 Als ob das Dehnen irgendwas verändert hätte.

Was haben Prokrastinierende und Bobfahrende gemeinsam? Sie schieben alles vor sich her.

Wie wurden die Mitarbeitenden bei einem bekannten Schulranzenhersteller akquiriert? Durch Scouts.

Wie nennt man eine langweilige Ziege? Schaftablette.

Was ist das Geheimnis einer langen und glücklichen Ehe? Nicht heiraten.

Was wünscht man Vögeln zum Geburtstag? »Happy Birdsday!«

Was wünscht man sich zum Geburtstag? Ist doch mega individuell, weiß ich nicht.

Was ist die anarchistischste deutsche Fußballveranstaltung? Der Pokal, denn er hat seine eigenen Gesetze.

Wie nennt man eine Applikation, mit der Läuse auf Kulturveranstaltungen ihre Dankbarkeit ausdrücken können? Applaus.[95]

Nicht unter den Tisch fallen soll indes, dass es neben Chiasaman und Määääään im Superheldenuniversum dieses Buches auch noch ein paar andere Kollegen gibt (an Kolleg*innen arbeiten wir noch, versprochen!):
Halb Mensch, halb Nudelsuppe: Raman.
Halb Mensch, halb Taverne: Barman.
Halb Mensch, halb Bibel: Aman.

....
95   Ich sollte besser langsam aufhören.

Und zuletzt will ich noch ein paar Beobachtungen oder Gedanken teilen, bei denen ich es nicht hinbekommen habe, daraus einen echten Witz zu machen (uff), aber ich finde sie doch zumindest erwähnenswert oder einfach lustig (selbst wenn sie einfach nur für sich stehen):

× Leute, die »just« sagen. Die Korrelation zu Leuten, die dann auch »sodele« sagen, ist groß.

× Winken durch Händeschließen.

× Leute, die nicht »Donuts«, sondern »Doughnuts« schreiben.

× Tanzen wurde dadurch erfunden, dass ein Mensch versucht hat, vor einer Wespe zu fliehen.

× Tischtennisplatten wurden ursprünglich nicht zum Tischtennisspielen, sondern zum Rumsitzen erfunden.

× Die Bezeichnung »Münster« für einen Kirchturm. Gibt es einen Münsteraner Münster?[96]

× Im Wort »gescheitert« steckt das Wort »gescheit«. Und »gesc«.

× Rebecca klingt wie *Rehbäcker*.

× So lange auf einem öffentlichen Klo sitzen, dass das Licht ausgeht (natürlich schon passiert).

× Das Wort »kalben«. Und »Lorbeeren«.

. . . .
96   Nein.

× Mein Lachen. Das klingt, als würde eine trächtige See-kuh kalben (oder sterben [oder beides]).

× Ich kaufe mir vegane Bowls für 17,50 €, aber gehe immer noch zu dm, um kostenlos Wasser trinken zu können.

× Noch nie war ein Mensch wirklich bei Carglass. Und wieso wird das Wort deutsch ausgesprochen, obwohl die Wortbestandteile englisch sind?

× *Powernaps*. Ich bin hinterher meistens müder.

× Menschen, die *Entweder-oder-Fragen* mit »beides« beantworten.

× Am Laptop oder Tablet auf *Google Maps* sein wirkt immer so, als würde man einen Anschlag planen.

× Auf ausgedrückte Dankbarkeit »nicht dafür« antworten. Hä? Doch, genau dafür.

× Wenn ich in der Öffentlichkeit meinen Kopf stoße, ist das Schlimmste an der ganzen Situation, dass ich befürchte, dass die Leute dachten, dass es mir wehtat (unabhängig davon, ob es mir tatsächlich wehtat).

× Warum heißt es *Frühstück* und nicht *Frühessen*? Oder warum sagt man dann nicht wenigstens *Mittagstück* und *Abendstück*?

× Tauben. Vor allem Brieftauben. Das sind Tiere mit einem Job. Gibt's sonst ja auch nicht: Ein Schwein als Metzgerei-fachkraft, eine Giraffe als HNO? Und was ich mich auch häufig frage: Können Brieftauben Pakete ausliefern? Wo ist die Grenze? Haben sie eine Gewerkschaft: »Angry Birds«?

Danke!

Diese Textsammlung bedeutet mir wirklich sehr viel. Es ist meine erste Veröffentlichung in einem solchen Umfang. Ich hoffe daher sehr, du hattest eine angenehme Zeit, liebe*r Leser*in! Danke, dass du dieses Buch gelesen hast. Oder zumindest den Anfang dieser Seite.

Ich möchte gerne mit einem riesengroßen Danke an alle Personen, die unmittelbar oder mittelbar dafür gesorgt haben, dass dieses Projekt realisiert werden konnte, enden. An alle Personen, die mir nahestehen, die für mich da waren und nach wie vor für mich da sind; Menschen, ohne die ich nicht glücklich wäre. Danke Mama, danke Papa, danke Alex, danke Lennart, danke Semih. Ihr seid meine engsten Bezugspersonen. Danke Alina, danke Max, danke Effi, danke Clara. Und danke Jay, Coach, für das Auf-die-Bühne-Holen und die stetige Unterstützung. Ohne dich hätte es das alles nicht gegeben. Ich erspare mir an dieser Stelle weitere Namen, denn es wären schlicht viel zu viele – und ich würde höchstwahrscheinlich einige wichtige Personen vergessen. Danke an die Szene. Danke an jede*n Zuschauer*in – für jede liebe Nachricht nach einem Auftritt, ob persönlich oder per Social Media, über die ich mich immer (!) aufrichtig freue. Für jedes *»Das war echt cool«* fahre ich gerne neun Stunden Zug. Zweimal. Das tue ich wirklich. Und danke an all meine Freund*innen und Bekannten, die ich nicht persönlich benannt habe: Ihr alle seid mitgemeint. Und zuletzt natürlich ein riesengroßes Dankeschön an Denise, Yeliz, Karsten und Lena von Lektora!

Wer das jetzt immer noch liest, ist wahrscheinlich auch eine Person, die bei Podcasts der Verabschiedung lauscht und beim Film den Abspann abwartet, denn vielleicht kommt ja noch eine spannende Post-Credit-Szene. Verständlich. Das soll belohnt werden mit einem Post-Credit-Witz (und es ist einer der besseren, hoffe ich):

Was ist wahr und kalt? Die Tiefkühltrue.

Zum Anhören

Wenn ihr Benjamins Texte auch gern »live« erleben möchtet oder zu faul zum Lesen seid, könnt ihr einfach diesen QR-Code scannen, der euch zu den Audioaufnahmen seiner Texte führt.

https://qrco.de/bdRGZd

Bei Lektora erschienen

Sebastian 23

»Bäume sind Büsche auf Balken«

Anfang des Jahres 2000 hatte ein junger Schriftsteller das Gefühl, es sei Zeit für etwas Neues – z. B. ein Jahrtausend oder einen Poetry-Slam-Auftritt. Was damals als Selbstexperiment begann, wurde zur Berufung: Bis heute slammt, tweetet, veranstaltet und moderiert Sebastian 23 auf Bühnen, in Zügen und vor Bildschirmen. Oft politisch, oft humorvoll, immer mit Hintergedanken, die erst beim zweiten oder dritten Lesen auffallen. Ob nun in zugänglichen Gedichten, gereimten Lebensentwürfen, mit Liebe für die Sprache und den Tanz mit ihr oder in Storys über fürchterliche erste Dates, die Konferenz eines Planeten namens Duden oder die Rückkehr der Menschen in den Wald: Seine Handschrift bleibt erkennbar – selbst in gedruckter Form.

Diese Sammlung enthält die besten Texte aus 23 Jahren Sebastian 23, ist Querschnitt, Zeitzeugin und Best-of seines Schaffens. Es macht sich sicher gut auf Ihrem Nachttisch, in Ihrem Regal oder in Ihren Händen.

»Sebastian 23 spielt mit der Sprache wie ein Finne Scrabble: Er punktet mit jedem Wort.« (3sat)

»Großartiger Wortakrobat und scharfzüngiger Denker« (zeit.de)

ISBN: 978-3-95461-241-3
16,00 Euro

www.lektora.de

Bei Lektora erschienen

Sandra Da Vina

»Das ist doch toll«

Sandra Da Vina schreibt in ihrer unverwechselbaren Art von den Dingen, die einem passieren, wenn man lebt. Es geht um langjährige Freundschaften und kurzweilige Ausflüge. Um Kinderkriegen und den Verlust des Verstandes. Sie schreibt von Aufbruch und Heimkehr, von dem großen Abenteuer, ein Mensch Mitte dreißig zu sein. Ebenso gibt sie Antworten auf die Fragen, die uns manchmal ganze Nächte lang wachhalten: Folgt auf eine freie Trauung die freie Scheidung? Kriegt man Sonnenbrand, sobald man zu dicht vor der Karibikfototapete sitzt? Und was passiert, wenn man im Sandkasten zu tief buddelt?

Kurzum: eine tolle Sache.

»Sandra findet selbst in den entlegensten Ecken von Geschichten noch die irrwitzigsten Details und Vergleiche und bleibt dabei selbst unvergleichlich.«
(Florian Wintels)

»Toll.«
(Patrick Salmen)

ISBN: 978-3-95461-246-8
16,00 Euro

www.lektora.de